Manfred Böckl

# AGNES BERNAUER

Schutzumschlag:
Hintergrundmotiv aus dem Petersfriedhof in Straubing
Hinrichtungsszene – Illustration von Bibi Wanninger, Passau

ISBN 3-924484-63-5
1. Auflage 1993

Gesamtherstellung: Neue Presse Druckservice GmbH, Passau

Manfred Böckl

# AGNES BERNAUER

## Hexe, Hur' und Herzogin

Roman

Neue Presse Verlags-GmbH, Passau

Epitaph der Agnes Bernauer in der für sie errichteten Sühnekapelle auf dem Petersfriedhof in Straubing.

# DOMPLATZ IN AUGSBURG

*Fasching 1428*

*»Des jars was ain stechhof hie und stach darinn hertzog Albrecht von München und ander edelleut und burger.« (Augsburger Chronik von Hektor Mülich)*

Einen zähen, unguten Augenblick lang fühlte der sechsundzwanzigjährige Wittelsbacher sich wie ein Gehenkter.

Hilflos hing er am Haken des Seils, das unter der Gewölbedecke des Torganges über die knarrenden Holzscheiben des Flaschenzugs lief. Das Keuchen der Knechte, das Tauächzen, die fürchterliche Beklemmung im zwängenden Harnisch dazu kamen dem jungen Herzog plötzlich wie etwas zutiefst Feindseliges vor. Wie etwas, das ihn abwürgen wollte und wegdrosseln aus der Welt. Übelkeit, Sodsaures quollen ihm brennend die Kehle hoch, als jetzt draußen auf dem Platz auch noch das Toben und Johlen aufbrandete; als in seine Pein hinein zusätzlich das schmetternde Huftrappeln schlug. Im nächsten Moment freilich spürte er den Leib des eigenen Rosses zwischen den geschienten Schenkeln, und der kreatürliche Kontakt löste seine Spannung so jäh, wie sie ihn befallen hatte.

Nicht nur körperlichen, sondern auch inwendigen Halt fand der Thronfolger des Teilherzogtums Bayern-München und Graf von Vohburg im hochlehnigen Sattel des Percheron-Rappen[1]). Während Albrechts Linke versuchsweise nach dem Schabrackenzügel griff und seine Eisenschuhe sich

---

[1]) Percheron = Kaltblutroß, das einen gepanzerten Ritter zu tragen vermochte.

in die Muldungen der Steigbügel tasteten, löste einer der bischöflichen Söldner den Seilhaken und dann auch den spannenbreiten Ledergurt von der Hüfte des Wittelsbachers. Beendet war damit die umständliche Prozedur, durch die ein spätmittelalterlicher Kämpe in seinem zentnerschweren Plattenpanzer aufs Pferd gehievt werden mußte. Was jetzt noch zu tun war, damit der Herzog auf die Stechbahn konnte, würden des Münchners Leibknappen besorgen.

Die halbwüchsigen Burschen mit den weißblauen Wecken[2]) auf den Kollern befestigten an den Flanken des Rappen die Vorleder, die später Schenkel und Schienbeine des Reiters vor direkten Stößen schützen sollten. Danach legten sie die metallene Spange um die Lenden ihres Herrn und schellten sie am vorderen Sattelbug an. Selbst wenn der Turnierkämpfer den Halt völlig verlor, konnte er – auf diese Weise gesichert – unmöglich stürzen. Nun kam der Helm an die Reihe; der junge Herzog setzte ihn sich eigenhändig auf, ließ das Visier vorerst noch offen und wartete anschließend ab, bis der älteste der Knappen – auf einem Podest stehend – den Kinnschutz mit der Halsberge[3]) verschraubt hatte. Von draußen, vom Domplatz her, waren jetzt erneut schneller Hufschlag, Holzsplittern und der erregte, fast brünstige Aufschrei der Menge zu vernehmen. Der Percheron des Wittelsbachers begann zu stampfen; Albrecht hatte einige Mühe, den Schildarm durch die Schlaufen der Schutzwaffe zu zwängen.

Dann aber brachte er den Rappen durch eine harte Parade wieder zur Räson. Das Tier stand wie gemeißelt, als der Ritter zuletzt die schwere Lanze von einem seiner Helfer entgegennahm.

---

[2]) Wecken = Rauten im bayerischen Wappen.

[3]) Die Halsberge war ein Rüstungsteil, das Helm und Brustharnisch fest miteinander verband.

Die Krönleinspitze[4]) schräg nach oben gerichtet und die Zügel unter dem eingebuchteten Schild in der Linken, spornte Albrecht von Bayern-München den Hengst und preschte auf den Stechhof im Schatten des Augsburger Domes und des Bischofspalastes hinaus. Seine drei Knappen, auch was sich sonst an persönlichem Gefolge im Torschlund zwischen Kathedrale und Steinmetzhütte aufgehalten hatte, folgten ihm im Laufschritt.

Das Auftauchen des Wittelsbachers steigerte den ohnehin schon beachtlichen Lärm zum Crescendo. Die Reichsstädter, obzwar dem Herzogshaus nicht untertan, wußten die Ehre von Albrechts Teilnahme an ihrem Turnier sehr wohl zu würdigen. Daß der Münchner jung, unverheiratet und gutaussehend war, bewirkte – zumindest in den Augen der Weiber – ein übriges. Auch war in letzter Zeit gemunkelt worden, daß eine große Liebe sehr tragisch für ihn geendet habe. Jetzt, da Albrecht von Bayern sich beim Umrunden des Platzes in voller kriegerisch-barbarischer Pracht zeigte, flogen ihm die Frauenherzen und Ziertüchlein massenhaft zu. Die männlichen Augsburger hingegen berauschten sich an dem ritterlichen Ruf, der ihn umwitterte. In der Schlacht von Alling[5]), sechs Jahre lag das nun zurück, hatte der Herzog ihn begründet, und seitdem hatte er seine Courage auch im Wettstreit mit der stumpfen Waffe immer wieder unter Beweis gestellt. Viele erwarteten sich deswegen auch heute ein Bravourstück von ihm, insgeheim vielleicht sogar ein blutiges, und dies war der tiefste und atavistischste Grund dafür, daß die Bürger bei Albrechts Anblick dermaßen außer Rand und Band gerieten.

---

[4]) Die Turnierlanzen der damaligen Zeit besaßen keine scharfe Spitze, sondern ein dreigeteiltes stumpfes »Krönlein«.

[5]) In der Schlacht von Alling, 1422, standen die Münchner Herzöge gegen ihren Erzrivalen Ludwig den Gebarteten von Ingolstadt. Albrecht soll damals tollkühn gekämpft haben.

Die beiden schwäbischen Kleinadligen, die ihre Lanzen eben noch mit Anstand gebrochen hatten, sahen sich plötzlich an den Rand des Geschehens abgedrängt. Kein Mensch beachtete sie mehr, als sie den Platz sang- und klanglos räumten. Der Wittelsbacher indessen beendete nunmehr seinen Umritt und nahm seinen Standort unter einem der Spitzbogenerker des bischöflichen Palastes ein. Dort hatte sich zwischenzeitlich auch Albrechts Gefolge versammelt und hatte das Münchner Banner mit den weißblauen Rauten und den goldenen Löwen aufgepflanzt.

Der Turniergegner des Herzogs, ein Graf aus der Umgebung der Reichsstadt, führte silbern und purpurn den Greif im Panier. Vor dem Stadthof seines Geschlechts, genau gegenüber des sakralen Areals, flatterte das Fahnentuch im Februarwind. Auf das Paradieren, das ihm nach dem Codex ebenso wie dem Wittelsbacher zugestanden hätte, hatte der Adlige aus den Lechauen verzichtet; in bester courtoiser[6]) Manier hatte er so die feudale Rangordnung dokumentiert. Doch nun ließ der Graf seinen Rotfuchs kapriolen und sich halb bäumen und zeigte dadurch wiederum an, daß er vor dem Höheren keinesfalls zu kuschen gedachte und ihm im Stechhof beileibe nichts schenken würde.

Vor der Tribüne, auf der die Patrizier, Kleriker und nicht am Turnier beteiligten Adligen samt ihren Gattinnen oder Mätressen thronten, schmetterten die Fanfaren los. Die beiden Gepanzerten senkten die bewimpelten Stoßwaffen zum Gruß gegeneinander. Mit dem nächsten Lidschlag ruckten die Schildarme der Ritter nach oben; mit metallischem Knallen schlossen sich die Visiere. Die schweren Kaltblüter galoppierten an, entwickelten sofort ihre äußerste Geschwindigkeit, rasten wie zottige vorzeitliche Kolosse aufeinander zu. Die Menge, seltsamerweise, verhielt sich jetzt still; etwas

---

[6]) Courtois = höfisch, höflich.

wie tausendfach gepreßter Atem schien geballt über dem weiten Platz zu lasten.

Gepreßt auch der Atem dessen, der in der stählernen Zwängung gefangen war. Albrecht, Herzog von Bayern-München und Graf von Vohburg, verspürte jäh wieder und stärker noch als unter der Seilwinde die malefizische Beklemmung. Das tobende, schütternde, kreischende Eisen schien sich ihm einzusägen ins Fleisch, schien ihn zu messern, zu säbeln. Dazu das Dröhnen im Schädel; das Dröhnen, das ihm aus der Helmwölbung ins Gehirn drang wie Paukenschläge, wie teuflisches Trommeln. Jedes Aufschmettern der Roßhufe tausendfach und bis zum Wahnwitz verstärkt. Blutrotes und Höllenschwarzes irgendwo hinter den Augen, gräßlich grell durchblitzt. Dieses Blitzgewittern einen fast schon unerträglichen Druck erzeugend, der durch die Schleuse der Pupillen nach draußen drängen wollte; ins Freie, in die Erlösung, zur kühlen Luft – und der trotzdem gekerkert blieb hinter der vermaledeiten Gitterung des Visiers. Dort, an dieser allerschlimmsten Zwängung, rannte Albrechts zerspellter Blick sich nun fest, und in der kurzen, nichtigen Zeitspanne, bis es zum Lanzenbrechen kommen sollte, verwischte sich dem Wittelsbacher die Perspektive auf die Welt.

Das mulmbedeckte Pflaster des Stechhofes ein Abgrund; ein kotig-bräunlicher und zugleich steinsplittriger Pfuhl. Die Fassaden der Patrizierhäuser, der Adelshöfe wänstig aufgetrieben, wie reife Pestbeulen zerplatzt; gleichzeitig zerschwertert, schartig zerstriemt. Keine Säule mehr sicher, kein Erker, kein Fensterkreuz mehr am gottgewollten, unabdingbaren Platz. Ein Brunnen vorbeifegend, eine Heiligenstatue darauf, aber der bronzene Strahlenschein zu blasphemischem Natternzüngeln verzerrt. Wasserfäden, zerklirrend in den gepeinigten Augen des Reiters zu gnadenlos nadelndem Schmerz. Ein Tavernenportal gleich einem Kerkerschlund, tief drinnen bestachelt wie die tödlichen Körperhälften einer Eisernen Jungfrau[7]). Facettenartig danebengelagert in einem verknäuelten menschlichen Rudel: Fratzen, Nachtmahre, Dämonen – und doch, vom verstörten Verstand her, nichts weiter als die eben noch vertrauten Gesichter von Bürgern. Jetzt aber deren Einswerden mit Wasserspeiern, mit umloderten Seelenantlitzen im Fege- oder Höllenfeuer, mit seifig-grünem verflüssigtem Fleisch, das lange nach der Hinrichtung von einer Galgenkette floß. Gleich darauf das tiermenschliche Konglomerat sich neblig verschlierend wieder, hinters Gittrige und kantig Löchrige wegstürzend – doch aus dem Verquellen, dem schlagartigen Forteitern heraus nun das noch überdimensionalere Tier; der luziferisch rote Percheron, verwachsen scheinbar mit dem gepanzerten Reiter zum zottig-metallischen Zentaur.

Totentänzerisch heran das Ungeheuer. Ein Stampfen wie ein hufig-horniges Zupacken über die allerletzte Distanz hinweg. Das Stahlschrillen, Klirren und Dröhnen auf einmal gedoppelt. Über dem zuckenden Schädel des Viehs der andere, der grauenhaft gesichtslose. Gebündelt dies Menschen- und Lebensverachtende in der dreizackigen Spitze der Stoßwaffe. Geballt dort die kreischend heranjagende Angst – und diese greifbar gewordene existentielle Furcht direkt auf die Herzgrube des Wittelsbachers gerichtet.

Was mit dem nächsten Herzschlag geschah, war nichts als hirnloser Überlebenstrieb, verzweifelter Selbstbehauptungswille, unbewußt-kreatürliche Panik. Säuglingsnackt in seiner Panzerung, seelenzittrig und gleichermaßen faustkrampfig, führte und benutzte Albrecht von Bayern-München die eigene Lanze. Führte sie, fintete und forkelte, hörte mit knatterndem Knall den Schaft brechen, empfing im gleichen Augenblick den gegen ihn gerichteten Stoß, wehr-

[7]) Die »Eiserne Jungfrau« war ein Hinrichtungsinstrument, ein metallener, aufklappbarer Frauenkörper, innen mit Stacheln besetzt. Die Delinquenten wurden beim Schließen der Hälften durchbohrt.

te ihn instinktiv ab, lenkte ihn seitlich – und schoß auf jetzt völlig ungebärdigem Roß an seinem Gegner vorbei; wie blind im schweißdämpfigen Helm plötzlich.

Die Parade dann am anderen Ende des Domplatzes; alles Körpergewicht nach hinten geworfen auf die Kruppe des Rappen, dazu brutal das Reißen an den Zügeln. Erst als er die Volte ritt, wurde dem Münchner bewußt, daß die Menge jetzt wieder tobte, daß sie ihn hochleben ließ, daß sie tausendfach seinen Namen rief. Mit der Rechten diesmal hieb Albrecht das Visier hoch; mit demselben Lidschlag war die Tortur, die er durchgemacht hatte, nur noch ferne, vage Erinnerung; allein der Schweiß brannte ihm jetzt noch salzig in den Augen. Und dann sah er den Gegner, den Feind, den feudalen Untertanen drüben, nahe der Domtreppe; schildlos war der Graf, auch hing er deutlich verkrümmt im Sattel, während der Wittelsbacher – »Der Dreifaltigkeit sei Dank!« zischelte er unbewußt – nicht die geringste Schramme davongetragen hatte. Aufseufzend ließ er sich jetzt vom Jubel der Zaungäste auffangen, ließ sich hineinfallen aus seiner aufgesprengten Schale in diese Geborgenheit. Gleich darauf ließ er den Rappen tänzeln, quer über den Platz; lange ehe er den blessierten Grafen erreichte, sah er den Greifenschild verbeult auf dem Pflaster liegen, daneben die Splitter der eigenen Lanze. Der Anblick der Schutzwaffe, des in den Dreck getretenen Adelswappens überkrönte ihm seinen Sieg, bedeutete ihm ungleich mehr als der glückliche Stoß. Im Inwendigen schien ihm auf einmal ein Furunkel aufgeplatzt zu sein, das ihn schon wochenlang gequält hatte, und so setzte er – genau über dem zerdellten Schild – seinen Percheron nun in zügigen Trab, ritt schnurstracks zu dem Schwaben hinüber und reichte ihm die gepanzerte Hand. Wiederum, und noch lauter als vorher, jubelten Pöbel und Patrizier ihm daraufhin zu.

Später, im bischöflichen Palast, während die Knappen ihn Stück für Stück aus der Rüstung und dann aus dem essiggetränkten Unterzeug[8]) schälten, vermochte Albrecht von Bayern-München erstmals leidlich rational an die Affäre mit der tollen Elisabeth von Württemberg zu denken. Und da es lange dauerte, bis sein Leib völlig vom Harnisch befreit und gewaschen war, konnte er sich die Angelegenheit so ziemlich in allen Einzelheiten in Erinnerung rufen.

*

Gräflichen Standes war sie; eine Tochter Eberhards von Württemberg, der freilich schon im Jahr 1417 verstorben war. Doch gerade aus diesem Grund hatte Albrechts Vater, der regierende Herzog Ernst, die Brautwerbung mit allen Mitteln vorangetrieben. Eine Heirat seines Sohnes mit der württembergischen Erbin hätte den bedeutendsten Territorialstaat im Südwesten des Reiches unter die wittelsbachische Fuchtel gebracht; die Hausmacht des Teilherzogtums Bayern-München[9]) hätte dadurch in etwa verdoppelt werden können.

Doch dies war, zumindest in den Augen Albrechts selbst, nur der eine Aspekt der verlockenden Partie gewesen. Fast mehr noch hatten ihn der Ruf und die äußere Erscheinung Elisabeths gereizt. Eigenwillig und klug sei sie, so hieß es von ihr; keine fade Spinnwirtel, sondern ein Vollweib, das für einen Mann, übers Bett hinaus, auch zur Vertrauten tauge. Was aber wiederum das Bett angehe, so könne jeder sich glücklich schätzen, den sie zu sich in die Kemenate lassen müsse, denn sie sei eine Schönheit, wie man sie selten finde. Reiches, rabenschwarzes Haar habe sie, dazu einen

---

[8]) Die Ritter trugen unter der Rüstung ein wattiertes Gewand. Der Essig sollte vermutlich die Infektion etwaiger Wunden verhindern.

[9]) Bayern war zur fraglichen Zeit in drei verschiedene Teilherzogtümer aufgeteilt, die jeweils von einem Zweig des Hauses Wittelsbach regiert wurden. Im Teilherzogtum München, zu dem ab 1429 auch das Straubinger Land gehörte, regierten Albrechts Vater Ernst und dessen Bruder Wilhelm gemeinsam, in Landshut saß Herzog Heinrich der Reiche, und das Teilherzogtum Ingolstadt wurde von Ludwig dem Gebarteten beherrscht, der mit seinen Verwandten immer wieder in Fehde lag.

Leib wie eine Prachtsünderin, und mehr als einem Mann habe sie mit solch göttlicher oder vielleicht auch teuflischer Fülle bereits den Kopf verdreht.

Diese Schilderungen waren durchaus zutreffend gewesen! Anläßlich eines spontanen Ritts nach Heidelberg in Gesellschaft weniger verschworener Freunde hatte Albrecht sich im Spätherbst 1427 höchstpersönlich davon überzeugen können. Mehr noch: Die Erbin von Württemberg hatte ihm auf sein Balzen und Lautenschlagen hin (in letztgenannter Kunst galt der junge Münchner Herzog als Meister) sogar ein heimliches Schäferstündchen gewährt. Als der siegreiche Kämpe des Augsburger Turniers sich nun die näheren Umstände des Stelldicheins ins Gedächtnis zurückrief, beutelte es ihn innerlich dermaßen, daß er den Weinpokal, den man ihm zwischenzeitlich kredenzt hatte, auf einen einzigen jähen Zug leerte. Gleich darauf, unter dem Einfluß des Alkohols, vermeinte er sich tatsächlich noch einmal im Kaminzimmer Elisabeths aufzuhalten.

In seiner Phantasie sah er sie wieder vor sich, wie sie sich auf dem Pfühl räkelte. Ihr zu Füßen balgten sich die beiden Schoßhündchen. Zuerst zierte sie sich noch ein wenig, ließ sich die niedlichen Zehen, die Waden bloß von den Tierchen lecken; ließ ihn selbst, den Herzog, dadurch um so mehr schmoren. Aber schon bald, gerade als er glaubte, es um keinen Preis mehr aushalten zu können, ließ sie ihn dann doch in ihr Bett. Weil er so romantisch sei und das Instrument so wundersam zupfen könne, wie sie ihm flüsterte. Auch gefalle ihr sein schlanker, harter Körper und dazu sein dunkles, lockiges Haar. Von seinem gutgeschnittenen Antlitz und seinen bezwingenden blauen Augen gar nicht zu reden; dies alles zusammen könne eine Jungfrau durchaus um den Verstand bringen. Die letzten Worte raunte sie ihm bereits sehr erregt zu; er sagte ihr daraufhin, daß es mehr noch als auf die äußeren Reize auf die heimlichen Künste ankomme, die ein Kavalier beherrsche. Welche das denn im einzelnen seien, wollte sie nun von ihm wissen, und er gab ihr die Antwort; freilich alsbald nicht mehr mit Worten. Zuerst noch zärtlich, dann immer leidenschaftlicher liebten sie sich, während die Schoßhündchen jetzt außerhalb des Lotterlagers winselten. Später dann, als der Rausch vorübergehend abgeklungen war, besprachen sie unter vier Augen auch das Dynastische; Albrecht von Bayern-München glaubte jetzt felsenfest, in Elisabeth von Württemberg die geeignete Herzogin für seine spätere Regentschaft gefunden zu haben. Wie sehr er sich darin getäuscht hatte, konnte er nicht ahnen in jener verzauberten Heidelberger Nacht, in der draußen schon der Schneewind ums Schloß fauchte.

»Wein!« schrie er nun, im Bischofspalast von Augsburg, seine Knappen an. Nachdem ihm aufgetragen worden war, trank er wiederum unmäßiger als gewöhnlich, und dann resümierte er auch den Rest der leidigen Geschichte.

Voller Hoffnungen, verliebt wie ein Narr dazu, war er zurückgeritten nach Oberbayern. Noch in den Reisekleidern war er bei seinem Vater vorstellig geworden und hatte ihm klipp und klar eröffnet, daß er sich mit Elisabeth von Württemberg weit übers Politische hinaus einig geworden sei. Jetzt müsse die Hochzeit so schnell wie möglich ins Werk gesetzt werden, denn er verzehre sich nach der Rabenschwarzen und wolle deswegen keinen Tag länger mehr warten als nötig.

Der alte Herzog hatte dies hingenommen, wenn auch verworfen grinsend; in der Folge dann hatten die jeweiligen Unterhändler wie aufgestörte Hummeln zwischen München und Heidelberg zu schwirren begonnen. Am 15. Januar des neuen Jahres 1428 hatte der Heiratskontrakt reif zur Paraphierung vorgelegen; im Schloß über dem Neckar war er sowohl wittelsbachisch als auch württembergisch besiegelt worden. 30 000 Gulden sollten mit dem Ringtausch an Albrecht bezahlt werden; im Gegenzug wurde Elisabeth im Fall ihrer Witwenschaft die gleiche Summe vom oberbayerischen Hof zugestanden. Sollte eine Partei hingegen das Verlöbnis brechen, hatte sie den anderen Teil mit 10 000 Gulden Buße zumindest materiell schadlos zu halten. Die Hochzeit selbst war für die Tage nach Pfingsten 1428 vereinbart worden; nicht nur die vorösterliche Fastenzeit hätte Albrecht bis dahin also noch durchzustehen gehabt.

Eine lange Frist für einen Verliebten, einen vor Brunst Brennenden! In seiner Not hatte der junge Wittelsbacher sich jedoch gesagt, daß das Fastenbrechen selbst in den hochheiligen Klöstern und dort sogar mit Dispens des Papstes betrieben werde; warum, zum Teufel, sollte er selbst dann katholischer sein als die Kirche?! Und so hatte er sich in der zweiten Januarhälfte, als einfacher Einschildner[10]) verkleidet, erneut nach Heidelberg aufgemacht, hatte inkognito Quartier genommen in einer Spelunke zu Füßen des Schlosses und hatte von dort aus wiederum seine Fühler in Richtung der verlockenden Kemenate auszustrecken versucht.

Hatte aber alsbald zur Kenntnis nehmen müssen, daß der Paradiesvogel ausgeflogen war. Ein gräflicher Lakai, und der hatte ihn beim Wein recht seltsam gemustert, hatte es ihm gesteckt: Nach Sargans, im oberen Rheintal, war Elisabeth schon gleich nach der Besiegelung des Ehevertrages abgereist. Graf Johann von Werdenberg-Sargans, der dort sitze, sei ein alter Freund der Heidelberger Sippe; auch früher schon – so der Kammerdiener weiter – habe sich die württembergische Erbin öfter bei ihm in den Bergen aufgehalten.

Albrecht von Bayern-München hatte sich auf diese Nachricht hin einen gotteslästerlichen Rausch angetrunken; verkatert und mit dröhnendem Schädel hatte er am nächsten Morgen den schneepudrigen Weg zurück in die väterliche Residenz unter die Hufe genommen. Im Brunststau, schlimmer denn je, war er durch die Wintertage gesprengt; hin und

[10]) Einschildner = kleiner Ritter ohne Gefolge, der lediglich seinen eigenen Schild ins Feld führen konnte.

her gerissen hatte es ihn zwischen Sehnsucht und Wut; Wut wegen der blödsinnigen Laune der tollen Württembergerin. Anderes und Schlimmeres hatte er sich während seines Dahinhetzens noch nicht ausgemalt; die eigentliche Hiobsbotschaft, die kreuzverfluchte, hatte ihn dann erst kurz nach seiner Heimkehr in der Alten Veste[11]) zu München erreicht.

Die Hure, die Metze, das vom Teufel gerittene Weib hatte offensichtlich von allem Anfang an ein ganz abscheuliches Spiel mit ihm, Albrecht von Bayern, getrieben. Hatte ihn in ihr Bett gelassen, hatte Süßholz geraspelt mit ihm, hatte mit keinem Mucks widersprochen, als die Diplomaten den Heiratskontrakt ausgehandelt hatten, hatte der eigenen und der Sippe des Verlobten die willige Braut vorgespielt – und hatte gleichzeitig hinter dem Rücken aller Beteiligten eine Kabale mit jenem Grafen Johann von Werdenberg-Sargans aufrecht erhalten. Hatte sich von dem oberrheinischen Hundsfott minnen lassen, vermutlich schon seit Jahren, und war zuletzt, als ihr die wittelsbachische Hochzeit immer näher ins Haus stand, unter einem scheinheiligen Vorwand nach Sargans ausgerückt. Und dort – der Spion, der die Kunde gebracht hatte, hatte sie Albrecht gegenüber nur zitternd vorzubringen gewagt – hatte sie sich nunmehr heimlich mit dem Burgherrn vermählt.

Zerplatzt wie eine Seifenblase also die hochfliegenden Pläne der Münchner! Der alte Herzog Ernst hatte getobt wegen der Hausmacht; wegen der neuen Territorien, die er schon sicher in der Faust zu halten geglaubt hatte, die ihm nun wieder zu einem Nichts zerronnen waren. Bei seinem Sohn hatte der Schock noch ungleich tiefer gesessen; nicht allein um der reichen Grafschaft Württemberg willen war er schließlich scharf auf das Rabenaas gewesen, seine Lenden und sein Herz hatten nach ihr gebrüllt; vertraut hatte er

---

[11]) Die Münchner Herzogsfamilie residierte damals in zwei Burgen, der Alten und der Neuen Veste. Albrecht bewohnte als Thronerbe die Alte Veste.

ihr, geliebt hatte er sie – und nun zum Dank diese infame Maulschelle! Nun zum Dank die Vorstellung, wie sie es mit dem anderen trieb, dem oberrheinischen Hengst, und Albrecht, tage- und nächtelang, hatte sich genau dies immer wieder ausmalen müssen, in allen jetzt abstoßenden Einzelheiten. Er hatte gelitten unter der Erniedrigung und dem vermeintlichen Treuebruch wie ein Hund, wie ein Vieh, und einmal in dieser weinschwangeren und seelenkratzigen Zeit hatte er den regierenden Herzog aufgefordert, dem verräterischen Pack auf der Stelle den Krieg zu erklären; die Schande mit Blut abzuwaschen.

Glücklicherweise war Ernst trotz allem besonnen genug gewesen, dieses Ansinnen abzulehnen. »10 000 Gulden – den Batzen werden die Heidelberger bezahlen müssen!« hatte er geraunzt. »Aber ein militärisches Vorgehen können wir uns nicht leisten, solches könnte uns selbst sehr schnell das Genick brechen! Der Ingolstädter, der gebartete Ludwig, wäre der lachende Dritte! Herfallen würde er seinerseits über unser Land, kaum daß unsere Rösser württembergischen Boden kahlzufressen begonnen hätten! Also schlag dir die Rache aus dem Kopf, Sohn; sie bringt uns nichts ein! Gibt ja auch noch andere Erbinnen – und möglicherweise solche, die nicht bloß ein Grafenkrönlein tragen! Sobald erst ein bißchen Gras über die vermaledeite Sache gewachsen ist, werden wir uns nach einer neuen Braut für dich umtun ...«

»Am besten gleich nach einer Hur', dann gibt's nachher kein böses Erwachen!« hatte Albrecht gebrüllt, war dann zu den Ställen gerannt, hatte aufsatteln lassen und hatte sich den Rest der Woche im Münchner Umland ausgetobt; rauschig und händelsüchtig die ganze Zeit über. Und dann war endlich der Tag gekommen, da er zum Turnier nach Augsburg aufbrechen konnte. Er hatte gewußt, daß er dort wiederum auf einen Gräflichen treffen würde, und heute war er mit gesenkter Lanze angeritten gegen den Feind und gegen seine eigene Verwirrung und Kotzübelkeit dazu. Über den Stechhof und gleichzeitig durch eine zersplitterte Welt war er geprescht auf dem Rappen; zuletzt hatte der Greifenschild zerdellt im Dreck gelegen, und dieser Anblick hatte so etwas wie eine Erlösung nach einem langen, wüsten Alptraum für ihn, Albrecht, bedeutet.

*

Nun, da der sechsundzwanzigjährige Herzog von Bayern-München nach seinem quälenden Erinnern wieder zu sich kam, spürte er plötzlich, daß auch die wochenlange Taubheit aus seinen Lenden gewichen war. Sein Blut schien wieder schneller zu kreisen, das Leben endlich wieder handfest zu werden, und dann, während er in das samtene Wams schlüpfte, beschloß der Wittelsbacher, daß der Augsburger Stechtag im Badhaus enden sollte.

# GASSE ZWISCHEN DEN SCHLACHTEN IN AUGSBURG

*Fasching 1428*

*»man sagt, das sy so hubsch gewesen sey, wann sy roten wein getrunken hett, so hett man ir den wein in der kel hinab sechen gen.«*
*(Veit Arnpeck)*

Ein Schluck Wein! Ein bißchen Ausruhen! – Danach verlangte es die siebzehnjährige Tochter des Baders nun schon seit Stunden.

Der Tag war anstrengend gewesen wie schon lange keiner mehr. Tausende hatten sich vom Turnier in die Stadt locken lassen, und die Vergnügungssüchtigen hatten sich im verrufenen Bernauer-Haus die Klinke förmlich gegenseitig in die Hand gegeben. Von der Frühmesse an bis jetzt, da draußen bereits die Vesperglocken läuteten, war Agnes ständig auf dem Sprung gewesen. Sie hatte die Zecher bedient, hatte zwischendurch Wasserkübel und Feuerholz geschleppt, hatte die Näpfe und Platten mit den Speisen aus der Küche herangebracht. Dann und wann, so einer in den Zubern mehr als die üblichen vier Pfennige für das bloße Baden hatte springen lassen, hatte Agnes auch zum Rutenbüschel gegriffen und hatte damit dem Vorwitzigen das Blut in Wallung gebracht. Daß sie freilich direkt in eine der Wannen steigen solle, bloß mit dem dünnen Hemd bekleidet, hatte der Vater an diesem Tag nicht von ihr verlangt. Dies, obwohl die anderen Reiberinnen[12]) heute gerade beim Sün-

[12]) Reiberin = Bademagd, die im Bedarfsfall auch als Dirne tätig sein konnte.

digen mehr als sonst hatten leisten müssen. Agnes hatte den Alten allerdings in Verdacht, daß er sie nicht aus christlicher Nächstenliebe heraus geschont hatte. Eher schien er sie aufsparen zu wollen für die Nacht, wo ihr verlockendes Fleisch ihm dann möglicherweise den höheren Profit eintragen konnte ...

Die Siebzehnjährige seufzte; einmal mehr wünschte sie sich, daß sie in einem anständigen Haus hätte aufwachsen dürfen, nicht in dem gotteslästerlichen in der Gasse Zwischen den Schlachten am Lechufer. Entsetzlich eingezwängt kam sie sich hier manchmal vor; ganz so wie der Fluß, dem draußen die Beschlächtmauern[13]) seine Freiheit nahmen. Doch dann sagte sich die Blonde, wie so oft schon, daß das Auflehnen wohl keinen Sinn habe. Immerhin schien es jetzt, mit dem Vesperläuten, vorübergehend ruhiger zu werden in der Badstube, und wenig später nutzte Agnes Bernauer die Gelegenheit, auf die sie den ganzen Tag über gewartet hatte. Mit einem Becher Wein und einem Kanten Brot zog sie sich in eine stille Ecke zurück; während sie aß und trank, erschien ihr der Raum, der doch trotz allem so etwas wie Heimat und Lebensmittelpunkt für sie war, zunehmend wie etwas völlig Fremdes.

Da standen die Zuber an den Längswänden; dazwischen plätscherte das dampfende Wasser im großen Bassin. Das war jetzt gerade leer, aber in etlichen der Bottiche suhlten sich noch immer Halbbetrunkene; ehrsame Bürger und Handwerker draußen, um so Liederlichere hier drinnen. Die Blonde sah, wie gerade jetzt einer von denen seinen Wanst herumwälzte, so daß Urschel, die dralle Erfahrene, neben ihm im Zuber Platz finden konnte. Und dann hörte Agnes den Weinhändler grunzen, und Urschel erweckte jetzt den

[13]) Beschlächt = Schleusen- oder Kanalmauer an einem Fluß. Die Bezeichnung der Gasse »Zwischen den Schlachten« leitet sich vermutlich von Beschlächtmauern am Lech her.

Eindruck, als ritte sie in seltsamer Stellung auf einem feisten, schwabbelhäutigen Schwein.

Schon oft hatte die Tochter des Baders so etwas erblickt; es hätte sie längst nicht mehr stören dürfen, dennoch fühlte sie sich auf einmal betroffen. Sie wußte, daß es nur von der Laune des Vaters abhing, wer dem Grunzeber zu Diensten sein mußte; es hätte ebensogut sie erwischen können, und dieser Gedanke ekelte sie jetzt plötzlich über die Maßen. Vielleicht, so schoß es ihr durch den Kopf, hing dies mit den Rittern zusammen, die sich derzeit in Augsburg aufhielten; von denen hatte gewiß keiner einen solch abstoßenden Wanst, mit einer derartigen Wamme würde kein Kavalier mehr in eine Rüstung passen. Der Gedanke war erheiternd; er wischte Agnes den Ekel weg, sie ließ den Blick weiter durch die Badstube schweifen.

Die Zecher an der hinteren Querwand waren allmählich jenseits von Gut und Böse. Um ein Trüppchen Marktschreier handelte es sich, die am Vormittag, ehe das Turnier begonnen hatte, ihre welschen Waren auf dem Domplatz feilgeboten hatten. Inzwischen hatten sie ein Gutteil ihres Gewinns wieder vertrunken, und Agnes – immer noch aus diesem fremdartigen Losgelöstsein heraus – dachte nun über die so offensichtliche Dummheit der Fahrenden nach; auch über die Hirnlosigkeit im menschlichen Charakter allgemein – bis sie dann unvermittelt den gurgelnden Schrei vernahm.

Der alte Bernauer hatte in der Vesperstunde, da die meisten Gäste in die Kirchen gelaufen waren, endlich Zeit für den mit der aufgeschwollenen Wange gefunden. Den ganzen Nachmittag über hatte der Kerzenzieher mit dem vereiterten Zahn sich notgedrungen mit Branntwein traktiert. Jetzt aber klammerte er sich verzweifelt am chirurgischen Stuhl fest, und in seinem weit aufgesperrten Mund machte sich – als wolle er ihn meucheln – der Bader mit der Zange zu schaffen. Das eine Knie, um besseren Halt zu haben, hatte Kaspar Bernauer dabei gegen den Schoß des Bedauernswerten gestemmt, mit dem linken Arm hielt er ihn zudem in der Genickschere, und nun drehte er jäh das Instrument mit brachialer Gewalt. Das Schreien des Handwerkers wurde zum Brüllen, mit dem nächsten Lidschlag zusätzlich zum Blutspucken; triumphierend seinerseits hielt der Bader das angerostete Instrument hoch, und der Augenzahn zwischen den Zangenbacken sah erstaunlicherweise so harmlos aus wie eine kleine, verschrumpelte Pastinake[14]).

In seinem Zuber, er war inzwischen fertig mit der drallen Urschel, grunzte der Weinhändler Beifall; verlangte gleich darauf von seiner gewesenen Gespielin, daß sie ihm einen Imbiß und einen frischen Krug Punsch servieren solle. Der Kerzenzieher taumelte von seinem Marterstuhl, warf dem Hausherrn zittrig den gemünzten Lohn vor die Füße und verschwand mit blutversudeltem Wams nach draußen. »Undank ist der Welt Lohn!« raunzte Kaspar Bernauer, dann sammelte er sorgsam die verstreuten Pfennige auf.

Kaum hatte er das letzte Kupferstück eingesäckelt, als über den Dächern der Stadt neuerlich das vielfältige Glockenläuten aufklang. »Raus aus deinem Schmollwinkel!« wandte der Bader sich seiner Tochter zu. »Die Vesperandachten sind vorbei, die Hochwürdigen Herren« – er bekreuzigte sich wieselflink – »haben das Amen gesungen. Jetzt hebt das große Geldscheffeln an in der Gasse Zwischen den Schlachten; ich hab's im Urin! Wirst's sehen, Agnes, heut suhlt sich gar noch der eine oder andere Ritterliche im Zuber bei uns! Also schleun dich, zieh dir ein frisches Hemd an, auf daß du was hermachst, wenn die noblen Gäste kommen!«

Die Blonde, unwillkürlich, duckte sich; sie hatte sich also doch nicht getäuscht – der Alte hatte sie nicht schonen wollen an diesem Tag, bloß aufsparen. Einen Herzschlag lang

---

[14]) Pastinake = Gemüsewurzel, im Mittelalter sehr verbreitet.

regte sich Widerstand in ihr; ein Stimmchen glaubte sie zu vernehmen: Warum immer nur die Brunst und nie Liebe?! Im nächsten Augenblick aber verflüchtigte sich die inwendige Auflehnung wieder: Wer sollte sie schon lieben, wo sie doch nichts als die schöne Metze, die Reiberin, die Ehrlose war?! Ihren Körper, ja, den wollten sie alle, und so mancher hatte ihn in den zwei Jahren seit ihrer Entjungferung auch bekommen, hatte ihn genossen unterm Grölen der anderen Gäste, aber nachher hatte ihr nie einer ein zärtliches Wort vergönnt; nachher war immer bloß das geschehen, was der Kerzenzieher vorhin auch mit dem Vater gemacht hatte: Irgendwie war ihr immer bloß kaltes Metall vor die Füße geworfen worden. – Agnes Bernauer, geduckt, krümmte wie ein verbiestertes Kind jetzt auch noch die Zehen ein, dann verschlang sie hastig den letzten Brocken Brot und verschluckte sich an dem Rest dünnen Weins, der sich noch im Becher befunden hatte. Hustend, stolpernd lief sie sodann hinauf in ihre Kammer, um dem Befehl des Alten nachzukommen, ehe der böse werden konnte.

*

»Die Badhur', die Bernauerin – eine solche Schönheit wie die dürft Ihr Euch nicht durch die Lappen gehen lassen, Euer Liebden!« Angestochen, ziemlich kräftig schon, war der Patrizier, der dem jungen Herzog von Bayern-München diese Worte ins geneigte Ohr raunte, kaum daß Albrecht die Rede auf die einschlägigen Augsburger Etablissements gebracht hatte. »Goldblondes Haar gleich einer Madonna hat sie; man sagt, daß es ihr bis zu den Kniekehlen reicht, so sie es für einen Galan auflöst. Dazu die braunen Augen; fast möchte man meinen, die gehörten zu einer Welschen oder gar einer Zigeunerin – Ihr versteht mich, nicht wahr? Was aber ihren Leib angeht, so fehlen mir einfach die Worte; nur soviel: Denkt Euch eine keusche Jungfer und eine verführerische biblische Salome dazu, und Ihr habt ungefähr das Bild, das ich meine . . .« Der Ratsherr brach ab, leckte sich die Lippen, griff schwimmenden Auges nach seinem silbernen Pokal. In sein hastiges Schlürfen hinein drang scharf und spöttisch zugleich die Frage des Wittelsbachers: »Ihr hört Euch an, als hättet Ihr sie nicht nur gesehen, sondern auch gestochen?«

»Darüber«, der Patrizier rülpste, »schweigt des Sängers Höflichkeit!«

Albrecht lachte auf; bitter: »Als ob es mir was ausmachen würde! Eine Zubermetze! Eine solche ist für alle da! Ganz wie gewisse hochwohlgeborene Dirnen! Bloß daß es mit den einen Sperenzchen geben kann und mit den anderen nicht! Aber das versteht Ihr nicht, Peutinger! Braucht's auch nicht! Ich wollte sowieso nur wissen, ob es sich wirklich lohnt mit der . . . wie hieß sie? . . . der Bernauerin?«

»Wenn mit der nicht – dann mit keiner!« erwiderte der Ratsherr. »In der Gasse Zwischen den Schlachten findet Ihr das Haus, direkt am Lech liegt's. Wenn Ihr wollt, befehle ich einem Diener, daß er's Euch zeigt. Oder besser noch: Ich komme selbst mit. Wird mir eh schon fad, das Bankett hier im Bischofspalast. Kein einziges lockeres Weib hier, bloß langweilige Adelswachteln . . .« Peutinger besann sich, schluckste erneut, setzte erschrocken hinzu: »Vergebt mir, Euer Liebden! War nicht so gemeint! Ging nicht gegen Euch!«

»Von mir aus dürft Ihr sie noch ganz anders titulieren«, grinste der Wittelsbacher. »Direkt aus dem Herzen gesprochen habt Ihr mir! Also gut, mein Freund, dann laßt uns aufbrechen, ehe mir noch ein anderer mit seiner Turnierlanze über die schöne Bernauerin kommt. Glaubt Ihr, wir können uns französisch empfehlen aus der illustren Runde hier?«

»Daß wir zum Brunzen hinaus müssen, kann uns keiner verbieten!« wieherte derb und verschwörerisch der Patrizier. Der Wittelsbacher stimmte in sein Lachen ein, gleich darauf schritten die beiden Herren untergehakt davon. Im Hof des kirchenfürstlichen Palais standen die Kutschen, Peutinger nannte das Ziel, und wenig später erreichte die Kalesche das verrufene Gebäude, dessen Tor von einer einzelnen blakenden Fackel erleuchtet wurde.

Der Lärm eines Dudelsacks, untermischt mit quiekenden und trillernden Flötentönen, drang heraus; Weiberkreischen war zu hören und Männerbrüllen dazu – ganz wie der alte Bernauer vermutet hatte, war das Geschäft in der Nacht noch kräftiger aufgeblüht als am Turniertag selbst.

»Ihr geht vor mir hinein und sorgt dafür, daß es nicht mehr Aufsehen als nötig um meine Person gibt!« wies Albrecht von Bayern-München den Ratsherrn an. »Ihr könnt Euch denken, daß ich keine Lust verspüre, vom Pöbel begafft zu werden. Regelt das mit dem Bader, ich warte solange hier draußen.«

»Ihr sollt mit mir zufrieden sein«, versicherte Peutinger. Seine Stimme klang jetzt wieder klarer; die Nachtluft hatte ihn leidlich ernüchtert. Im nächsten Augenblick war er im Badhaus verschwunden; Albrecht, stärker jetzt noch als nach dem Turnier das Ziehen in den Lenden, mußte sich eine Weile gedulden, bis der Patrizier in Begleitung des Ehrlosen zurückkehrte. Kaspar Bernauer katzbuckelte vor der Kutsche; Peutinger hatte ihn offenbar restlos eingeweiht. Immer noch in geduckter Haltung, während der Herzog jetzt ausstieg, zischelte der Bader: »Geruht, diesen Umhang zu nehmen, Euer Hochwohlgeboren! Ein Kapuziner hat ihn kürzlich bei mir zurückgelassen als Bezahlung; die Kutte wird Euch bestens tarnen. Und dann sollt Ihr eine verschwiegene Kammer haben, für Euch und die Agnes; soll Euch an nichts fehlen dort, soll Euch allerbestens aufgewartet werden! Gestattet außerdem, daß ich Euch versichere, Fürst von Bayern, welche Ehr', welch unglaubliche und unverdiente Gnad'...«

»Schon gut!« schnitt ihm der Wittelsbacher das Wort ab. »Soll dein Schaden nicht sein, wenn deine Tochter wirklich so schön ist, wie der Peutinger sagt. Jetzt her mit dem Habit, hoffentlich sind keine Flöhe drin!«

Unverdrossen ging in der dunstschwadigen Badestube der Lärm weiter, als der Augsburger Großkaufmann, der Mönch und der Eigentümer eintraten. Albrecht, sich durch den Trubel drängend, mußte sich etliche derbe Zoten anhören; nahm sie innerlich amüsiert hin. Heimlich hielt er Ausschau nach der berühmten Agnes, bekam aber bloß ein Dutzend gewöhnlicher Wannenhuren und Mägde zu Gesicht. Kurz ehe der Herzog die Stiege nach oben erreichte, schnappte sich der Patrizier eine dieser Halbnackten und war im nächsten Moment mit ihr irgendwo im wabernden Brodem verschwunden. Der vermummte Wittelsbacher grinste, dann folgte er dem Bader in den ersten Stock, und hinter einer Biegung des holzverschalten Ganges klang das Toben von unten plötzlich gedämpfter. »Die beste Kammer, ganz hinten, habe ich für Euch vorgesehen«, raunte Kaspar Bernauer, setzte, nachdem Albrecht wohlwollend genickt hatte, hinzu: »Auch kommt mir sonst kein Gast dort hinein; der Schlafraum der Agnes ist's – doch für Euch will ich die Ausnahme gern machen.«

»Ist sie denn schon bereit für mich, deine . . . Agnes?« wollte der Münchner wissen, während er die letzten Schritte zurücklegte.

»Bei einem wie Euch, Herr, da darf es kein Zögern geben, das meinte sie auch, als ich es ihr sagte«, erwiderte beflissen der Bader. »Sie verehrt Euch, hat ja auch mitbekommen, wie kühn Ihr Euch beim Turnier geschlagen habt! Den ganzen Tag über hat sie schon von keinem anderen geschwärmt als dem schönen Herzog aus Bayern . . .« Er unterbrach sich, drückte die Klinke, trat – wiederum katzbuckelnd – beiseite, und an ihm vorbei schritt Albrecht in den Raum.

*

Die Kutte erschreckte sie; alles hatte sie erwartet, das nicht!

Etwas von einem Münchner Herzog hatte der Alte ihr ins Ohr gezischelt, ehe er sie unter dem Feixen des Ratsherrn nach oben geteufelt hatte. Auf einen Protzigen hatte sie sich also gefaßt gemacht, auf einen Herausgeputzten, einen Hochmütigen; einen Geilen sowieso. Die Mägde hatten den Zuber, die dampfenden Wasserkannen, den Wein und den kalten Braten dazu heraufgeschleppt; sie selbst war derweilen aus dem einfachen Hemd geschlüpft, hatte hastig ihr bestes Gewand angelegt und hatte sich gleichzeitig innerlich auf die Begegnung vorzubereiten versucht. Eingestellt, so gut ihr dies in der Eile eben möglich gewesen war, hatte sie sich auf die seit Jahren vertraute Erniedrigung; auf den flüchtigen und unpersönlichen fleischlichen Akt. Sie hatte sich eingeredet, daß sie ihn einmal mehr ohne innere Bewegung durchstehen würde; im Bottich oder auf dem Bett, ganz wie der Galan es wünschte, und schon bald dann würde sie wieder allein sein dürfen, würde die späte Nacht kommen – und damit der erlösende Schlaf; das Vergessen. Gegen die Scham, die möglicherweise später doch noch hochgequollen wäre in ihr, hätte es die Verachtung gegeben; gerade im Fall vermutlich des Herzogs hätte sie bloß an das Popanzische denken müssen, an das lächerlich Gockelhähnische, und das inwendige Spotten darüber – so hatte sie es sich jedenfalls ausgemalt – wäre zuletzt stärker gewesen als das klemmende Nachwabern des Sündigen. In diesem Bewußtsein, das ihr wie ein Schutzpanzer war, hatte Agnes das Herannahen der väterlichen und der fremden Schritte vernommen, hatte sie die Tür aufschwingen sehen – aber dann hatte das Unerwartete sie förmlich angesprungen. Den geilen Kunden in der Kutte hatte sie jäh als etwas Blasphemisches und zutiefst Widerwärtiges empfunden, als etwas, das ihr den schützenden Wall rettungslos zusammenhämmerte – und nun, da Albrecht von Bayern nähertrat, begann Agnes Bernauer, mit hängenden Schultern in der Mitte der Kammer stehend, wie Espenlaub zu zittern.

Mehr noch: Sie verbarg, versteckte, verkroch sich vor dem Abstoßenden hinter dem einzigen, das ihr verblieben war; die Hände, vom langen Haar umschleiert, hatte sie unwillkürlich vors Gesicht geschlagen, und auf diese Weise, zumindest im ersten Schreck, versuchte sie das Unabwendbare von sich abzuhalten. Die Geräusche freilich blieben; die Schritte des Kotbraunen, ihr plötzliches Abbrechen dann, dafür aber jetzt sein stoßartiger Atem, ganz nahe. Dem konnte die Siebzehnjährige nicht entkommen; dieses Ausgeliefertsein, trotz allem, blieb Realität, und dann begriff Agnes Bernauer auch, daß sie ihn nicht beleidigen, nicht zu tief treffen durfte! Er, gerade er, könnte sich rächen an ihr, am Vater, an der Familie, am Gewerbe; ein Leichtes wäre es für einen wie den, sie alle heimatlos und friedlos zu machen, falls sie seinen Zorn reizte! Also mußte sie die Furcht, den Schock, die grauenhafte inwendige Beklemmung niederringen; ein Wort, wenigstens ein erstes, mußte sie sagen zu ihm – um jeden Preis! Und sie versuchte es, obwohl ihr die Kehle wie gelähmt war. Doch sie brachte nur ein Krächzen heraus; zumindest schien es ihr so, denn in Wirklichkeit blieb sie völlig stumm.

In ihre Lähmung hinein, in ihr körperliches und seelisches Gebeuteltwerden aber dann plötzlich tatsächlich ein Laut; von den Lippen Albrechts kam er, und zunächst erfaßte Agnes ihn gar nicht – einen Herzschlag später aber begriff sie, daß er gesagt hatte: »Du . . .« Und dann hörte sie ihn weitersprechen: »Du . . . mußt keine Angst vor mir haben! Nicht du!«

Es schwang etwas mit in diesen wenigen Worten, das sie – übers Verbale hinaus – als warm empfand; zögerlich begann der Knoten in ihr sich zu entflechten. Agnes, beschämt jetzt fast, löste die Hände von den Augen und erblickte nicht länger einen finster Verhüllten, sondern ein menschliches

Gesicht. Nichts Blasphemisches, nichts Popanzisches, nichts Gockelhähnisches sah sie in den Zügen des Mannes; eher war da etwas Verletztes, Verprelltes – vielleicht sogar eine unsichtbare Wunde. Dies, genau dies, ließ die Brücke zwischen ihr und Albrecht noch tragfähiger werden; Agnes' eigenes Verstörtsein hatte Widerlager und Halt gefunden in dem, was sie hinter der Hauthülle des jungen Herzogs erahnte.

Als hätte er den mentalen Ruf verspürt, kam Albrecht nun näher; ganz nahe kam er heran, und dann breitete er die Arme aus. »Nein!« hörte die Siebzehnjährige sich sagen; der Mann hielt in der Bewegung inne, verwirrt; einen Lidschlag später fügte Agnes Bernauer hinzu: »Die Kutte!«

Der Herzog begriff; er lachte, und sein Lachen bewirkte einen weiteren Schritt zum Vertrautwerden hin. Einen beinahe heiteren Moment lang kämpfte er mit dem Habit, ließ es sodann achtlos zu Boden fallen, stand jetzt im Wams und in den Beinlingen[15]) vor ihr, und die Siebzehnjährige dachte unwillkürlich: Er ist schön! An die Vesperstunde erinnerte sie sich gleichzeitig; an den Weinhändler, der sich mit der drallen Urschel in der Wanne gewälzt hatte; an ihre eigene Assoziation von den Rittern, den schlanken, die mit dem Feistwammigen überhaupt nicht zu vergleichen wären. Bewußt wurde ihr, daß ja auch dieser Herzog von Bayern ein Ritterlicher, ein Kavalier war, und so sah sie ihn jetzt wiederum in einem neuen Licht; gleich darauf vernahm sie zum zweiten Mal die warme Stimme.

»Du bist schön!« sagte er leise. »Peutinger hat nicht zuviel versprochen, als er dein prachtvolles Haar lobte, deine romantischen Augen, deinen bezaubernden Leib ...«

Während der Sechsundzwanzigjährige noch redete, dachte er: Aber da ist noch mehr ... Etwas so Verletzliches,

---

[15]) Beinlinge = eine Art »Leggings«, die im Mittelalter anstelle der Hosen getragen wurden.

so Zartes – etwas, das man wie einen kleinen Vogel mit vorsichtigen Händen behüten möchte ... Etwas Pflanzenreines auch, etwas Verwunschenes und Geheimnisvolles, als hätte Gott gleichermaßen Helles und Dunkles in ein verschleiertes Reis gelegt ... – Gott! dachte er; sie berührt mich stärker, als es bei einer wie ihr gut ist ... Sie hat etwas an sich, das vielleicht kein Mann je wird ergründen können ... Es geht etwas von ihr aus, das trifft etwas in mir, was ich bis heute nicht kannte ... Es berührt mich an einer Stelle, von der ich nicht wußte, daß es sie gibt ... – Und dann verwirrte sich ihm das Denken, und er konnte nur noch das eine empfinden: Ich will, muß sie auch berühren; spüren, ertasten, festhalten ...

Und so geschah es; ohne daß er den letzten Schritt bewußt getan hätte, hielt er sie auf einmal in den Armen; gleich darauf empfand er es wie ein Geschenk, daß ihr Zittern sich legte, verebbte, und daß sie das Umhüllende, Bergende, das er ihr so von Herzen schenken wollte, annahm.

Zeit verstrich; dennoch – so empfanden sie es jetzt beide – schien eine Sanduhr in ihrem Rieseln, in ihrem unumkehrbaren Ablaufen gehemmt worden zu sein. Erst viel später und trotzdem irgendwie im gleichen Moment begannen die Augenblicke wieder zu rauschen; der Kuß löste es aus, der erste, und aus der Berührung ihrer Lippen, ihrer Zungen entstand ein Rasen.

Das Pendel schlug zurück, vom Verzaubertsein ins Körperliche; möglicherweise aber auch weitete sich das Seelische bis tief hinein ins Leibliche aus. Tatsache, äußerliche zumindest, war, daß sie hinüber zum Bett taumelten und tanzten, daß sie niedersanken dort, daß sie zu stammeln begannen; daß sie nicht länger Herzog und Hure waren, sondern nur noch Mann und Weib, Weib und Mann.

Die bebende Haut der fast noch Mädchenhaften erforschte, erkundete Albrecht mit seinem Mund. Ihre Lust leckte er herauf aus der verborgenen Tiefe; beglückend wie nie bei einer Frau empfand er ihr jetzt wieder aufzuckendes und dennoch ganz andersartiges Zittern. Er spürte, wie sie sich weich weitete; er sah sich zärtlich umklammert und schamlos begehrt, und dann fiel auch die allerletzte Schranke, kam das verzückte Verschmelzen, das Einswerden in einem Fleisch.

Irgendwann wurde das Rasen zum Ausklingen, zum erschöpften Nachbeben, zum glückseligen Ausruhen dann. Schweißnaß waren ihre Leiber, das Bett zerwühlt, doch ihre Augen leuchteten. Und in dieses Leuchten ihrer dunklen Pupillen hinein, während er ihr verworrenes Haar behutsam mit den Fingern strählte, flüsterte Albrecht: »Was hast du bloß mit mir gemacht, Hexlein, du; Fee, du?«

»Und du mit mir ...«, gab sie leise zurück, und ihre Lippen waren dabei wie Blüten; wie Blüten, die noch immer wie von der Leidenschaft verletzt wirkten – und dennoch in dieser Stunde kein Leid kannten.

Auf diese Weise hatten sie sich gegenseitig gestanden, wie tief es gegangen, wie innig es gewesen war; danach schwiegen sie wieder; es war ihnen genug, daß ihre Blicke sich auch jetzt noch nicht voneinander lösen konnten.

In den hellen Pupillen des Mannes vermeinte Agnes ihre heimlichen Träume und unausgesprochenen Sehnsüchte wiederzufinden. Etwas Klares und Starkes schien ihr aus der himmelblau geflammten Iris entgegenzulichteln; das Verletzte und Verprellte, das ihr am Anfang aufgefallen war, hatte sich ins Nichts verflüchtigt. Nun war statt dessen etwas da, das sie kraftvoll hielt – genau das Gegenteil von dem, was ihr Leben bisher bestimmt und oft genug verfinstert hatte. Während sie selbst in der verhaßten Badstube durch schlierige Schwaden getaumelt war, hatte der, den sie jetzt über den körperlichen Akt hinaus in den Armen halten durfte, kühn im Sattel die Welt durchritten. Während sie in der Gosse herumgestoßen worden war, hatte er auf seinen Schlössern gewohnt, aber heute – jetzt! – war etwas ausgeglichen worden! Er hatte sie angenommen und hatte sie in seine Geborgenheit gehoben; für einen berauschenden Augenblick wenigstens. Er hatte sich ihr zugeneigt und ebenso sie sich ihm, und es hatte keine Schranken mehr zwischen ihnen gegeben, nur noch das Entzücken von Haut zu Haut, von Seele zu Seele. Der Nachhall dessen aber war das Allerschönste, was Agnes Bernauer in den Augen des Herzogs las; sie hatte bislang nicht gewußt, daß es so etwas Himmlisches auf Erden gab.

Wie ist es nur möglich? dachte gleichzeitig Albrecht von Bayern-München, während er sein Inneres seinerseits durch die Landschaft ihrer moorbraunen Pupillen treiben ließ. Dutzende von Frauen habe ich gehabt, ich könnte vermutlich all die Namen gar nicht mehr nennen. Den flüchtigen Kitzel schenkten mir die einen; Leidenschaft und vielleicht das, was man Liebe nennt, manchmal die andern. Mit ihr aber, der Fee, der Blume, der so innig Schamlosen, läßt sich keine vergleichen! Was ist es, das dich wie ein tiefer, grundloser Brunnen sein läßt, Hexlein, Agnes? Wie konnte es sein, daß du so verletzbar warst – und dann doch so voller Hingabe; so süß? Ist es ein Zauber, den du über mich warfst, damit ich die andere vergessen sollte? Wußte Peutinger mehr, als er mir sagte? Egal! Etwas tief drinnen in mir hast du geheilt, durch deine Hände, deinen Schoß, deine Augen. – Die Gräfin Elisabeth von Württemberg, die Beleidigung, die Schande – was kann mir dies alles jetzt noch bedeuten; nach dir . . . ?

»Jetzt hast du dich von mir entfernt . . . jetzt sind wieder die Schatten in deinem Blick!« hörte Albrecht mit dem gleichen Herzschlag die Stimme der Siebzehnjährigen. Nicht vorwurfsvoll hatte sie es gesagt, nicht anklagend; vielmehr so anteilnehmend, so mitleidig. Der Herzog schluckte, verspannte sich unwillkürlich, wich innerlich ein Quentchen zurück, obwohl er doch eben noch geglaubt hatte, die Affäre sei überwunden. Fühlte sich aber gleichzeitig aufgefangen in den Armen der Blonden und vernahm, wie sie hinzufügte: »Willst du es mir nicht sagen? Willst du es nicht teilen mit mir?«

Nein! wollte er antworten; wie könnte ich denn dich in dieser Stunde so verletzen?! Aber dann war neuerlich ihr Streicheln da, und er begriff, daß nicht die Wahrheit sie treffen würde, sondern das Schweigen; daß sie nicht ausgegrenzt sein wollte, sondern bereit war, selbst etwas Quälendes zusammen mit ihm zu tragen. »Heute morgen noch dachte ich, ich müßte die Welt erwürgen«, erwiderte er. »Leichter wurde es dann beim Turnier, nachdem ich den Grafen besiegt hatte – und außerdem in mir die klemmende Lebensangst. Doch geheilt war ich nicht; ich glaubte es bloß, als ich den Entschluß faßte, den geilen, ins Badhaus zu gehen. Erst du, Agnes ...« Er brach ab; er begriff, wie groß die Gefahr eines Mißverständnisses nach seinen letzten Worten geworden war, also schmiegte er sich an sie, küßte sie, liebkoste sie wie einer, der um Verzeihung bittet. Erst als er spürte, daß die Bedrohung gebannt war, sprach er weiter: »Und statt dessen – statt dessen, verstehst du?! – habe ich dich gefunden, und nun hast du mich gefragt, was geschehen ist ...« Als Agnes nickte, als er jetzt wieder die hemmungslose Zärtlichkeit in ihren Augen sah, fand er endlich den vollen Mut zur Schonungslosigkeit und Ehrlichkeit sich selbst gegenüber, und dann sprudelte es aus ihm heraus; alles ...

Agnes Bernauer unterbrach ihn kein einziges Mal; sie hielt ihn nur fest, sie barg ihn an ihrer Brust dabei, und zuletzt, als er verstummen durfte, hatte er das Gefühl, daß sie auf wundersame Art seine Last auf sich genommen und sie dadurch gleichzeitig für sie beide aus der Welt geschafft hatte. Einen erlösten Atemzug tat er, Agnes lächelte, so warm, und dann senkte er seinen Mund über ihre Brust, über ihre Knospe und küßte sich fest dort und küßte sich tiefer, bis das süße Einswerden ihnen noch einmal geschenkt wurde.

Erst gegen Morgen schliefen sie beide ein, immer noch in der innigen Umarmung, und das Badhaus lag jetzt still und vom Nebel umflutet da in der verrufenen Gasse Zwischen den Schlachten zu Augsburg.

*

»Du hast ihm nicht einmal den Zuber gefüllt, auch hat er weder den Braten noch den Wein angerührt!« herrschte um die Mittagsstunde des folgenden Tages der Bader seine Tochter an. »Wenn er nicht zufrieden gewesen ist mit dir, wenn etwa gar das Gerücht aufkommt, du hättest einen Herzog nicht bestens zu bedienen gewußt, dann ... !«

Die Drohung hing im Raum, drunten im Erdgeschoß, wo sich schon wieder die ersten Angetrunkenen in den Bottichen suhlten. Doch Agnes Bernauer, seltsam verträumt kam sie dem Alten heute vor, reagierte gar nicht. »Hast du mir nicht zugehört, du Metze?!« schrie der Bader nun. »Antworte! Was ist zum Beispiel mit dem Lohn gewesen?! Fortgeritten ist der Wittelsbacher, nachdem seine Knappen ihn aufgespürt hatten, ohne mich auch nur eines Blickes zu würdigen! Hat er dir denn wenigstens einen Gulden oder zwei dagelassen? Hat's doch versprochen gehabt, daß es mein Schaden nicht sein solle, wenn ich dich mit ihm zusammenbringen würde!«

»Er wird ja wiederkommen, reg dich nicht auf«, sagte die Siebzehnjährige nun ganz sanft. »Das hat er *mir* versprochen ...«

Grollend, doch jetzt einigermaßen mit seinem Schicksal ausgesöhnt, verschwand Kaspar Bernauer in die vordere Abteilung der Badstube. Agnes hingegen rief sich noch einmal den Abschied von Albrecht in die Erinnerung zurück.

»Drei Tage bin ich noch in der Stadt, und ich möchte dich jede Nacht sehen«, hatte er ihr gesagt. – Und nachher? hatte die Blonde fragen wollen, hatte sich's aber gerade noch rechtzeitig verkniffen. Sie wußte ja, er würde zurückkehren an den Münchner Hof, in seine Adelswelt. Sie konnte nichts ändern dran, mußte sich abfinden damit. Daß ihm und ihr noch drei Nächte bleiben würden, war sowieso schon ein großes Geschenk.

Drei Nächte, dachte sie nun und spürte dabei das Ziehen im Leib; so schön will ich sie ihm machen, als ob's drei Ewigkeiten wären! Weil keiner jemals so gut zu mir gewesen ist wie er. Weil er so lieb war, daß er mich nicht durch ein paar hingeworfene Münzen beschämt hat. Jeder andere hätte gelöhnt nachher; er nicht! Weil er genau wie ich gefühlt hat, daß wir uns etwas geschenkt haben; gegenseitig. Und so wird's wieder sein! Soll mich doch der Alte nach den drei Tagen verprügeln deswegen! Ist mir egal! Ich lass' mir nicht kaputtmachen, was gewesen ist – und was noch kommen wird ...

Was kommen würde, wann er zu ihr zurückkehren würde – diese Gedanken ließen die Blonde den ganzen Tag nicht mehr los, während im Haus Zwischen den Schlachten der Betrieb wie üblich lief; während Agnes die Gäste bediente, die Wasserkannen schleppte und die Zoten der Besoffenen ertragen mußte. Während sie die ganze Zeit über immer wieder einmal schnell nach draußen lief, um zu sehen, ob ein gewisser Kapuziner sich nicht vielleicht doch schon vor Einbruch der Dunkelheit sehen ließe. Dabei wußte sie doch, daß der junge Herzog jede Menge höfischer Verpflichtungen hatte. Trotzdem wollte sie sich nicht durch den Verstand um die Hoffnung bringen lassen; die berauschende, die süße. So verging ihr der Tag zwischen der gewohnten Erniedrigung, dem erregenden Herzweh und der Sehnsucht wie im Traum, bis dann endlich tatsächlich die braune Kutte auftauchte und es nur noch eine ganz kleine Ewigkeit dauerte, bis sich die Kammertür wiederum hinter dem Wittelsbacher und der Tochter des Ehrlosen schloß.

Drei Nächte lang hielt Agnes Bernauer das Versprechen, das sie sich selbst und insgeheim auch Albrecht von Bayern-

München gegeben hatte; dann aber kam der Abschied, der unabdingbare.

»Nimm das von mir an – nicht als Lohn, sondern als Geschenk und Dank!« sagte der Dunkelhaarige rauh, während er das Kleinod aus seiner Gürteltasche nestelte. Der Morgen war noch grau; im Zwielicht erkannte die Siebzehnjährige eine goldene Kette, aus miteinander verschlungenen doppelten Gliedern geschmiedet. Ein ebenfalls gülden gefaßter Rubin hing daran; noch nie im Leben hatte die Blonde etwas so Schönes gesehen, und gleichzeitig hatte ihr nie zuvor das Herz dermaßen geschmerzt.

Agnes' gestammelter Dank kam einem Schluchzen gleich; noch einmal und vielleicht stärker denn je war die Brücke da, ebenso aber schien das schimmernde Metall etwas zwischen ihm und ihr zu zerschwertern. Zitternd jetzt wieder, ganz wie am Anfang, in der Nacht des Turniertages, duldete die Dunkeläugige, daß Albrecht ihr den Schmuck umlegte. Kalt und brennend spürte sie scheinbar jedes einzelne Kettenglied auf der nackten Nackenhaut; fremd und vertraut in seinem blutroten Glühen den Rubin auf der Brust. Gleich darauf aber fühlte sie nichts weiter mehr als seine Hände, die irgendwo in ihrer Nähe noch zögerten, obwohl das Schloß doch bereits zusammengesteckt war. Und sie warf sich herum zu dem, der hinter ihr gestanden hatte, und barg sich noch einmal, ein allerletztes Mal, in seinen Armen. Noch einmal verlor Agnes sich in der Wärme und im Aufgefangensein, danach aber war sie es, die sich von ihm löste und mit mehr als männlicher, nämlich mit weiblicher Tapferkeit sagte: »Nun mußt du reiten, zurück nach München, und vielleicht werden du und ich uns nie wieder im Leben sehen. Aber du sollst wissen, daß ich nichts bereue und nichts rückgängig machen möchte; gar nichts!«

Fast wie auf der Flucht verließ der Herzog daraufhin den Raum; die Treppe polterte er hinunter, rannte hinaus auf die Gasse, wo bereits der Knappe mit dem ledigen Roß für ihn wartete. Und dann klang der Hufschlag auf, donnernd, als ginge es in eine Schlacht, und Agnes Bernauer lauschte ihm wie versteinert nach, bis er sich allmählich dem Domplatz zu verlor.

# MÜNCHEN/AUGSBURG

*Frühjahr 1428–Sommer 1429*

*»Hertzog Albrecht, ain liebhaber der zarten frawen ...«*
*(Veit Arnpeck)*

*». . . hetten einen ehelichen Heyrat beredt.«*
*(Margarethe von Waldeck)*

»Sie muß dir Hexensud in den Wein gemischt haben, anders kann ich mir deinen Wahn nicht erklären!« Jan von Sedlec, Hofmeister Albrechts in der Alten Veste zu München, nahm wahrlich kein Blatt vor den Mund. Als langjähriger Freund und Vertrauter des Thronfolgers konnte er sich dies leisten; noch dazu waren beide am Pokulieren und keiner mehr nüchtern. »Als ob es hier nicht schockweise andere willige Weiber für dich gäbe!« fügte der böhmische Edelmann hinzu. »Brauchst bloß den Finger auszustrecken, dann hängt dir ein Dutzend dran! Ehrlich, ich frage mich, welchen Narren du an dieser Augsburger Baderstochter gefressen hast?!«

»Du verstehst mich nicht, weil du sie nicht kennst!« erwiderte der Herzog. »Redest so, wie du eben reden mußt in deiner Torheit. Giltst als ein erfahrener Kavalier am Hof, was die Rockschöße angeht, aber die Liebe hast du über dem reihenweisen Verzupfen offensichtlich niemals kennengelernt. Niemals, Jan, denn sonst würdest du begreifen, was mich inwendig dermaßen umtreibt, daß es mich fast zerreißt!«

»Die Liebe also«, versetzte der Hofmeister; etwas Spöttisches schwang jetzt in seiner Stimme mit. »Wenn's das erste

Mal in deinem Leben wäre, daß du lichterloh brennst, dann würde ich dir die Herzensbrunst möglicherweise glauben. Ich kann mich aber erinnern, daß es dir schon öfter so hundsföttisch erging wie jetzt. Die Flammen schlugen hoch und legten sich wieder, und wenig später war die nächste Zartleibige an der Reihe ...«

»Mag sein, aber was die Agnes angeht, löscht mir keine andere das Feuer ab!« unterbrach ihn Albrecht. »Den ganzen Weg heim von Augsburg ist sie mir nicht aus dem Kopf gegangen! Und jetzt quäle ich mich schon seit Wochen in der Residenz und hab' kein anderes Weib berührt, all die Zeit, doch jede Nacht, im Traum, sucht sie – SIE – mich heim!«

»Da haben wir es ja! Die verfluchte Keuschheit, die du dir selbst auferlegt hast, schlägt dir zurück ins Hirn!« wetterte Sedlec. »Eine Mätresse brauchst du, hier, die dir die Flausen handfest aus dem Schädel treibt; die dir den Verstand auf dem Umweg über die Lenden wieder klärt! Und ob du mir's befiehlst oder nicht, umtun werd' ich mich um eine; werd' dir den Freundschaftsdienst nicht schuldig bleiben, da du ja selbst im Augenblick nicht fähig bist, dir eine aufzureißen!«

Der Herzog antwortete nicht gleich, hielt sich statt dessen ausgiebig an den Falerner. Danach jedoch murmelte er, und nun fuhren die Worte ihm schon reichlich verwaschen aus der Kehle: »Was brauche ich eine aus München, wenn ich mir doch die aus Augsburg herholen lassen könnte?! Bloß einen Boten bräuchte ich loszuschicken, ein paar Gulden für den Bader vielleicht müßte ich springen lassen, schon hätte ich sie hier...«

»Und den Ärger mit deinem Vater, mit den Lästerzungen am Hof dazu, hättest du obendrein!« ging ihn der Böhmische erneut an. »Kannst du dir denn nicht vorstellen, wie der Alte toben, das übrige Pack über dich herziehen würde?! ›Die Zuberhur' und der Herzog‹ – ganz genau so würd's heißen! Ja, friß es nur, Albrecht, und kreide es mir nicht an!

Die anderen würden es hinausschreien, über ganz München und das Oberland hin, würdest du dich zu einem solchen Wahnsinn versteigen! Eine Ehrlose in der Alten Veste! Eine Reiberin im Bett des Thronfolgers! Ein Wittelsbacher zu ihrem Liebhaber erniedrigt! Nein, Albrecht, nicht ums Verrecken kannst du dir so etwas leisten! Heimlich im Schwäbischen drüben, ja! Da hat kein Hahn danach gekräht! Aber wenn du sie dir hier im eigenen Schloß halten würdest, dann könnt's am End' sogar noch zu einem Aufstand in deinem und Herzog Ernsts Erbland kommen! Von München würd's ausgehen, und würden dann gar noch die Pfaffen das Hetzen von ihren Kanzeln herunter anfangen, hier und draußen in den Provinzen, dann hätten wir zum Schluß eine veritable Rebellion am Hals! – Komm zur Besinnung, Albrecht, und befolge meinen Rat! Noch in dieser Stunde, so dir danach ist, kannst du eine andere zu deinem Vergnügen stechen! Mußt nur einen Ton sagen! Ich hol' dir eine Willige her, auf der Stelle! Dann wirst du schon merken, daß in der Nacht alle Katzen grau – und alle Weiberärsche gleich wonnig sind!«

»Du bist ein Grobklotz!« lallte der Dunkelhaarige. »Ich hätte mit dir überhaupt nicht reden sollen über die Agnes! Hätte es bewahren und hüten müssen in meinem Inneren, was gewesen ist! Jetzt . . .« Mit wegwerfender, fahriger Gebärde brach der Herzog ab, griff erneut nach dem Pokal, der von einem Lakaien zwischenzeitlich wieder aufgefüllt worden war, und trank noch unmäßiger als zuvor.

Jan von Sedlec sah ein, daß es sinnlos gewesen wäre, dem Verrannten jetzt noch weiter zuzureden. Schweigend harrte er noch eine Weile bei seinem Freund und Herrn aus, bis dieser im Scherenstuhl zu wanken begann und wenig später in die totale alkoholische Betäubung wegglitt. Zusammen mit dem Diener brachte der Hofmeister den Bedauernswerten sodann zu Bett. Dort freilich, während der Wittelsbacher sich röchelnd zusammenkrümmte, schwor Sedlec sich, daß dies die letzte Nacht sein sollte, in der sein Fürst allein schlafen würde. »Erst die Württembergerin und dann die Badhur'«, murmelte er, als er den Raum wieder verließ. »Da hilft nur eines: Da muß eine dritte Metze, aber die richtige, den Dreck hinausfegen, den die beiden anderen hinterlassen haben!«

*

In der folgenden Nacht kehrte Albrecht leidlich nüchtern von einem Bankett bei seinem Vater Ernst in der Neuen Veste zurück. Nach wie vor beutelte es ihn seelisch wie einen Hund, doch als er seinen Schlafraum betrat, vergaß er – zumindest für den Augenblick – die Bernauerin jäh. Schuld daran war die andere Frau, die sich schamlos auf seinem Lager räkelte; nackt von den niedlichen Zehen bis zum Hals. Um eine Rothaarige handelte es sich, um eine ganz bezaubernde Schlanke und dennoch an den richtigen Stellen Füllige, und nun besann der Herzog sich auch auf ihren Namen: Margarethe von Waldeck nannte sie sich; aus dem Böhmischen stammte sie, ganz wie der Sedlec, seit kurzem erst weilte sie in der Münchner Stadt. »Sauhund, verfluchter!« entfuhr es dem Dunkelhaarigen in der Erinnerung an die Bedrängnis, in die ihn der Hofmeister schon gestern gebracht hatte. Gleich darauf hörte er die Kleinadlige unter girrendem, unterdrücktem Lachen sagen: »Welch eine Begrüßung aus dem Mund eines Kavaliers! Aber wenn schon, dann müßtet Ihr mich als Hündin bezeichnen – und«, das unterschwellige Stimmgirren wurde noch verführerischer, »als eine hitzige dazu ...«

Das war die Höhe! Keine seiner zahlreichen Mätressen hatte ihm, Albrecht, je so zu kommen gewagt! Im ersten Moment war er versucht, sie zu maulschellen und hinauszuwerfen. Er hatte sie schließlich nicht eingeladen, vielmehr hatte ihm ganz offensichtlich der hirnrissige Sedlec das Kuckucksei ins Nest gelegt. Mit dem nächsten Lidschlag jedoch ließ er die bereits erhobene Hand wieder sinken. Die Rothaarige, das Biest, stellte nämlich jetzt langsam den einen Schenkel auf, und der Anblick, der sich dem ohnehin ausgehungerten Wittelsbacher damit bot, raubte ihm beinahe den Verstand.

Die Sehnsucht nach der Augsburgerin machte einem bocksgeilen Ziehen in seinen Lenden Platz. Zwei, drei gepreßte Atemzüge lang kämpfte der Überrumpelte noch mit sich, dann brach auch sein letzter Widerstand schlagartig in sich zusammen. Mit einem Schrei, halb Wut, halb Gier, warf er sich über die Nackte; gleich darauf wußte er vom Verstand her gar nichts mehr, verspürte er lediglich noch die bittersüß aufsteigende und schwellende Erlösung.

»War es schön für dich?« erkundigte sie sich nachher; entspannt jetzt an seiner Seite liegend.

»Ihr habt mir gegeben, was ich nötig hatte«, murmelte er, wandte sich sodann endgültig ab.

Margarethe von Waldeck begriff. »Wenn Ihr mich wieder braucht, so laßt es mich wissen«, flüsterte sie noch, glitt vom Pfühl, warf sich im Kerzenflackern das Kleid über; verschwand.

Nie wieder! dachte Albrecht. Was war es denn schon?! Bloß etwas Viehisches! Aber wenig später fühlte er eine natürliche Müdigkeit in sich aufsteigen, wie er sie schon seit Wochen nicht mehr gekannt hatte, und er wälzte sich herum und sank weg in den Schlaf; den ersten wirklich erlösenden seit Augsburg.

Die nächsten Tage über ging er dem Sedlec so gut wie möglich aus dem Weg. Irgendwie ausgeliefert, irgendwie gegängelt hätte er sich dem Hofmeister gegenüber gefühlt. Hinzu kam das andere, der Druck in der Seele und im Magen, wegen der Bernauerin. Immer wieder schalt er sich selbst einen Narren, weil er den Gedanken nicht aus dem Schädel brachte, daß er die Blonde betrogen hatte. Selbst das Wissen darum, daß sie mit Sicherheit jetzt wieder als Reiberin tätig war, erleichterte ihn nicht. Machte höchstens alles noch schlimmer, weil dann, wenn er es sich vorstellte, auch noch die Eifersucht in ihm aufquellen wollte. So zerrte und riß es ihn wiederum im Inwendigen, bis er endlich doch einen Ausweg fand, der ihm das Quälende zumindest zeitweilig abdämpfte. In die Staatsgeschäfte stürzte er sich kurz nach der flüchtigen Lust mit der Waldeckerin; in die Akten und Pergamentbögen vergrub er sich, baute damit einen Wall zwischen sich und seiner Verwirrung auf.

Ums Straubinger Land stritten seit Jahren die Herzöge von Landshut, Ingolstadt und selbstverständlich auch München. Restlos verfahren schien die Situation zu sein, seit die holländische Linie der Wittelsbacher, die das Territorium an der Donau und im Bayerischen Wald bis 1425 regiert hatte, im Mannesstamm ausgestorben war. Albrecht verlor sich in dynastischen Linien, zwielichtigen Erbregelungen, Intrigen, Spitzfindigkeiten, kaiserlichen sowie kirchlichen Gutachten und vorläufigen Verfügungen, bis ihm der Kopf schwirrte. Bis er verprellt floh aus dem Kanzleimief, um dann, ein paar Stunden später, doch zurückzukehren und sich eines anderen Problems anzunehmen; versuchsweise immerhin: des Krieges, der seit 1420 in Böhmen schwelte; wegen der Hussiten dort.

Im Juli 1415 war Jan Hus, Kritiker eines zutiefst verderbten Papsttums, Reformator und Rektor der Prager Universität, im Verlauf des Konzils von Konstanz auf dem Scheiterhaufen zu Tode gekommen. Als Ketzer hatte die katholische Kirche ihn verbrannt; seine Asche hatte sie in den Rhein streuen lassen in ihrer allumfassenden und ungeheuerlichen Verneinung der Wahrheit und der Nächstenliebe – doch den Geist und die Botschaft des slawischen Predigers hatte sie dadurch nicht auszutilgen vermocht. »Der Papst, die Kardinäle und Bischöfe sind nicht die Nachfolger der Apostel; es sei denn, sie lebten wie diese!« hatte der Hingemeuchelte gesagt, und dieses Wort hatte über den gotteslästerlichen Rauch von Konstanz triumphiert; die Böhmischen, mehr denn je, hatten sich die rebellische und befreiende Botschaft zu Herzen genommen. Konsolidiert hatte sich die hussitische Bewegung während der folgenden fünf Jahre, unter der Asche von Konstanz war zudem das Glimmen des gerechten Zorns niemals abgestorben; zuletzt, 1420, hatten die Anhänger des Jan Hus mutig und unverblümt ihre Forderungen vor den Thron König Sigismunds getragen.

Daß alle Christen, egal ob Priester oder Laien, gleichberechtigt die Kommunion empfangen könnten, hatten sie verlangt; nicht im Sinne des Jesus von Nazareth sei es, daß sich, wie bisher, allein der Klerus aus dem Abendmahlskelch delektieren dürfe. Auch müsse endlich die Freiheit der Predigt in den Kirchen gewährleistet sein; seinem Gewissen müsse der Pfarrer folgen dürfen, ungeachtet der Dogmen aus Rom. Weiter hätten die raffgierigen Pfaffen – und solche gebe es allüberall in der Christenheit zum Säuefüttern – ihren Besitz den Armen zurückzuerstatten. Nicht mehr sollten sie zur Notdurft des Leibes ihr eigen nennen dürfen als jeder andere Mensch auch; so nämlich hätten die Apostel es einst in der frühen Kirche vorgelebt. Schließlich müsse auch ein Ende gemacht werden mit der besonderen Rechtsprechung hinsichtlich klerikaler Untaten. So ein Priester bisher gemordet, vergewaltigt, geraubt oder betrogen habe, sei er vor dem zuständigen pfäffischen Gericht zumeist völlig ungeschoren davongekommen, denn es hacke bekanntermaßen keine Krähe der anderen ein Auge aus. Nun aber sollten auch gegenüber dem Klerus die weltlichen Gesetze gelten, denn wie es in den Evangelien geschrieben stehe, seien vor Gott alle Menschen gleich.

Sigismund, dem Reich, dem Hochadel und nicht zuletzt Rom verpflichtet anstatt den einfachen Menschen, hatte diese vier Forderungen brüsk abgelehnt und hatte damit den bewaffneten Aufstand der Hussiten provoziert. Noch im Sommer 1420 war der Krieg ausgebrochen; haufenweise waren romhörige Priester aus Böhmen verjagt worden; hatten die Utraquisten und Taboriten[16]) deren Hab und Gut unter die Bedürftigen verteilt. Kurz hatte es so ausgesehen, als könne sich der reformierte Glaube durchsetzen jenseits der bayerischen Grenzen. Doch dann hatte der Papst das Reich vehement zum Eingreifen gedrängt; einig war er sich darin gewesen mit dem bereits halb abgehalfterten Sigismund, und schon wenige Wochen später war es zu einer ersten Belagerung Prags durch katholische Truppen gekommen. Unter Führung des hussitischen Feldherrn Žižka war der Sturm jedoch abgeschlagen worden; ebenso der nächste Angriff der Römischen im Herbst 1420. Auch 1421 hatte Žižka triumphiert; der zweite Kreuzzug der Katholischen hatte bei Saaz im Debakel geendet. Dennoch hatte die Papstkirche nicht eingelenkt, und so waren in den folgenden Jahren weitere blutige und haßerfüllte Aktionen zu verzeichnen gewesen: 1422 bei Karlstein, 1426 bei Aussig, 1427 bei Tachov. Jedes Mal hatten die Reichsheere – und in ihren Reihen auch die bayerischen Verbände – Prügel bezogen; nach Tachov dann waren die Hussiten ihrerseits zur Offensive übergegangen, hatten in Österreich, Schlesien und Ungarn geheert und hatten sich dadurch allmählich den Ruf erworben, die leibhaftigen Teufel zu sein.

Damit aber setzt man sie ins Unrecht, dachte Albrecht von Bayern-München nun, in seinen gehetzten Tagen im Frühjahr 1428, oft. Nicht sie waren zuerst die Angreifer, sondern die Kirche und das Reich! Das Metzeln, die militärischen Katastrophen wären nicht nötig gewesen, hätte man bloß den Hus nicht verbrannt! Vielleicht hätte man statt dessen auf das hören sollen, was er der Christenheit so lei-

[16]) Utraquisten, Taboriten: Die beiden Bewegungen, aus denen der Hussitismus bestand. Die Utraquisten waren eher religiös geprägt, während die Taboriten auch politische (nationale) Ziele verfolgten. 1420 vereinigten sich die beiden Richtungen. – Die Geschichte des Jan Hus und der Hussitenkriege ist ausführlich im Roman »Šumava« des Autors dargestellt.

denschaftlich sagen wollte; dieser begnadete Prediger von der Bethlehemkapelle[17]) zu Prag. Und jedesmal, wenn er in seinem Nachsinnen über den Protokollen, den Akten, den Verlustlisten und den Feldzugsplänen so weit gekommen war, erinnerte der Wittelsbacher sich an seine eigene Jugend in dieser Stadt. Bis 1417, bis fast zu seinem sechzehnten Geburtstag, hatte er dort gelebt. Eine zumeist glückliche Zeit war das gewesen, und seine Tante und Erzieherin Sophie, die Gattin des damaligen römisch-deutschen und böhmischen Königs Wenzel, war selbst nicht unempfänglich für die Lehren des Mannes aus dem ärmlichen Dorf Husinec gewesen.

Oft genug hatte sie den Halbwüchsigen mitgenommen in das so seltsam schmucklose Gotteshaus; leibhaftig hatte Albrecht den Reformator auf der Kanzel erlebt und hatte gespürt, wie die Herzen, die Träume, die Sehnsüchte der Prager ihm zuflogen. Obwohl selbst noch nicht ausgereift und den Abgründen oder auch dem Faszinierenden des Glaubens eher noch distanziert gegenüberstehend, hatte der Zögling der Königsgemahlin dennoch manchmal erfühlt, daß es mit dem nach außen hin so bescheiden wirkenden Gelehrten und Priester etwas Besonderes auf sich hatte. Von der Gerechtigkeit, der Barmherzigkeit, dazu immer wieder von der Liebe hatte Hus gesprochen; niemals, soweit Albrecht sich erinnern konnte, hatte er gedroht, verdammt, verteufelt; nicht einmal während all der Predigten hatte er den Begriff der Sünde gebraucht. Ein ganz erstaunlicher und fast unbegreiflich wohltuender Kontrast war das gewesen gegenüber den Dogmen, welche die römisch-katholischen Pfaffen im Palast, auf dem Hradschin, aus sich zu heulen und zu belfern pflegten. Hier, so hatte der kindliche Wittelsbacher es mehr als einmal empfunden, schienen geistliche

[17]) Die noch heute bestehende Bethlehemskapelle war die hauptsächliche Wirkungsstätte von Jan Hus in Prag.

Henker am Werk zu sein, dort aber ein Heiliger; kein Untertanenknechter, sondern ein Menschenfreund war Hus gewesen. »Es steckt etwas vom Erlöser in ihm«, hatte Tante Sophie einmal ihrem Schützling zugeflüstert, »aber ich fürchte, die in Rom und im Reich werden's nicht begreifen; sie stehen dem Juden, dem Jesus, so ungleich ferner als er.« Sie aber hatte ihn wohl verstanden, und mit den Jahren hatte auch Albrecht etwas von ihm angenommen, auch wenn er es mit Worten nicht hätte fassen können: dieses Schauern innerlicher und damit auch körperlicher Freiheit ...

Um so brutaler jedoch hatte er dann den Schlag empfunden, der 1415 gefallen war. Jan Hus sei in Konstanz eingekerkert worden, so hatte es zunächst geheißen; das Konzil habe seinen kaiserlichen Geleitbrief nicht geachtet. Daß er mundtot gemacht werden solle, das hatten die Prager zunächst noch gedacht; daß der katholische Klerus sich scheue, mit ihm über seine Thesen zu disputieren. Dann aber, nur wenige Monate später, die Boten, die auf den abgehetzten, schaumbespritzten Rössern in der Goldenen Stadt eingetroffen waren, und der Aufschrei in der Bethlehemkapelle und anderswo: Hus ist tot!

Jetzt, während er sich den Kopf darüber zerbrach, wie die hussitische Frage zu lösen, die Heimsuchung möglicherweise doch noch friedlich zu beenden sei, vermeinte Albrecht von Bayern-München dieses verstörte Brüllen wiederum zu hören; einen Schnitt schien es zu kerben zwischen seine unbeschwerte Jugend und dann sein allmähliches Erwachsenwerden, auch wenn Albrecht nach dem Mord noch eineinhalb weitere Jahre in Prag verbracht hatte. Doch Tante Sophie war verändert gewesen, seit die verstörten Reiter 1415 auf den Hradschin galoppiert waren, und auf der Burg waren die Töne von da an schriller und schärfer geworden; hatte es nachts, zwischen Alptraum und Aufschrecken, manchmal wie Waffenklirren geklungen. Eine Kluft, so hatte der Dunkelhaarige es empfunden, schien sich jetzt durch die Stadt zu ziehen, und als Herzog Ernst Anfang 1417 angeordnet hatte, daß sein Sohn nunmehr heimzukehren habe, da war der knapp Sechzehnjährige fast erleichtert in den Sattel gestiegen; nur zu gerne hatte er die eingedüsterte Metropole an der Moldau mit der viel friedlicheren Residenz an der Isar vertauscht.

Nun aber drohte der Krieg, der aus einem Mord entstanden war, auch herüber nach Bayern zu fingern. Albrecht entdeckte Meldungen, in denen bereits von Grenzverletzungen die Rede war; da und dort waren reiche Gehöfte überfallen oder Kirchen geschändet worden. Offenbar versuchten die Hussiten herauszufinden, wie stark die Abwehr des Reiches auf dem Nordgau[18]) und in den wäldlerischen Territorien des Straubinger Landes war. Andererseits hatte es aber in diesem Frühling auch schon die eine oder andere Gegenaktion von bayerischer Seite aus gegeben. Von Cham und Furth aus waren offenbar Streifscharen hinüber geritten nach Böhmen; die Garnisonen selbst, vor allem Chamerau, waren verstärkt worden. – Und ich habe währenddessen in Augsburg turniert, dachte Albrecht am letzten Tag seiner Verstrickung in die Diplomatie und in die Hussitenpolitik jäh. Im nächsten Augenblick hatte er die Utraquisten und die Taboriten vergessen, denn die Erinnerung an Schwaben hatte ihm erneut und schlimmer denn je das andere ausgelöst; die Sehnsucht nach der Bernauerin und damit wiederum die Qual. Eine halbe Woche lang hatten ihm der Kanzleimief und zuvor der verführerische Körper der Waldeckerin das Herzweh zumindest einigermaßen weggedrückt, doch nun kehrte es um so stachelnder und klemmender zurück.

Wie ein Toller polterte er aus der Archiv- und Schreibstube in der Neuen Veste; die Federfuchser starrten ihm nach, als sei er verrückt geworden, kaum anders empfanden

---

[18]) Nordgau = heutige Oberpfalz.

es draußen die Roßknechte. Einen spanischen Hengst aus dem Marstall seines Vaters sattelte der Thronfolger sich eigenhändig auf, dann schnalzte die Peitsche, und auf dem Rücken des Vollbluts hetzte Albrecht davon, als sei der Teufel hinter ihm her.

Stundenlang und gnadenlos tummelte er das Tier in den Isarauen, jagte er es über die Leitenhänge seitlich des gletschergrünen Flusses. Aber noch nicht einmal körperlich dämpfte der rasende Ritt die wiedererwachte Brunst des Wittelsbachers ab. Der Rappe aus Toledo war früher ermüdet als sein Reiter; halb zuschanden getrieben, brachte der Dunkelhaarige ihn in den Marstall zurück, hastete dann zu Fuß und schweißnaß in sein eigenes Schloß, wo der Sedlec war; der Kuppler.

»Du hättest dir gleich nachgeben sollen, dann wäre jetzt nicht wieder das passiert«, tadelte ihn der Hofmeister, schenkte ihm Wein ein und erteilte gleichzeitig einem Lakaien den Befehl, die Waldeckerin herbeizuholen. Albrecht wiederrief diese Anordnung nicht, auch wenn er den Blick des Freundes, des Verführers strikt vermied; den Sedlec zu verachten und sich gleichermaßen vor ihm zu schämen schien. Mit krampfigen Händen hielt er sich zudem am Weinpokal fest, bis dann nach erstaunlich kurzer Zeit Margarethe auftauchte; sehr viel Schwung in den Hüften und in den Augen ein triumphierendes Leuchten. Als er ihrer ansichtig wurde, fluchte Albrecht von Bayern-München wie ein Troßknecht, anschließend scheuchte er den Sedlec aus dem Gemach und schnappte sich die Rothaarige wie eine Beute. Über die Schulter warf er sich die Strampelnde, ins Schlafgemach nebenan schleppte er sie, schleuderte sie aufs Bett und fiel, ganz wie beim ersten Mal, ohne weiteres Vorspiel über sie her. Während sie dann ihre Lust herauskeuchte und er in seiner dunklen Wut knurrte wie ein Tier, vernetzte sich ihr Antlitz scheinbar mit einem anderen Frauengesicht – und nachher, als er ruhiger und endlich matt geworden war, mußte er sich ihren Vorwurf anhören: »Du hast mich Agnes genannt; gerade als es für mich wie im Paradies war! Kannst du sie denn niemals vergessen; gar nicht?!«

»Doch ...«, murmelte er, jetzt wieder handzahm und ihr gegenüber noch ärger als vorhin angesichts Jan Sedlecs beschämt, aber er wußte, daß er log; daß er es nur gesagt hatte, weil die Rothaarige ihm keinen Streit, keine Auseinandersetzung wert war. Nur für die Brunst brauchte er sie, für nichts sonst; bei der anderen hätte er mehr gesucht, alles, doch die war unerreichbar, die war in Augsburg, und von der hatte er nun schon wochenlang nichts mehr gehört. Die Verzweiflung übermannte ihn neuerlich; noch einmal griff er sich das willige Fleisch, bis endlich die totale Erschöpfung und das absolute Ausgelöschtsein kamen; für den Rest der Nacht wenigstens.

*

So spielte die Affäre sich ein, überstand den April und die ersten Maiwochen; von einem körperlichen Begehren und Brunststillen zum nächsten. Am Hof wurde es allmählich zum offenen Geheimnis, daß der Thronfolger sich die Waldeckerin zur Mätresse genommen hatte. Zeit sei es geworden, man habe es mit ihm ja wirklich kaum noch aushalten können, tuschelten die Schranzen; jetzt werde er hoffentlich bald wieder umgänglicher werden, dank der Künste der Böhmischen. In der Mitte des Marienmonats jedoch brach Albrecht unversehens aus; die Rothaarige war unpäßlich in diesen Tagen, und er selbst hatte dem Wein wieder einmal unmäßig zugesprochen.

Unerreichbar; warum denn eigentlich?! So hämmerte es ihm durch den alkoholdunstigen Schädel, während er den Hengst nach Nordwesten jagte. Noch unter dem zarten Morgennebel lagen die Münchner Stadt und das Isartal da; direkt vom Gelage kommend, an dem freilich der Sedlec nicht teilgenommen hatte, war der junge Herzog in den Marstall eingefallen und hatte aufsatteln lassen. Hatte nicht mehr als drei Knechte zu seiner Bedeckung befohlen und hatte die Burschen schwören lassen, unterwegs und am Ziel sein Inkognito zu wahren. Und nun preschte er an ihrer Spitze dem Dachauer Moos zu; den Reitwind in den brennenden Augen, das Roßtoben zwischen den Schenkeln und dazu im Blut, im Herzen die unbändige Sehnsucht, vor allem aber im Gehirn den Ausweg; den einzigen.

Ein Stück mehr in Reichweite, mit jedem Galoppsprung des Rappen, rückte ihm die gestern noch Unerreichbare. Albrecht, in der Enthemmung durch den Falerner, hatte endlich begriffen, daß er sich vom Hofmeister, vom Protokollarischen, unausgesprochen vielleicht auch vom übermächtigen Vater schändlich und feige ins Bockshorn hatte jagen lassen. Eingeredet und eingeblasen hatte man ihm, daß eine Reiberin in der Residenz untragbar sei, und er selbst war monatelang nicht draufgekommen, daß die Distanz zwischen München und Augsburg in einem einzigen scharfen Tagesritt zu überbrücken war. Jetzt aber hatte er den Mut gefunden, den rauschigen und instinktiven; jetzt fühlte er sich frei genug, sich endlich – endlich! – heim ins Unbeschreibliche zu stürzen.

Beim Durchqueren des Isarmooses lüftete sich dem Wittelsbacher allmählich der Kopf aus, aber an seinem Wollen änderte sich dadurch nichts; es wurde lediglich inniger, weicher. Albrechts Körper entspannte sich im rhythmischen Wiegen des Roßrückens; gelegentlich gönnte er dem Hengst eine erholsame Trabreprise, warf bei solchen Gelegenheiten den Knechten manchmal sogar ein Scherzwort zu. Der frühe Vormittag sah die Reiter in Olching auf der dortigen Amperbrücke, zur Zeit des Zwölfuhrläutens setzten sie bei Mammendorf über die Maisach. Der Tag war jetzt warm geworden, fast schon sommerlich heiß; die Rösser schwitzten und dampften mittlerweile schwer. Der Herzog – am Morgen noch hätte er den Mann deswegen angeschnauzt – hörte auf den Rat eines der Knechte in den weißblau gerauteten Umhängen und befahl für die sonnenglastigste Stunde des Tages eine kurze Rast auf einem Meierhof jenseits des Flüßchens. Im Schatten der Nußbäume dort erholten sich die Renner, labten sich die Münchner an Speck, Brot und Bier. Albrecht selbst allerdings blieb mäßig, gönnte sich zum Erstaunen seiner Leute und der Bauern zum Imbiß lediglich einen einzigen Krug. Konnte es danach kaum erwarten, bis die Rösser abgerieben, getränkt und gefüttert waren, und dann drängte er ungeduldig wieder zum Aufbruch; noch nicht einmal den halben Weg habe man hinter sich, rief er seiner Bedeckung im Anreiten zu.

Trab, Galopp, Trab – die Schrittwechsel gingen den Münchnern, während der Nachmittag sich zäh zog, in Fleisch und Blut über. Im Galopp an der Glonn-Quelle vorbei, im Trab in den Markt Mering hinein, wieder im Galopp dann weiter nach Königsbrunn. Die Ebene des Lechfeldes, scheinbar endlos, im Blickwinkel zwischen den wippenden Pferdeohren jetzt; des Lechfeldes, über dem nun schon die Dämmerung hing. Und dann, endlich, im letzten verschwimmenden Blaugrau des Tages: die kantige, überstachelte Silhouette von Augsburg; die Stadtmauern, die Türme der Patrizierburgen und Kirchen, das Ziel. Die Reiter auf ihren abgehetzten Gäulen dem südlichen Landsberger Tor zu – und der heisere Ruf eines der Knechte: »Sie werden uns nicht mehr einlassen, wenn ihr Euch nicht doch zu erkennen gebt, Herr!«

Der Wittelsbacher antwortete nicht, spornte den Rappen bloß noch schärfer; der weißblau gerautete Mantel, den er sich von einem seiner Männer auf dem Meierhof hatte geben lassen, blähte sich jäh auf. Im letzten Moment, als die Stadtwächter sich bereits anschickten, das Tor zu schließen, erreichte der verkleidete Herzog den Zugang und warf den Hellebardenträgern ein herrisches »Kurier an den Bischof aus Landshut!« hin. Die Bewaffneten, wenn auch verdattert, salutierten; hinter Albrecht her preschten dessen drei Begleiter in die Stadt hinein, zwei mit Umhängen und einer im blanken Brustharnisch – der vermeintliche Bote.

Vor einer Herberge, nahe des Domplatzes, zügelte der Dunkelhaarige den Hengst und wies die Knechte, die sich jetzt nicht nur wegen der gelungenen List aufgeräumt gaben, an: »Ihr bleibt hier; auch den Rappen lasse ich euch da, kümmert euch um ihn! Ansonsten könnt ihr es euch gutgehen lassen, bis ich zurückkehre. Aber noch einmal: Haltet das Maul, wenn euch einer aushorchen will! Und nun viel Spaß über den Bechern und mit den Mädchen in der Taverne ...«

Lachend hatte Albrecht den letzten Satz gesagt, hatte einem der Reiter gleichzeitig etliche Goldstücke in die Hand gedrückt. Denn fast wie Herzbrüder erschienen ihm die Männer plötzlich in seiner eigenen Vorfreude; wie Mitverschworene, die ihm geholfen hatten, dem nächtigen und berückenden Ruf endlich zu folgen. Noch einmal nickte er ihnen zu, dann machte er sich zu Fuß zur Gasse Zwischen den Schlachten auf; zur verachteten Reiberin, zu seiner unbändigen Sehnsucht.

Niemand in der Badstube beachtete den verschwitzten Kerl im gerauteten Knechtsmantel groß; unbehelligt konnte der junge Herzog von Bayern-München sich bis zur hinteren Wand durchdrängen, wo am Turniertag die Fahrenden gebechert hatten. Auch die Magd, die ihm den Wein brachte, erkannte ihn nicht; vermutlich war sie neu im Gewerbe. Der Bader selbst, Kaspar Bernauer, schien anderswohin gerufen worden zu sein an diesem Abend; der Wittelsbacher, zittrig jetzt auf einmal wieder, sagte sich, daß er es besser gar nicht hätte treffen können. Als die Bedienerin sich erkundigte, ob er vielleicht noch weitere Wünsche habe, haschte Albrecht nach ihrem Arm, zog die Kichernde näher zu sich heran und fragte flüsternd: »Die Blonde ... ist sie da? Die Tochter des Hausherrn? Ein Freund hat mir gesteckt, daß sie etwas ganz Besonderes ist. Glaubst du, sie würde an meinen Tisch kommen, wenn ich ein bißchen was springen ließe?«

»Die Agnes? Ich weiß nicht«, murmelte die Magd. »Seit dem Fasching, so sagen jedenfalls die anderen, ist sie verändert, läßt sie sich nicht mehr so oft bei den Bottichen sehen, auch wenn der Alte deswegen zankt mit ihr. Man behauptet, sie könne einen Ritter nicht vergessen, der damals ihr Galan gewesen ist. Hat seither die Küche unter sich; hat eigensinnig darauf bestanden gegenüber dem Bader. Bloß manchmal, wenn ein Ratsherr oder sonst ein Höherer in den Zuber steigen will, muß sie her. Dann darf sie sich nicht zieren mit dem Rutenbuschen, sonst wird der Kaspar Bernauer fuchsteufelswild. Aber du bist ja nur ein Reitknecht, nicht? Hat deswegen wenig Sinn, daß ich ihr deine Botschaft ausrichte.«

»Versuch's trotzdem«, erwiderte der Verkleidete, fischte im Beutel, drückte ihr ein kleines Silberstück in die Hand. »Sag ihr, es wäre einer da, bei dem sich's lohnt! Extra von der Isar sei er gekommen, um sie zu sehen! Von der Isar – vergiß vor allem das nicht!«

»Wenn du meinst ... das Fragen kostet nichts, und mich hast du dafür auch noch gut bezahlt«, antwortete die Bedienerin lachend. »Solltest du aber kein Glück haben bei der Agnes, und ich würde mir an deiner Stelle wirklich keine großen Hoffnungen machen, kannst du ja immer noch auf mich zurückgreifen ... .« Damit verschwand sie; Albrecht starrte ihr nach, am liebsten wäre er aufgesprungen und wäre ihr nachgerannt; ein Bild, eine Zwangsvorstellung fast, saß ihm plötzlich im Gehirn: Wie er in die Herdstube eindrang und die Blonde, die Mooräugige gleich dort in seine Arme riß.

»Einer von der Isar, sagst du?« Agnes Bernauer erbleichte; München lag an der Isar, und in dieser Stadt lebte

ER; die Assoziation war ihr im selben Augenblick durch den Kopf geschossen, da die Magd den Flußnamen ausgesprochen hatte. »Ja«, beteuerte die Reiberin, »er hat mir's extra noch einmal eingeschärft, daß ich dir das sagen solle . . .«

»Er . . .!« flüsterte die Blonde; aus dem Ahnen war jetzt fast schon Gewißheit geworden. Sie hastete zur Tür, stolperte, fing sich am steinernen Bogengewölbe, spürte quer durch den Raum einen brennenden Blick, ließ sich instinktiv einfangen davon – und dann kam ihr unterdrückter Schrei; direkt aus ihrem Geschlecht heraus, wie es ihr schien.

Die Badstube, die Gesichter, der Wasserdampf aus den Zubern – dies alles wirbelte um sie, durch all dies tanzte sie hindurch wie in einem Wachtraum; irgendwann fühlte sie ihren Leib und damit ihr ganzes Sein geborgen in seiner blutwarmen, hitzigen Nähe, und während alles in ihr nach ihm schrie, stammelte sie, beinahe tonlos: »Du . . . du bist da . . .«

»Ohne dich . . . ich hätte es nicht mehr ausgehalten«, stammelte auch er. Sie standen Körper an Körper dabei, und obwohl das Sichwiederfinden zumindest für sie schon fast so innig wie ein Liebesakt war, wagten sie es noch kaum, sich zu berühren; nur ihre Finger, ihre Handflächen hatten einander wie von selbst ertastet; alles andere mußte noch warten, weil ihnen das Alleinsein noch nicht vergönnt war.

»Komm!« flüsterte Agnes schließlich. »Die Kammer . . . du kennst den Weg ja!« Auf der Treppe dachte sie flüchtig an den Alten, an die Vorhaltungen, die er ihr wegen ihrer Prüderie gemacht hatte; nunmehr verstärkte die Erinnerung daran ihr Glücksgefühl zusätzlich. »Komm!« raunte sie noch einmal, als sie die Tür aufklinkte; dann, endlich, durfte sie drinnen den Riegel vorlegen – und sich selbst schrankenlos öffnen.

Sie bebten vor Lust und Begehren, während sie sich gegenseitig entkleideten, während sie sich mit jedem fallenden Gewandstück von neuem entdeckten und erforschten. Als die Blonde schon fast nackt war, als ihr das dünne Hemd von den Brüsten und dann über die Flanken glitt, sah und spürte Albrecht das Kleinod um ihren Hals; die Kette, die er ihr im Februar zum Abschied geschenkt hatte. »Ich habe sie immer getragen, aber im Verborgenen, nur für dich und mich«, sagte Agnes, seinen Gedanken erratend, ganz leise. »Und wenn es einmal unten in der Badstube nicht möglich war, dann trug ich sie dennoch in meinem Herzen.« Der Wittelsbacher erfühlte ihre Hingabe, ihre fast schon schonungslose Aufrichtigkeit dazu; in der Umschlingung mit einer anderen Frau hätte Letzteres vielleicht einen Mißklang ausgelöst, was aber sie anging, vertieften ihre Worte das Zusammenfinden bloß noch. »Dann ist es so, als ob wir die ganze Zeit über heimlich verlobt gewesen wären«, erwiderte er entzückt, und das Wissen darum, daß er selbst so oft mit der Waldeckerin gesündigt hatte, war ihm in diesem Moment überhaupt nicht mehr gegenwärtig. Nur noch der Leib und die so schutzlose Seele der Blonden, der Mooräugigen waren da, und nun sank er vor diesem Wunder, dieser Verzauberung auf die Knie. Wie ein Betender umfing er ihre Hüften, ihre Schenkel; wie in ein Mysterium vergrub er seinen Mund in ihrem Schoß, und dann spürte er ihre Hände, ihre Finger, wie sie sich in sein Haar wühlten, wie sie ihn führten; so zärtlich und so unschuldig-schamlos, wie es keiner anderen als nur ihr allein gegeben war.

Später in der Nacht, zwischen vorübergehend gestilltem körperlichem Verlangen und neuem Hochbranden der Lust, erzählte er ihr von seiner Qual während der vergangenen Monate. Daß er oft wie ein Verrückter die Nächte durchzecht habe, sagte er ihr; daß er sich in die Politik gestürzt habe, in die verfluchte; zuletzt – es war wie ein Zwang – erwähnte er auch die Waldeckerin. Wie ein Betrug wäre es ihm in dieser Stunde vorgekommen, hätte er darüber geschwiegen, doch kaum hatte er den Namen und ein paar Andeutungen herausgepreßt, legte Agnes ihm sanft den Finger auf die Lippen, und es war wiederum wie ein Geschenk, als sie murmelte: »Ich will nichts weiter hören, weil doch dein Herz gar nicht dabei war; ich weiß es. Deswegen zählt es nicht, mein Ritter; es zählt bloß, daß du und ich heute, in dieser wundersamen Mainacht, wieder beisammen sind. Nach all dem anderen will ich nicht fragen, und du sollst nichts sagen . . .« Und dann glitt ihr Finger wieder fort von seinen Lippen; mit dem nächsten Lidschlag spürte er ihren Kuß, ihre Zunge, und wieder rauschte im Einklang ihr Blut auf; sie konnten sich aneinander nicht sättigen, der Hunger ihres Fleisches und ihrer Seelen ließ sich erst durch die totale Erschöpfung stillen. Eng miteinander verschlungen, noch immer, sanken sie in den Schlaf; draußen begannen zu dieser Stunde bereits zaghaft die Vögel zu zwitschern.

Durch das Glockenhämmern zur Mittagszeit erwachte Albrecht von Bayern-München; sein erster Blick galt der Geliebten. Vorsichtig richtete er sich auf dem einen Ellenbogen auf, ganz behutsam, um sie auf keinen Fall zu stören, dann betrachtete er sie lange; mit seinem ganzen Sein versenkte er sich in die Landschaft ihres Antlitzes. Im Schlummer sah sie wie ein Kind aus, etwas zutiefst Unschuldiges schien weich und zart wie Rötel über ihren Zügen zu liegen. Etwas ungemein Verletzliches auch, das beschützt und behütet werden wollte, und fast unwiderstehlich befiel den mittlerweile siebenundzwanzigjährigen Herzog das Bedürfnis, ihre Wangen in seinen Handschalen zu bergen und sie auf diese Weise sorglich durchs Leben zu führen; auf immer. Gerade als er dies dachte, schlug Agnes die Augen auf; wie durch Magie verwandelte das kindliche Gesicht sich in das frauliche – und dann tat sie mit ihm, was er sich soeben umgekehrt gewünscht hatte: Die Blonde hüllte sein Antlitz ein in ihre Handwärme und ließ ihn tief eintauchen in ihr Lächeln und schenkte ihm wiederum Frieden.

Später am Tag, nachdem er sich mit Hilfe eines Goldstücks der Verschwiegenheit des Baders versichert hatte, entführte Albrecht die Geliebte ins Grüne. Durchs nördliche Tor – völlig ungeschoren, nichts als ein schäkerndes Pärchen in den Augen der Wachen – verließen sie die Stadt, liefen Hand in Hand ins Auenland zwischen Lech und Wertach hinaus. Immer nur im Dunst der Badstube oder im Zwielicht in der Kammer hatte der Wittelsbacher bisher die Blonde gesehen; jetzt, unterm klaren Maihimmel, veränderte ihr Erscheinungsbild sich in seinen Augen neuerlich. Im reinen Einklang mit der Natur, mit den Blumen, den Grasrispen, den Erlenbüschen und der Erde selbst, schritt, tanzte oder tändelte sie; es war etwas unendlich Sauberes und Klares an ihr, sie schien ihre verachtete und niedrige Herkunft hier draußen abgestreift zu haben wie eine Haut, die in Wahrheit gar nicht zu ihr gehörte. Etwas ganz Ähnliches hatte Albrecht jedesmal in ihrer Umarmung gespürt, doch war dies noch ein eher unbewußtes Begreifen gewesen; nunmehr aber, da er nichts als ihr Da-Sein in der Schöpfung sah, wurde sein Verstehen sehr tief. Was sie ihr eigen nennt, habe ich bisher höchstens erahnen können, dachte er fast erschrocken; ich habe nicht gewußt, wie unglaublich intensiv ein Mensch leben kann; sie ist es, die es mir zeigt . . .

Immer weiter ließ er sich unterm samtigen Firmament leiten und führen von ihr, scheinbar ziellos und dennoch einem Ziel entgegen; irgendwann dann erreichten sie die schilfumflüsterte Landzunge, vor der Lech und Wertach sich vereinigten. Ein Baumstrunk lag dort, vor langer Zeit angeschwemmt und längst ausgebleicht; auf den setzten sie sich. Eine ganze Weile blickten sie still auf das Zusammenstrudeln der Flüsse hinaus; wiederum erfühlte der Herzog das Eins-Sein der Frau mit der Natur, gleichzeitig aber geschah ihm dies jetzt auch selbst – und dann fand er die Worte; die einzigen, die angesichts ihrer Liebe und dieses Ortes gesagt werden konnten. »Die Wasser, sie sind wie du und ich«, flüsterte er in das Aufleuchten ihres Antlitzes hinein. »Einsam suchten sie sich ihren Weg durch das Land, bis sie hierher kamen, bis sie ihre Bestimmung erreichten. Hier aber, genau an diesem Platz, zu dieser Zeit und unter diesem Himmel, verschmelzen sie miteinander und lassen nicht mehr voneinander. Vereint ziehen sie weiter auf immer, nichts kann sie mehr trennen; keine Macht der Erde kann je wieder scheiden, was so unauflöslich verbunden wurde. Nur noch ein gemeinsames Suchen nach dem künftigen Weg bleibt – für die Flüsse, die ein Strom geworden sind, und nicht anders für uns, Agnes ...«

Schweigend nahm sie es hin, aber das stille Glänzen in ihren Augen schien sich noch zu vertiefen. Gerade diese Reaktion gab ihm den Mut, weiterzusprechen; sie hatte ihn nicht festzunageln versucht, hatte nichts von ihm gefordert; einmal mehr spürte er: Sie wollte nicht nehmen, nur schenken. »Wenn ich dir etwas schenken würde«, fragte er, »würdest du es dann aus ganzem Herzen annehmen von mir?«

Zögernd, wegen ihrer noch immer anhaltenden Entrückung wohl, kam ihre Antwort; dafür um so inniger: »Es müßte dann aber etwas sein wie die Kette ...« Sie griff nach seiner Hand, ihre Finger verschränkten und verklammerten sich. »Nicht wegen des Goldes, nicht weil sie wertvoll ist ..., sondern weil ich in ihr etwas spüren und berühren kann, wenn du nicht da bist ...«

Er nickte; beinahe schmerzlich wurde ihm intensiver noch als bei ihrem Wiedersehen klar, daß sie nie geprotzt hatte mit dem Kleinod, daß sie es die ganze Zeit heimlich getragen hatte. »Es wäre etwas, das nur dir und mir gehören würde«, murmelte er. Er zog sie in seine Arme; dann, plötzlich, sprudelte es aus ihm heraus: »Ich mache dir keinen Vorwurf wegen der Badstube! Aber es tut mir weh, wenn ich dich dort weiß und selbst nicht bei dir sein kann! Du sollst dich nicht länger ausgeliefert fühlen müssen! Den ... Gästen nicht, und auch nicht deinem Vater, der dich ja doch bloß benutzt! Wenn du aber ein Haus hättest in Augsburg, so wäre es für dich leichter und auch für mich! Es wäre der

Ausweg für uns; wir könnten uns treffen in unseren eigenen vier Wänden! Es wäre ganz einfach ...«

»Wunderschön!« unterbrach ihn die Blonde. Gleich darauf forderte sie lächelnd doch etwas von ihm: »Aber du müßtest dann so oft wie möglich zu mir kommen, mein Herz! Du dürftest mich nicht noch einmal Monate warten lassen! Nicht mehr jetzt, nachdem du von einem gemeinsamen Dach gesprochen hast, wenn auch nur für Tage oder Stunden!« Jäh verschatteten sich ihre geheimnisvollen Augen, dann setzte sie hinzu: »Noch einmal eine so leere und sinnlose Zeit ohne dich ... jetzt könnte ich das nicht mehr ertragen! Wenn ich in unserem Haus dann daran denken müßte, was du über die Flüsse gesagt hast, und du wärst so lange nicht da ... ich glaube, ich müßte zerbrechen daran! Das«, nun hauchte sie bloß noch, »hast du aus mir gemacht, Albrecht ...«

Ihre Hingabe, ihre schrankenlose Aufrichtigkeit, ihr grenzenloses seelisches Entblößen ihm gegenüber trieben ihm beinahe die Tränen in die Augen. Er zog sie ganz fest an sich, spürte wie in seinem eigenen Körper ihr Blutpochen, ihr Atmen; fühlte gleich darauf, wie sie in seinen Armen wieder zur Ruhe kam, und dann – seine Stimme klang rauh dabei – versprach er ihr: »Es soll so sein, wie du gesagt hast! Ich wünsche es mir doch ebenso heiß wie du! Wann immer ich kann, werde ich nach Augsburg reiten! Ich werde schon Vorwände finden gegenüber meinem Vater! Weißt du, er zwängt mich manchmal nicht weniger als dich deiner! Aber wir werden sie beide überlisten; wir werden es schaffen, daß nur noch dein Glück zählt und damit meines! – Und jetzt komm, zurück in die Stadt! Ich kann es kaum mehr erwarten, das Haus für uns zu finden! Oder vielleicht weißt du auf der Stelle eines, das zum Verkauf steht?«

»Du bist ein Verrückter, ein total Ungebärdiger – mein Gott, wie liebe ich dich dafür!« erwiderte Agnes Bernauer, und jetzt lachte sie wieder; verschwunden waren die Schatten in ihren Augen. »Nein, ich bin überfragt; ich habe mich doch bisher nie für irgendwelche Gebäude interessiert. Ich freue mich nur, aber alles andere mußt du in die Hand nehmen, mein Schatz!«

»Dann werde ich mich eben doch noch als Thronerbe von Bayern-München zu erkennen geben müssen«, rief der Dunkelhaarige. »Weißt du was? Den Peutinger werde ich fragen; der ist zwar ein Rauhbauz, aber wenn's drauf ankommt, auch ein guter Freund!«

»Der Peutinger, ja, der hat uns damals auch zusammengebracht«, stimmte Agnes lächelnd zu. »Irgendwie war's doch ungefähr so, nicht, du Turnierritter?« In der gewonnenen Sicherheit, in ihrer überwältigenden Freude genoß sie es sichtlich, ihn zu necken; ihn zu kitzeln und zu reizen.

»Du weißt genau, wie es war«, gab der Wittelsbacher, halb scherzhaft, halb schon wieder in die süße Erinnerung verloren, zurück. Und dann klang ihr ausgelassenes und gleichermaßen doppelbödiges Lachen gemeinsam auf; Hand in Hand liefen sie durch den Gries[19]) zwischen Wertach und Lech davon; der Silhouette der Stadt entgegen, die plötzlich gar nichts Kantiges mehr an sich zu haben schien.

*

Albrecht von Bayern-München brachte den Hauskauf mit Hilfe des Ratsherrn Peutinger innerhalb von drei Tagen unter Dach und Fach. Nahe des Landsberger Tores lag das Gebäude; an die Stadtmauer lehnte es sich an, und wie etwas Beschützendes und Bergendes hing über dem First der hölzerne Wehrgang. Agnes Bernauer, noch im Beisein ihres erstaunlichen Geliebten, zog auf der Stelle ein; die Einwände des Baders fielen zahmer aus, als der Wittelsbacher befürchtet hatte – der alte Kaspar, naturgemäß schon, vergaß seine Bedenken wegen der angeblichen Sünde vollkommen,

[19]) Gries = Auenlandschaft.

nachdem der Thronerbe ihn mit einer anständigen Summe abgefunden hatte.

»Jetzt bist du frei«, sagte Albrecht zu der Siebzehnjährigen, als er sie – er hatte sich die Freude nicht nehmen lassen wollen – über die Schwelle der Schlafkammer trug. »Und es wird auch niemand in Augsburg wagen dürfen, das Maul gegen dich zu wetzen, denn der Peutinger hat mir versprochen, diskret seine Hand über dich zu halten, wenn ich abwesend bin.«

»Das ist schön«, antwortete Agnes, »es tut schon gut, wenn man das Gefühl hat, keine Ausgestoßene mehr zu sein. Was aber meine Freiheit angeht, du Lügner, muß ich dir widersprechen! Als ob ich dir nicht hilfloser als jede Eingekerkerte ausgeliefert wäre; wegen meiner Liebe zu dir ...«

»Dann bin auch ich ein Gefesselter – und ich schwöre, daß ich mir glückseligere Bande nicht vorstellen könnte«, versetzte der Herzog. Im nächsten Augenblick sanken sie aufs Bett und verloren sich einmal mehr ineinander; inniger denn je erlebten und genossen sie das Verschmelzen unter ihrem ersten gemeinsamen Dach. Die folgenden Tage über verließen sie das Häuschen an der Stadtmauer so gut wie gar nicht, dann aber kam der Morgen, an dem der Wittelsbacher den Abschied beim besten Willen nicht länger hinauszögern konnte. »Die Ratssitzung in München wurde schon vor einem Monat angesetzt; ich darf ihr nicht fernbleiben«, erklärte er seiner Geliebten. »Du weißt aber, daß ich mein Herz hierlasse, und ich schwöre dir auch, daß ich keine andere Frau berühren werde, bis ich wieder nach Augsburg kommen kann!«

Agnes, wieder zeigte sie sich so tapfer, nickte. »Daß du kommst, wenn du kannst, weiß ich«, sagte sie. Über das andere verlor sie kein Wort, sie versprach ihm noch nicht einmal ihrerseits die Treue; sie mußte nicht aussprechen, was sowieso unverbrüchlich in ihrem Herzen lebte. Doch auch der Schmerz wohnte jetzt wieder dort drinnen, und der würgte sie zum Gotterbarmen, nachdem ihr Ritter zusammen mit seinen drei Knechten davongesprengt war. In einer grausamen Leere blieb Agnes zurück; in einen Abgrund scheinbar stürzte sie, noch tiefer als damals im Fasching.

Ebenso schien in der Brust Albrechts etwas Schartiges zu schlitzen und zu nadeln, und es schien schlimmer zu werden mit jedem Roßtritt lechaufwärts. Gleichzeitig und zusätzlich schien etwas drohend emporzuwachsen hinter dem Horizont; etwas rötlich Umzüngeltes: die Aura der Waldeckerin. Sie reizte ihn nicht mehr; sie hatte ihn, abgesehen vom Körperlichen, nie gereizt, dennoch kam jetzt die Furcht. Die Furcht vor sich selbst, vor der eigenen Unberechenbarkeit; gerade dann, wenn die Sehnsucht nach der einzig Geliebten übermächtig zu werden drohte. Er hatte es erlebt, er war schwach geworden gegen seinen Willen; ein dutzendmal oder mehr hatte er sich in den Fängen des willigen Fleisches gefangen, hilflos ausgeliefert dem dunklen Trieb.

Aber jetzt nie wieder, leistete er sich selbst auf dem Heimritt, auf dem Ritt in die Fremde in Wahrheit, mehr als einmal den Schwur; den Sedlec jage ich vom Hof, wenn er mich wiederum mit ihr bekniet! Es darf nichts mehr sein zwischen mir und einer anderen als der Blonden, sonst zerstöre ich alles, was in Augsburg geschah! Dies hämmerte er sich ein, und dennoch spürte er, daß er seiner selbst nicht sicher sein konnte; seiner Liebe, ja; nicht aber der wilden Brunst, die ihn zuzeiten so tierisch beuteln konnte, besonders dann, wenn er betrunken war. Und so gab er sich, im Dachauer Moos jetzt schon wieder, noch ein weiteres Versprechen: daß er nüchtern bleiben wolle in der Residenz, auch wenn er darob verrecken sollte. Dies hatten die wenigen Augsburger Tage in Herzog Albrecht bewirkt, als ein anderer Mensch kehrte er zurück; nachhaltiger hatte Agnes ihn verändert, als er es bei seinem rauschigen Aufbruch vor gut einer Woche je für möglich gehalten hätte.

*

Die Alte Veste dann kam ihm fremd vor, kalt; wie eine leere Hülle, aus der das Leben gewichen war. Der Dunkelhaarige kleidete sich um, verwies Jan von Sedlec, der ihn mit Fragen bestürmte, auf einen späteren Zeitpunkt, hastete gleich darauf weiter zur Burg des Vaters. Die Ratsversammlung, aus Gründen der Geheimhaltung, war für die Nachtstunden angesetzt; Albrecht hatte gerade noch rechtzeitig durchs Münchner Stadttor preschen können. Jetzt nahm er auf seinem halbhohen Thronsessel zur Rechten Ernsts von Bayern-München Platz; der Vater, während sich ringsum etliche vom höheren Adel niederließen, beugte sich arglos zu dem Siebenundzwanzigjährigen hinüber und erkundigte sich: »Na, wie war denn die Jagd im Gebirge? Hast du wenigstens eine anständige Strecke zusammengebracht, wenn du schon ohne Ankündigung vom Hof geflohen bist?«

Der Sedlec, dachte Albrecht, alle Achtung! Er hat mich geschützt, hat dem Alten offensichtlich das Märchen eingeblasen. Ich werde nachher doch einen Becher mit ihm leeren müssen, um ihm zu danken, aber wirklich nur einen einzigen. »Anstrengend war's«, erwiderte er mit dem nächsten Lidschlag auf die Frage des Vaters. »Die Gemsen stehen hoch in den Schroffen in diesem Jahr. Aber ein paarmal bin ich doch zum Schuß gekommen.«

»Ja, man sieht's dir an, daß es kein Spaziergang war«, nickte der Alte. Mit dem nächsten Satz verspannten sich seine fleischigen Lippen und vertiefte sich die Steilfalte zwischen Herzog Ernsts leicht basedowschen Augen[20]): »Wird auch keiner werden, wenn es wieder gegen die Hussiten geht!« Die Mitglieder des Kabinetts waren damit einbezogen worden ins Gespräch; grollend berichtete der Herr des oberländischen Teilherzogtums nunmehr über den neuesten Stand der Dinge in der genannten leidigen Sache. Die mi-

---

[20]) Basedowsche Augen = Glotzaugen als Folge der nach dem Arzt Basedow so benannten Drüsenstörung.

litärischen Erfolge der letzten Jahre schienen den Prokop, den Kahlschädel[21]) noch siegesgewisser als ohnehin schon gemacht zu haben; im Böhmischen drüben, so der Alte, werde jetzt wieder ganz gotteslästerlich gerüstet. »Wir können's abwarten, bis die Ketzer mit einem großen Heer auch in Bayern stehen!« belferte Ernst. »Wenn bis dahin das Rivalisieren der einzelnen Landesteile gegeneinander kein Ende genommen hat, dann, meine Herren, hat die katholische Sache verspielt!«

Vielleicht wäre es ihr zu gönnen, dachte Albrecht; der Prager Prediger war ihm wieder eingefallen, die Bethlehemkapelle, der Mord in Konstanz. Doch er hielt den Mund; er mischte sich nicht ein in die Disputation, die jetzt allmählich immer theologischer wurde – bis die Ratsmitglieder am Ende den Beschluß faßten, die eigenen Rüstungsanstrengungen im Grenzgebiet ebenfalls zu verstärken; vor allen Dingen im Straubinger Land.

Damit war das Stichwort gefallen für den zweiten und abschließenden Punkt der Tagesordnung. »Von der Kanzlei König Sigismunds ist Nachricht an uns gelangt«, verkündete Herzog Ernst. »Der Monarch, Gott vergebe ihm etliche seiner Sünden dafür, scheint allmählich zu einer Entscheidung in der verfahrenen Straubinger Angelegenheit kommen zu wollen! In absehbarer Zeit wird der Erbschacher, der durch den Tod des letzten holländischen Wittelsbachers entstanden ist, wohl endlich ein Ende haben. Das Straubinger Territorium soll dann unter den regierenden Häusern in Bayern aufgeteilt werden ...«

Als einer der oberländischen Räte daraufhin empört aufraunzte, brachte ihn sein Landesherr durch eine unwirsche Geste jäh wieder zum Schweigen und setzte hinzu: »Nun ja, zumindest auf dem Pergament soll's so stehen; in der Praxis

---

[21]) Prokop der Kahle war nach dem Tod von Žižka (1424) der bedeutendste Heerführer der Hussiten.

jedoch, das habe ich aus vertraulicher Quelle, wird der Löwenanteil des donauländischen und wäldlerischen Kuchens an uns fallen! Wir müssen den Luxemburger[22]) zwar vermutlich noch kräftig schmieren deswegen, aber voraussichtlich im nächsten Jahr schon wird sich's auszahlen! Münchner Statthalter werden in Zukunft im Straubinger Schloß sitzen ...«[23])

Ein scharfer Blick traf Albrecht; der Thronerbe zuckte zusammen, dachte unwillkürlich an den langen Weg vom Donaugäu nach Augsburg. »Nein, dich werde ich nicht senden – noch nicht«, fuhr der Glotzäugige fort, nachdem er seinen Sohn ein Weilchen hatte schmoren lassen. »Bist mir noch zu grün hinter den Löffeln – aber vielleicht, nachdem du dein dreißigstes Lebensjahr vollendet hast ... – Vorerst solltest du dich bei Gelegenheit einmal um deine Grafschaft Vohburg kümmern; liegt manches im argen dort, wie man hört!«

Albrecht entspannte sich; der Straubinger Kelch war noch einmal vorübergegangen an ihm, Agnes würde ihm in Reichweite bleiben. Wenig später, nachdem das Pokulieren des alten Herzogs und der Räte wegen der unterländischen Beute begonnen hatte, zog der Dunkelhaarige sich zurück; schützte Müdigkeit, von der vorgeblichen Jagd her noch, vor. Als er in den eigenen Schloßbau zurückkehrte, traf er – ganz wie vermutet – den Sedlec im Vorzimmer zu seinen Gemächern an. Der junge Wittelsbacher bat ihn weiter, ins Kabinett; dort kam es dann zu der Aussprache, die Albrecht spätestens seit seinem Abritt von Augsburg im Magen gelegen hatte.

»Zunächst meinen Dank dafür, daß du mich meinem Vater gegenüber gedeckt hast!« murmelte der Thronerbe. »Aber wie hast du eigentlich herausgefunden, daß ich im

---

[22]) Sigismund stammte aus der Dynastie der Luxemburger.

[23]) Die königliche Entscheidung, auf die Herzog Ernst hier bereits anspielt, wurde dann im April 1429 rechtskräftig.

Schwäbischen war? Das wußtest du doch, oder? Sonst hätte die Ausflucht wegen der Jagd doch gar keinen Sinn ergeben!«

»Die Margarethe hat drauf geschworen, daß dich die Liebe und nichts sonst nach Augsburg getrieben haben müsse«, erwiderte der Hofmeister. »Sie beteuerte, sie hätte es schon wochenlang in deinen Augen gelesen, daß es so kommen würde. Daß du nicht mehr leben könntest ohne die Baderstochter; daß es doch mehr sein müsse zwischen dir und der Bernauerin, als sie anfangs geglaubt habe ...«

»Die Waldeckerin? Das hätte ich ihr nicht zugetraut...« Fast beschämt wirkte Albrecht plötzlich. Er hatte immer nur das willige Fleisch in ihr gesehen; die Mätresse, die letztlich alles andere als uneigennützig sein würde – und nun das!

»Falsch hast du sie eingeschätzt, die ganze Zeit über!« stieß der Böhmische nach. »Ich hatte dir keine Dirne zugespielt, du Narr! Die Margarethe war verliebt in dich, schon Wochen, ehe sie sich zum erstenmal in dein Bett legte! Sie hat mir's selbst gestanden, damals! Angebettelt hat sie mich, daß ich es in die Wege leiten sollte zwischen dir und ihr...«

Der Herzog trank hastig. Er hatte seine guten Vorsätze vergessen; nach der Eröffnung des Sedlec soeben schienen sie ihm auch nicht mehr nötig zu sein. Die Waldeckerin wußte also um seine Liebe zu Agnes, schien sie endlich sogar zu akzeptieren! »Dann habe ich ihr wirklich unrecht getan«, gab der Dunkelhaarige zu. »Dann hätte sie mehr verdient gehabt als bloß meine Brunst – so ich ihr mehr hätte geben können...« Am Pokal festzuhalten schien er sich jetzt, gleich darauf brach es aus ihm heraus: »Aber ich war nie fähig dazu, Jan; hab' immer bloß die Blonde im Herzen, im Kopf und im Blut gehabt! Deswegen hat's mich zurückgetrieben nach Augsburg; deswegen bin ich wie ein Hirnrissiger losgeritten, im Morgengrauen und im Rausch! Aber es war gar nichts Hirnrissiges daran, Jan! Ich bin bloß meiner Seele gefolgt, und so war's nicht falsch!« Den Arm des Freundes ergriff er, dann erzählte er ihm auch den Rest. »Und jetzt wartet sie im Haus unter der Stadtmauer auf mich«, schloß er, »ich habe ihr und mir geschworen, daß wir uns in Zukunft so oft wie möglich sehen werden! Außerdem, du kannst mich erschlagen dafür, hab' ich ihr versprochen, daß ich kein anderes Weib mehr anrühren werde! So steht's, Jan, und auch wenn die Waldeckerin das gewiß nicht verdient hat, denn das ist mir jetzt auch klar geworden, so muß doch auf der Stelle Schluß sein zwischen ihr und mir; ich kann die Bernauerin nicht mehr betrügen; ich liebe sie mehr als das Herzogtum ...«

»Die Margarethe wird auch das verstehen«, nickte der Sedlec. »Ich weiß bloß nicht, ob ich es ihr beibringen soll – oder besser vielleicht doch du ...«

»So feige bin ich nicht, daß ich jetzt dich vorschieben muß!« versetzte Albrecht. »Morgen, am Vormittag, schickst du die Rothaarige zu mir! Dann werde ich mich auch mit ihr aussprechen. Es hat mir jetzt gutgetan, daß zwischen uns die offenen Worte gefallen sind; mit der Margarethe wird's hoffentlich nicht anders gehen ...«

»Daß in den Frauen mehr steckt, als uns in unserem Männerdünkel oft bewußt ist, solltest du inzwischen eigentlich begriffen haben«, erwiderte der Böhmische, danach zog er sich zurück.

Margarethe von Waldeck, obwohl das vertrauliche Gespräch zwischen ihr und dem Thronerben am folgenden Tag nur kurz war, bewies durch ihr Verhalten die Wahrheit von Jan von Sedlecs Worten. »Vielleicht können wir jetzt Freunde werden, das wäre mein Wunsch«, sagte sie, und in diesem Augenblick hatte sie absolut nichts Leichtfertiges an sich. »Was das andere angeht, so gebe ich zu, daß ich mich verrannt hatte. Entschuldigen will ich mich nicht dafür; ich kann für mein Herz ebensowenig wie Ihr für das Eurige! Aber ich habe jetzt begriffen, daß Ihr vergeben seid an die Augsburgerin; daß eine ganz große Liebe lebt zwischen

Euch und ihr! Ich fürchte nur, es wird Euch noch manchen Ärger eintragen, wenn es erst herauskommt, daß Ihr Euch an eine Ehrlose, die freilich in meinen Augen ehrlos nicht sein kann, verloren habt! Nicht zuletzt aus diesem Grund, Albrecht, habe ich Euch auch um Eure Freundschaft gebeten und habe Euch die meine angeboten. Weil Ihr jetzt Freunde brauchen werden; Ihr und die Agnes! Das sage ich Euch, weil ich Euch geliebt habe, und weil Liebe mehr ist als Begehren und Befriedigtwerden; manchmal, auch wenn's einen hart ankommt, muß sie eben um des anderen willen auch verzichten können ...«

Albrecht hätte sie, zum allerersten Mal nicht aus dem Rausch und aus der Brunst heraus, in die Arme nehmen können dafür; er spürte aber, er hätte sie damit nur einmal mehr gequält, und das wollte er jetzt um keinen Preis mehr riskieren. So begnügte er sich damit, der Rothaarigen die Hand zu reichen und ihr zu versichern: »Meine Freundschaft besitzt du, Margarethe, von diesem Tag an! Und irgendwann wirst du auch den Mann finden, nach dem du dich sehnst; das wünsche ich dir von Herzen!«

Margarethe von Waldeck nickte; im Hinausgehen dachte sie unwillkürlich an Jan von Sedlec, und plötzlich wurde sie sich bewußt, daß sie ohne den Landsmann die vergangenen Monate und besonders die letzten Tage kaum so seelisch unbeschadet, wenn auch angeschlagen, überstanden hätte, wie es der Fall war. Er war es gewesen, der sie gehalten und immer wieder aufgefangen hatte, und nun verhielt die Rothaarige den Schritt, zögerte kurz und schlug sodann die Richtung zum Quartier des Böhmen ein.

*

Während das späte Frühjahr 1428 sich in den Sommer drehte, kamen die Kleinadlige und der Hofmeister sich sehr nahe; ihre nunmehr gemeinsame Freundschaft zu Albrecht von Bayern-München litt darunter nicht, eher war das Gegenteil der Fall. Denn klar, zumindest im persönlichen Bereich, war der Weg des Thronfolgers damit geworden, und dieser Weg führte ihn jetzt tatsächlich so oft wie möglich ins Schwäbische. Kaum ein Monat verging, in dem der junge Herzog nicht wenigstens einige Tage in Augsburg verbrachte, und im Spätsommer des genannten Jahres hatte Jan eine Idee, die dem hochgeborenen Freund die Reitzeit zwischen München und der Reichsstadt erheblich verkürzte. Unter der Hand richtete der Böhmische auf verschiedenen Meierhöfen entlang der Straße Relaisstationen für den Wittelsbacher ein; nunmehr konnte Albrecht unterwegs die Rösser gleich einem Kurierreiter wechseln, und dies bedeutete, daß seine Besuche bei Agnes Bernauer noch häufiger wurden.

Doch auch in der Residenz tat der Sedlec im Bunde mit Margarethe von Waldeck viel für die ungestörte Amoure des Dunkelhaarigen; immer wieder ersannen die beiden für ihn die Ausflüchte und vorgeblichen gesellschaftlichen oder politischen Notwendigkeiten, mit denen der übrige Hof und vor allem der regierende Herzog in der Neuen Veste getäuscht werden konnten. Albrecht und auch Agnes waren dem böhmischen Paar von Herzen dankbar dafür. Nach dem Sommer durften sie in regelmäßig sich wiederholender Zweisamkeit auch den Herbst und dann den Winter genießen; im neuen Jahr 1429 schließlich, kurz nach der Faschingszeit diesmal, fand ein Ständetag[24]) in Augsburg statt, zu dem der Münchner Thronfolger offiziell geladen wurde.

Über drei Wochen hinweg führten Albrecht und Agnes ein beinahe eheliches Leben im Fachwerkhäuschen unter dem Wehrgang, während die Staatsgemächer, die für den Wittelsbacher im Patrizierturm Peutingers hergerichtet worden waren, so gut wie die ganze Zeit über ungenutzt blieben. Der Ratsherr nahm dies augenzwinkernd hin und

---

[24]) Ständetag = Adelstreffen.

deckte seinen abwesenden Gast, wo er nur konnte; für den Rest sorgte Jan von Sedlec, der diesmal mitgekommen war: Auf den hochnotpeinlichen Empfängen und anschließend bei den Saufgelagen streute er immer wieder diensteifrig das Gerücht aus, daß sein Herr an einer ganz vermaledeiten Unpäßlichkeit leide. Das heimliche Liebespaar hatte den Nutzen davon; einige Monate später, im Sommer, revanchierte Albrecht sich dafür. In München jetzt wieder, machte er seinem verschworenen Freund und der Rothaarigen eine Eröffnung.

»Daß euch der Ehestand ins Haus steht«, sagte er schmunzelnd, »ist ja längst kein Geheimnis mehr. Und daß ihr mit zeitlichen Gütern nicht gerade gesegnet seid, besonders weil drüben in eurem Heimatland der Aufruhr herrscht, weiß ich auch. Deswegen möchte ich euch beide mit einem anständigen Heiratsgut ausstatten, so ihr es von mir annehmen wollt. Mit hundert Ungarischen Goldgulden, so habe ich mir gedacht, könnt ihr ohne Sorgen in die Zukunft blicken. Es soll ein Geschenk von Agnes und mir sein; ein Dank dazu für all die Treue, die ihr uns seit dem letzten Jahr erwiesen habt ...«

Margarethe von Waldeck und Jan von Sedlec nahmen das großherzige Angebot nur zu gerne an. Es wurde vereinbart, daß die Summe aus der herzoglichen Schatulle ausgefolgt werden sollte, sobald die beiden Familien des Paares sich wegen des allgemeinen Hochzeitsvertrages einig geworden seien, so daß die Adelsehe geschlossen werden konnte.[25])

Nach diesem Gespräch unter sechs Augen freilich, als die Rothaarige und der Thronfolger von Bayern-München vielleicht nicht ganz zufällig für einen Moment unter sich waren, wandte sich Margarethe mit einem bedauernden Unterton in der Stimme an ihn: »Uns hilfst du, aus einem Herzen her-

[25]) Jan von Sedlec und Margarethe von Waldeck heirateten im Januar 1431; daß Albrecht die Summe auszahlte, ist dokumentiert.

aus, das neuerdings so weich geworden ist, doch deine und Agnes' Liebe wird stets nur im Verborgenen blühen können. Und dabei wünschte ich euch so sehr, ihr dürftet sie ebenso offen zeigen wie Jan und ich!«

»Vielleicht finden auch wir eines Tages den Weg«, erwiderte Albrecht leise. »Wie verschlungen war doch der eurige, ehe er zu einem guten Ziel führte, und ebenso, das hoffe ich mit allen Fasern, wird's mit der Blonden und mir gehen...«

# VOHBURG AN DER DONAU/BASEL

*Sommer 1429–Februar 1431*

*»von hertze und auch von leybe gar ein schens weib.« (Peutinger-Chronik)*

Die Flußfahrt von Dasing bei Augsburg bis Waidhofen hatte erstaunlich wenig Zeit in Anspruch genommen, doch nun begann die Paar sich zu schlängeln und zu mäandrieren. Hinzu kam die Mittagshitze, die den stakenden Knechten rechts am Bug und links am Heck der Zille jetzt mehr und mehr zu schaffen machte. Schwitzend und mit augenscheinlich immer zäheren Bewegungen mühten die Männer sich ab, das Flachboot um die zahlreichen Kehren zu bringen; es zudem von den Schilffeldern und nun häufig auftretenden Schlickbänken abzuhalten. Auch die Reiter am Ufer, auf dem Treidelpfad, hatten mit Schwierigkeiten zu kämpfen. Mückenschwärme, vom hier beinahe stehenden Gewässer ausgebrütet, fielen mit tückischem Sumsen über die Rösser her und ließen sie scheuen. Am schlimmsten war es dann mit den beiden ledigen Tieren, dem Zelter[26]) und dem Rappen, die von zwei Stallburschen am langen Zügel mitgeführt wurden. Immer häufiger keilten der Wallach und der Hengst aus, kapriolten; bissen sich gar. Kurz vor Pörnbach dann, als auch noch die Viehbremsen kamen und die Paar gleichzeitig modrig zu riechen begann, wurde es dem jungen Herzog von Bayern-München zu dumm.

»Du mußt mir verzeihen«, wandte er sich an die mittlerweile achtzehnjährige Agnes Bernauer, die neben ihm auf

[26]) Zelter = ein Pferd, das eine sehr weiche Gangart (Tölt) beherrscht. Früher vor allem von Frauen geritten.

der Mittelbank der Zille saß. »Die Bootsreise war wohl kein so guter Einfall, wie ich dachte. Ich glaubte, es sei so bequemer für dich, aber jetzt fürchte ich, das Ungeziefer frißt uns und die Pferde noch auf, wenn wir nicht ausreißen. Dazu die mörderische Hitze!« Albrecht schlug sich einen Brummer vom Nacken, dann schloß er: »Was hältst du davon, daß wir an Land gehen und das letzte Stück in den Sätteln hinter uns bringen?«

»Ja, der Fluß scheint sich gegen uns verschworen zu haben«, antwortete die Blonde. »Das Wasser bringt dir und mir kein Glück ...« Leise war ihre Stimme während der letzten Worte geworden; ganz dünn. Und die brütende Auenlandschaft hatte auf einmal wie etwas Fremdes vor ihren Augen geflirrt und geschwirrt. Doch mit dem nächsten Lidschlag faßte Agnes sich wieder, warf nun ihrerseits dem Geliebten einen entschuldigenden Blick zu und fuhr fort: »Unsinn! Es hat uns immerhin zwei Drittel des Weges bis Vohburg getragen, und ich habe es schön gefunden, so schwerelos an deiner Seite durch die Landschaft zu treiben. Doch nun meine ich auch, daß es besser wäre, wieder die Pferde zu nehmen.« Sie lächelte. »Vor allen Dingen, weil wir es dann bestimmt schneller schaffen, bis in deine Stadt – und in die Burg.«

»In unsere Burg und in unsere Stadt«, erwiderte der Herzog zärtlich, berührte dabei ihre Hand. Und sah in ihrem Antlitz, daß sie dies immer noch nicht ganz zu fassen vermochte. Aber sie würde sich schon eingewöhnen, würde sich schon in ihre Rolle finden, da war er sich ganz sicher. Einen innigen Blick gönnte er ihr, ein aufmunterndes Nicken, dann rief er den stakenden Knechten den Befehl zu. Wenig später rauschte der Zillenbug über eine Schlickbank ins Schilf. Albrecht und Agnes sprangen an Land; die Fergen, die bereits in Dasing bezahlt worden waren, blickten ihnen nach; zuvor hatten sie der Bernauerin auf deren anteilnehmende Frage hin noch versichert, daß sie mit einem der nächsten

Treidelzüge ohne weiteres an ihren Ausgangspunkt zurückkommen konnten.

»Die beste Entscheidung, die Ihr treffen konntet, Herr!« schnaubte der Hauptmann der Kavalkade, als er dem Wittelsbacher und dessen trotz der Heimsuchungen noch immer berückend schöner Mätresse eigenhändig die Rösser zuführte. »Weg von der Paar, raus aus dem Sumpftal hier – und auf dem direkten Weg über die Moosebene nach Vohburg, das rate ich Euch!«

Albrecht stimmte zu, half der Blonden in den Damensattel, wartete ab, bis sie den Bügel über dem seitlich offenen Sitz eingeklinkt hatte, schwang sich dann selbst auf den Rücken des Rappen. »Wenn wir erst an der Donau sind, dann werde ich dir zeigen, wie man richtig reitet!« rief er Agnes noch zu, ehe er den Hengst in Trab setzte. Die Bernauerin nickte lachend, trieb ihrerseits mit der Gerte den Zelter an, und dann genossen sie, ebenso wie die zwei Dutzend Reisigen, die ihnen folgten, den erfrischenden und befreienden Luftzug.

Etwa drei Stunden später – Albrecht hatte die Tiere mit Rücksicht auf seine Geliebte, die im Sattel noch ungeübt war, nicht sprengen wollen – sahen sie den großen Strom und an seinem südlichen Ufer Vohburg vor sich. In weichem Schwung zog sich die in den Jahren 1414 und 1415 von Herzog Ernst errichtete Ringmauer um die Stadt, dahinter ragten die Zinnen und Türme der neuen Burg auf, die ebenfalls erst kürzlich über den Ruinenresten der ursprünglichen Festung[27]) erbaut worden war. Im vergangenen Frühling war der Grafensitz frisch gekalkt worden; nun leuchtete er unter der bereits schräg stehenden, warmgoldenen Sonne wie etwas Verwunschenes über das Donaumoos hin. Jenseits des Flusses, als habe die Natur ihrerseits einen zusätzlichen

---

[27]) Die ältere Burganlage in Vohburg stammte aus dem 11. Jahrhundert und war 1316 im Krieg Ludwigs des Bayern gegen seinen Bruder Rudolf zerstört worden.

Kontrast setzen wollen, erstreckten sich die Ausläufer der Fränkischen Alb; freilich waren die karstigen und kalkfelsigen Konturen nur verschwommen zu erkennen, denn zwei oder drei weitere Reitstunden wären bis dort hinüber nötig gewesen.

»Es ist schön hier!« Agnes Bernauer hatte den Zelter gezügelt, betrachtete das Panorama mit begeistertem Blick.

»Ich freue mich, daß sie dir gefällt, die Vohburger Grafschaft«, erwiderte Albrecht, den stampfenden Rappen an der Seite der Blonden haltend. »Aber das muß sie ja schließlich auch! Wie sonst könntest du hier deine neue Heimat finden?!«

»Meine Heimat«, beteuerte die Mooräugige versonnen, »wäre überall, wo du wärst! Ich wäre dir auch gefolgt, wenn du mich in ein ganz fremdes Land geführt hättest...« Noch während sie sprach, lichtelte ihr die Erinnerung zurück nach Augsburg; die ungeheure Überraschung, die der Wittelsbacher ihr dort vor wenigen Wochen bereitet hatte, wurde ihr wieder gegenwärtig.

Daß sie leider das Häuschen unter der Mauer aufgeben müßten, hatte er ihr gesagt; doch nur, um künftig zusammen ein Schloß zu bewohnen. Der alte Herzog, der Ernst, habe nämlich von ihm verlangt, daß er, Albrecht, sich ab sofort energisch um die Grafschaft an der Donau zu kümmern habe; während der folgenden Jahre sei dort für den Herrn, der sein Sohn bisher leider nur dem Titel nach gewesen sei, eine Menge zu tun. Am besten lasse sich der Thronerbe gleich ganz in der Vohburg nieder, bis die Stadt zu Füßen des Schlosses den nötigen Aufschwung genommen habe. – Und das, so wieder der Dunkelhaarige in Augsburg, sei doch die Gelegenheit, auf die sie beide schon so lange gewartet hätten! Auf dem abgelegenen Sitz werde es gewiß keinen Hofklatsch und keine Intrigen geben; sie könnten dort fast wie ein ganz normales Paar zusammen hausen. Ein Glücksfall sondergleichen sei es, was der Alte unwissentlich in die

Wege geleitet habe! Auf der Stelle solle sie, Agnes, zu packen beginnen, und sobald ihr Augsburger Domizil aufgelöst sei, könne man die kleine Reise antreten. – So also war es gekommen, daß sie ihm nun ins Donaumoos gefolgt war, und jetzt lagen die Burg und die kleine Stadt, die zu ihrem Liebesnest werden sollten, vor ihnen.

Gerade in dem Moment, in dem sie wieder in die Gegenwart zurückfand, fühlte Agnes, wie Albrechts Hand – er hatte den Hengst inzwischen zur Räson gebracht – nach der ihren tastete. Ihre Finger verflochten sich mit den seinen; gleichzeitig hörte sie ihn sagen: »Das weiß ich, mein Herz – und trotzdem tut es so gut, es von dir zu hören! Doch wir müssen nicht in die Fremde; wir müssen nur noch die letzte Meile hinter uns bringen, dann sind wir unter weißblauem Himmel zu Hause!« Damit setzte der Wittelsbacher erneut die Sporen ein, Seite an Seite ritten sie weiter, und wenig später erreichten sie das südliche Tor, wo bereits die städtische Abordnung, dazu Kinder mit Blumen sowie Musikanten warteten.

»Ein liebenswertes Völkchen, nicht wahr?« wandte sich der Herzog und Graf tief in der Nacht, nachdem sie das Festmahl überstanden hatten und endlich allein waren, an seine Geliebte. »Die feierlichen Roben konnten nicht recht verbergen, daß in ihnen biedere Handwerks- und Fischermeister steckten. Ganz anders sind sie hier als die knochentrockenen Schranzen zu München; den Sedlec natürlich ausgenommen. Die sind noch aus Fleisch und Blut gemacht, die Vohburger, und gerade deswegen, da bin ich mir jetzt sicher, werden wir gut mit ihnen auskommen!«

Versonnen nickte Agnes, erwiderte jedoch nichts. Vielmehr schien sie sich bei den letzten Worten Albrechts plötzlich leicht verspannt zu haben. Der Dunkelhaarige, auch nach fast eineinhalb Jahren in seiner Liebe zu ihr noch äußerst feinfühlig, spürte es. Instinktiv ließ er ihr Zeit, führte sie stumm über die Schwelle ins Schlafgemach; drinnen aber fragte er: »Was hast du? Kann es sein, daß ich soeben etwas Falsches gesagt habe?«

Auf einmal lag Agnes in seinen Armen, klammerte sich an ihm fest wie ein schutzsuchendes Kind. »Nein, es war nicht deine Schuld!« flüsterte sie. »Denk so etwas nicht, bitte! Es ist nur, weil die Ratsherren und Zunftmeister mich beim Mahl wie deine Gattin behandelt haben. Sie waren mir gegenüber ebenso zuvorkommend und höflich wie zu dir. Ja, man kann gut mit ihnen auskommen, das habe ich auch bemerkt, doch sie haben mir mehr Ehre erwiesen, als ich verdiene. Und nun, wo du sagtest, daß wir; WIR . . . – Albrecht, sie haben mich gleichberechtigt an deine Seite gestellt, und davor fürchte ich mich! Es kommt mir wie ein Frevel vor, wie eine Anmaßung! Ich verdiene diesen Platz nicht, auf dem sie mich sehen wollen! Ich bin nur die Tochter eines Baders; war eine Ehrlose! Es ist so ein himmelweiter Unterschied zwischen deinem Stand und meinem – und die Vohburger wissen's nicht. – Ich habe Angst, Albrecht! Ich habe Angst, daß sie mich – und damit doch auch dich! – verachten würden, wenn einmal die Wahrheit ans Tageslicht käme . . .«

»Du bist bescheiden – das ehrt dich, doch du hast es nicht nötig!« erwiderte der Wittelsbacher fest. Insgeheim dachte er: Daß der Sedlec in meinem Auftrag erst vor einer Woche in Vohburg weilte, dem Rat reinen Wein einschenkte und ihn zugleich vor Frechheiten warnte, darf sie nie erfahren; sie ist zu anständig! Laut fuhr er fort: »In Augsburg, es hat mir immer von Herzen weh getan, mußten wir unsere Liebe wie etwas Verbotenes verbergen. Deswegen fühlst du dich jetzt, da wir Hand in Hand ins helle Tageslicht getreten sind, wohl auch noch unsicher. Du mußt aber lernen, daß die Dinge hier, in meiner eigenen Grafschaft, völlig anders liegen! Hier brauchen wir keine Rücksichten auf das Reich oder auf das Herzogtum zu nehmen! Hier bin ich der Herr, und du bist die Frau, die an meiner Seite lebt und mein Bett teilt!

Du bist es, die ich den Vohburgern damit zur Herrin gegeben habe, und sie haben dich zu achten; ob sie wollen oder nicht! Du mußt dir dessen bewußt werden, Agnes; du darfst dich nicht selbst kleiner machen, als du bist!« Seine Stimme wurde wieder weicher, als er ihr Haar berührte und schloß: »Und nun Kopf hoch, mein Herz! Wir wollen uns die Freude an unserer ersten Nacht in der eigenen Burg doch nicht von irgendwelchen dunklen Stimmungen eintrüben lassen! Komm! Komm noch näher zu mir; ganz nahe! Laß mich dich auskleiden, dich schmecken, dich verwöhnen . . .«

Und die Blonde, die Mooräugige vergaß, was sie gequält hatte; nur noch er zählte jetzt wieder, der Mann und dazu ihre überwältigende Liebe. Aufs Bett sanken sie, mit ihren Kleidern streiften sie auch alles andere ab, und dann wurden ihre Körper unter dem gräflichen Dach eins.

*

Die Befürchtung der Blonden, der Achtzehnjährigen sollte sich in der Folge als gegenstandslos herausstellen. Agnes Bernauer, so jung sie auch war, erwarb sich die Achtung und in vielen Fällen sogar die Liebe der Vohburger erstaunlich schnell. Als eine Fremde war sie eingezogen in die Stadt; als Mätresse des Wittelsbachers, auch wenn jeder sich gehütet hatte, deswegen aufzumucken, hatte sie am ersten Abend an der Ratstafel gesessen – aber nun wurde sie, aus ihrem ungekünstelten Wesen und aus ihrer Großherzigkeit heraus, mehr. Nicht abseits, nicht entrückt thronte sie auf der Burg über dem Ort; vielmehr versuchte sie, weil sie selbst glücklich war, auch anderen Gutes zu tun; ohne Ansehen des Standes oder der Person.

Ihre Herkunft, die angeblich ehrlose, half ihr dabei. In der Badstube, abgesehen vom Anrüchigen, hatte sie gelernt, dem Volk aufs Maul zu schauen. Die Handwerker, die Bürgersfrauen, die Händler auf dem wöchentlichen Markt spürten dies. Sie faßten Zutrauen zu der Blonden, der reicher als sie Gekleideten, der so erstaunlich Schönen, als wäre sie eine von ihnen. Zögerlich geschah dies zunächst, dann immer unverblümter. Die Gräfin, so hieß es bald ohne unterschwelligen Beiklang, sei eine, mit der man offen reden könne; die nicht unter dem Dünkel so vieler anderer Adliger leide. Ein Ohr habe sie für die Nöte der Menschen; zuhören könne sie, besser als so mancher Beichtiger. Nicht bloß in den höheren Kreisen verkehre sie, was ja ganz selbstverständlich sei, sondern sie habe auch ein Empfinden für diejenigen im Schatten.

Um den Jahreswechsel von 1429 auf 1430 etwa stellte Agnes Bernauer diese Barmherzigkeit im Zusammenhang mit dem Vohburger Spital unter Beweis. Bis dahin hatte das Siechenheim wirklich eher ein Schattendasein geführt; halb wie Ausgestoßene hatten die Alten im Bannkreis der Andreaskirche gelebt. Kaum aber war die Augsburgerin auf die Zustände dort aufmerksam geworden, handelte sie mit zielgerichteter Entschlossenheit. Von der Menschenwürde, zwei Generationen vor dem Hochkommen des Humanismus in Deutschland, sprach sie zu Albrecht; der Wittelsbacher, in der wilden Ehe mit ihr ohnehin schon aufgeschlossener als früher geworden, erinnerte sich zusätzlich wieder der Lehren des Jan Hus, die er in seiner Jugend gehört hatte. Er ließ ihr Gold aus der gräflichen Kanzlei anweisen und gab ihr die nötigen Vollmachten dazu. Ehe noch das Weihnachtsfest vorüber war, verfügte das Spital über neue Möbel; auch das Essen war reichlicher und besser geworden, und den Nonnen, die das Siechenhaus bis dato mehr oder weniger aus katholischer Verbitterung heraus geleitet hatten, standen nunmehr etliche freiwillige Bürgerstöchter stundenweise zur Seite. Im neuen Jahr dann, kaum daß der Frost aus den Mauern gewichen war, schaffte Agnes es auch noch, daß das Spital außen und innen frisch getüncht wurde; ebenso sorgte sie dafür, daß der verwahrloste Garten wieder in Ordnung kam, so daß die Alten hinfort nicht mehr bloß in den Kammern, sondern auch in der Sonne sitzen konnten.

Durch diese und andere Taten, durch ihre wachsende Unbefangenheit dazu, gewann die Bernauerin also die Herzen der Vohburger für sich. Doch auch die Art, wie der Wittelsbacher selbst seine Grafschaft regierte, trug ihr indirekt zusätzlich die Sympathien der Menschen ein. Daß doch wohl sie dahinterstecke, wenn Albrecht sich nicht als Despot aufspiele, wurde vermutet – und in gewisser Weise traf dies auch zu, denn ganz wie seiner Geliebten wäre es dem Dunkelhaarigen widernatürlich vorgekommen, persönlich das Glück zu genießen, den anderen aber als Zwingherr im Nacken zu sitzen. Zwar hatte Herzog Ernst seinem Sohn aufgetragen, durchzugreifen in Vohburg; wenn nötig, mit Härte – doch sehr schnell, und sicherlich aufgrund des guten Beispiels der Blonden, hatte der junge Graf erkannt, daß der menschenfreundliche Weg besser zum Ziel führte; daß es nicht auf das Gegen-, sondern auf das Miteinander ankomme. Es war eine Lektion, die ihm durch nichts anderes als seine große Liebe ins Herz gelegt worden war, und nun setzte Albrecht von Bayern-München dieses inwendige Wissen sehr erfolgreich in die Praxis um. Ganz wie Agnes lieh er den Nöten, Wünschen und Obliegenheiten der Handwerker, der Bauern und Fischer ein offenes Ohr, lernte dadurch und wuchs durch das Lernen, und so zeigten sich im Vohburger Land alsbald auch ohne Zwang Anzeichen für einen erfreulichen Aufschwung.

Schon innerhalb des ersten Jahres der ungewöhnlichen Regentschaft begann das Gemeinwesen wieder zu blühen. Das Paar auf der Burg hatte seine Aufgabe gefunden und arbeitete durchaus hart daran, dennoch blieb ausreichend Zeit für das andere, das nur Agnes und Albrecht betraf; die Frau und den Mann. Am Flußufer, auf dem Herweg damals, hatte der Wittelsbacher seiner Geliebten das Versprechen gegeben, daß er ihr das Reiten richtig beibringen werde; hatte sie dadurch wiederum ein Stück weiter in seine eigene Welt hineinführen wollen. Nun machte Albrecht diese Ankündigung wahr, und auf ihrem Zelter, im Herrensitz jetzt, wurde die Blonde von Monat zu Monat sattelfester und sicherer.

In München, an der Isar, hätte Agnes sich auf keinen Fall so zeigen dürfen; Zeter und Mordio hätten die dortigen Moralapostel gebrüllt wegen der vorgeblich Schamlosen in den Männerhosen. Im ländlichen Städtchen an der Donau jedoch wurde der Anblick schmunzelnd hingenommen; augenzwinkernd blickten die Bürger den Liebenden nach, wenn sie über den Marktplatz trabten und dann, jenseits eines der Tore, die Sporen einsetzten. Immer weiter, nachdem die Bernauerin erst in die Übung gekommen war, dehnten sie und der Dunkelhaarige ihre Streifzüge aus. Bis Mehring hinauf preschten oder trödelten sie; ebenso manchmal hinüber nach Abensberg und gelegentlich noch weiter bis Weltenburg bei Kelheim, wo der Strom sich wie ein Fanal durch die Kalkfelsen fraß. An anderen Tagen wieder setzten sie über den Fluß, ritten in nordwestlicher Richtung weiter bis zur Altmühl und ließen die Rösser, nachdem sie irgendwo durchs Wasser gefurtet waren, die Hänge der Fränkischen Alb erklimmen. Zur Zeit der Kirschblüte erblickten sie die von hellem Gestein durchnarbten Hügel dort, unterm brennenden Sommerhimmel waren sie dankbar für einen kühlen Trunk aus einem der malerischen Dorfbrunnen; im Herbst dann schienen die Bergrücken in einem orgiastischen Farbenrausch aufzuglühen.

Mehr und mehr wurden die Alb und dazu die Donau ihnen auf diese Weise zur neuen Heimat; nur selten dachte Agnes jetzt noch an Augsburg, und dem Wittelsbacher schien München allmählich so fern zu sein, als läge es auf einem anderen Stern. Nur noch die eigene kleine Welt und das unbeschwerte Beisammensein in ihr zählten für das Paar; die Aufgaben dazu, die sich der Blonden und dem Dunkelhaarigen in Vohburg stellten. So verstrich ihnen das Jahr 1430 in ihrem manchmal stillen und manchmal tätigen Glück; als aber dann wiederum die Zeit der Wintersonnenwende herankam, begann die Idylle allmählich rissig zu werden.

Von den Bischofssitzen in Regensburg und Eichstätt sickerten die unguten Nachrichten nach Vohburg durch, weitere Depeschen erreichten Albrecht aus München. All dies aber hatte seinen Ursprung in Rom, wo das Oberhaupt der Christenheit einmal mehr lüstern nach Krieg, Gemetzel und Blutvergießen geworden war.

*

Der junge Herzog von Bayern-München behielt die Informationen für sich, solange er konnte. Es widerstrebte ihm, die Pferde scheu zu machen vor der Zeit; insgeheim – und eigentlich wider besseres Wissen – hoffte er verzweifelt, daß der Papst vielleicht doch noch zur Vernunft kommen würde. Daß Agnes und er weiterhin friedlich leben durften an der Donau; daß nichts von dem zerbrechen mußte, was sie gemeinsam aufzubauen begonnen hatten. Doch für die kirchliche Politik zählten weder die Herzensgüte und die tätige Nächstenliebe der Baderstochter noch zählten die Wünsche eines Hochadligen, der durch die Nähe einer einfachen Frau zur Menschlichkeit gefunden hatte; für Rom zählte allein die Macht, und im Februar 1431 sah Albrecht keinen anderen Ausweg mehr, als der Blonden das Unerfreuliche mitzuteilen.

»Nach Basel ist ein Konzil einberufen worden, wegen der Hussiten!« eröffnete er seiner Geliebten in dieser frostigen Nacht, in der draußen, vor dem bleiverglasten Kemenatenfenster, der Schnee stöberte. »Heute ist der Kurier mit der Nachricht aus der Residenz gekommen! Ein eigenhändiges Schreiben meines Vaters brachte er; ich soll mit Ernst zusammen an den Oberrhein reiten, nächste Woche schon!«

Während Albrecht dies gepreßt sagte, vermeinte er wieder den Nachsatz vor sich zu sehen, der ganz unten auf dem protzigen Pergament angefügt worden war: ›Daß die Teilnahme an dem Konzil eine Ehre für dich ist, weißt du‹, hatte der Alte ihm darin zu verstehen gegeben, ›kann dir aber auch nicht schaden, daß du dich einmal von dem Badweib trennst, von welchem man mir hintenherum berichtet hat!‹ Genau dies hatte dem Dunkelhaarigen den Widerwillen noch verschärft; im Inwendigen geschmerzt hatte es ihn, weniger als väterliche Ermahnung denn als verkappte Drohung hatte er den Satz empfunden. Jetzt drängte es ihn dazu, sich der Blonden anzuvertrauen, gleichzeitig wußte er, daß er ihr das auf gar keinen Fall antun durfte, und so setzte er statt dessen hinzu: »Wenn der Papst pfeift, dann tanzt Wittelsbach! Das ist das Unglück unserer Familie! Wenn ich an der Regentschaft wäre, ich würde mich nicht so bereitwillig unter die römische Fuchtel ducken! Bei diesem Basler Konzil wird nichts anderes herauskommen als beim Konstanzer! Wieder wird man auf die Böhmischen einprügeln, anstatt endlich einmal den Saustall am Tiber auszumisten ...«

Agnes spürte das Verschrecktsein hinter seinen derben Worten, zog sanft seinen Kopf an ihre Brust und erwiderte leise: »Dies mag so sein – aber du kannst dich nicht gegen deinen Vater stellen, mußt ihm den schuldigen Gehorsam leisten! Und außerdem ist Basel nicht aus der Welt. In ein paar Wochen bist du wieder zurück; wir werden sie schon aushalten, die Trennung, bis dann unser Wiedersehen um so schöner wird.«

Sie hat es nicht begriffen, dachte er. Sie glaubt, es solle wirklich bloß disputiert werden. – Aber woher sollte sie die tückischen Pfaffen auch kennen? Ist bisher keinem in der Kardinalsrobe begegnet; zu ihrem Glück! Weiß nicht, daß die ganz anders sind als der Betzwieser, der Pfarrer hier auf der Burg, der ein großes Herz hat. Der insgeheim vielleicht selber hussitisch denkt, weil ihm der Nazarener etwas bedeutet. – Die Purpurroten jedoch ... der Teufel hol' sie! Die werden uns das Wiedersehen schon zu vermiesen wissen; ich ahne es ...

Freilich sprach er auch diese Befürchtung nicht aus, entgegnete vielmehr: »Ja, du hast recht! Länger als ein paar Wochen wird's nicht dauern. Und ich lasse dir den Sedlec herkommen, damit du im Notfall einen hast, der dir treu zur Seite steht, wenn du schon die Grafschaft allein regieren mußt...«

»Du weißt genau, daß ich das nicht kann!« versetzte sie. »Als ob ich auch nur einen einzigen Befehl geben könnte!« Im Gegensatz zu vorhin, als sie ihn in die Arme gezogen hatte, suchte sie nun ihrerseits Geborgenheit bei ihm. »Du machst dich lustig über mich«, fügte sie hinzu.

Gut so! dachte er. Ich habe sie auf andere Gedanken gebracht! Laut sagte er: »Nein, mein Schatz; ich meinte es ernst! Solange ich abwesend bin, liegt die Verantwortung bei dir! So und nicht anders möchte ich es haben! Und was deine Fähigkeiten dazu anbelangt – du hast sie doch längst unter Beweis gestellt! Du kannst mit den Menschen umgehen; sie hören gerne auf dich! Weil das, was du tust, aus deiner inneren Anständigkeit kommt! Das ist es, was zählt, Agnes, und die Vohburger wissen es. Erst neulich, als der Peutinger aus Augsburg hier zu tun hatte, habe ich gehört, wie einer der Zunftmeister zu ihm sagte, du seist nicht nur vom Leibe her ein wunderschönes Weib, sondern ebenso aus dem Herzen heraus...«

»Für dich – und durch dich«, flüsterte die Mooräugige; gleich darauf, in der aufbrandenden Leidenschaft, vergaßen sie beide den Kurier, den Münchner und das Konzil. Nur das Jetzt zählte noch, die berauschende Zeitlosigkeit im Ineinander-Sein, und dies hielt an, bis draußen, auf dem Zinnenkranz der Burgmauer, der über Nacht gefallene Schnee im ersten Tageslicht leichenfahl aufzuschimmern schien.

*

In der folgenden Woche, als er bei Tauwetter durch schmutzigen und irgendwie schleimig wirkenden Matsch abritt, erinnerte sich Albrecht an dieses Bild; die ganze nächste Zeit dann, da er in Basel zur Linken des Vaters in der Fürstenbank saß, ließ es ihn nicht wieder los. Mit dem Pfaffenkeckern, den Haßtiraden, den allgemeinen Verwünschungen gegen die Hussiten schien es ihm in eins zu gehen, dieses Fahle, Ungute und in seinem mentalen Empfinden Leergeblutete. Zuletzt, als die von Rom angestrebte böse Entscheidung fiel, hatte der junge Wittelsbacher das Gefühl, als stachle das Eisige plötzlich schmerzhaft direkt in seinen innersten Kern hinein. Krieg hieß die Losung, welche die Kardinäle, die Bischöfe und ein Großteil des Hochadels aus sich bellten: Krieg gegen die Böhmischen; ein weiterer Kreuzzug.

Zum Anführer der päpstlich-reichsständischen Armee wurde der Kardinallegat Julian Cesarini bestimmt; ein mit den höchsten kirchlichen Weihen versehener Metzler, der bereits in der Vergangenheit unbeschreibliche Grausamkeiten auf sein Gewissen geladen hatte. Dieser Schlächter sollte nun an der Spitze des katholischen Heeres über den Grenzkamm des Böhmerwaldes ziehen; im kommenden Sommer bereits, wie der Konzilsbeschluß weiter lautete.

»Jetzt ist es aus mit den Ketzern, jetzt müssen sie alle über die Klinge springen!« tönte Herzog Ernst am Abend des gleichen Tages beim Bankett. »Unser Haus, das von Bayern-München, kann König Sigismund bei dieser Gelegenheit auch gleich seinen Dank für den Straubinger Urteilsspruch abstatten, von dem wir ja sehr profitiert haben! Aus diesem Grund, Albrecht, mag ich keinen Vasallen mit der Mission« – der Glotzäugige lachte fistelnd – »betrauen! Du selbst, als der Thronfolger, sollst das bayrisch-oberländische Aufgebot kommandieren! Kannst dir einen Haufen Meriten erwerben dabei, mein Sohn; ich, wenn ich noch einmal so jung wäre wie du, ich wäre dankbar dafür!«

Damit ergriff der Alte seinen Pokal, und der Dunkelhaarige tat ihm notgedrungen Bescheid. Insgeheim jedoch dachte er: Nun ist genau das eingetroffen, was ich befürchtet habe, und die Agnes, wenn ich es ihr sagen muß, wird vergehen vor Angst!

In der Folge dann steigerte der Vohburger Graf sich in einen Rausch hinein wie seit Jahren nicht mehr; mit dröhnendem Schädel und einem gräßlichen Grimmen im Leib trat er spät am nächsten Morgen den Heimritt an.

# BÖHMEN/VOHBURG

*August–Dezember 1431*

*»Gott muß für uns fechten,*
*solln die Hussiten weichen,*
*mit Herren, Rittern, Knechten*
*läßt sich da nichts erreichen.«*
*(Oswald von Wolkenstein)*

Kratzig, kalt spürte Agnes Bernauer den Kalkstein unter ihren Handflächen; es fröstelte sie, obwohl die Morgensonne schon kräftig strahlte. Unterm klaren Licht lag das Donaumoos da, ebenso weiter drüben die Alb. Doch die Blonde, die sich auf die Wehrplattform des Bergfrieds geflüchtet hatte, fühlte sich ausgestoßen von der bukolischen Welt unten. Ein Schnitt, ein Hieb schien sie jäh abgetrennt zu haben von der Landschaft, die ihr in den beiden letzten Jahren zur Heimat geworden war. Gegen die steinerne Brustwehr preßte Agnes die Handflächen, gegen das solide, unverbrüchliche Mauerwerk – und hatte dennoch das Empfinden, den Boden unter den Füßen verloren zu haben. Im Grundlosen, irgendwie wassertriebig, schien ihr Da-Sein sich zu verlieren, während außerhalb ihrer zusammengekrachten Geborgenheit die Reiter entlang des Stromes nach Nordosten preschten.

Das Grauenhafte hatte sich vorbereitet, seit Albrecht – etwas Wüstes und Wütendes im Blick – damals im März aus Basel zurückgekehrt war. Von da an hatte es zwischen ihm und ihr keine wirklich unbelastete Stunde mehr gegeben. Verspannt hatten sie in den Nächten nebeneinander gelegen. Selbst im körperlichen Einssein, wenn sie es verzweifelt gesucht hatten, war schartig und bitter die Schranke zwischen ihnen geblieben. Die Schranke, an der sie keine Schuld getragen hatten, die aber dennoch zwischen sie gefallen war, weil Albrecht nicht der Geliebten allein gehörte, sondern auch dem Herzogtum und dem Reich. Der Kirche dazu, der verfluchten und gotteslästerlichen, die molochisch das Zurückstellen der Liebe zugunsten des Krieges gefordert hatte. Und der Mann und das Weib hatten sich dem nicht entwinden können, hatten sich beugen müssen unter die menschenfeindliche Knute, waren gnadenlos durchs Frühjahr und den halben Sommer gepeitscht worden, bis dann zuletzt dieser Augustmorgen heraufgedämmert war; der sonnige und trotzdem so frostige Morgen der Trennung.

Die Handflächen der Zwanzigjährigen krümmten sich ein, in den Stein krallten sich ihre Nägel; einer brach ab, sie bemerkte es nicht. Der Reiterzug draußen, in dessen Mitte unter dem Banner der Ritterliche galoppierte, verlor sich mit demselben Herzschlag hinter einer waldbestandenen Bodenwelle; im Dunkeln, im Nichts. Mit einem wehen, einem viehisch gequälten Ausdruck in den Augen löste die Bernauerin ihren Leib, ihren Schoß von der unnachgiebigen Brüstung und schleppte sich zur Falltür. Als sie in die Finsternis des Turminneren eintauchte, meinte sie noch einmal – ganz deutlich – den Gepanzerten zu sehen, doch im nächsten Moment verflirrte dieses Bild; statt dessen war jetzt ein Knochiger da, ein Totenschädeliger, und der hob die Sense und begann sie sausend zu schwingen.

*

Das sausende, saugende Geräusch des im Halbkreis geschwungenen Eisens ließ Herzog Albrecht von Bayern-München, als er auf den Hof des Straubinger Schlosses hinaustrat, unwillkürlich zusammenzucken. Krachend fraß sich die geflammte Klinge des Bihänders[28]), mit dem der Söldner übte, in den mannshohen Holzpflock. Etliche um-

[28]) Bihänder = brusthohes Schwert, das zweihändig geführt wurde.

stehende Landsknechte johlten anerkennend auf, verstummten aber jäh wieder, als sie den Wittelsbacher gewahrten. Der Dreißigjährige nickte ihnen zu, griff dann hastig nach dem Sattelbug des Rappen und saß auf. Ins panikartige Antraben des Hengstes hinein fiel der nächste Schwertschlag und wurde diesmal von lautstarken Verwünschungen der Kriegsleute gegen die Hussiten begleitet. Albrecht preßte die Lippen zusammen und suchte so schnell wie möglich das Festungstor zu gewinnen. Kaum aber hatte der Rappe den Steinschlund passiert und den schmalen Wiesenstreifen draußen am Donaualtwasser[29]) erreicht, scheute er erneut. Die Pfeilwolke war schuld, die plötzlich unter der Mauer entlangfiederte, ehe die Geschosse sich weiter vorne in die strohgeflochtenen Scheiben bohrten. Wieder ertönte rauhes Geschrei aus den Söldnerkehlen, und nun wirkte das Davonpreschen des Münchners beinahe schon wie eine Flucht. Mit einem derartigen Karacho trieb er den Hengst dem Straubinger Stadtplatz zu, daß die Knappen ihm kaum zu folgen vermochten.

Doch auch abseits des Schlosses, auf dem Weg zum Tedeum[30]) in der Jakobskirche, das vor dem Aufbruch nach Böhmen für den Adel angesetzt war, fühlte der Wittelsbacher sich ununterbrochen bedrängt. Der befestigte Ort hatte sich in ein einziges Heerlager verwandelt. Nur noch im Schritt kamen die Reiter hier voran; die Knappen, die sich mit ihren Rössern jetzt vor den Herzog gesetzt hatten, mußten sich und ihm den Weg gelegentlich sogar mit rüder Gewalt bahnen.

Albrecht sah Rudel von Landsknechten in den verschiedensten Wappenröcken und Überwürfen; Beidhänder, wie der im Schloßhof, trugen die einen, andere waren mit Armbrüsten, Langbogen, Spießen und vereinzelt mit Arkebu-

---

[29]) Zur damaligen Zeit floß die Donau nicht direkt am Straubinger Schloß vorüber. Der heutige Flußarm unter den Mauern war im frühen 15. Jahrhundert ein stehendes Altwasser.

[30]) Tedeum = feierliche Messe, oft im militärischen Zusammenhang.

sen[31]) bewaffnet. Ihre Eisenhüte, Kettenhemden und Brustpanzer zeigten die unterschiedlichsten Ausformungen; manche Gesichter waren entsetzlich zernarbt, und selbst unwiderruflich Blessierte – wie Einäugige oder an einem Glied Verkrüppelte – hatten sich unter der Fahne eingefunden. Etliche Söldnerhaufen lagerten direkt auf dem versudelten Pflaster, andere hatten kurzerhand Handwerkerhäuser okkupiert; aus den Hinterhöfen heraus und von den Brunnen und Tränktrögen her klang immer wieder das Hufstampfen und Wiehern von Pferden auf.

Die Gäule gehörten den bessergestellten Soldläufern oder den ländlichen Rittern; wie ein scharfer und mitleiderweckender Kontrast zu diesen Hunden des Krieges wirkten die Haufen der Bauernburschen, schlecht bewaffnet und zumeist dumpfäugig, die man aus den Dörfern des Unterlandes hier in Straubing zusammengetrieben hatte. Albrecht hatte das fatale Gefühl, daß diese Sechzehn- und Siebzehnjährigen noch gar nicht wirklich begriffen hatten, was mit ihnen geschehen war; daß sie es möglicherweise auch dann noch nicht begreifen würden, wenn der Tod sie hinwegsichelte. Als bloßes Kanonenfutter würden sie dem Cesarini dienen; ihr Fleisch würde zerfetzt und in den Dreck getrampelt werden, nachdem es ihnen vielleicht im Vorwärtsgepeitschtwerden gelungen war, irgendwo eine klägliche Bresche im feindlichen Vorfeld aufzureißen.

Unter solchen Gedanken, innerlich zuletzt kaum weniger verstört als die Dörper[32]), erreichte der junge Herzog von Bayern-München schließlich die Jakobskirche. Vor dem gotischen Portal glitt er aus dem Sattel; beim Aufkommen auf die Erde strauchelte er, weil sich der eine Stiefel im Saum des Mantels, den er trotz der Hitze als Teil des Staatsgewandes zu tragen gezwungen war, verfangen hatte. Mit einem wü-

---

[31]) Arkebuse = Hakenbüchse; frühes Luntenschloßgewehr.

[32]) Dörper = Dörfler.

tenden Raunzen befreite Albrecht sich, stieg dann hastig zur Pforte hinauf, schritt eilig weiter durchs Kirchenschiff, wo die meisten der Grafen, Freiherren und Ritter bereits versammelt waren. Den ungeschlachten Nothafft von Wernberg[33]) machte der Wittelsbacher im Gestühl aus, mehrere aus dem Geschlecht der Degenberger dazu, den hageren Haibeck sowie eine Reihe von bischöflich-regensburgischen oder herzoglichen Vasallen aus dem donaunahen Nordgau. Die meisten der Gesichter freilich waren ihm fremd, und die anderen empfand er plötzlich als widerwärtig; immer noch räderte ihm das beklagenswerte Bild der Bauernburschen draußen durch den Schädel. Im landesherrlichen Chorgebälk endlich fand der Dunkelhaarige so etwas wie schlechten Schutz; er kauerte sich hinein wie in eine Schale und hoffte, daß die Pfaffen vorne am Altar es schnell machen würden.

Albrecht wurde enttäuscht; das Gottpreisen, das blasphemische angesichts des bevorstehenden Überfalls auf Böhmen, dauerte mehr als vier Stunden. Als der Herzog die Kirche endlich wieder verlassen konnte, war es draußen bereits dunkel geworden. Die Straubinger Stadt schien jetzt von Wachfeuern und Fackeln wie von Pockennarben übersät zu sein. Durch den Rauch, durch das Qualmen, einmal an einem Besoffenen vorbei, der in voller militärischer Montur in seinem eigenen ekligen Auswurf lag, suchten sich der Dreißigjährige und die Knappen den Weg zurück zum Schloß. Die Nacht, nachdem er sich dazu hatte zwingen müssen, wenigstens ein paar Bissen zu sich zu nehmen, verbrachte der Herzog, der das Teilheer aus dem Oberland und dem Straubinger Gäu nach Norden führen sollte, unruhig. Alpträume quälten ihn; zwischendurch andere erotischer

---

[33]) Die Grafen Nothafft mit dem Stammsitz Wernberg in der heutigen Oberpfalz spielten eine bedeutende Rolle im Straubinger Land. Ein Nothafft war später auch am Bernauer-Prozeß beteiligt. – Die übrigen genannten Adligen sind ebenfalls historisch.

Art, in denen die Bernauerin ihn nackt bedrängte und ihn doch nicht zur Erfüllung gelangen ließ, weil ihr Schoß sich immer wieder in einen klaffenden, blutigen Menschenmund verwandelte. Zerschlagen und verschwitzt kam Albrecht am nächsten Morgen, als die Trompeten zu schmettern begannen, zu sich; anstatt das Tagesgebet zu sprechen, fluchte er schauerlich auf den vermaledeiten Kreuzzug.

*

Etliche Tage später war das Teilheer bis Cham vorgerückt, wo es sich nun mit dem Gros der Armee unter dem Oberbefehl des Kardinallegaten Julian Cesarini vereinigte. Die Laune des Wittelsbachers hatte sich seither nicht gebessert, eher noch verschlechtert. Schon der Marsch von Straubing bis hierher hatte den Söldnern und auch ihren adligen Anführern viel abverlangt. Mörderisch hatte die Sonne gestochen, wie Blei war der Himmel die ganze Zeit über gewesen; in den Lagernächten hatte Albrecht wiederum ständig unter Alpträumen gelitten, hatte er sich zerschlagen gewälzt im Brutdunst und in der beklemmenden Nähe der ungeheuerlichen Menschenmasse.

Jetzt, am fünften Morgen des Feldzuges, hielt der Herzog auf einem Hügel etwas außerhalb der Stadt; neben seinem direkten Gefolge befand sich auch der Nothafft in seiner Begleitung. »Ich, wenn ich der Cesarini wäre, hätte den Troß hier in der Grenzfestung zurückgelassen!« sagte der grobschlächtige Graf soeben. »Der Chamerauer ist auch dieser Meinung, ebenso der Sattelbogener![34]) Viel schlagkräftiger könnten wir sein, wenn bloß die Berittenen und das Fußvolk weiterziehen würden! Leichter beweglich wären wir dann, könnten besser taktieren! Aber der Kardinallegat frißt's nicht, auch wenn etliche Herren es ihm deut-

---

[34]) Die Chamerauer und Sattelbogener Ritter sind ebenfalls historisch. Diese Geschlechter saßen auf den Grenzburgen im Chamer Gebiet und führten den Krieg gegen die Hussiten an vorderster Front.

lich genug gesteckt haben! Der vertraut darauf, daß wir hunderttausend Mann ins Feld führen können, und das andere, das die Vernunft gebieten würde, ist ihm egal! Himmelkreuzkruzitürken auch! In unser Unglück rennen wir; das sag' ich Euch, Albrecht von München! Es sei denn, daß Ihr dem Großkotz noch ins Gewissen reden könnt ...«

Der Wittelsbacher zuckte die Achseln, noch trug er bloß das Kettenhemd, nicht den Kampfharnisch, und hielt mit der Antwort zurück. Obwohl der Graf vermutlich recht hatte, empfand Albrecht plötzlich so etwas wie Haß ihm gegenüber. Wahrscheinlich deswegen, weil er von mir verlangt hat, daß ich mich mit dem Päpstlichen besprechen soll, dachte der Dunkelhaarige gequält. Aber ich kann den Cesarini nicht ausstehen; das Bankett letzte Nacht im Ratssaal hat mir bis zum Kotzen gereicht! Bloß vom Ausrotten und Hinmetzeln hat er geredet, und daß man es nicht nur den bewaffneten Ketzern zeigen müsse, sondern auch den Bauern im Böhmerwald! Ein Schwein ist er, ein protziges dazu; nicht um den Glauben geht es ihm, sondern ums Schlachten, Rauben und Großtun nachher! Nie hätte man ihm den Oberbefehl übertragen dürfen; überhaupt hätte es zu Basel anders laufen müssen, der ganze Kreuzzug ist ein Dreck! Und wenn er im Dreck steckenbleibt, dank der Troßkarren, dann soll's mir nur recht sein! Dann kommt's vielleicht überhaupt nicht zum Schlagen, und ich kann mit meinen Leuten um so schneller nach Vohburg zurück ... – »Der Cesarini, wie ich ihn einschätze, würde mir was pfeifen«, wandte sich der Herzog nun endlich doch an den Wernberger. »Er ist der Oberbefehlshaber, und wir wissen beide, daß er drauf pocht! Außerdem marschiert das Heer ja schon, und wenn er's jetzt nochmal anhalten müßte, damit die Bagage ausscheren kann, käme das einem Eingeständnis gleich, daß er den Feldzug falsch angefangen hat. – Lassen wir ihn also machen, Nothafft; später, wenn wir wissen, was dabei herausgekommen ist, werden wir alle zusammen gescheiter sein.«

»Ein Haufen Scheiße wird herauskommen, nichts anderes!« raunzte der Graf, ritt sodann mit Karacho ab. Der Münchner, ihm nachblickend, spürte, wie sein Haß sich wieder legte. Das derbe Wort des Nothafft hatte tatsächlich so etwas wie eine flüchtige Gemeinsamkeit zwischen ihnen hergestellt. Und außerdem war der Kelch noch einmal an ihm, Albrecht, vorübergegangen. Ein klein wenig erleichtert griff der Dunkelhaarige nach der Feldflasche und stärkte sich ausgiebig. Dann widmete er sich erneut dem Anblick des vorbeiziehenden Heeres; es war ein ungeheuerliches Bild, wie es der Wittelsbacher in solch barbarischer Ausuferung möglicherweise nie wieder im Leben schauen würde.

Wie zum Säuefüttern, so zahlreich, hatte die römisch-katholische Welt ihre Kriegshaufen ausgespieen. Im Verein mit den Deutschen, den Bayern, Franken und Schwaben, marschierten Welsche von jenseits der Alpen, Franzosen und Spanier; vereinzelt niederländische oder englische Abenteurer sogar. Exilierte Böhmen scharten sich um ihre Fahnen, den Trommeln nach liefen Mährische und Ungarische; anderswo wieder sprengten Reiterrudel in kroatischen Wappenröcken die Chamb[35]) entlang. Wie überdimensionale Igel wirkten die Kompanien der zu Fuß vordringenden lanzentragenden Landsknechte, dazwischen stampften Percherons mit Schwergepanzerten in den Sätteln die Erde. Den Rittern folgten auf leichteren Gäulen jeweils drei, vier Knappen, und hinter denen wiederum kamen die Dörper; die unbeholfenen Burschen mit den kurzen Spießen, den Keulen und gelegentlich auch bloß den derben Prügeln. Als scharfer, beinahe schon widernatürlicher Kontrast dazu wirkte die Artillerie; die Feldschlangen und Bombarden, die schweren Festungsgeschütze auch, die man vor allem aus München, Nürnberg, Regensburg und Augsburg ins Grenzland ge-

---

[35]) Chamb = Nebenfluß des Regen, nach dem die Stadt Cham benannt ist.

karrt hatte. Maultiere, Ochsen, manchmal aber auch Menschen waren vorgespannt; die Zugstränge und Sielen schienen zu ächzen und zu kreischen wie gepeinigte Seelen. Treiber liefen vor den Lafetten her und machten mit ihren Peitschen kaum einen Unterschied zwischen vier- und zweibeiniger Kreatur; nur das Vorwärtskommen zählte, durch den zähen Lehm und das Steingetrümmer, über die zutiefst geschundene Erde des Chamer Beckens hin.

Am zähesten durch den verbackenen Schlamm und das Granitgeröll quälten sich die Troßkarren, die schwankenden offenen oder überplanten Wagen, die nicht nur dem Nothafft ein Dorn im Auge waren. Berge von Fuselfässern waren festgezurrt auf den Ladeflächen; Huren im Dutzend hockten auf den schaukelnden und rumpelnden Plattformen, unter den flatternden Plachen. Zoten gellten zwischen den ringsum Marschierenden und den Dirnen hin und her; einmal sah der Herzog von Bayern-München, wie ein Armbrustschütze inmitten eines kreischenden Weiberknäuels verschwand und auf einer der Liederlichen zu bocken begann, bis der alarmierte Waibel[36]) ihn unterm rebellischen Toben der Kameraden ins Glied zurückprügelte. Doch nicht nur der ordinären Lust, dem Suff und dem Sündigen im Vorbeigehen, dienten die Troßfuhrwerke, sondern auch dem Luxus der Adligen und dem verqueren Glauben der haufenweise mitrennenden und mitreitenden Kleriker. So mancher Ritter oder Graf zog nach Böhmen, als ginge es zu einem höfischen Stelldichein dort; Prunkzelte, komplette Bettstellen, Kleiderkisten, Leibstühle und Badewannen wurden von diesen Wahnwitzigen ins Feld mitgeführt. Das Gegenstück dazu bildeten die Tragaltäre, Heiligenstatuen, doppelt mannshohen Kruzifixe, Reliquienschreine sowie die kupfernen oder gar steinernen Taufkessel der Priester, mit deren Hilfe sie – so erst das blutige Werk getan war –

---

[36]) Waibel = Feldwebel.

jenseits des Grenzkammes hussitische Seelen zu fangen hofften. Aber auch mit Weinfässern und erlesener Fourage waren die pfäffischen Transportfahrzeuge bestens ausgestattet; am herrlichsten in dieser Hinsicht glänzte der persönliche Troß des Kardinallegaten Cesarini, dessen Karren sich genau im Zentrum des gargantuanischen Heerwurmes befanden. Aufzublähen schien die Marschsäule sich dort unter dem Wehen von goldenen, silbernen und brokatenen Kirchenfahnen, und um diesen Wanst der Kreuzarmee vor feindlichen oder möglicherweise auch katholischen Übergriffen zu schützen, hatte der Italiener, der Päpstliche nicht weniger als dreihundert bis an die Zähne bewaffnete kroatische Glaubenskämpfer abgestellt.

Albrecht, die ganze Zeit über die Feldflasche umkrampfend, wartete ab, bis die Abteilung des Generalissimus endlich außer Sicht gekommen war. Dann zerknirschte er einen Fluch zwischen den Zähnen, bellte mit dem nächsten Lidschlag sein eigenes kleines Gefolge an: »Vorwärts jetzt! Gleich über die Hügel! Zu unseren Truppen!«

Die Rösser bäumten sich, schnaubten, preschten los; die verstruppten Chambhänge entlang, nach Nordosten. Im Eilritt überholten der Wittelsbacher und seine Leibwache das Heer. Wie etwas Fremdes, mit dem er im Grunde gar nichts zu tun hatte, kam dem Dunkelhaarigen das Gewälze im Talgrund wiederum vor; einmal mehr fragte er sich, ob es denn wirklich die wahre Religion war, die sie auf diese Weise nach Böhmen hineinzupeitschen versuchten. Sich eine endgültige Antwort darauf zu geben, erlaubte er sich freilich nicht; es hätte bedeutet, daß er das Gewissen über den Fürstenhut hätte stellen müssen – oder umgekehrt. So ließ Albrecht sich zuletzt lieber betäuben und harsch lullen vom Rhythmus des wechselweise trabenden und galoppierenden Hengstes; nach zwei oder drei Meilen dann schien die katholische Armee sich an ihrer Spitze aufzufasern, schien sie sich in überschaubarere Elemente aufzugliedern. Der

Trupp des Herzogs von Bayern-München hatte die Vorhut erreicht, der auch die Straubinger und Oberländischen angehörten. Der Dunkelhaarige lenkte seinen Rappen hinunter ins Tal; als er sich mit seinen Leuten einreihte zwischen dem Sattelbogener und dem Chamerauer Haufen, war in der Ferne bereits der Kirchturm von Arnschwang zu erkennen.

In der Nacht lagerte das Heer dort sowie in den umliegenden Weilern und Gehöften oder einfach auf den Feldern und Weiden dazwischen. Am nächsten Morgen blieb die ganze Gegend verwüstet zurück, und nun wälzte sich der rumpelnde und klirrende Wurm auf Furth zu. Die Adligen und die Hauptleute fanden Quartier in der dortigen Burg; der Pfleger traktierte sie mit Wein, Braten und Weibern. Im Verlauf der letzten dunklen Stunden vor dem Überschreiten der Grenze kam es auf dem Schloß zu einer Orgie; Albrecht freilich hielt sich abseits, hielt sich bloß an den Pokal und dachte immer wieder mit einem jähen Reißen im Herzen an die Bernauerin.

Kurz nach der Dämmerung gab es ihm noch einen zusätzlichen Riß im Inneren; eine Streifschar von Spaniern war während der Nacht ein kleines Stück nach Böhmen vorgedrungen und hatte etliche Gefangene zurückgebracht. Um verstörte Bauern, ganz offensichtlich, handelte es sich, doch als sie im Morgengrauen auf dem Marktplatz von Furth zur Schau gestellt und dabei hanebüchen mißhandelt wurden, brach sich das Tier unter den hier lagernden katholischen Rotten unversehens Bahn. »Hussen! Ketzer! Gotteslästerer!« gellte es plötzlich aus hundert und aberhundert Kehlen. Der Cesarini hätte einschreiten können, wenn er gewollt hätte, tat's aber nicht, und wenig später baumelten die Böhmischen an den Hanfstricken. Mit gebrochenem Genick die einen, schier endlos sich verzappelnd die anderen; einem Weißhaarigen, in dem die außer Rand und Band geratene Soldateska einen hussitischen Priester vermutete, hatte man zuvor die Zunge aus dem Rachen gerissen. Unter solchen

Vorzeichen ging es, kaum daß die noch wäßrige Sonne eine Handbreit weitergerückt war, endgültig auf den Grenzkamm zu, und im Lauf des so bestialisch begonnenen Tages faßte das Kreuzheer im äußersten Randbereich des protestantischen Landes Fuß.

Wenn Albrecht von Bayern-München in späteren Jahren an die nun folgenden Erlebnisse zurückdachte, packte ihn jedesmal das Grauen. Denn der päpstliche Kardinallegat Cesarini führte das ohnehin zutiefst fragwürdige Unternehmen nicht als Militär, sondern als Metzler. Ums Ausrotten, ums Schlachten, ums Menschenschinden ging es ihm, nicht um Taktik oder Strategie gegen die Truppen Prokops. Zum abscheulichen Fanal für den ewigen religiösen Wahn wurden die Schandtaten des Italieners, die Kriegsverbrechen der ihm untergeordneten Adligen, Hauptleute und Landsknechtshaufen. Wirr, ungeordnet, ganz einfach dem Blutrausch nach, durchstreiften die Katholischen die böhmischen Wälder, fielen über Dörfer, Gehöfte und dann weiter draußen im Tal der Radbusa auch über Marktflecken und Kleinstädte her. Der Widerstand war gering, fand vielerorts gar nicht oder mit nicht viel mehr als nackten Händen statt; die reguläre hussitische Armee zeigte sich in diesen Wochen nicht. Um so leichter wurde den Viehischen des Kreuzheeres ihr gotteslästerliches Tun gemacht; blühte hundert- und tausendfach das blasphemisch auf, was sich auf dem Marktplatz von Furth bereits angedeutet hatte.

Ohne Unterschied von Stand, Alter und Geschlecht wurden die Menschen aus ihren Hütten und Häusern gezerrt, wurde geplündert und wurden die Fackeln durch die Fenster und auf die Strohdächer geschleudert. Während die Gebäude brannten, wurden die vermeintlich Irrgläubigen gefoltert, geschändet, vergewaltigt und anderweitig geschunden und gedemütigt. Der galt im katholischen Heer als der Angesehenste, der die grausamsten Martern ersann; Cesarini selbst setzte dem Teuflischen die Krone auf, als er befahl, die nackten Leiber der Ketzer vor Kanonenmündungen zu binden und die Geschütze dann abzufeuern. Fleischfetzen, Schädel, Gliedmaßen, Blutfontänen und Knochensplitter wurden auf diese Weise himmelwärts geschleudert, dem molochischen römischen Götzen zum Opfer, und dann regnete dieses satanische Manna zurück auf die bekreuzten Haufen und mischte sich mit dem Choralkreischen der Mörder, die durch die Schuld der Priester so heillos unbeirrbar in ihrem Afterglauben waren.

Dermaßen unbeirrbar, daß sie auch dann nicht innehielten, als die wenigen Besonnenen in den Reihen der Reichstruppen feststellten, daß in den böhmischen Dörfern und Städten Hussiten und Katholiken friedlich zusammengelebt hatten. Rosenkränze und römische Devotionalien fand man in vielen Häusern jenseits der Grenze; den Anhängern des Prager Märtyrers wäre der Gebrauch solcher Gegenstände widerwärtig gewesen. Vermeintlich Rechtgläubige hatte man also zusammen mit den Protestantischen hingemetzelt; spätestens jetzt hätte der Kardinallegat dem Blutsaufen ein Ende machen müssen, doch er hatte nichts anderes zu tun, als auf die Vorhaltungen der Scharfäugigen zu erwidern, daß Teufel und Gott die Ihrigen in der Hölle oder im Paradies schon wiedererkennen würden: Damit der alleinseligmachenden Kirche nur ja kein Ketzer entkomme, solle man weitermachen wie bisher. Und so ging das mehr als viehische Schlachten weiter, bis dann plötzlich doch so etwas wie Gerechtigkeit aufstand im westlichen Böhmen und das Blatt sich jäh wendete.

Das Kreuzheer stand zu dieser Zeit in der Nähe des Klosters Kladrau und der Stadt Taus oder Domažlice, wie die Slawen sie nannten. Ärger denn je hatte der Kardinallegat die Soldateska an diesem Tag wüten lassen; um die Mittagsstunde aber sprengten plötzlich berittene Späher heran und brachten die Meldung, daß sich aus östlicher Richtung ein riesiges hussitisches Heer nähere.

»Gottseidank!« entfuhr es dem Herzog von Bayern-München, nachdem die Nachricht bis zu ihm durchgedrungen war. Wieder – und diesmal mit allen seinen Truppen – hatte er sich abseits der päpstlich kommandierten Armee gehalten, doch nun spornte er seinen Rappen wie wild und preschte auf das Prunkzelt des Cesarini zu. Er fand den Italiener und die Corona seiner Pfaffen reichlich aufgelöst vor; das Foltern und Menschenzerfetzen war jäh eingestellt worden, die Kleriker entpuppten sich als das, was sie die ganze Zeit über gewesen waren: als Feiglinge, die lediglich auf die Hilflosen loszugehen vermocht hatten. Albrecht trieb den Hengst bis direkt an den Legaten heran, brachte ihn so hart vor ihm zum Stehen, daß dem anderen der Schlamm auf das Prunkgewand spritzte. Unter der purpurfarbenen Robe trug der Italiener die Rüstung; der Wittelsbacher deutete auf den Harnisch und das Schwert und herrschte den Päpstlichen an: »Jetzt könnt Ihr Eure Waffen an kampfstarken Gegnern erproben! Das müßte doch eigentlich mehr in Eurem Sinn sein, als daß Ihr hilflose Bauern hinmetzeln laßt! Dort drüben«, er wies in die Richtung der Stadt, »steht der Feind! Ich und meine Bayern erwarten Eure Befehle!«

»Ihr habt Eure Truppen ja im Stich gelassen!« fistelte der Massenmörder. »Habt Euch schnurstracks zu mir geflüchtet, in meinen Schutz! Wie wollt Ihr Euch da den Ketzern stellen?!« Seine Stimme klang plötzlich so schrill, daß sie kaum noch verständlich war: »Zurück zu Euren Fahnen, Wittelsbach! Sonst ist es Verrat . . .«

»Ich bin kein Verräter an der christlichen Sache! Ich nicht!« Der Münchner bellte es heraus. »Bin nur hergekommen, weil Ihr vergessen habt, mir Order zu geben! Das wäre Eure Aufgabe gewesen, beim ersten Alarm! Also, was ist jetzt?! Bleibt's dabei, daß ich mich bloß zurückscheren soll?!«

»Bildet die erste Linie der Armee gegen Taus hin!« schnauzte Cesarini, schien sich jetzt wieder gefangen zu haben. »Ich schicke Euch Verstärkung zu, sobald ich einen Überblick habe ...«

Der Dunkelhaarige, ohne ein weiteres Wort, ritt ab; durch ein Heerlager, das sich in völliger Auflösung zu befinden schien. Und von Domažlice her, als der Wind sich nun drehte, waren auf einmal die Trommeln und Kesselpauken der Hussiten zu hören. Etwas wie ein dumpfes Brausen zugleich auch, und als Albrecht seine Truppen vorne wieder erreichte, wurden die Töne deutlicher unterscheidbar. Um einen vieltausendstimmigen, sehr ernsten Gesang handelte es sich; ein Waibel des Wittelsbachers, der die slawische Sprache beherrschte, übersetzte halblaut die Worte: »Die wir Gottes Streiter sind ...«[37])

Ein Frösteln fühlte der Herzog unter dem Harnisch; eine ungeheuerliche Wahrheit meinte er aus dem Choral herausbrechen zu hören. Wenn es denn so kommen soll, dann haben wir es nicht anders verdient, dachte er wirr. Mühsam, wobei das dumpfe Brausen nun aus seinem eigenen Schädel zu kommen schien, gab er sodann seine Befehle.

Die Oberländischen und Straubinger bildeten noch so etwas wie eine provisorische Front. Gemeinsam mit ihnen bereiteten sich auch ein paar andere kleine Einheiten unter den wenigen entschlossenen Offizieren auf den Zusammenstoß vor. Hastig wurden Lanzenrechen aufgebaut, ein halbes Dutzend Kanonen in Stellung gebracht, die Lunten der spärlich vorhandenen Arkebusen entfacht. Der dünne Schwarm der bayerischen Kavallerie sammelte sich um den Münchner. Einen Augenblick lang war Albrecht versucht, die Reiter in eine Attacke zu hetzen; selbst mitzugaloppieren. Dann wäre es wenigstens gleich vorbei, schoß es ihm durchs Gehirn; im Handumdrehen wären wir allesamt abgeschlachtet von denen dort drüben. Mit dem nächsten

---

[37]) Mit diesen Worten begann der berühmte Hussitenchoral, den die Böhmen immer dann sangen, wenn es in die Schlacht ging.

Herzschlag ließ ihn der Gedanke an die Blonde vor dem Wahnwitz zurückschrecken. Am bedrohlichen Anblick der unaufhaltsam vorstoßenden Hussiten änderte dies freilich nichts.

Die Kampfwagen der Ketzer näherten sich in sichelförmigen Formationen, wobei die nach vorne gerichteten Spitzen gegen den Feind wiesen. Jeder Angriff des Reichsheeres mußte sich auf diese Weise unweigerlich aufsplittern; die einzelnen Abteilungen würden sich gleich darauf jeweils in einen Dreiflankenkampf verwickelt sehen. Von den Kriegskarren herunter würden die hussitischen Hafnitzen[38]) Tod und Verderben speien; käme doch ein Gepanzerter bis zu den rollenden Festungen durch, so würden die tückischen Sichellanzen[39]) seinem Roß den Rest geben. So würde das Rückgrat der katholischen Armee schon beim ersten Zusammenstoß gebrochen werden – und dann würden die böhmischen Fußtruppen angreifen, die den dahinpolternden Ochsenwagen in hellen Scharen folgten.

Real und zugleich wie in einem Wachtraum sah und erwitterte der Herzog von Bayern-München dies alles; in eine Falle waren die Bekreuzten gerannt; während der verfluchte Cesarini die vielen Unschuldigen hatte schlachten lassen, hatten die Hussiten den militärischen Aufmarsch meisterlich organisiert. Und jetzt würde das Gottesgericht über die Römischen kommen; wirr hatte der Wittelsbacher es vorhin schon geahnt, nun wurde es ihm zur Gewißheit. Dann, in seine Verzweiflung und die daraus resultierende plötzliche Lähmung hinein, krachten die ersten Hafnitzenschüsse.

In ihren einzelnen Detonationen unterscheidbar noch kam die einleitende Salve, der Auftakt zur Katastrophe, doch nur wenige Augenblicke später spuckte die gesamte Front der Kampfkarren die schwefeldämpfigen Qualmwolken

---

38) Hafnitze = Haubitze; leichtes Feldgeschütz.

39) Die Sichellanzen der Hussiten dienten dazu, den Pferden der feindlichen Ritter die Sprunggelenksehnen zu durchtrennen.

und die glühenden Geschosse aus sich. Vollkugeln und gehacktes Blei fauchten und zwitscherten heran; verheerend traf es die vorderste und einzige katholische Widerstandslinie. Dutzendfach fegte es die Männer von den Füßen; wie ein makabrer Tanz sah das aus – zunächst noch, im ersten Moment –, aber dann sprudelten die Blutfontänen aus den Mündern, krallten jäh blutleer gewordene Hände sich in heraustretende Eingeweide, stachen Knochensplitter wie blasphemische Runen aus menschlichem Fleisch heraus. Während die Leiber sich noch krümmten, sich bäumten, während andere bereits verzuckten oder schon still dalagen, heulten die nächsten Salven heran, und die waren nun gegen das Gros des Reichsheeres gerichtet; gegen das hunderttausendfach zusammengeballte Miasma, das sich in heilloser Verstörung und Verstrickung um das Prunkzelt des Kardinallegaten drängte.

Zumindest erschien es Albrecht so, als ob all das Grauen dort zusammenstrudeln wollte; in Wirklichkeit hatte auf meilenbreiter Front eine kopflose Massenflucht eingesetzt, die nun um das Hauptquartier herum jäh wieder zum Stocken kam. Denn unter dem Hagel der Hafnitzengeschosse hatte der Vertreter des Papstes, hatten dessen schwerbewaffnete Leibgardisten plötzlich den Kampf gegen die eigenen Leute aufgenommen. Rücksichtslos ließ Cesarini sich den Weg zur Flanke hin freihauen, den böhmischen Wäldern zu, die dunkel den Horizont verschatteten. Sein Ritt, nachdem der Strudel aufgespalten worden war, führte über Leichen, Sterbende und Verwundete hinweg; auf welches Konto sie gingen, auf päpstliches oder ketzerisches, ließ sich unmöglich mehr sagen.

Der Wittelsbacher, auf wild im Kreis dahinjagendem Roß, sah die Schandtat, sah gleichzeitig die Hussiten immer näher heranrücken; die schrecklichen Bilder vernetzten sich ihm kaleidoskopisch. Immer noch peinigte ihn auch die seelische Lähmung, aber dann befreiten ihn gleichermaßen Todesangst und kotzgallige Empörung davon, und dies alles löste sich in einem Schrei, einem Befehl; dem einzig richtigen. »Zurück! Es ist alles verloren! Es hat keinen Sinn mehr!« brüllte er das von seinen Truppen an, was noch lebte, was ihn noch zu hören vermochte. Im nächsten Augenblick setzte auch um ihn herum das Davonrennen und Wegpreschen ein; lediglich der Sattelbogener hielt sich mit seinen Grenzern noch ein paar dünne Arkebusenschüsse lang, dann gab auch er Fersengeld.

Im vermeintlichen Schutz der verfilzten Forste, in der hereinbrechenden Abenddämmerung schon, versuchte ein Teil des Reichsheeres noch einmal eine Stellung aufzubauen; auch der Münchner mit den Resten seiner Straubinger und oberländischen Truppen gehörte dazu. Nicht so freilich der Kardinallegat; der befand sich mit seinen feigen Schlächtern bereits weit zurück auf dem Weg ins Reich. Davon ahnten die im hanebüchenen Urwald freilich nichts, oder aber sie verdrängten solche Vermutungen wieder; es hätte ihnen sonst auch den letzten Funken Mut geraubt. Den aber brauchten sie, um ihre Gräben notdürftig zu befestigen, um sich einzukrallen zwischen Gefels, Schlamm und rauhborkigen Baumstämmen. Nichts als die Nacht wollten sie überstehen in der fremden, in der zunehmend dämonischen Wildnis, damit ihnen dann am nächsten Morgen vielleicht doch noch ein einigermaßen geordneter Rückzug möglich wäre. Mehr verlangten sie jetzt nicht mehr vom Kreuzzug; nur noch das nackte Leben wollten sie retten, doch einmal mehr hatten sie darin die Rechnung ohne die Hussiten gemacht.

Die wußten, aus langer und leidvoller Erfahrung heraus, daß die Bekreuzten wieder und wieder einfallen würden in Böhmen, so man ihnen nicht endgültig das Kreuz bräche, und deswegen umzingelten sie noch in der Nacht die Hügel, auf denen die Katholischen sich verschanzt hatten. Und ließen die ganze Nacht über weiter ihre Hafnitzen bellen und raunzen; die Arkebusen und Handrohre dazu. Und die Kugeln, die Bleifetzen, die Glassplitter und Kieselladungen fanden ihre Ziele auch in der Dunkelheit. Bis zum Morgengrauen waren die Schreie der Getroffenen, war das Gurgeln der Sterbenden zu hören, krachten immer wieder menschliche Körper an brechenden Ästen vorbei erdwärts, denn selbst die Baumkronen, in welche sie sich in ihrer Todesangst geflüchtet hatten, boten den Reichssoldaten keinen Schutz.

Albrecht von Bayern-München, durch seinen Panzer und zudem den Roßleib geschützt, überlebte. Stand die Nacht durch, sagte sich immer wieder, daß er sie überstehen müsse; um der Blonden willen. Im ersten Tageslicht dann war dies auch die Triebfeder, die hauptsächliche zumindest, die ihn den Ausbruch wagen ließ. Was von seinem Gefolge noch immer nicht abgetan war, scharte er um sich; dann schlugen und schossen sie sich den Weg in die ungefähre westliche Richtung frei. Weil das Glück oder vielleicht auch etwas anderes sie behütete, kamen sie mit knapper Not durch, während in ihrem Rücken jetzt der finale Nahkampf entbrannt war. Was dort nicht beritten war, wurde von den Hussiten gnadenlos getötet, doch nicht die Böhmen waren letztlich dafür verantwortlich zu machen, sondern die vom Kardinallegaten so teuflisch ins Werk gesetzten vorangegangenen Metzeleien. Dieser Gedanke schwirrte dem Wittelsbacher immer wieder durch den Schädel, als er im kaum noch ein Dutzend Helme zählenden Pulk auf den Grenzkamm zu galoppierte; irgendwann dann erreichten sie Furth und trafen dort auf den Sattelbogener, der ebenfalls wie durch ein Wunder davongekommen war und sich nun bemühte, für den Notfall eine neue Verteidigungsstellung um die Festung herum aufzubauen.

»Der Cesarini ist durchgeritten, als sei der Teufel hinter ihm her«, meldete der Ritter dem Herzog. »Wird wohl seinen Gaul erst tief drinnen im Reich zu zügeln wagen! Als

Hundsfott hat sich der Päpstliche erwiesen, als die feigste Sau im ganzen Heer; Tausende haben's mit dem Leben bezahlt!« Er spuckte aus, setzte hinzu: »Und noch mehr Menschenleben wird's kosten, wenn die Hussiten jetzt ihren Vorteil nutzen und über die Grenze nach Bayern hereinbrechen! Verdenken könnt' ich's ihnen nicht; würde an ihrer Stelle nicht anders handeln! Und wenn sie es tun, dann ist Furth der einzige Riegel zwischen ihnen und dem unbewaffneten Bauernland weiter hinten! Deswegen, Herr Albrecht, müssen die Burg und die Stadt um jeden Preis gehalten werden!«

Der Dunkelhaarige, blutbespritzt und vor Schweiß stinkend, nickte; gleichzeitig dachte er wieder an Agnes, mit allen Fasern riß es ihn förmlich hin zu ihr. Weiterpreschen hatte er wollen, bis Vohburg, doch nun war ihm die verdammte Pflicht in die Quere gekommen; das geschissene Furth. Aber der Sattelbogener hatte recht: Wenn die Stadt fiel, würde das halbe Herzogtum fallen! »Gut!« raunzte der Wittelsbacher. »Ich bleibe mit meinen Leuten hier, auch wenn es lächerlich ist, die paar Bewaffneten auf die Wälle zu stellen – aber vielleicht treffen ja später noch andere versprengte Einheiten ein ...«

»Ich hab's nicht anders von Euch erwartet, Herr«, versetzte der Sattelbogener, »schließlich seid Ihr kein Pfaffe! Am besten werft Ihr Euch in die Burg mit Euren Leuten, und dann wollen wir sehen, wie es das Schicksal mit uns meint ...«

»Das Schicksal?« fragte Albrecht. »Nicht Gott?«

»An Gott glaube ich nicht mehr, seit ich den Cesarini gesehen habe«, erwiderte der Ritter, dann wandte er sich brüsk ab.

Und doch ereignete sich ein göttliches Wunder; jedenfalls sahen es viele Further Bürger und Reisige so. Denn die Böhmischen nützten ihren Sieg nicht aus; obwohl sie von der Handvoll Verteidiger im Chambtal kaum aufzuhalten gewesen wären, drangen sie nicht über die Grenze vor. Zogen sich vielmehr auf Prag zurück, wie während der folgenden Woche allmählich durchsickerte; auch kam die Kunde nach Bayern herüber, daß jetzt auf dem Schlachtfeld von Taus die Geier zu Hunderten flatterten und kröpften.

Dieses Bild verfolgte den Wittelsbacher wie ein Alptraum selbst im Wachen, als er acht Tage nach dem Debakel von Domažlice endlich hinunter zur Donau reiten konnte. Er und die anderen Verstörten erreichten Straubing und mußten sich dort die Schmähungen derjenigen anhören, die nicht in den Krieg gezogen waren; des dortigen Klerus vor allen Dingen. Aber nicht aus diesem Grund hielt sich Albrecht keine Stunde länger als nötig in der Gäubodenstadt auf; vor allen Dingen war seine verzweifelte Sehnsucht daran schuld, daß es ihn so rasch wie möglich weitertrieb. Flußaufwärts und dann durch Regensburg preschte er, als säßen ihm immer noch die Hussen im Nacken; von dort aus war es dann bloß noch ein knapper Tagesritt bis Vohburg. In der nebelverschlierten Abenddämmerung des Septembertages sah der Dunkelhaarige die Grafenburg hinter den Erlen und Pappeln auftauchen, und mit demselben Herzschlag meinte er – auch wenn dies in der Realität noch gar nicht möglich war – die Gestalt der Geliebten hoch oben auf dem Turm zu sehen.

*

Kratzig, kalt spürte Agnes Bernauer den Kalkstein unter ihren Handflächen; es fröstelte sie, obwohl die Abendsonne hier oben auf der Brüstung noch lange nachgeglüht hatte. Doch die Nebelschwaden unten im Tal schienen jäh jegliche Wärme weggesaugt zu haben; wie Leichentücher waren sie, die über der Welt waberten. Die Beklemmung, unter der die Blonde nun schon wochenlang litt, wurde übermächtig. Die grauenhafte Angst um ihn, den verlorenen Geliebten, die schreckliche Ungewißheit dazu, schienen ihr die

Kehle plötzlich förmlich abzuschnüren. Er ist tot, schoß es ihr durch den Kopf; er hätte längst zurück sein müssen! Die Nachricht von der Katastrophe zu Taus ist durch das Land gerast wie die schwarze Pest; er hätte mit ihr heimkommen müssen, wäre er noch am Leben!

Die Handflächen der noch immer Zwanzigjährigen und dennoch sichtlich Gealterten krümmten sich ein, in den Stein krallten sich ihre Nägel – und dann gewahrte sie plötzlich auf dem Treidelpfad am südlichen Stromufer die Bewegung. Etwas Vertrautes löste sich heraus aus dem Dunst, vage ein Gepanzerter auf einem Rappen; hinter ihm, gleich darauf, tauchten andere Reiter auf. Agnes schrie und wußte es nicht; in der Turmluke wäre sie um ein Haar zu Fall gekommen, sie schrammte sich das Handgelenk auf, war – wie es ihr schien – mit dem nächsten gehetzten Atemzug unten, überquerte den Hof, bettelte die Wachen an, das Tor zu öffnen. Die weigerten sich, das Risiko ohne Befehl des Hauptmanns einzugehen, ließen die Blonde aber schließlich durchs Nadelöhr[40]) hinaus. Sie rannte weiter, wie um ihr Leben, wie buchstäblich um ihr Da-Sein jetzt, zugleich raste auch von drüben, wie aus einem zerberstenden Jenseits heraus, der Rappe heran, und sie hörte den Ruf Albrechts: ihren Namen, gejauchzt und dazu wie von einem Seelenbersten durchschüttert.

Die Zeit, bis sie förmlich gegen das mühsam gezügelte Roß prallte, wurde ihr noch einmal unendlich lang, aber dann fühlte sie sich aufgefangen und gepackt in einem. Im Sattel kam sie wieder zu sich, wie ein Kind hielt er sie in seinen Armen geborgen, und sie achtete des Schweißdunstes nicht und nicht des eingekrusteten Blutes an seinem Panzer; sie suchte nur wieder und immer wieder seinen Mund.

Dieser Mund stammelte, biß zu, war eine Wunde, fand keine verständlichen Worte, stammelte aber unentwegt das

---

[40]) Nadelöhr = Schlupfpforte seitlich des eigentlichen Burgtores.

eine – bis hinauf in die Kemenate, bis in den Schutz des Beilagers. Dort wühlte der Wittelsbacher, der so viel zerrissenes, geschändetes und mißbrauchtes Fleisch gesehen hatte, sich hinein ins Fleisch der Blonden; ihr Schoß wurde ihm zur Fluchtburg gegen all das andere, ihre Brüste waren ihm Nahrung, weit über alles Körperliche und selbst Metaphysische hinaus. Ans Fleisch der Einzigen sich klammernd, mit ihr in einem Rhythmus sich wiegend, in ihre Wärme und ihr Zucken einsinkend, fand der Dunkelhaarige zurück ins Leben, fand er im Spiral von kreatürlicher Schamlosigkeit, göttlichem Orgasmus und menschlicher Erschöpfung zuletzt den Sinn wieder. Und was sie ihm auf diese Weise schenkte, gab er ihr Herzschlag um Herzschlag zurück; als Agnes das Pulsen seines Samens fühlte, schien draußen in der Nacht ein lange nicht mehr existenter Strom erlösend in sein Bett zurückzufließen; schienen die Wunden einer Erde, die zutiefst gepeitscht und gegeißelt worden war, sich wundersam wieder zu schließen.

Nach dem Sichwiederfinden und dem vernetzten Schlaf dann, draußen kündigte sich ganz zart schon der neue Morgen an, fand Albrecht die Kraft zum Reden. Ins durchlittene Grauen bezog der Herzog die Augsburgerin ein; auch wenn es ihn schmerzte, auch wenn er es ihr nur zu gerne erspart hätte. Doch sie war sein Weib, deswegen durfte nichts Ungesagtes, nichts Trennendes sein zwischen ihnen; das Schweigen hätte inwendig etwas abgewürgt letztlich, das Teilen – auch des Entsetzlichsten – barg in sich den einzig zukunftsweisenden Keim. Aus diesem Grund – nicht vom Verstand freilich, sondern vom Instinkt getrieben – schonte der Dunkle die Blonde nicht, und sie nahm das Fürchterliche hin, um es wenigstens hälftig von ihm zu nehmen; um es künftig gemeinsam zu tragen mit ihm. Und dies war gleichzeitig die zweite Hälfte seines Heimkehrens, nach dem Sich-absolut-in-ihr-verlieren-Dürfen in der Nacht, und als er das wiederum innerseelisch begriffen hatte, wußte der

Herzog auch, daß es zwischen ihr und ihm von jetzt an nie wieder so sein würde wie ehedem; daß sie beide nach Taus zu noch tieferer Liebe gefunden hatten – oder vielleicht auch hineingetrieben worden waren in einen bitter-verzückten Abgrund, der sie künftig mehr denn je von den Menschen trennen würde.

*

Albrecht von Bayern-München besiegelte dieses Wissen schon wenige Wochen später durch ein Unterpfand. Drüben in der Alb geschah es; im herbstlich duftenden Wildgras rastete das Paar nach einem eher stillen Ritt; tiefer am Hang, unter heute noch einmal altweibersommerlich mildem Himmel, brachten etliche Bauern das letzte Grummet ein. Aus dem Betrachten heraus, aus dem Schweigen, griff der Wittelsbacher in seine Gürteltasche; erstaunt, erschrocken fast sah die Mooräugige gleich darauf in seiner Hand den Ring glitzern. Mit Ausnahme der Kette, damals in Augsburg, hatte Albrecht ihr noch nie derartige Geschenke gemacht; es war niemals nötig gewesen zwischen ihnen, deswegen war Agnes nun auch verwirrt. Ihre Verwirrung steigerte sich noch, als er jetzt, ganz zart, nach ihrer Rechten tastete, den vierten Finger suchte und ihr das Kleinod ansteckte. Ein Lächeln und zugleich ein tiefer Ernst spielten und changierten dabei über sein Antlitz; leise fragte die Blonde: »Was hat das zu bedeuten?«

»Der Reif steht für ein Versprechen, das ich dir geben möchte«, erwiderte der Dunkelhaarige; nach einem kaum merklichen Zögern sagte er es. »Es ist alles so tief geworden zwischen uns, seit ich zu dir zurückkam – und ich möchte das Symbol dafür jeden Tag an dir sehen ...«

Schenken wir uns denn nicht jeden Tag mehr als bloß etwas Symbolisches? war Agnes versucht zu fragen; mit dem gleichen Herzschlag aber begriff sie, daß sie ihm damit unrecht getan hätte. Sie hätte dieses plötzliche Wissen um seine tieferen Beweggründe nicht erklären können; sie erspürte lediglich, was in ihm vorging, mit Sicherheit seit Wochen schon in ihm vorgegangen war – und dann sah sie plötzlich mental ein Bild vor sich: einen Prunksaal in München, darin der junge Herzog und eine gesichtslose hochadelige Braut, und die Verlobung wurde mit strahlendem Prunk gefeiert, während draußen das Volk jubelte. Im nächsten Moment verwich ein Teil der Erscheinung; anstatt der Anonymen stand nun sie, Agnes, unter den Kandelabern, und der Wittelsbacher trat auf sie zu, den Ring in seiner Hand, aber auf einmal begann das Schrillen und Pöbeltoben, und zwischen ihrer und seiner Hand schien ein Schwert niederzufahren; ein Alter führte es, Wut stand in den Augen von Herzog Ernst. Und sie selbst mußte fliehen, weggepeitscht wurde sie; nichts blieb zurück als kantige, durchmesserte Leere ...

»Ich gehöre dir, allein dir, auf immer und ewig!« hörte Agnes Bernauer sich sagen. »Ob mit oder ohne Ring; ein goldener Reif kann meiner Liebe kein Quentchen wegnehmen oder hinzufügen! Aber ich weiß jetzt, was du mir schenken willst mit dem Kleinod, und wenn du es gerne an mir siehst, will ich es auch tragen; jeden Tag!«

»Jeden Tag ...« wiederholte der Wittelsbacher. »So ist es gemeint, bis vielleicht einmal ein anderer Tag kommt, an dem wir ...«

»Nicht!« flüsterte Agnes; es fröstelte sie jäh, sie unterdrückte die Regung mit Gewalt, er sollte es auf keinen Fall bemerken. »Nicht ...« wiederholte sie, legte ihm den Finger, den mit dem Ring, auf die Lippen. »Es ist alles gut; es ist alles gut so, wie es ist! Waren wir nicht verlobt und verheiratet dazu, von unserer ersten Nacht an? War nicht immer mehr zwischen uns als zwischen anderen Liebenden je sein könnte? Warum hast du Angst, mein Herz? Du mußt dich nie, niemals ängstigen um das, was zwischen dir und mir, zwischen uns, lebt ...«

»Ja, ich hatte Angst; ich sah zuviel Sterben, zuviel Sinnlosigkeit«, gab der Dreißigjährige zu. »Doch jetzt ist sie verschwunden, weil du mir dein Verstehen geschenkt hast; weil du gespürt hast, was ich dir sagen wollte. Weil du mir gegeben hast, was ich so sehr brauche von dir ...«

»Immer, immer sollst du es bekommen!« murmelte die Blonde, im Kuß schon, im Sichfestklammern an dem Mann; im Haltsuchen gegen die eigene, immer noch nachzitternde Furcht. Aber dann wurde die Beklemmung weggeschwemmt vom Geborgensein in den Armen Albrechts; nichts zählte mehr als die Wärme des Himmels und des Wildgrases, und die Natur selbst fing die bebende Seele der jungen Frau auf.

*

Die Blonde trug den Ring, den Herbst dieses denkwürdigen Jahres 1431 hindurch und dann in den Frühwinter hinein. Das Leben in Vohburg ging jetzt wieder seinen geregelten Gang; zumindest äußerlich schien es so, als habe das Gemetzel in den böhmischen Wäldern niemals stattgefunden. Freilich mußte der Wittelsbacher in dieser Zeit mehrmals nach München reiten, wo er auch gleich nach seiner Rückkehr damals einige ungute und zerrissene Tage geweilt hatte; wegen der Hussitenfrage und wegen der Neuordnung des dezimierten Heeres waren seither noch etliche weitere Ratssitzungen anberaumt worden. Mit dem ersten Schnee jedoch war die Bedrohung durch die vermeintlichen Ketzer wenigstens bis zum folgenden Frühjahr gebannt; das Land diesseits und jenseits des Grenzkammes igelte sich ein in die Winterruhe, und die heimlich Verlobten an der Donau hatten den Nutzen davon.

Nach wie vor unternahmen Agnes und Albrecht ihre Ausritte, doch schon nach einer oder zwei Stunden trieb die Kälte sie jetzt im Regelfall zurück in die Burg, wo das Kaminfeuer wartete, die heimeligen Felle und Teppiche an den

Wänden dazu. Dort barg sich das Paar vor der Welt und vor den Menschen; weniger als früher suchten die Mooräugige und der Herzog das Treiben in der Stadt, stiller wurde ihr Lebensrhythmus in dieser Zeit, gleichermaßen aber auch inniger im immer neuen Zueinanderfinden. Kurz vor dem Weihnachtsfest jedoch platzte einmal mehr eine ungute Nachricht aus München in ihr Verzaubertsein hinein; mit gepreßten Lippen eröffnete der Wittelsbacher der Bernauerin, was in der Depesche stand, die soeben von einem Kurier gebracht worden war.

»Der Alte, der Ernst befiehlt mich an den Hof«, sagte Albrecht. »Ohnehin hätte ich die Sippe schon arg vernachlässigt in der letzten Zeit! Als ob er mich nicht selber nach Vohburg und in den Krieg geschickt hätte, der Heuchler! Jetzt, auf jeden Fall, besteht er darauf, daß ich das Christfest in der Residenz verbringen soll. Mein Gott, wie werden die Pfaffen, der Tratsch und die Intrigen dort mich anekeln . . .«

»Es wird vorübergehen!« versuchte Agnes ihn und sich selbst zu trösten. »Ich hatte beinahe schon etwas Schlimmeres befürchtet . . .«

»Du meinst, mein Vater könnte Wind von einem gewissen Ring bekommen haben?« versetzte der Dunkelhaarige. »Nein, so ist's nicht, und wenn's so wäre, ich würde dazu stehen, das weißt du!« Er räusperte sich. »Der Alte schreibt bloß noch, daß auch die tolle Jakobäa aus dem holländischen Zweig unserer Dynastie beim Fest anwesend sein wird. Und daß sie eine ausgezeichnete Partie für einen wittelsbachischen Erben darstelle . . .«

Er unterbrach sich, wurde sich der jähen Furcht in den Augen der Geliebten bewußt, schalt sich insgeheim einen Narren und bemühte sich, den Fehler so gut wie möglich wieder auszubügeln. In die Arme nahm er die einzige Frau, an der ihm gelegen war, nach dem zärtlichen Kuß dann versicherte er ihr: »Mein Vater kann's nicht lassen; er spekuliert auf die Hausmacht der Jakobäa, das ist alles! Schon in der Vergangenheit hat er immer wieder versucht, mich mit irgendeiner Hochwohlgeborenen zu verkuppeln; gelungen freilich ist's ihm nie! Wird auch jetzt nichts anderes herauskommen, das schwöre ich dir, mein Herz! Wie könnte ich denn eine andere anschauen, wo ich doch dich habe?!« Wieder küßte er sie, leidenschaftlicher diesmal, dann setzte er noch hinzu: »Und du meinen Ring, Agnes . . .«

Er bedeutet für dich aber etwas anderes als für mich, dachte die Blonde. Eifersucht und Angst beutelten sie im Inwendigen. Schrillend, messernd war ihr in diesen Augenblicken bewußt geworden, daß eine Welt zwischen dem Wittelsbacher und ihr stand. Sie hatte es oft genug verdrängt; in der Zeit, da sie zumindest in den Augen der Menschen nichts weiter als seine Mätresse gewesen war, hatte sie es auch immer wieder geschafft, doch nun, seit kurzem, trug sie den Ring! Der Ring war es, der die Kluft aufgerissen hatte, auch wenn Albrecht gerade das Gegenteil damit beabsichtigt hatte; ein Weg war beschritten worden, der immer im Nichts enden mußte! Auch wenn der Geliebte sich das Ziel ersehnte, und sie wußte, daß es so war, würden stets eine Jakobäa, der Herzog in München und der Hof zwischen ihm und ihr, Agnes, stehen! Das Paradies hatte Albrecht ihr gezeigt, und jetzt – ohne es zu wissen und zu wollen – hatte er es wieder aus ihrer Reichweite weggefegt; er würde nach München reiten und seiner Standespflicht folgen, sie selbst würde einsam im Versteck an der Donau zurückbleiben. Dies war die Wahrheit, die glasklare! Aber dann sagte sie sich fast zornig: Trotzdem bin ich froh, daß ich den Ring trage! Denn obwohl er vor der Welt nichts gelten kann, zählt er um so mehr für meinen Mann und mich; er steht für etwas, das uns niemand mehr nehmen kann, auch wenn eines Tages nichts mehr als Verzicht und Verzweiflung bleiben sollten! Das Kleinod wird immer da sein; nie, NIE, werde ich es ablegen! Eingeschmolzen ins Gold ist Augsburg, ist Vohburg, ist die

Nacht, da er blutig und schweißig von Taus zurückkehrte, ist so unendlich viel anderes; ist vielleicht einmal sogar ...

Das Heranlichteln des allerletzten Gedankens erschreckte sie wieder; sie wagte nicht, ihn bewußt zu Ende zu führen, aber in ihrem Leib war auf einmal die Glut da, wie nie zuvor. Das süße Brennen ergriff ihr Herz, ihre Brüste, ihren Schoß, es machte sie taumelig und im unabänderlichen Wollen plötzlich völlig willenlos; es brachte sie dazu, jegliches Schamgefühl abzulegen und schutzloser in ihrem Begehren zu sein denn je, und dann spürte sie, wie durch schon jetzt orgiastische Schleier hindurch, daß er sie auf seine starken Arme nahm und sie zum Bett trug. Sie schrie und wimmerte vor Lust, als er sie entkleidete; sie warf ihm ihre Lenden entgegen wie eine Flehende, wie eine, die buchstäblich um Leben bettelt, und dann drang er mit unbändiger Kraft in sie ein, und sie genoß den Schmerz, den er ihr damit bereitete – und genoß gleich darauf das Verklingen der körperlichen und seelischen Pein in einer Ekstase, die alle Schranken, alle Ängste und alles Denken diamantklar zerbersten ließ.

Viel später, ganz woanders in Zeit und Raum wieder, aber immer noch das Nachbeben im Blut, verspürte sie die unwiderrufliche Gewißheit, daß sie diesmal empfangen hatte. Sie hatte es so gewollt im zutiefst Inneren, und so war es geschehen; es hatte einem unerforschlichen und doch so leicht nachvollziehbaren Ratschluß zufolge gar nicht anders sein können. »Du!« raunte sie und meinte ihn und zugleich das über ihr gemeinsames Leib- und Seelenverschmelzen hinaus noch gar nicht faßbare Wesen; mehr wagte sie ihm noch nicht zu sagen. Dennoch war er nicht ausgeschlossen; aufgrund eines unbewußten eigenen Ahnens, das wiederum seine Quelle in ihr hatte, bewegte er sich und legte seine Hand wie beschützend über ihren Nabel.

# MÜNCHEN
*Sommer 1432*

*»Item ½ Pfund Pfennige haben wir zallt zerung dem Mossmair gen Strawbingen mit der stat brieffen zü der herrschafft zu reyten, do der Münnhawser in die alten vesten entrann und darinnen lag und do die Bernawerin gar zornig darumb was worden, doch pracht der Mossmair gnedig brief hernieder von herrschafft, damit der Münnhauser in die scherg stuben kam, post kiliani 1432.«*
*(Münchner Kammerbuch)*

*»Pfalzgräfin Beatrix mit herzog Albrecht gnug zornig was . . . der hoch und grosfaisten Bernawerin wegen.«*
*(Münchner Kammerbuch)*

»Höchstens einen Monat werden wir getrennt sein! Du kannst fest damit rechnen, daß der Landtag in den ersten Augusttagen beendet ist! Dann bleibt uns genügend Zeit, nach Vohburg zurückzukehren und dort die Geburt unseres Kindes abzuwarten!« Albrecht von Bayern-München, im Reitgewand bereits, lächelte der Hochschwangeren aufmunternd zu. Seit er Agnes Bernauer in die Residenzstadt gebracht und festgestellt hatte, daß der alte Herzog deswegen nicht gleich aus der Haut gefahren war, strahlte er deutlich mehr Selbstbewußtsein als früher aus. Die Tatsache, daß er im Frühherbst Vater werden sollte, bewirkte ein übriges. »Inzwischen werden dir der Sedlec und seine Margarethe jeden Wunsch von den Augen ablesen«, fügte er hinzu. »Du brauchst dir also nicht die geringsten Sorgen zu machen, wirst in der Alten Veste keineswegs das Mauerblümchen spielen müssen! Du hast Freunde hier, und wenn irgendein Schranze dir dumm kommen sollte, dann kannst du dich immer an den Hofmeister wenden!«

Die Blonde nickte, ein bißchen zögerlich, wie es schien, aber dann erwiderte sie tapfer: »Bisher, seit wir vor vierzehn Tagen angekommen sind, waren sie ja allesamt recht freundlich zu mir. Auch wenn sie am Anfang ein wenig verdutzt dreingeschaut haben, als ich aus der Kutsche stieg; mit dem dicken Leib noch dazu. Doch wie du mich dann eigenhändig ins Schloß geführt hast, da haben sie wohl begriffen und haben mir bis heute wirklich keinen Grund zur Klage gegeben.«

»Dann siehst du also ein, daß es richtig war, dich in deinem Zustand nicht allein in Vohburg zu lassen?« fragte der Dunkelhaarige.

»Doch, jetzt bin ich fast froh drum«, antwortete Agnes. »Nicht nur, weil die Trennung noch länger gedauert hätte, wenn ich drüben an der Donau geblieben wäre. Sondern auch wegen der Waldeckerin. Sollte ich weibliche Hilfe brauchen in meiner Schwangerschaft, dann könnte sie mir beistehen. Sie hat ja selbst erst im vorigen Winter entbunden und wüßte deswegen bestimmt, was im Notfall zu tun wäre.«

»So sollst du nicht reden!« tadelte der junge Herzog sie zärtlich, zog sie in seine Arme. »Gar nichts wird passieren! Die Margarethe wird dich umsorgen, als seist du ihre kleine Schwester; das wird alles sein! – Und jetzt gib mir noch einen Kuß, ehe ich in den Sattel steigen muß!«

Wenig später, vom Erkerfenster ihrer Kemenate aus, sah sie ihn unten an der Spitze der Kavalkade über den Burghof traben und gleich darauf über die Zugbrücke verschwinden. Mit demselben Lidschlag fühlte sie sich plötzlich schrecklich verlassen. Auch der Gedanke, daß sicher bald die Waldeckerin zu ihr kommen würde, tröstete sie nicht. Etwas Ungutes schien sie und das Ungeborene auf einmal zu bedrohen; etwas, das möglicherweise gar nicht aus der Gegenwart, sondern aus einer noch fernen Zukunft kam. Dieses dunkle Gefühl, dieses Unwägbare und Klemmende, schleierte heran, verwich aber dann ebenso jäh wieder. Wie aus einem flüchtigen Alptraum, der sie aber in hellwachem Zustand überfallen hatte, schreckte die Bernauerin hoch. An das Kind dachte sie; vor allem seinetwegen riß sie sich zusammen, klammerte sie sich mit der ganzen seelischen Kraft, die ihr zur Verfügung stand, am Jetzt und am Realen fest. Es war nur eine törichte Anwandlung, dachte sie; in längstens vier Wochen wird Albrecht wieder bei mir sein, er hat es mir soeben noch gesagt! Und bis dahin will ich ihm und mir beweisen, daß ich seiner wert bin! Ich werde mich behaupten, hier am Hof; ich werde mir keine Blöße geben! Nicht noch einmal darf ich meinen Ängsten nachgeben; wahrscheinlich kommen sie sowieso bloß von der Schwangerschaft und haben gar nichts zu bedeuten. – Das Sichbewußtmachen ihres gesegneten Leibes vermittelte ihr zusätzliche Stärke. Sie trat vom Fenster zurück und nahm die Handarbeit wieder auf, mit der sie sich beschäftigt hatte, ehe der Vater ihres Kindes vorhin zu ihr gekommen war.

Albrecht wiederum hatte zwischenzeitlich die nahegelegene Neue Veste erreicht; dort hatte seine Bedeckung sich mit den Leibwachen der beiden regierenden Herzöge von Bayern-München vereint. Selbdritt nahmen Ernst, sein Bruder Wilhelm und der Thronerbe nun den Weg zum Freisinger Tor; gleich jenseits des spitzgiebeligen Turmes wandte sich der Alte, der Glotzäugige an seinen Sohn: »Schön ist's, daß wir wieder einmal Seite an Seite reiten, auch wenn der Anlaß, der uns zum Landtag nach Straubing führt, nicht gerade der erfreulichste ist! Werden sie aber schon durchfechten, die Notsteuer, die wir den Ständen aus dem Donaugäu auferlegen müssen! Sie werden's nicht wagen, sich gegen uns zu stellen, nachdem wir uns entschlossen haben, den ganzen Einfluß unserer Familie in die Waagschale zu werfen! Haben wir die Abgaben erst glücklich im Sack, dann können wir deine Schwester Elisabeth ordentlich verheiraten![41]) Zeit wird's, daß sie unter die Haube kommt, ehe wir sie noch als eine Übertragene[42]) wie Sauerbier verschachern müssen!« Ernst lachte dröhnend, versetzte seinem Sohn einen Rempler gegen den Arm und fuhr sodann fort: »Aber auch du mußt dich jetzt endlich dazu entschließen, eine Gattin aus einer thronfähigen Dynastie vor den Altar zu führen! Einunddreißig Jahre bist du nun alt, hast mir schon einen Haufen guter Partien ausgeschlagen! Doch wenn erst die Elisabeth versorgt ist, kenne ich auch dir gegenüber keinen Pardon mehr! Die Jakobäa aus der holländisch-wittelsbachischen Linie wäre das passende Weib für dich; hast sie ja beim letzten Weihnachtsfest gesehen! Der steckst du heuer noch den Ring an den Finger, das verlange ich von dir! Dann fällt ihr ganzes reiches Erbe an unser Münchner Haus, dann stehen wir im Reich als eine der einflußreichsten Sippen da!«

»Zuerst müssen wir einmal zusehen, daß wir in Straubing Erfolg haben«, versetzte Albrecht. »Und was die Jakobäa angeht, so war ich im vergangenen Dezember weniger erbaut von ihr als du! Die hat Haare auf den Zähnen und eine fragwürdige Vergangenheit dazu! Dreimal war sie bereits verheiratet; den ersten Gatten brachte sie kurz nach der Hochzeit ins Grab, wie man munkelt; den zweiten verließ sie schnöde; der dritte, und das war noch dazu der Bruder

---

[41]) Daß vom Hochadel Zusatzsteuern eingezogen wurden, um die Mitgift von heiratsfähigen Töchtern zu sichern, war zur damaligen Zeit durchaus üblich. Allerdings mußte sich im vorliegenden Fall der Landtag, also die Vertretung der kleinadligen, kirchlichen und bürgerlichen Stände, damit einverstanden erklären.

[42]) Übertragen = altjüngferlich.

des englischen Königs, nahm seinerseits vor ihr Reißaus![43]) Und jetzt verlangst du von mir, daß ich mich als der Lochschwager dieser Bedauernswerten in ihr Bett lege; bloß wegen ihres Geldes! Pfui Teufel! Eine Ehe muß auf anderen Fundamenten aufgerichtet werden, das ist meine Meinung dazu!«

Ernsts Roß kapriolte plötzlich, wurde mit brutaler Hand wieder bemeistert. »Ausflüchte!« belferte der Alte, ein drohender Unterton schwang auf einmal in seiner Stimme mit. »Die Augsburgerin macht dich widerborstig, brauchst mir gar nichts zu erzählen! Ich hab's dir nicht vorgeworfen bisher, daß du sie mit in die Residenz gebracht hast, hab' auch kein Wort darüber verloren, daß sie in anderen Umständen ist! Hab' selber als ein junger Fant meine Mätressen gehabt, bin auch kein Kind von Traurigkeit gewesen! Also gesteh' ich's auch dir zu; die Natur verlangt halt einmal ihr Recht! Aber mehr als eine Betthur' darf so eine nicht sein für dich! Darf sich vor allem nicht zwischen dich und eine standesgemäße Heirat stellen! Sonst, das schwöre ich dir, holt sie der Teufel! Und jetzt Punktum! Ich will keine Gegenrede hören dazu von dir! Deine Verehelichung mit der Jakobäa wird ins Werk gesetzt, sobald wir von Straubing zurück sind. Ist's dann glücklich so weit, wirst du das Badweib mit einer angemessenen Mitgift abfinden; euren Balg kannst du für später zusätzlich mit einer Stiftung ausstatten! Schau zu, daß wir in Straubing noch ein wenig mehr als geplant herauspressen können aus den Ständen, dann braucht dich der Sündenlohn nicht zu jucken . . .«

Vorhin hatte der Schimmel Ernsts kapriolt, nun ging Albrechts Rappe scheinbar durch. Seitlich in die Isarauen hinein preschte der junge Wittelsbacher; erst weit von der Kavalkade entfernt, als er wieder freier zu atmen vermoch-

[43]) Das bemerkenswerte Schicksal der Jakobäa von Beieren, wie sie genannt wurde, hat Werner Schäfer in seinem Werk »Agnes Bernauer und ihre Zeit« (München, 1987) ausführlich dargestellt.

te, zügelte der Dunkelhaarige das Tier. Nie! dachte er. Nie werde ich von ihr lassen! Wegen der verfluchten Jakobäa nicht – und auch wegen keiner anderen! Verstoßen kann mich der Alte, aber meine Liebe kann er mir nicht rauben! Ich halte zur Agnes, und ich halte zum Kind; mag kommen, was will!

Parallel zum großen Reitertrupp, auf gehörigen Abstand bedacht, trieb Albrecht den Hengst weiter; trieb ihn durchs Auengestrüpp, wie durch Feindesland. Was links und rechts von ihm vorging, bemerkte er in seiner Rage nicht, und deswegen übersah er auch die beiden Leichtgepanzerten, die zwischen Unterföhring und Ismaning wie lauernd hinter einer übermoosten Erle standen.

*

Die Strauchritter wiederum hatten offenbar bloß auf die Herzoglichen gewartet. Nachdem die Kavalkade und der auf dem Rappen vorüber waren, wandte sich der Münnhauser, ein heruntergekommener Einschildner aus der Tölzer Gegend, mit freudigem Funkeln in den Augen an seinen Knecht und Spießgesellen Jackl: »Jetzt ist die Luft rein! In den nächsten Wochen, während die Wittelsbachischen sich an der Donau befinden, wird unser Hafer blühen! Jetzt werden wir die Bauern im Isarmoos rupfen, daß sie Zeter und Mordio schreien!«

Der Knecht, mit einem schmutzigen Grinsen ums Maul, nickte. Gleich darauf drückten die beiden Räuber sich tiefer ins Auengehölz, wo sie am Rand einer sumpfigen Lichtung ihre Gäule festgebunden hatten. Noch war im Norden das Glitzern der Lanzenspitzen nicht unter dem Horizont verschwunden, da trabten der Münnhauser und sein Adlatus bereits nach Südosten davon. In der Feldkirchener Gegend gab es gewappelte[44]) Höfe, und wenn man dort gehörig

[44]) Gewappelt = wohlhabend.

spekulierte und dann nächtens unvermittelt zuschlug, dann ließ sich für solche wie die Strauchritter durchaus ein schöner Profit machen.

Im Lauf der folgenden Woche nahmen die beiden Renegaten den Vorteil, den sie in ihrer Unverfrorenheit gegenüber den arglosen Landwirten besaßen, eiskalt wahr. Zuerst in Feldkirchen, dann auf einem Weiler bei Hohenbrunn suchten sie im Schutz der Dunkelheit die Roßkoppeln heim. Vier Tiere erbeuteten sie bei ihrem ersten Beutezug, drei beim zweiten. Hinauf nach Holzkirchen brachten der Münnhauser und der Jackl die Gäule; dort saß ein Mitverschworener, der ihnen die Warmblüter gegen gute Bezahlung abnahm, um sie später mit umgefärbten Fellen über die Grenze ins Salzburgische zu bringen.

Während die geschädigten Bauern nun in der Tat Zeter und Mordio schrien, bereiteten die beiden Strauchritter schon den nächsten hinterfotzigen Anschlag vor. Auch im Westen von München, im Gräfelfinger Gäu, gab es ausgedehnte Weiden; auch dort sollten die Züchter noch zur Ader gelassen werden, ehe der Einschildner sich für eine Weile wieder in seinen einschichtigen[45]) Turm am Gebirgsrand zurückzuziehen gedachte; ausreichend Silber für die nächsten Monate im Beutel.

»Zuerst steckst du die Heumanndl[46]) am jenseitigen Dorfrand an«, befahl der Münnhauser in dieser Nacht seinem Spießgesellen, »danach kommst du so schnell wie möglich zu mir zurück! Ich hab' derweilen schon die besten Rösser auf der Koppel am Strick, du schnappst dir, was du sonst noch kriegen kannst – und dann nichts wie weg! Die Gräfelfinger werden uns gar nicht bemerken, die werden alle Hände voll zu tun haben, die Feuersbrunst zu löschen! So kommen wir ungeschoren davon und können am End' noch

---

[45]) Einschichtig = einsam.
[46]) Heumanndl = Heuhaufen.

mehr Gäule als neulich mittreiben; wir hätten's in Feldkirchen und Hohenbrunn auch gleich so machen sollen! Und jetzt los! Schiefgehen kann überhaupt nichts!«

Wenig später schossen im Norden des Ortes die Funkengarben gen Himmel; das Huftrappeln im Süden ging im Alarmgeschrei und in der Panik der Dörper unter. Die Renegaten machten sich würmaufwärts davon, Planegg zu, glaubten sich samt ihrer Beute bereits in Sicherheit – bis dann plötzlich, aus dem Auengehölz hervorbrechend, andere Reiter auftauchten. Münchner waren es, Waffenknechte des Rates, die vom Magistrat vorsichtshalber zum Streifen abgestellt worden waren. Und in dieser Nacht hatte ihr Anführer, als er seine Leute in die Gräfelfinger Gegend gebracht hatte, eine außerordentlich glückliche Nase bewiesen.

Der Zusammenstoß war nur kurz; der Münnhauser und sein Knecht waren den Bütteln hoffnungslos unterlegen. Etliche Schwerthiebe fielen, dann mußte der Einschildner, derb von einem Lanzenschaft getroffen, auch schon den Sattel räumen. Um den Hals des Jackl zog sich im nächsten Augenblick eine Fangschlinge zusammen; mit einem geröchelten Fluch stürzte er ebenfalls. Nachdem die Räuber einiges an Püffen und Fußtritten hatten einstecken müssen, stellten die Ratsreiter sie wieder auf die Beine und fesselten ihnen die Hände.

»Vier Mann fangen die gestohlenen Gäule ein und treiben sie zurück zu den Bauern!« befahl der Waibel. »Ihr anderen nehmt die Hundsfötter zwischen eure eigenen Pferde, und wenn die Kerle auf dem Weg nach München einen Fluchtversuch machen, dann schont ihr sie nicht mehr; dann haut ihr sie auf der Stelle zusammen! Dann verrecken sie eben hier draußen, und der Henker in der Residenz kann sich die Arbeit sparen!« Mit diesen Worten setzte der Führer der Streifschar sich erneut an die Spitze seiner kleinen Truppe, und während der folgenden drei Stunden hatten die Strauchritter wahrlich nichts zu lachen; sie mußten zwischen den Rössern rennen, bis sie vermeintlich die Engel im Himmel singen hörten.

Kurz nach Sonnenaufgang erreichte der ungewöhnliche Haufe das westliche Stadttor der Residenz, das zu dieser Stunde den Eindruck machte, als würde es belagert. In Wahrheit aber waren es bloß Bauern, die sich dort drängten und durcheinanderrudelten, denn in München sollte an diesem Tag der regelmäßige Wochenmarkt stattfinden. Und nun, ehe die Dörper samt ihrem Klein- und Großvieh, samt ihren Karren, Schwingen[47]) und Säcken durchgelassen werden konnten, hatten die Wächter alle Hände voll zu tun, um zuvor den vom Magistrat festgesetzten Zoll für die Handelswaren und Tiere einzuziehen.

In dieses Tohuwabohu hinein gerieten nun die Büttel mit ihren beiden Gefangenen. Der Waibel begann zu schelten und nach seinem Kollegen von der Torwache zu rufen, damit der freie Bahn schaffen sollte. Gleichzeitig wurden die Landleute auf die Räuber aufmerksam, und das machte den Tumult jetzt noch ärger; die Stadtknechte mit ihrer menschlichen Beute sahen sich plötzlich von allen Seiten eingeschlossen, gepufft und gestoßen. Hochrufe auf den Magistrat und grausame Drohungen gegen die Verbrecher wurden laut; ein Sieg des Rechts über die Willkür wurde auf diese Weise spontan gefeiert – doch in Wahrheit erreichten die grölenden, tobenden und tanzenden Bauern damit genau das Gegenteil.

Der Jackl sah den Augenblick gekommen, auf den er schon eine ganze Weile gelauert hatte. Während des Rennens durch die Nacht, trotz des gnadenlosen Vorwärtsgepeitschtwerdens, war es ihm gelungen, den Strick, der ihm die Gelenke zusammenschnürte, aufzuzwängen und allmählich immer mehr zu lockern, und jetzt, seine Chance nutzend, riß der Spießgeselle des Münnhausers seine Hän-

---

[47]) Schwinge = flacher Korb, in dem vor allem Eier transportiert wurden.

de ganz aus der hänfenen Fessel. Ein paar Hautfetzen gingen mit, aber dann war er frei und wieder handlungsfähig – und in seiner Reichweite befand sich der Dolch eines der Reiter. Mit einem kühnen Griff brachte der Renegat die Waffe an sich; ein Stahlblitzen gegen den Einschildner hin – und schon waren auch dessen Bande zerschlitzt.

Schon so manches Bravourstückchen hatten die beiden Strauchritter in der Vergangenheit geliefert; jetzt, nach der beherzten Tat des Jackl, setzten sie alldem die Krone auf. Den Büttel, der schon die Klinge hatte hergeben müssen, rissen sie vom Sattel; zwei, drei Herzschläge später war das verwegene Duo wieder beritten. Der Münnhauser dirigierte das Roß, sein Knecht hockte hinter ihm auf der Kruppe des Braunen und ließ, kaum daß er Halt gefunden hatte, den Dolch unter die Schweifrübe des Tieres nadeln. Der Wallach keilte aus, als sei er in einen Hornissenschwarm geraten, dann brach er sich Bahn, durch die brüllende und aufkreischende Menge hindurch, direkt unter die Wölbung des Stadttores hinein. Ein paar menschliche Körper taumelten beiseite, eine zu hastig und zu tief gefällte Hellebarde zersplitterte unter dem trommelnden Hufschlag; gleich darauf lag die Gasse frei vor den Strauchrittern da. »Weiter!« keuchte der Jackl, sich wie ein Brünstiger an den Einschildner klammernd. »Quer durch die Stadt zum Osttor! Wenn wir das erreichen, haben wir es geschafft!«

Im selben Moment begriff er aber, daß es anders kommen würde, denn jetzt näherten sich von hinten bereits wieder die Rösser der Patrouille, und die mußten nur jeweils einen Reiter tragen. »Einen zweiten Gaul brauchen wir, sonst ist's aus!« schrie der Jackl, in Todesangst nun plötzlich wieder. Doch der Münnhauser lachte nur, gellend schien es über seine Schulter zurückzuschlagen; dem Knecht spöttisch ins Gesicht. Er läßt mich im Stich! Gleich kommt der Stoß, der Ellenbogenrempler! dachte der Jackl in seiner Panik; verzweifelt klammerte er sich noch fester am Leib des anderen fest. Und dann noch einmal das Lachen, das gotteslästerliche, und in der Tat sah es mit dem nächsten Roßsprung so aus, als würde der auf der Kruppe den Halt verlieren. Der Einschildner nämlich riß den Wallach brutal in eine andere Gasse hinein. Die Hufe des Braunen schlidderten auf dem Pflaster, um ein Haar wäre es zum Sturz gekommen, aber als der Jackl wieder klar denken konnte, stellte er erstaunt fest, daß er sich immer noch am Körper des Raubritters festhielt. Der Münnhauser muß etwas anderes im Schild führen, als sich meiner zu entledigen, dachte er gehetzt, während das Roß weiterpreschte. Und dann verbreiterte sich das Sträßchen jäh und mündete in einen Platz ein – und an der gegenüberliegenden Seite des ummauerten Areals ragten die Zinnen und Türme der Alten Veste auf.

Der Einschildner trieb den jetzt entsetzlich schwitzenden Gaul direkt darauf zu, jagte ihn an den verdutzten Posten vorbei über die Brücke und durchs Tor, spornte ihn noch ein Stück weiter über den Hof und riß ihn dann vor dem Zugang zu einem Kellergewölbe in die Hanken[48]). »Dort hinein!« herrschte er seinen Kumpan an, und sie rumpelten hinunter. Zwei wachfreie Landsknechte, die hier in ihrem Quartier gelegen hatten, fuhren erschrocken hoch; im nächsten Augenblick fanden sie sich mit etlichen Blessuren draußen auf dem Pflaster wieder, während die beiden Strauchritter drinnen den Sperrbalken in die Eisenkrampen links und rechts der Pforte zwängten. Nachdem der Münnhauser und sein Geselle sich vergewissert hatten, daß sich ausreichend Lebensmittel und Wein, dazu auch Waffen in ihrem Refugium befanden, trat der Ritter an die Schießscharte neben der verrammelten Tür und schrie den zwischenzeitlich auf dem Hof zusammengelaufenen Gaffern zu, daß er auf der Stelle den herzoglichen Burgvogt zu sprechen wünsche.

---

[48]) Ein Pferd in die Hanken reißen: Es so brutal zügeln, daß es auf der Hinterhand einknickt.

Die folgende Auseinandersetzung, in die sich lärmend immer wieder der geprellte Waibel des Streiftrupps einzumischen versuchte, war nur kurz. »Auf der Stelle kommt ihr heraus, ihr Halsabschneider und Mordbuben, oder ich lasse die Pforte mit einem Widder[49]) einrennen!« drohte der Oberkommandierende der Festungswache. »Das möchte ich sehen, ob so ein Rattenpack wie ihr sich mir nichts, dir nichts im Schloß des Thronfolgers von Bayern-München einnisten darf!«

»Wenn du den Bock einsetzen willst, nur zu!« spottete der Einschildner. »Aber hier drinnen hat's ein ganzes Dutzend Armbrüste, und mein Knecht, der Jackl, ist ein wahrer Meister mit dieser Waffe, das laß dir gesagt sein! Leicht könnt's dann geschehen, daß dich der Herzog Albrecht hängen läßt nach seiner Rückkehr, weil du das Leben seiner Landsknechte leichtfertig aufs Spiel gesetzt hast! Ich und der Jackl haben nämlich keinen Hader mit dem Herzog; das mit den beiden Söldnern war bloß eine kleine Rauferei im Spaß! Hat keinem das Leben gekostet und keinem eine ernsthafte Wunde eingetragen! Auch sonst haben wir die Wittelsbacher nicht geschädigt; höchstens den Magistrat der Münchner Stadt, weil wir ein paar Dörper gerupft haben, die dem Rat, aber keinem der Herzöge zinspflichtig sind! Der Streit zwischen uns und den Patriziern aber geht dich nichts an, Vogt! Außer du willst dich zum Trottel des Magistrats machen und willst die Pfeffersäcke anstelle Albrechts als deine Herren ansehen! Aber das kann nicht deine Absicht sein, gell, und deswegen denke ich, du wirst mich und den Jackl letztlich ungeschoren lassen in unserem Dachsbau!«

Daran hatte der Oberkommandierende draußen nunmehr mächtig zu kauen. Denn der Münnhauser hatte seinen Finger in der Tat genau auf den wunden Punkt gelegt. Der Streithandel zwischen der Stadt und dem Raubritter betraf

---

[49]) Widder = Rammbock.

die herzogliche Hofhaltung tatsächlich nicht. Wenn die Renegaten keine wittelsbachischen Untertanen beraubt hatten, war auch die wittelsbachische Justiz nicht zuständig. Dann konnte nur der Magistrat mit seinen Bütteln einschreiten; die jedoch durften wiederum in der Alten Veste nicht tätig werden. Das Lumpenpack, das räuberische, hatte also wirklich ein Mauseloch gefunden. Hinzu kam, daß die herzogliche und die städtische Rechtssprechung sowieso aus Tradition wie Hund und Katz zueinander standen. Falls er, der Vogt, jetzt die Büttel des Rates unterstützte, dann konnte er später auch dann in Teufels Küche kommen, wenn es wider Erwarten keine Toten oder Verletzten unter seinen Leuten geben sollte. Gerade der glotzäugige Ernst ließ kaum jemals die Gelegenheit ungenutzt, wenn er den Patriziern eins auswischen konnte. – Nein, dachte der Oberkommandierende, ich darf jetzt auf keinen Fall den Fehler machen, daß ich den Herzögen vorgreife! Der Hundsfott dort drinnen hat schon recht: Es könnte mich den eigenen Hals oder zumindest den Posten kosten! Sollen die Wittelsbacher doch selber entscheiden, was mit den Strauchrittern geschehen soll! Wenn sie von Straubing zurückkommen, wird ihnen schon was einfallen! Und bis dahin sitzen die Halunken in ihrem Kellerloch gut . . .

»Schert euch vom Hof!« schrie er den Waibel der städtischen Rotte an. »Hier gilt der Burgfriede des Herzogs Albrecht, und ihr habt hier gar nichts verloren! Ich mach' euch nicht den Narren, weil ihr nicht fähig gewesen seid, das Lumpenpack in eurem eigenen Revier aufzuhängen!«

»Das wird ein Nachspiel haben!« drohte der Feldwebel. »Den Patriziern werd' ich's melden! Und die Münchner Bevölkerung, die Bauern aus der Umgebung dazu werden den Tort auch nicht so einfach hinnehmen, den Ihr ihnen angetan habt, Herr!«

»Ja, und du kannst mich im Arsche lecken!« polterte der Vogt. Endgültig hatte er sich damit verrannt, und insgeheim spürte er es auch, doch einlenken konnte er jetzt beim besten Willen nicht mehr. Mißmutig sah er zu, wie die Streifbüttel abzogen; nachdem sie verschwunden waren, schnauzte er zum Münnhauser hinein: »Wenn du glaubst, daß du nun in deinem Dachsbau friedlich alt werden kannst, hast du dich verrechnet; Saubeutel, du! Wenn der Herzog Albrecht erst zurück ist, werden andere Saiten aufgezogen werden!«

Doch der Raubritter lachte nur; er hatte viel Verwandtschaft im Oberland, nicht alle waren so heruntergekommen wie er, und darauf konnte er jetzt setzen: daß der Wittelsbacher sich lieber nicht mit dem Kleinadel in der Gegend anlegen würde. »Einen Krug Wein her!« wandte sich der Einschildner deswegen aufgeräumt an seinen Knecht, und während der Vogt draußen ein paar Wachen aufziehen ließ, fügte der Münnhauser hinzu: »Spricht schließlich nichts dagegen, daß wir uns die Gefangenschaft so angenehm wie möglich machen; allzu lange wird sie sowieso nicht dauern!«

In der Folge drang ab und zu ein trunkenes Grölen auf den Hof hinaus; die herzoglichen Hellebardiere, welche die Sache allmählich von der menschlichen Seite zu nehmen begannen, amüsierten sich darüber. Jenseits der Mauer der Alten Veste aber, wohin der Magistrat etliche Rotten befohlen hatte, herrschten das Fluchen und die Verbitterung vor. Im Lauf des Tages dann stimmten auch zahlreiche Bürger in die Verwünschungen gegen eine zwielichtige oder gar volksfeindliche Justiz ein, und für die erste Nachtstunde wurde auf dem Rathaus eine Sitzung anberaumt, in deren Verlauf sehr harsche Worte gegen die wittelsbachische Willkür fielen. Während der nächsten Tage wurde die Stimmung in der Münchner Stadt immer erregter, und dann sah sich auch Agnes Bernauer damit konfrontiert.

Die Blonde hatte den Vorfall im Schloßhof nur am Rande mitbekommen, hatte ihm weiter auch keine Beachtung geschenkt; ihre Sehnsucht nach Albrecht, die Handarbeiten für das Ungeborene dazu waren ihr wichtiger gewesen. Auch wurde sie in den allgemeinen Hofklatsch nicht mit einbezogen; die Bedienten kannten sie mittlerweile gut genug, um zu wissen, daß sie darauf keinen Wert legte; Pfalzgräfin Beatrix, die Schwester Albrechts, die als einzige Hochadlige derzeit in der Residenz weilte, schnitt sie sowieso.

An diesem Abend jedoch kam Jan von Sedlec mit gefurchter Stirn in die herzoglichen Privatgemächer und eröffnete ihr: »Wenn niemand Courage zeigt und in der Angelegenheit des Münnhauser etwas unternimmt, kann es schlimm ausgehen! Die Münchner stehen vor der offenen Rebellion, weil sie es nicht länger hinnehmen wollen, daß der Raubritter und sein Knecht wie die Maden im Speck unterm herrschaftlichen Dach sitzen! Eigentlich müßte die Pfalzgräfin handeln, doch die hat sich ins Bankettieren und Pokulieren geflüchtet; will von der Gefahr nichts wahrhaben. Was die Schranzen angeht, so schiebt nach bewährtem Brauch einer dem anderen den Schwarzen Peter zu. Mir selbst sind die Hände auch gebunden, weil ich als Gefolgsmann des Thronfolgers dessen Sippe nicht übergehen darf; die verdeixelte Beatrix freilich läßt mich nicht zu sich vor. – Kurz und gut Agnes, Ihr seid die einzige, die den Karren jetzt noch aus dem Dreck ziehen kann! Ihr steht außerhalb der Hierarchie und steht dem jungen Herzog gleichzeitig näher als jeder andere Mensch hier am Hof; Euch vertraut er, Ihr seid sein zweites Ich! Und deswegen müßt Ihr jetzt auch zu seinem Nutzen auftreten; müßt den vermaledeiten Knoten durchhauen, den der Münnhauser uns allen zum Unglück geknüpft hat!«

Der Hochschwangeren schwirrte der Kopf. Vor drei Jahren noch war sie nichts anderes als eine ehrlose Augsburger Baderstochter gewesen, und nun verlangte der Böhmische von ihr, daß sie direkt in die Politik eingriff. Eine bodenlose Kluft schien sich jäh aufzutun zwischen dem Damals und dem Heute, doch dann erinnerte sich Agnes plötzlich daran, was sie sich erst vor wenigen Tagen selbst geschworen hatte: daß sie sich behaupten würde, hier am Hof; daß sie versuchen wolle, seiner wert zu sein. Dies war das eine, zum anderen war sie seit Vohburg innerlich gewachsen und seelisch stärker geworden an seiner Seite; beides zusammengenommen bewirkte jetzt, daß die Blonde mit fester Stimme antwortete: »Erzählt mir den Fall mit dem Münnhauser noch einmal ganz genau, und dann will ich entscheiden, was zu tun ist!«

Der Hofmeister gehorchte; sehr konzentriert hörte die Einundzwanzigjährige ihm zu, zuletzt zog sie das Resümee: »Ganz ohne Zweifel hat der Raubritter andere Menschen schwer geschädigt, und ich verstehe die Münchner Bürger sowie die Bauern draußen im Lande gut, wenn sie jetzt nicht einsehen können, daß er durch irgendwelche juristische Winkelzüge am Ende doch ungeschoren davonkommen kann. Dies wäre nicht gerecht; weil die guten Leute aber Gerechtigkeit verlangen dürfen von ihren Landesherren, genau deswegen, sind sie nun so aufgebracht. – So denke ich, und ich weiß, daß Albrecht mir zustimmen würde, wäre er hier in der Alten Veste. Es kann also nicht im Sinne des jungen Herzogs sein, wenn der Münnhauser und dessen Knecht ihrer Strafe entgehen! Und genau das werde ich ihm nach Straubing schreiben, nachdem ich zuvor noch mit einem Vertreter des Magistrats gesprochen habe. – Sendet einen Boten aufs Rathaus, Jan, ein bevollmächtigter Patrizier soll kommen, und dann kann der Kurier gleich morgen früh an die Donau abreiten.«

Wenig später, der Magistrat hatte auch in dieser Nacht wieder zu einer außerordentlichen Sitzung geladen gehabt, tauchte nicht nur einer der Stuhlherren, sondern gleich eine Dreierdelegation in den Gemächern der Bernauerin auf. Die Hochschwangere sagte den Patriziern im wesentlichen das gleiche, was schon der Sedlec aus ihrem Mund vernommen hatte, sodann diktierte sie in bestem Einvernehmen mit den eben noch so Verprellten den Brief an den jungen Herzog von Bayern-München. Daß man auf den Gerechtigkeitssinn des Wittelsbachers vertraue, stand darin; ebenso, daß er seine Maßnahmen schnell treffen müsse, sollten die unerfreulichen Dinge in München nicht noch weiter ausufern. Ohne Zeugen fügte Agnes eigenhändig – sie hatte die Kunst des Schreibens in Vohburg erlernt – noch einen Nachsatz an: Daß sie persönlich sehr unter dem Ärger leide; ansonsten sehne sie sich nach seiner Rückkehr und könne es in ihrer Liebe, die gewiß nicht kleiner geworden sei, kaum noch ohne ihn aushalten!

»Spätestens in drei Tagen werden wir seine Antwort haben«, beschied die Blonde, nachdem das Pergament versiegelt worden war, die dankbaren Ratsherren und den nicht weniger erleichterten Sedlec; mit dem ersten Morgenlicht dann sprengte der Eilbote nach Straubing davon.

Albrecht wiederum reagierte schneller, als Agnes gedacht hatte. Schon am Abend des zweiten Tages war ein anderer Kurier mit dem herzoglichen Bescheid zurück; zwei Depeschen überreichte er der Hochschwangeren – die eine war privat, die andere offiziell. »Ich bin stolz auf dich, mein Herz!« stand auf dem einen Blatt in Albrechts Handschrift. Das andere Pergament war von einem Kanzlisten abgefaßt worden; der Thronfolger ordnete an, daß der Raubritter und sein Knecht auf der Stelle dem Münchner Magistrat ausgeliefert werden müßten, und dann solle von seiten des Rates der Spruch in der leidigen Sache gefällt werden!

Die Kunde von der Entscheidung des jungen Herzogs lief in Windeseile durch die Stadt. Die Wut der Bürger auf das Haus Wittelsbach schlug in Jubel um, und plötzlich war es auch nicht mehr schwierig, den Münnhauser und den Jackl aus ihrem Rattenloch herauszuholen. Etliche Landsknechte verrammelten im Handstreich die bewußte Schießscharte neben der Kellerpforte von außen, gleichzeitig wurde der Rammbock eingesetzt, und ehe die besoffenen Strauchritter sich zu ernsthaftem Widerstand aufraffen konnten, waren sie bereits überwältigt. Gefesselt und unter Spottrufen brachte man sie in die Schergenstube[50]) unter dem Rathaus, wo sie nun bei deutlich kargerer Kost auf ihre Aburteilung und damit vermutlich auf den Henker warten konnten.

Agnes Bernauer aber war die Heldin des Tages. Ihr Name war auf einmal in aller Munde; nicht die eitle Pfalzgräfin Beatrix, der dies doch eigentlich zugekommen wäre, hatte den Frieden in der Münchner Stadt wiederhergestellt, sondern die wunderschöne Geliebte des jungen Herzogs, die noch dazu sein Kind unter dem Herzen trug. So mancher Bürger hatte bis vor kurzem noch die moralischen Sauglocken geläutet[51]) hinsichtlich der Badhur', doch nun hatte das Blatt sich gewendet; jetzt hieß es: »Die Bernauerin, das ist eine von uns! Die versteht die kleinen Leute und hat einen Sinn für Gerechtigkeit; bloß ihr haben wir es zu verdanken, daß es wegen des Münnhauser nicht zum Blutvergießen gekommen ist! Einen guten Griff hat der Albrecht getan mit ihr! Schade nur, daß sie bloß seine Mätresse ist und nie die Herrin werden kann im Oberland; dabei wäre ihr genau das zu gönnen – und den Untertanen auch!«

So also klang des Volkes Stimme in den Tagen nach der Festnahme der Raubgesellen; in der Neuen Veste jedoch, wo in Vertretung Ernsts und Wilhelms die Pfalzgräfin residierte, waren ganz andere Töne zu hören. Beatrix, die bis dahin so hilflos und untätig gewesen war, fühlte sich nun auf einmal beleidigt und gereizt durch die Zuneigung, die der ohnehin stets verachteten Blonden entgegenschlug. Daß das »Pöbelweib«, wie sie schnaubte, sie vermeintlich frech übergangen hatte, kam hinzu, und nachdem die Wittelsbacherin sich von ihren Schranzen noch weiter hatte aufstacheln las-

---

[50]) Schergenstube = Münchner Strafgefängnis (historisch).
[51]) Sauglocken läuten: Schlecht, derb abwertend über jemanden sprechen.

sen, brütete sie zuletzt einen sehr infamen Plan aus, der sodann auf der Stelle in die Tat umgesetzt wurde.

Ein Bote der Pfalzgräfin tauchte in der Alten Veste auf und lud Agnes Bernauer für den gleichen Abend zu einem feierlichen Bankett in die neue Residenz ein. Schließlich müsse man sich doch einmal gründlicher beschnuppern als bisher, ließ Beatrix der Hochschwangeren ausrichten; das Verdienst, das sich die Augsburgerin um die Hauptstadt erworben habe, sei der geeignete Anlaß dazu. »Seid vorsichtig!« warnte der Sedlec seine Schutzbefohlene. »Der Ton, in dem die Botschaft gehalten ist, erscheint mir ein wenig zu süßlich!«

»Dann meint Ihr also, daß ich besser nicht hingehen soll?« versetzte Agnes. »Große Lust dazu verspüre ich sowieso nicht; die Schwangerschaft macht mir mehr denn je zu schaffen, nach all den Aufregungen ...«

»Ihr könnt es ihr nicht abschlagen«, erwiderte der Hofmeister. »Aber seid auf der Hut, laßt Euch nicht provozieren, spielt am besten die Unterwürfige, auch wenn's Euch schwerfällt!«

Die Bernauerin preßte die Lippen zusammen, doch dann nickte sie, und wenige Stunden später fuhr die Kalesche vor, die sie das kurze Stück Wegs bringen sollte. Eingeschnürt und unbehaglich fühlte die heimliche Verlobte des Thronfolgers sich in dem protzigen Staatskleid, das sie wider Willen aus der Truhe gekramt hatte; die Beklemmung wuchs noch, schlagartig, als sie den Bankettsaal betrat.

Dutzende von Augenpaaren schienen ihr plötzlich feindlich und ablehnend entgegenzustarren; es war, als ob eine gläserne, eisig kristallene Wand hochschnellte zwischen ihr und den Adligen. Einmal mehr war die Kluft da, der schwertscharfe Schnitt zwischen der fremden blaublütigen und ihrer eigenen so warmblütigen Welt; Agnes' Schritt stockte, fast erweckte sie den Eindruck, als strauchelte sie. Ein einziges Wort, eine kleine Geste nur der Pfalzgräfin hätten sie auffangen können, doch von der kam nichts; abweisender und unnahbarer noch als alle anderen thronte Beatrix von Wittelsbach auf ihrem erhöhten Sitz. Erst jetzt begriff die Bernauerin, was der besorgte Sedlec wirklich gemeint hatte, wovor er sie hatte warnen wollen; sie war versucht, sich einfach umzudrehen und stumm wieder zu gehen, doch dann stand auf einmal der Lakei an ihrer Seite. Die Blonde, in deren Leib das Ungeborene plötzlich wie in Panik strampelte, spürte den höfischen und doch irgendwie brutalen Griff an ihrem Unterarm, und dann fühlte sie sich mehr an die Tafel gezwungen als geleitet. Agnes setzte sich, die Augen niedergeschlagen; sie war jetzt bloß noch froh, untertauchen und sich klein machen zu dürfen. Als sie die Lider endlich doch wieder hob, als sie sich vorsichtig umblickte, wurde ihr klar, wohin der Diener sie plaziert hatte: ans unterste und minderwertigste Ende der Tafel; an den Katzentisch sozusagen.

An Albrecht dachte sie in schmerzlicher Intensität, an die Schrankenlosigkeit, die nun schon seit Jahren zwischen ihm und ihr war; an sein Kind auch, das sie unter ihrem Herzen trug. Daran versuchte sie sich festzuklammern; in der seelischen und leiblichen Bindung, die doch gottgewollt war und deswegen hoch über allen gesellschaftlichen Schluchten stehen mußte, versuchte sie Halt zu finden. Und es gelang ihr auch; sie fühlte ihre eben so diffizil geschändete Würde wieder wachsen; sie schaffte es, die andere, die Beatrix, mit festem Blick ins Auge zu fassen. Einen Herzschlag oder zwei schienen die Dinge damit in der Waage zu hängen, doch dann grellte drüben das Lachen hoch, schrill, und nach dem Lachen kamen die Worte; spitz wie herannadelnde Pfeile, wie Dolche.

Nicht zu der Hochschwangeren sprach die Pfalzgräfin freilich; vielmehr schien allein den Schranzen zu gelten, was sie sagte: »Ich habe euch versprochen, daß ich sie euch vorführen würde, die Baderin – da ist sie jetzt! So sehen die

Sumpfblüten aus, die in Augsburg in den verrufenen Gassen wachsen! Die Zuberhuren, die sich an die Herzöge heranschleimen, damit sie sich dann, wenn der Herr abwesend ist, in die Politik einmischen können! Weil sie glauben, sie könnten da auch schon mitreden, nachdem ein Wittelsbacher ihnen zwischen Rindfleisch und Meerrettich einen dicken Bauch gemacht hat! Ja, schaut ihn euch nur an, den hohen und großfeisten Leib der Bernauerin! Wird wohl später gar noch ein Grafenkrönlein verlangen für ihren Balg, nachdem sie ihn doch auch in einem Grafenschloß empfangen hat, wenn auch vielleicht bloß im Vorübergehen auf einer Dienstbotenbank! Wird ihr aber der Schnabel sauber bleiben, der hochfeisten Hur'! Wird gar nicht mehr lange dauern, bis mein Bruder, der Albrecht, sie wieder abserviert aus seinem Leben, weil's nämlich bei ihm noch in diesem Jahr ans dynastische Zeugen geht!« Unvermittelt wandte sie sich nun direkt an ihr Opfer: »Jawohl, hör nur gut zu, Bernauerin, damit du's auch begreifst! Längst ist die Hochzeit des Thronfolgers mit einer Standesgemäßen eingefädelt, mit der holländischen Jakobäa! Die wird ihm keine Bälger gebären; wenn er's mit der treibt, dann kommen legitime und blaublütige Erben heraus! Aber vorher noch stürzst du zurück in den Hurenzuber, Bernauerin! Das schwör' ich dir, so wird's kommen, und du brauchst gar nicht so elendiglich zu flennen deswegen ...«

Durch den Tränenschleier hindurch, durch das Brennen sah Agnes die Gesichter der Beatrix, der anderen nur noch undeutlich, aber vielleicht gerade deswegen wie Fratzen. Tiervisagen und Viehgrimassen waren es; zum Sprung auf sie bereit, um sie zu zerfleischen, zu zerreißen. Eine Bedrohung fühlte die Hochschwangere, die ihr bis ins Mark und bis ins Leben zu dringen schien. Einen Haß, der ihr das Kind aus dem Leib schneiden wollte und den Leib zermetzeln dazu. Die Hände schlug Agnes vors Antlitz, gleich darauf spürte sie wieder den brutalen Griff am Arm; mehr hinausgeworfen denn geführt wurde sie unterm höhnischen, unterm teuflischen Gelächter und Spotten der vermeintlich so erlauchten Gesellschaft. Und draußen wartete diesmal keine Kutsche auf sie; da warteten nur die Nacht und der Straßenkot. Sie mußte sich ihren Weg suchen wie durch feindliches Gelände, zurück zur Alten Veste, zum Sedlec, zur Margarethe, und sie schaffte es nur, weil sie die ganze Zeit über, während etwas unter ihrem Herzen biß und zerrte, an Albrecht dachte; daran, daß sie es ihm nicht antun durfte, das Kind zu verlieren.

Im Schloß dann, nachdem das erschrockene Hofmeisterpaar sie in seine Obhut genommen hatte, nachdem sie wieder sprechen konnte, erwiderte sie auf die betroffenen Fragen nichts; vielmehr brach es aus ihr heraus: »Was ist mit der Holländerin?! Stimmt es wirklich, daß der Herzog sie heiraten wird?! Er hat mir doch letztes Jahr, kurz vor Weihnachten, geschworen, daß sie ihm nichts bedeutet! Daß es nur mich für ihn gibt! Aber jetzt behauptet die Pfalzgräfin, daß . . .«

»Gerüchte!« erwiderte die Waldeckerin, doch etwas in ihren Augen strafte sie Lügen. »Ihr solltet Euch nicht aufregen deswegen, es wird viel getratscht am Hof! Die Beatrix ist ein Miststück, die hat Euch nur quälen wollen!«

»Ja«, murmelte Agnes, »anders kann es nicht sein . . .« Gleichzeitig spürte sie, daß die Hofmeisterin ihr nicht die ganze Wahrheit gesagt hatte; daß da etwas Fürchterliches im Busch war, vielleicht sogar noch über die Erniedrigung durch die Pfalzgräfin hinaus. Albrecht! dachte sie irrational. Wenn mich jetzt überhaupt noch einer auffangen kann, dann er; nur er ganz allein! Sie dachte es, sie klammerte sich an diese auf einmal so irrwitzig gewordene Hoffnung, und die Sehnsucht nach ihm wurde daraufhin beinahe unerträglich.

*

Etwa zwei Wochen später, die Bernauerin hatte diese ganze Zeit über ihre Gemächer nicht mehr verlassen, kehrten die Herzöge nach München zurück.

Die Blonde sah den Vater ihres ungeborenen Kindes inmitten der Kavalkade in den Burghof preschen, sah die Reiter die Kellerpforte passieren, hinter welcher der Münnhauser und dessen Knecht sich verschanzt gehabt hatten; gleich darauf hörte sie die Schritte des Dunkelhaarigen auf der Stiege, und dann war er bei ihr. Sie hatte den Augenblick herbeigesehnt mit allen Fasern, doch jetzt verspannte sie sich in seinen Armen und dachte: Mein Gott, da sind Kerben in seinem Gesicht, Schmerzkerben; die hatte er noch nicht, als er aufbrach! Albrecht wiederum fühlte, wie verschreckt sie war; auch abgemagert schien sie zu sein, seltsamerweise, trotz der weiter fortgeschrittenen Schwangerschaft.

Sie küßten einander, ihre Leiber fanden sich, aber gleichzeitig schien ein Zuviel an Denken ihre Bewegungen, ihren Tastsinn und ihr Empfinden taub zu machen. Etwas Unbefangenes schien ihnen verlorengegangen zu sein, eine seelenknotige Schranke sich zwischen ihnen aufgebaut zu haben. Immer mühsamer versuchten sie im Verlauf der folgenden Stunde dieses Schartige zu überbrücken; zu überschwenglich lobte der Thronerbe die junge Frau wegen der Sache mit den Strauchrittern, Agnes ihrerseits heuchelte allzu großes Interesse an den ihr im Grunde doch so gleichgültigen Straubinger Angelegenheiten. Zuletzt verstummten sie wie beschämt; Albrecht flüchtete sich in den Wein, die Blonde hatte die Hände jetzt um ihren aufgetriebenen Bauch gekrampft wie um eine Art letzter Bastion; über beiden aber hing, greifbar fast, eine nun buchstäblich unausgesprochene Angst. Aber dann kam die Nacht und mit ihr dennoch so etwas wie Hilfe, und aus der Furcht und der Dunkelheit heraus wagte die Bernauerin endlich die Frage zu stellen.

»Deine Schwester behauptet, du würdest nun bald dynastisch heiraten, müßtest unser Kind und mich dann verstoßen!« flüsterte Agnes. »Und ich weiß nicht mehr . . .«

»Zwingen will mich der Alte dazu!« fiel er ihr wütend ins Wort. »Verflucht, ja! Er hat mich in Straubing jeden Tag damit bekniet! Ich hab' nicht davon reden wollen, aber jetzt, da du es selber angesprochen hast, hat es auch keinen Sinn mehr, daß ich es weiter in mich hineinfresse! Man will mich mit der Jakobäa von Holland verkuppeln, um jeden Preis; ums Geld geht's, um die Ländereien, die Hausmacht – und sonst um einen Dreck! Und ich weiß kaum noch, Agnes, wie ich mich gegen das verdammte Ansinnen wehren soll! Der Sohn schuldet dem Vater Gehorsam, so steht's schon in der Bibel, und wahrscheinlich hat's der Teufel dort hineingeschmiert! Ich hab's dem Ernst mehr als einmal hingerieben, daß ich dich liebe und keine andere will; daß du unser Kind unter dem Herzen trägst, wußte er ja sowieso schon lange zuvor! Aber er will's nicht anerkennen, das Band, das zwischen uns besteht; zerschneiden will er's, damit das Haus Wittelsbach noch mehr protzen kann als ohnehin schon!«

Als die Mooräugige jetzt haltlos zu schluchzen begann, riß Albrecht sie beinahe brutal in seine Arme; wie außer sich – aber wenigstens war jetzt nicht mehr die Kluft zwischen ihnen – schrie er sie an: »Du und ich, wir müssen zusammenhalten auf Biegen und Brechen, hörst du?! Der Alte hat die Macht, aber wir haben immer noch unsere Liebe! Die darf seinem Dünkel nicht nachgeben, die muß sich jetzt bewähren! Und damit er's vielleicht doch noch begreift, der Versteinerte, wie ernst es uns damit ist, werden wir ihm schon morgen einen Tort antun! Nach Vohburg reisen wir ab, mit dem ersten Hahnenschrei! Die Holländerin wird mich nicht in der Residenz vorfinden, sollte sie wirklich so unverfroren sein, nach München zu kommen! Ja, so machen wir's, Agnes! Wir verschanzen uns ganz einfach in unserer Grafenburg und ziehen die Zugbrücke hinter uns hoch!«

»Ich folge dir überallhin, das weißt du! Und nach der Donau sehne ich mich schon die ganze Zeit«, murmelte die Blonde. Insgeheim aber dachte sie: Ein Stück weit können wir vielleicht tatsächlich noch fliehen vor der Realität; ein kleines. Aber nur zu schnell wird sie uns wieder einholen – und was ist dann?! Was wird dann werden aus ihm und aus mir und aus unserem Kind . . .?!

Panik wollte sie befallen; die Furcht war noch ärger geworden als vorhin, da sie die Frage gestellt hatte. Doch dann war der Dunkelhaarige auf einmal wieder ganz bei ihr, war trotz ihrer Schwangerschaft plötzlich innig wie nie in ihr als Mann – als ihr Mann! Und sie vergaß alles, sie gab sich nur hin, und aus der Schranke, die eben noch zwischen ihnen gewesen war, wurde wahrlich eine Schranke gegen die ganze Welt.

# VOHBURG/MÜNCHEN

*September–Dezember 1432*

*»Hertzog Albrecht von Bayern zu München hat aines Baders tochter mit namen Agnes, ain fast schönes mensch, aufs höchste lieb gehabt, also daß man sagt, der Herzog hatte sie zu der ee genommen und die ee versprochen, aber doch nit zur Kirche gefiert.« (Aufzeichnungen des Benediktinermönchs Clemens Sender)*

Agnes Bernauer, ohne daß es ihr bewußt wurde in dem wahnwitzigen Herantoben der Schmerzen, biß sich fest an ihren Fingerknöcheln. Die Wehen kamen jetzt in schneller, fast peitschender Folge, raubten der Einundzwanzigjährigen beinahe die Besinnung. Nur ganz undeutlich noch nahm sie die Körperkonturen der Hebamme am Fußende des Bettes wahr. Immer wieder trieb die Verlobte des Herzogs sehr nahe an eine messerscharf durchblitzte Ohnmacht heran, schrammte sie entlang am Rand einer Anderswelt, in der Schwärze und Grelles gnadenlos gegeneinander im Widerstreit lagen. Sowohl das Dunkle als auch das schrill Lichtelnde schienen der Gebärenden den Leib auseinanderschwertern zu wollen; wie Dolchklingen bohrte es sich hinein in ihr Fleisch, vom Schoß bis zum Herzen.

Warum?! Der blasphemische Gedanke tratzte in den wenigen peindumpferen Momenten dazwischen jedesmal ihr Gehirn. Warum muß ich das ertragen?! Ist Gott denn ein Mörder?!

Und war möglicherweise der Mann, der ihr dies angetan hatte, in Wahrheit ein Henker?! Auch das dachte die Verschwitzte, die Verkrümmte, die bis aufs Blut Geschundene in ihrer unsäglichen Qual, die sich jetzt immer noch weiter steigerte, die ihr nun schon kaum noch die Luft zum Atmen ließ. War alles Lüge?! War alles falsch?! War alles nur Blendwerk?! Ist das jetzt die Strafe dafür, daß ich mich vermessen habe, ohne Sinn und Verstand zu lieben?! Ich hätte es wissen müssen, schon damals, als die Pfalzgräfin wie eine Furie auf mich losging! Den Tod habe ich mir eingehandelt! Das Gerädert- und Zerfleischtwerden bei lebendigem Leib! Warum, verflucht, ist jetzt nicht die Holländerin an meiner Stelle?! Warum dreht sich der nicht das Schwert durchs Gekröse?! Die wollte es doch so haben ...

In die dämpfige Schwüle eines Münchner Augusttages stürzte Agnes plötzlich zurück; eine Wehe, schrecklicher als alle vorhergegangenen, hatte sie mit einem wummernden Hieb weggefegt aus der Realität. Noch einmal durchlebte sie jetzt die beklemmenden Stunden nach der Rückkehr Albrechts aus Straubing im vergangenen Sommer; es war, als ob die gegenwärtige Verzweiflung sich verbinden und verstricken wollte mit der anderen damals, als ob etwas über ihr zusammenzuschlagen versuchte, um sie endgültig in der Rettungslosigkeit zu ersäufen. Die Gebärende trieb davon in diesem Strudel; instinktiv, weil sie in diesem Augenblick das Leben vermeintlich nicht mehr ertragen konnte, suchte sie mental den allerfinstersten Abgrund und den alles auslöschenden schwarzen Quell. Immer näher ans absolute Nichts sank sie heran, an das Namenlose, das dennoch durchrunt war von den Namen »Jakobäa« und »Kindbett«. Schon glaubte sie, den pfuhligen Grund greifen zu können – nein, ihn greifen zu müssen! Doch aus dem Zwang, der ihr jetzt plötzlich unendlich widerwärtig vorkam, entstand auf einmal etwas anderes; etwas begann sich zu ranken, nach oben und ins Vorwärts wieder; etwas Pflanzliches und ganz erstaunlich Weiches trug sie ein Stück zurück, wurzelte sie windflüchtig wieder ein in Vohburg. Die zitternde Zeit verfestigte sich irgendwo zwischen dem Heimkutschieren an die Donau und der allerersten Wehe; anfangs vermochte sie den Tag noch nicht zu greifen, wie neblig verschliert schien er ihr noch zu sein, aber dann tauchte aus dem milchigen Schleiern ein Antlitz auf. Agnes erkannte das Gesicht des Sedlec, und nun war jäh auch die ganze Szene wieder gegenwärtig: Wie der Hofmeister auf den Platz vor dem Grafenschloß gesprengt war, wie er hastig die Treppe gewonnen hatte, wie er atemlos vor der Hochschwangeren und Albrecht gestanden hatte – und wie sie beide die Botschaft von ihm vernommen hatten.

»Der regierende Herzog in München tobt, aber die Holländerin kann euch nicht mehr gefährlich werden!« hatte der Böhmische gejauchzt und im Jauchzen gebrüllt fast. »Einen dicken Strich hat sie dem Ernst durch die Rechnung gemacht, hat euch damit gerettet!« Und dann hatte der Jan, der Gute, davon berichtet, wie das Teufelsweib, die Jakobäa, sich Ende August heimlich mit einem einfachen niederländischen Ritter verlobt hatte; Frank von Borselen laute sein Name, in einer verschwiegenen Kapelle irgendwo am Niederrhein hätten sie die Ringe getauscht. Keiner außer einem Mönch habe vorher davon gewußt, und deswegen habe auch niemand sie von ihrer Tat abhalten können. Erst nachher habe sich die Kunde wie ein Lauffeuer verbreitet, doch nun sei selbstverständlich nichts mehr rückgängig zu machen. Der Segen der Kirche sei gültig, selbst wenn er bloß von einem Kuttenbrunzer[52]) gespendet worden sei!

Zuerst hatten sie wie erstarrt dagestanden, sie, die Bernauerin, und der junge Herzog. Eine ganze Weile hatte es gedauert, bis sie die Tragweite der Nachricht wirklich und unverbrüchlich begriffen hatten, dann aber waren sie dem

[52]) Kuttenbrunzer = spöttische mittelalterliche Bezeichnung für einen Mönch.

Boten beide gleichzeitig um den Hals gefallen. Der Kelch der holländischen Hochzeit war vorübergegangen an ihnen; sie lebten wieder, sie konnten wieder ohne Angst in die Zukunft blicken! Ihre Liebe hatte sich behaupten können gegenüber den dynastischen Intrigen des Glotzäugigen; des Raffgierigen selbst auf Kosten des eigenen Fleisches und Blutes! Und Albrecht hatte ihren, Agnes', Leib berührt, so zärtlich, und hatte gesagt: »Nun kannst du es ganz unbesorgt zur Welt bringen, mein Herz, freu dich auf den Tag! Und später, wenn du das Kindbett hinter dir hast, werden wir ein Fest geben, wie Vohburg es noch nie erlebt hat . . .«

Es erleben . . . leben, trotz allem . . . Leben schenken! Auf einer inwendigen Brücke zitterten die Wortfetzen, das EINE WORT, jetzt auf einmal wieder aus der Vergangenheit heran. Agnes Bernauer glaubte sie aus seinem Mund zu vernehmen, durch ihr eigenes haltloses, aber plötzlich nicht mehr verzweifeltes Schreien hindurch, und dann flachten die schmerzgequälten Laute ab, die anderen jedoch blieben bestehen – wie von ihnen getragen, drang gleich darauf ins Nachkeuchen der Wöchnerin hinein das erste dünne Wimmern des Neugeborenen.

Immer noch war der Blonden die nachwummernde Ohnmacht nahe, als sie aber das Körperchen in ihren Armen spürte, kehrten mit ihm Kraft und Wärme in ihren Leib zurück. Sie sah das winzige, verschrumpelte Antlitz des Säuglings und sie sah Albrechts Da-Sein und ihr Da-Sein darin; sie war glücklich, sie wollte noch nicht einmal wissen, welches Geschlecht das Kind hatte.

*

»Ein Mädchen! Du hast mir eine Tochter geschenkt!« Der einunddreißigjährige Thronerbe von Bayern-München hielt das Wesen im Steckkissen so vorsichtig, als könnte es bei der geringsten unbedachten Bewegung zerbrechen. Um so zügelloser freilich malte sich die Freude auf seinem Antlitz. »Sie sieht dir ähnlich; hat deine Nase, deinen Mund!« beteuerte er nun. »Sie wird einmal ebenso schön werden wie du! Ich sehe es direkt schon vor mir, wie sie den Männern den Kopf verdreht – unsere entzückende kleine Vohburger Gräfin . . .«

Agnes, zwischenzeitlich von der Hebamme gewaschen und durch einen Kräutertrunk der weisen Frau gestärkt, lächelte. »Bis dahin wird noch ein bißchen Zeit vergehen«, erwiderte sie. »Vorerst muß sie schlafen und dann, wenn mir die Milch eingeschossen ist, alle vier Stunden gestillt werden. Ich fürchte, du wirst uns beide bald nicht mehr so bezaubernd finden, falls du weiterhin die Kemenate mit mir und der Kleinen teilen willst. Du mußt dann damit rechnen, daß unsere Tochter dich monatelang um den Nachtschlaf bringt . . .«

Albrecht gab genau die Antwort, welche die junge Mutter, im Unterbewußten halb, sich ersehnt hatte: »Mag sein, daß es anstrengend wird; trotzdem freue ich mich darauf! Denn es wird etwas sein, das du und ich gemeinsam haben; das keinem anderen Menschen außer uns gehört!« Er schob die flache Hand unter das Köpfchen des Kindes; sein Umgang mit dem winzigen Wesen schien auf einmal viel sicherer geworden zu sein. Dann kniete der Herzog nieder neben dem Bett und legte das Mädchen zurück an Agnes' Brust, in ihre Arme. »Hast du dich denn nun schon für einen Namen entschieden?« wollte er wissen.

»Sie hat so geheimnisvolle Augen«, raunte die Blonde, fuhr dabei mit einem Finger ganz zart die Brauen- und Schläfenkonturen des Kindes nach. »Und du hast mir einmal von einem Orakel erzählt, einem heidnischen, das es einst in Rom gab. Sibylla möchte ich sie nennen; das klingt wie nach einer Fee und gleichzeitig so kraftvoll . . .«

»Sibylla!« Der Dunkelhaarige schmeckte das Wort ab, nickte; mit demselben Lidschlag trat der Schalk in seine Pupillen. »Wir dürfen aber dann dem Betzwieser nicht zu genau erklären, wie wir draufgekommen sind«, scherzte er.

»Ach was, der Pfarrer hier auf der Burg ist nicht so wie die meisten anderen«, gab die Wöchnerin zurück. »Er hat ein Herz, so groß, daß er's manchmal selber nicht begreift. Für den zählt allein, daß wir glücklich sind mit unserer Sibylla. Hast du denn den Tag schon mit ihm abgesprochen, an dem er Sibylla«, wieder streichelte sie das Köpfchen, »taufen soll?«

»Sobald du dich stark genug fühlst, um in die Kapelle zu kommen, meinte er.« Gleichzeitig verschwand der Übermut aus Albrechts Blick; sehr besorgt erkundigte er sich: »Strengt dich das Reden denn nicht zu sehr an? Glaubst du nicht, daß du dich jetzt ausruhen mußt?«

Lächelnd, wiederum, schüttelte Agnes den Kopf. »Es tut mir so gut, daß du da bist und dich um mich sorgst. Ich glaube, keine Frau auf der ganzen Welt hat es so schön wie ich! Du und Sibylla, ich liebe euch so sehr! – Und was die Taufe angeht: In ein paar Tagen, ganz bestimmt, können wir unser Kind in die Kapelle tragen.«

Eine ganze Weile saß der Herzog danach noch auf der Bettkante, bis der Blonden zuletzt die Augen zufielen und sie in den natürlichen Erholungsschlaf wegglitt. Das Mädchen war an der Brust seiner Mutter schon lange zuvor eingeschlummert; nun betrachtete Albrecht noch einmal dieses Bild, das ihm wie ein Wunder erschien, ehe er leise nach draußen ging.

Vier Tage später hoben der Thronfolger von Bayern-München und Agnes Bernauer ihre Tochter gemeinsam über den Taufstein. Der Pfarrer ließ das Wasser über die Stirn des Säuglings rieseln und sprach die Worte, setzte aus eigenem und nicht unbedingt theologischem Antrieb heraus dann noch hinzu: »Daß immerdar die Liebe dein Leben bestimmen möge, Sibylla, das wünsche ich dir von ganzem Herzen! Deinen Eltern sollst du darin gleichen, aus deren übergroßer Liebe du entstanden bist, auch wenn sie vor der Welt nicht Gatte und Gattin sind! Ich aber glaube, daß Gott die

Dinge manchmal anders sieht, und deswegen erteile ich euch allen dreien freudig meinen Segen!«

*

Die Worte des alten Priesters gingen Albrecht die folgenden Wochen über nicht mehr aus dem Kopf. Gestachelt letztlich hatte der Betzwieser ihn am Taufstein; er, der Herzog, war einen Augenblick lang versucht gewesen, aufzufahren, den Kleriker in seine Schranken zu weisen. Doch gleich darauf hatte er gespürt, daß der Pfarrer den bewußten Satz – » . . . auch wenn sie vor der Welt nicht Gatte und Gattin sind!« – keinesfalls abwertend oder zynisch gemeint hatte. Und jetzt, nach dem wochenlangen Nachdenken, wollte es dem Wittelsbacher eher so scheinen, als hätte der Betzwieser ihm einen Anstoß geben, ihn auf versteckte Weise zu etwas auffordern wollen. Das, was er für die Geliebte, die heimliche Verlobte, seit der Geburt noch stärker denn je empfand, kam hinzu; nicht zuletzt spielte das Antlitz des unschuldigen Kindes eine Rolle. Gegen Ende Oktober dann, die Donauauen lagen jetzt schon wieder herbstlich und oft neblig da, suchte Albrecht den Priester unangemeldet auf; nicht als Fürst tat er es, sondern als einer, der Rat von einem Freund brauchte.

Der alte Pfarrer, den harmlosen weltlichen Freuden durchaus nicht abgeneigt, saß in seiner Stube über der Sakristei beim Wein. Als der Vohburger Graf hereinplatzte, schien der Seelsorger sich gar nicht sonderlich zu wundern, bot vielmehr seinem weltlichen Herrn einen Schemel und dazu einen Humpen an, sagte sodann mit feinem Lächeln: »Lange habt Ihr gebraucht, bis Ihr Euch aufgerafft habt, aber zuletzt seid Ihr jetzt doch zu mir gekommen . . .«

Der Wittelsbacher trank; er glaubte dabei Agnes zu sehen, wie sie in der Stunde nach der Geburt das kleine Wesen im Wickelkissen in den Armen gehalten hatte. Mit dem nächsten Schluck lichtelte ihm dieses Bild weg, und er schien wieder mit ihr und Sibylla neben dem Taufstein zu stehen; neuerlich schienen die Worte des Alten ihm von dort aus entgegenzuschlagen. Vor allem das war ihm jetzt unendlich wichtig, was der Betzwieser damals über die Liebe gesagt hatte.

»Es geht mir nicht um die Gesetze der Welt und auch nicht um die der Kirche«, murmelte Albrecht. »Über die einen könnte ich mich als Herzog hinwegsetzen, die anderen bedeuten mir seit Taus nicht mehr sehr viel! Es geht mir allein um die, welche vor Gott schon lange mein Weib ist, und ebensoviel zählt unser gemeinsames Kind! Wenn Ihr mir das zugestehen könnt, Betzwieser, dann können wir weitersprechen! Wenn nicht, wenn Ihr nichts weiter als ein Theologe sein wollt, verlasse ich Euch besser gleich wieder . . .«

»Ihr wißt, daß mir nicht das Kirchenrecht am Herzen liegt, sondern stets die Menschen«, erwiderte der Priester. »Alle, ob arm oder mächtig, die leiden oder suchen; die allein nicht weiterfinden können auf ihrem Lebensweg. Ihr wißt es, Herzog, sonst hätte es Euch nicht hergetrieben zu mir! Ihr seid gekommen, weil Ihr das Gefühl habt, Euer Weib und Euer Kind dürften mehr von Euch erwarten, als Ihr ihnen bisher gegeben habt!«

»Also bezeichnet Ihr sie als mein Weib?« fragte der Dunkelhaarige; seine Stimme zitterte kaum merklich dabei.

»Sie ist dein Weib – weil sie deine einzige Liebe ist!« beschied ihn der Alte.

Albrecht nahm die vertrauliche Anrede wie selbstverständlich hin, griff sie nun auch selbst auf: »Für dieses Wort danke ich dir, Betzwieser! Du machst es mir sehr viel leichter damit! Denn jetzt kann ich dich auch fragen, ob . . .«

»Du täuschst dich! Nichts wird leichter werden dadurch!« unterbrach ihn der Pfarrer. »Du wirst dir die Feindschaft des Hochadels und vor allen Dingen die deiner eigenen Sippe zuziehen, wenn du das tust, was dein Herz dir befiehlt! Und dennoch wirst du es tun – und dennoch rate ich dir dazu! Du hast gewollt, daß ich nicht als Theologe, sondern als Priester zu dir spreche – deswegen kann ich dir gar keinen anderen Weg aufzeigen als den, daß du deinem Herzen gehorchen sollst! Nichts zählt, Albrecht, als das Menschenherz; ich schwöre dir: Dies und nichts anderes ist Gottes größtes und einziges Gebot! Nimm also deine Agnes an der Hand und führe sie zum Altar! Aber nicht um der Menschen oder um eines Sakramentes willen, sondern deswegen, weil du ihr damit Geborgenheit, Wärme und Sicherheit schenkst! Weil sie mit deinem Ring dann das Zeichen deines Bekennens zu ihr, das Symbol deiner unabdingbaren Liebe trägt! Und weil du ihr damit auch zeigst, daß du zu dem stehst, was aus eurer Verbundenheit heraus Fleisch und Blut geworden ist!«

»Sage ihr und mir genau dies noch einmal, wenn du uns traust . . . Vater!« bat der Herzog. »Du hast ausgesprochen, was in meinem Inwendigen aufgekeimt war seit dem Tag der Geburt Sibyllas. Doch ich hätte es nicht so in Worten ausdrücken können, wie du es getan hast!«

»Aber du hast es erspürt, und dies ist mehr wert«, antwortete der Alte. »Deswegen auch kann ich euch guten Gewissens den Segen geben. Daß dein Weib nicht anders denkt als du, weiß ich ja ohnehin schon lange . . .«

»So hat auch Agnes bereits mit dir gesprochen?« wollte der Wittelsbacher erstaunt wissen.

»Das hätte sie nie getan; nie hätte sie irgend etwas unternommen, um dich zu drängen«, versetzte der Priester. »Doch ich habe den Wunsch in ihren Augen gesehen, immer wieder . . .«

Albrecht nickte. »Kannst du alles in der Kapelle vorbereiten, für den morgigen Tag schon?« fragte er; bat er fast.

»Ich erwarte euch dort in der Abendstunde«, bestätigte Betzwieser. Als er merkte, daß der Wittelsbacher noch zu einer weiteren Frage ansetzen wollte, lächelte er und fügte hinzu: »Ja, auch die Sibylla bringt ihr mit, das ist doch selbstverständlich.«

»Ich danke dir für alles!« sagte der Dunkelhaarige, reichte dem Pfarrer die Hand, drückte sie kräftig.

Auf dem Rückweg zum Palas dachte er daran, wie gut es doch gewesen war, daß er mit dem Goldschmied unten in Vohburg bereits vor Tagen wegen eines Ringes für die Blonde einig geworden war. Wenn jetzt gleich noch ein Bote in die Stadt lief und der Handwerker die Nacht über arbeitete, dann konnte es gerade noch rechtzeitig fertig werden, das Kleinod; der Reif, der unterbewußt ohnehin nie als verspätetes Taufgeschenk gedacht gewesen war, sondern von allem Anfang an viel mehr hatte symbolisieren sollen . . .

*

»Und so seid ihr nun Mann und Frau, bis der Tod euch dereinst scheiden wird!«

Der alte Betzwieser, in der dämmrigen Kapelle vor dem Altar stehend, sagte den Satz eher leise. Dennoch schien er nachzuhallen und nachzubeben im geduckten romanischen Gewölbe; schien die beiden Kerzen zum Flackern zu bringen, die links und rechts des Tabernakels in ihren bronzenen Haltern auf dem Altartuch standen.

Sie hätte es anders verdient; feierlicher, prächtiger! dachte der Wittelsbacher. Irgendwie schmerzte es ihn plötzlich wie eine Wunde, daß es so heimlich geschehen war; so im Halbdunkel. Doch dann wurde das alles unwichtig; seine und Agnes' Augen hatten sich getroffen, und das Glänzen in der moordunklen, samtigen Feuchte zeigte ihm an, wie glücklich sie trotz der Ärmlichkeit der Zeremonie war. Auch das Kind in den Armen der Blonden schien die ungeheuerliche seelische Erfüllung seiner Mutter zu spüren; ganz still verhielt sich Sibylla auf einmal, und auch in ihren, noch verschleierten Pupillen lag etwas Unbeschreibliches.

»Ich liebe euch! Mein Gott, wie sehr ich euch liebe!« Albrecht flüsterte die Worte, gleichzeitig war jeder Laut Seele, Fleisch und Blut von ihm selbst. Aus der Seelentiefe von Agnes' Antlitz heraus empfing er die Antwort, und dann reichte der Priester ihm auf der flachen silbernen Schale den Ring. Der Herzog nahm ihn; seine Linke und die der Blonden berührten sich im nun gemeinsamen Festhalten des Mädchens, gleich darauf glitt der Reif über den vierten Finger der anderen Hand der Braut. Mit dem Unterpfand ihrer heimlichen Verlobung, die fast genau ein Jahr zuvor erfolgt war, traf er sich dort; » . . . bis der Tod euch dereinst scheiden wird!« glaubte Albrecht im selben Moment noch einmal die Stimme des alten Betzwieser zu vernehmen. Einen Herzschlag lang fühlte der Herzog erneut den vagen Schmerz, aber dann schob er die Anwandlung entschlossen beiseite, berührte die beiden Ringe[53]) und sagte zärtlich zu seiner Gattin: »Nun wirst du sie immer tragen; einen für dich, einen für mich, beide zusammen für Sibylla!«

»Für unsere Familie«, erwiderte Agnes; mit der letzten Silbe bot sie ihm ihre Lippen, und in den Kuß hinein flüsterte sie fast tonlos, nur für ihn, ihren Dank.

Mit einem Gebet schloß der Priester sodann die ungewöhnliche Zeremonie ab. Kein Zeuge außer dem Weißhaarigen war zugegen gewesen; diese Ehe, so dachte der alte Betzwieser, ist wahrhaft vor Gott geschlossen worden. »Geht!« sagte er zuletzt, nach dem Amen. »Geht mit Gott in euer neues Leben hinein; er möge euch gnädig sein!«

Als sie auf den Burghof hinaustraten, wurde sich Albrecht bewußt, daß die Kirche schon in wenigen Tagen das Allerseelenfest begehen würde. Zum dritten Mal in dieser Stunde schien den Wittelsbacher etwas quälend zu berühren, ihn zu klemmen, doch zum dritten Mal war Agnes da und

---

[53]) Die beiden Ringe an ihrer Rechten sind bis heute auf dem Epitaph der Agnes Bernauer in der Grabkapelle des Straubinger Petersfriedhofes zu erkennen.

vertriebdurch ihre Gegenwart die nicht näher greifbare Heimsuchung.

*

Der Herzog hatte die Augsburgerin in der Vohburger Schloßkapelle vor dem Priester geheiratet; die Blonde vor den Augen der Welt zum Altar zu führen, hatte er freilich nicht gewagt. Er hatte es nicht wagen dürfen; unbedingt zum offenen Streit mit dem Alten, dem Ernst, hätte eine öffentliche Eheschließung geführt. Nur an der Donau, nicht aber in der Münchner Residenz durfte Albrecht Mensch und Mann sein, Vater dazu; gerade noch unter der Hand erlaubte ihm die Provinz, was die Sippe in der Hauptstadt ihm aus dynastischen Beweggründen heraus stahlhart verwehrt hätte. Dennoch näherte sich der Thronerbe im Spätherbst dieses Jahres 1432 der Isar mehrmals wieder; eine Verpflichtung, die er nach dem Ringtausch immer stärker in sich gespürt hatte, trieb ihn hinüber ins Oberland während dieser Novemberwochen, und stets traf er sich dann mit dem Sedlec, dem bewährten Freund und Vertrauten.

In der Dezembermitte kehrte der Dunkelhaarige von einem dieser raschen Ritte mit einem geheimnisvollen Glänzen im Blick zu seiner morganatischen Familie zurück. Agnes zog er in seine Arme, das Kind herzte er, schließlich sagte er zu seiner Gattin: »Das Wetter ist noch mild genug, ich denke, wir können eine kleine Reise mit Sibylla ins Oberland wagen. Länger als eineinhalb Tage wird die Fahrt mit der vierspännigen Kutsche nicht dauern. In der Kalesche habt ihr es beide bequem und warm, und selbstverständlich kannst du dir auch eine oder zwei Mägde mitnehmen . . .«

»Ich verstehe dich nicht!« unterbrach ihn die Blonde verblüfft. »Wir hatten doch abgemacht, daß du das Weihnachtsfest in der Münchner Residenz verbringst, weil es nun einmal dein Vater so von dir erwartet, ich aber mit unserer Tochter hier in Vohburg bleibe! Und jetzt . . .! Albrecht, wenn du mir noch einmal zumuten willst, daß ich unter den Augen deiner Schwester Beatrix . . .«

Er schnitt ihren Protest mit einem Kuß ab, dann erwiderte er: »Die Pfalzgräfin wird gar nicht am Hof sein; hält sich derzeit in den Niederlanden auf, um dort vermutlich die arme Jakobäa zu piesacken. Und mir steht der Sinn nach der Alten Veste ebensowenig wie dir. Nein, Agnes, ich will zwar schon, daß du mit mir an die Isar kommst, aber mit der Hauptstadt hat unsere Reise gar nichts zu tun, auch wenn ich dich während des Christfestes dann leider tatsächlich für ein paar Tage allein lassen muß.«

»Das weiß ich ja, aber was ist denn nun wirklich im Busch?« drängte die Bernauerin. »Erst verschwindest du etliche Male und sagst mir nicht, wohin du reitest, und jetzt spannst du mich auch noch dermaßen auf die Folter!« Sie beutelte ihn scherzhaft. »Bitte! Treib doch nicht ein solches Spiel mit deinem armen Weib . . .«

»So arm bist du nicht, wie du denkst«, antwortete der Herzog lächelnd. »Und was ich damit meine, wirst du schon noch rechtzeitig erfahren. Aber erst an Ort und Stelle, mein Herz! Und nun sieh zu, daß du deine Mägde auf Trab bringst! Spätestens morgen mittag wollen wir aufbrechen!«

»Wenn dir soviel daran liegt, dann muß ich ja wohl gehorchen«, gab die Blonde nach. »Ein Verrückter bist du; einer, bei dem man nie genau weiß, wie man mit ihm dran ist! Doch ich liebe dich, auch wenn du mich und unser Kind mitten im Winter nach Irgendwohin verschleppst!«

Kurz vor Sonnenuntergang des übernächsten Tages, mitten im Flachland zwischen Amper und Isar, gab der Wittelsbacher dem Kutscher das Zeichen zum Anhalten. Südöstlich, noch etwa eine Fahrstunde entfernt, nadelten die Türme der Residenz in den leicht diesigen Himmel. Doch nicht auf München wollte Albrecht seine Gattin aufmerksam machen, sondern auf ein behäbiges Bauerndorf, das ein gutes Stück vor der Stadt in der Ebene lag. Agnes' Blick folgte dem ausgestreckten Finger, jetzt begriff sie gar nichts mehr, aber dann sagte der Thronerbe: »Das ist Menzing, und nicht weit davon liegt das Jagdschloß Blutenburg. Mein Großvater hielt sich oft dort auf, mein Vater jedoch meidet es; er sagt, das Waidwerk lasse sich gar zu lausig an in dieser Gegend. Mir hingegen gefällt die Landschaft; ich mochte sie immer, und nun würde ich gerne von dir wissen, ob sie dich auch anspricht?«

Die Bernauerin ließ die dunklen Augen wandern; ein Ahnen schien jetzt in ihnen zu liegen, ein vages freilich noch. Nach einer ganzen Weile erwiderte sie: »Doch, es ist sehr friedlich hier. Hier gibt es nichts Aufregendes, dafür aber etwas, das in sich selbst zu ruhen scheint. Ich glaube, die Bauern, die hier leben, können sich sehr geborgen fühlen . . .«

»Ich freue mich, daß du es so siehst«, sagte der Wittelsbacher leise. »Ich freue mich von Herzen, denn es bedeutet, daß du den Hof mögen wirst. Schau, dort drüben, direkt in der Verlängerung des Kirchturms von Menzing, das ist er. Eine ganze Hube[54]) an Äckern, Weiden und Auwald gehört dazu; es ist eines der schönsten Anwesen weit und breit.« Er gab dem Kutscher einen Wink, das Gefährt rollte wieder an, und in das Mahlen und Knirschen der Räder hinein sprach Albrecht weiter: »Die Lehensleute, anständige und gutartige Menschen sind es, erwarten uns bereits. Oder besser: Sie erwarten dich als ihre neue Herrin!«

»Du hast . . .?!« Die vage Ahnung der Blonden war plötzlich zur Gewißheit geworden, trotzdem konnte sie es offensichtlich noch nicht fassen.

»Ja, ich habe das Gut kürzlich von der Propstei zu Laim, die bis dahin Eigentümerin war, in deinem Namen gekauft«, bestätigte der Dunkelhaarige. »Unter Zeugenschaft des Propstes selbst und dazu des Aubinger Pfarrers wurde die

---

[54]) Hube = landwirtschaftliches Areal, zur damaligen Zeit in Bayern ca. 70 Hektar.

Urkunde ausgestellt; du wirst sie nachher, wenn wir im Haus sind, von mir bekommen. Der Hof gehört dir und allen deinen Erben auf ewige Zeiten!«[55])

»Auf ewig . . .«, murmelte Agnes. »Das ist ein großes Wort . . .« Dann lag sie auf einmal in seinen Armen; nach der zärtlichen Liebkosung flüsterte sie: »Warum hast du das bloß getan? Es wäre doch überhaupt nicht nötig gewesen . . .«

»Das Gut soll meine Morgengabe an dich sein«, erwiderte der junge Herzog von Bayern-München. »Du wirst schöne Einkünfte aus der Arbeit der Pächter ziehen können, jedes Jahr, und außerdem haben wir von nun an in Menzing auch eine Zufluchtsstätte, wenn ich Pflichten am Hof erfüllen muß; es ist ja nur ein halbe Galoppstunde von hier bis zur Residenz!«

Erst da erkannte die Mooräugige das volle Ausmaß des Geschenks; er hatte ihr, einmal mehr, etwas gegeben, das weit über das Materielle hinausging. »Dann wird Sibylla ja immer in deiner Nähe sein können, egal, ob du dich in Vohburg aufhältst oder an der Isar!« jubelte sie.

»Nicht nur meine Tochter, sondern auch mein Weib!« verbesserte er sie, zog sie dabei voller Begehren in seine Arme – und dann wurde ihnen die Zeit, bis sie unter dem Dach des vierseitigen Hofes endlich allein waren, beinahe unerträglich lang.

*

Eine volle Woche genossen sie das einfache Leben. Das Wetter hielt sich immer noch seltsam mild; der weiche Himmel über dem Auenland und den abgeernteten Feldern entsprach ihrer gelösten, innigen Stimmung. Die Lehensleute zeigten sich taktvoll, sie wußten, wen sie beherbergten; nichts schien den Frieden, den Agnes und Albrecht nach ih-

---

[55]) Der geschilderte Vorgang ist historisch belegt.

rer heimlichen Hochzeit im Menzinger Refugium gefunden hatten, stören zu können. Allein ihre Liebe hegten sie, kümmerten sich dazu um ihr Kind; andere Bedürfnisse hatten sie nicht, sie waren glücklich. Nur einmal, in der winters so unsicheren Stunde zwischen Dämmerung und Nacht, schreckte die Blonde jäh wie aus einem Traum auf. »Dein Vater!« flüsterte sie mit verspannten Lippen. »Er ist so nahe! Fast war es mir soeben, als käme er zur Tür herein!«

»Du mußt keine Angst haben!« entgegnete der Dunkelhaarige. »Dies ist unser Reich, nicht seines! Niemand wird uns hier belästigen. Nur der Sedlec in München weiß, wo wir uns aufhalten . . .«

»Und doch könnte dein Vater es erfahren!« beharrte Agnes. »Das mit dem Gut – und auch, daß du mir den Ehering angesteckt hast!«

»Selbst wenn es ihm zu Ohren käme – er könnte nichts mehr dagegen tun!« versicherte Albrecht. »Aber wer sollte ihm etwas sagen? Ohnehin ginge es dann nur um die Hochzeit, und bei der war bloß der Betzwieser Zeuge; ansonsten waren allein noch der Sedlec und sein Weib eingeweiht. Von denen aber haben wir gewiß nichts zu befürchten; die können alle drei schweigen wie die Toten. Nein, mein Herz, du machst dir ganz unnötig Sorgen! Und jetzt komm wieder her; ich will jeden Augenblick mit dir genießen, bis ich übermorgen zum Bankett und zur Christmette nach München reiten muß!«

Also flüchtete die Blonde sich erneut in den Schutz seiner Arme; zwei Tage später dann blickte sie ihm nach, wie er unter jetzt schneeträchtigem Himmel in Richtung auf die Residenz davonjagte.

Daß dort, in der Alten und Neuen Veste, längst die Gerüchte schwirrten, wußte der Thronerbe nicht; die angstvolle Ahnung seiner morganatischen Gattin hatte er längst wieder vergessen. Und doch war es so; Mißgunst und Sensationsgier hatten so manchen Schranzen in München und auch in Vohburg scharfäugig und hellhörig werden lassen, und daß der junge Wittelsbacher der Augsburgerin angeblich auf widernatürliche Weise verfallen sei, glaubte man ohnehin immer schon gewußt zu haben. Möglicherweise hatten zudem noch der Goldschmied von der Donau und die Kleriker zu Laim geplaudert, und so war das hinterhältige Maulwetzen schließlich bis an die Ohren des regierenden Herzogs Ernst höchstpersönlich gedrungen.

Dennoch ließ der Glotzäugige sich davon kaum etwas anmerken, als er nun das Christfest zusammen mit seinem Sohn feierte. Das Lauern und dann das unvermittelte Zuschlagen waren vielmehr des Herrschers Art; er zuckte noch nicht einmal mit der Wimper, als Albrecht ihm ankündigte, daß er gleich nach den Feiertagen zurück nach Vohburg wolle.

»Bring die Grafschaft weiter in die Höhe und vergeude nicht zuviel Zeit mit deiner Mätresse und dem Bastard!« schnauzte er bloß. »Und was die Bernauerin überhaupt angeht, so schwöre ich dir, daß du dir die Hörner bald abgestoßen haben wirst!«

Das lärmende Lachen des Alten, das unterschwellig bedrohliche, schien dem Dunkelhaarigen noch nachzuhängen, als er das Stadttor längst wieder passiert hatte.

## STRAUBING/MÜNCHEN/REGENSBURG

*Januar 1433–Februar 1435*

*»Auf das geloben wir, daß wir im Niederland sitzen, und wesentlich dort sein wollen, und seinen Landesteil treulichst regieren bis auf sein Widerrufen . . .«*
*(Albrecht von Bayern-München in einem Brief an seinen Vater Ernst)*

*»Hans Zenger von Zangenstein, Dietrich Staufer zu Ernfels, Hans Frawnberger zu Zaitzkoven und Degenhart der Hofer zu Sinching vor den Rath gekommen und . . . gebeten, einen Hof zu Turnir und Schimpf in der Stadt zu vergönnen . . .«*
*(Gemeiners Chronik von Regensburg)*

*»Wer also, laut den Thurnier-Gesetzen, nicht in edlen Stämmen bleibt, sondern außer Stand heyrathet und sich mit dem Pöbel vermenget, der derogiert dadurch seinem Adel . . .«*
*(Deutsche Turnierregeln)*

Damit er sich die Hörner abstoßen sollte, wurde er hinaufgestoßen; eine Stufe höher getrieben auf der feudalen Leiter: In einem überraschenden Erlaß ernannte Herzog Ernst im Januar 1433 seinen Sohn Albrecht zum Statthalter von Straubing.

Als klotziges Geviert erhob sich die weitläufige Wittelsbacherburg am südlichen Ufer des Altwassers; der Dunkelhaarige hatte die Anlage noch vom Sommer 1431 her in eher unguter Erinnerung. Damals freilich, in den Rüsttagen vor dem Hussitenkrieg, hatte die Hitze gebrütet über den Zinnen und Türmen; jetzt nistete der Frost in den Mauern, war da und dort, wo draußen der Ostwind auftraf, zu ruppigen Eisbärten ausgeronnen. Frostig auch verlief der Empfang für den noch nicht ganz zweiunddreißigjährigen Thronfolger im Prunksaal der Feste nahe des toten Donauarmes.

Der Glotzäugige, am Vortag in höchsteigener Person aus München angereist, fand unter der wuchtigen Balkendecke kein einziges familiäres Wort für seinen Erben. Die Floskeln der Bestallungsurkunde raunzte er Albrecht entgegen, als hätte er nichts weiter als einen Armeebefehl zu verkünden. Im Rücken Ernsts, wie eine aufgeplusterte und stahlbewehrte Menschenmauer, ballten sich die Ritter und anderen Würdenträger des Straubinger Landes zusammen. Als wollten sie den neuen Statthalter ausgrenzen und Front machen gegen ihn, so standen sie ihm scheinbar gegenüber; das steife Protokoll schien ihnen in dieser Hinsicht sehr zupaß zu kommen. Abneigung, unterschwellige Feindschaft vielleicht sogar, meinte der Dunkelhaarige in den verkniffenen Augen des Frawnberger zu Zaitzkofen, des Staufer zu Ernfels, des Gleißenthaler zu Zeltsch, des Zenger von Zangenstein, der beiden reichen Nußberger oder des Hofer zu Sinzing zu lesen. Selbst der Nothafft zu Wernberg, zugleich Vitztum[56]) der Gäubodenstadt und ihres Umlandes, schien vergessen zu haben, daß er zusammen mit dem jungen Wittelsbacher erst eineinhalb Jahre zuvor im Feld gestanden hatte. Stur auf ein mannshohes gotisches Kruzifix, das schräg hinter seinem künftigen Herrn an der Wand hing, starrte er die ganze Zeit über. Erst als der regierende Herzog zum Ende kam mit seinem Sermon, löste der Graf den Blick vom Gekreuzigten; doch nur, um ihn dem Mundschenk zuzuwenden, der jetzt an der Seitenwand des Saales die Pokale zu füllen begann.

---

[56]) Vitztum = Stellvertreter des Statthalters.

Furios setzte an der großen Tafel das Saufen ein. Albrecht hatte jetzt den Ehrenplatz zur Rechten des Vaters inne, dennoch blieb die Barriere zwischen ihnen bestehen. Immerhin aber konnte sich der Junge gegenüber dem Alten nun hinter den Schutzwall der alkoholischen Vernebelung flüchten. Der allmählich steigende Rausch ließ ihn auch die Gegenwart der Provinzadligen besser ertragen. Von mir aus schneidet ihr mich, aber kuschen werdet ihr doch müssen vor mir! dachte der frischgebackene Statthalter zwischendurch mehr als einmal. Trotzig begann er ihnen zuzuprosten; zwang er sie, ihm Bescheid zu tun. Um Trinksprüche, wenn er das richtige Quantum erst intus hatte, war er noch nie verlegen gewesen. Der Falerner, der Rheinwein drückten die Spannung zusehends auf ein zumindest erträgliches Maß zurück. Als der Gleißenthaler zu Zeltsch bömakelnd[57]) Zoten von sich zu geben begann, brandete erstmals Gelächter auf; freilich – doch das registrierte der Thronerbe nicht mehr – mit doppelbödigem Unterton.

Ernst fiel ein, beugte sich zu seinem Sohn hinüber, hielt nun endlich doch ein persönliches Wort für angebracht: »Du wirst schon auskommen mit ihnen! Sind ruppige Herren, aber wirklich zuwider ist keiner! Zeig ihnen, wo der Bartl den Most holt, mach mir keine Schande im hiesigen Schloß! Kannst ein neues Leben anfangen, hier an der Donau, kannst dich bewähren; vor allem deswegen habe ich dich ernannt! Zu Vohburg hast du ja auch nicht schlecht regiert – das andere wollen wir vergessen! Die Baderin mit dem Bankert sitzt gut auf dem Hof bei der Blutenburg – jawohl, ich weiß es, hab' auch nichts dagegen –, aber jetzt hältst du dich mit den Zuchteln[58]) einmal im Zaum! Halt lieber ein scharfes Auge auf die Finanzen und auf die Hussen dazu, das ist wichtiger! Nicht die Weiberröcke zählen im Fürstenleben, son-

[57]) Bömakeln = mit böhmischem Akzent sprechen.

[58]) Zuchtel = leichtfertiges Weib, Hure.

dern die Goldsäcke und die Waffenehre, das mußt du dir merken!«

Der Dunkelhaarige wollte protestieren, aber da hatte der Glotzäugige seinerseits bereits einen Trinkspruch ausgebracht, und im allgemeinen Grölen ging Albrechts Aufmucken unter. Nur die jäh wieder quälende Sehnsucht blieb ihm; das Herzweh nach der, die ihm durch die Ernennung so plötzlich von der Seite gerissen worden war. Doch dann schwemmte der Rausch auch das weg, die Seelenbrunst verlor sich im Toben und Dröhnen des Gelages, des besinnungslosen Suffs zuletzt. Nur vage wurde Albrecht sich noch bewußt, daß etliche Lakaien ihn in seine Gemächer schleppten, während unten im Saal der Adel des Straubinger Landes jetzt unter die Tische zu sinken begann; dennoch, selbst ins kotzüble Wegtreten hineinschlagend, schien das rauhe, triumphierende Lachen des Vaters wiederum gegenwärtig zu bleiben.

*

Schon am übernächsten Tag ritt der regierende Fürst zurück in seine Münchner Residenz; die Kleinadligen und der Nothafft, nachdem sie dem neuen Statthalter pflichtgemäß noch einmal die Reverenz erwiesen hatten, nahmen ebenfalls ihren Abschied vom Straubinger Hof. In immer noch fremder Umgebung, nichts als die duckmäuserischen Schranzen zur Gesellschaft, fand der verkaterte Einunddreißigjährige sich wieder. Versucht war er, auf der Stelle selbst aufsatteln zu lassen und nach Menzing zu preschen; ins Refugium, das man ihm so brutal geraubt hatte. Dann sagte er sich aber doch, daß der Alte einen derartigen Tort ums Verrecken nicht hinnehmen würde, und so sprengte Albrecht statt dessen auf seinem Vollblüter bloß in die Donauauen hinaus; des Firnschnees und der Eisplatten in den sumpfigen Niederungen nicht achtend.

Den eigentlichen Fluß suchte er, nördlich des Altwassers; als er den Strom nach etwa einer Meile frostdämpfig dahinziehen sah, lenkte er den Rappen nach Osten um und folgte dem Ufer. Verwundert starrten ihm die Zollbüttel an der balkenverstrebten Holzbrücke nach; wenig später sah der Statthalter zur rechten Hand die Doppeltürme der uralten Peterskirche auftauchen. Einsam, wie ausgegrenzt aus der Stadt, stand der Bau da. Nur das Pfarrhaus und ein paar Höfe duckten sich zu seinen Füßen zusammen; vom Friedhof dahinter war nichts zu erkennen. Der Dunkelhaarige beutelte sich unter einem jähen Frösteln, setzte gleich darauf die Sporen noch schärfer ein und trieb den Hengst in den Jagdgalopp. Wie Messerklingen schnitt ihm der Reitwind jetzt in die Augen, bis sie tränten, und Albrechts Blickfeld schien eins zu werden mit dem Dahinschlieren des Flusses. Doch gerade diesen Schmerz hatte der Reiter gesucht, damit er ihm den Schädel klären sollte; ungefähr eine halbe Meile weiter war es soweit, der Wittelsbacher zügelte das Tier, ließ es im leichten Trab weitergehen, und dann ließ er die wüste Zeit, die hinter ihm lag, noch einmal in der Erinnerung aufleben.

Offenbar hatte der Alte während des Weihnachtsfestes alles bereits bis in die letzte Einzelheit geplant gehabt. Kaum waren Albrecht, Agnes und das Kind nach Vohburg zurückgekehrt, hatte sich dort auch schon der Kurier aus der Residenz eingefunden. Ernsts Botschaft war knapp und zynisch gewesen: Die Metze und ihr Bankert seien nun ja im Bannkreis der Blutenburg versorgt. Dort sollten sie auf der Stelle wieder Wohnung nehmen; in Vohburg nämlich sei ihres Aufenthalts nicht länger! Zwar werde Albrecht der dortige Graf bleiben, doch solle die Herrschaft künftig von einem Verweser verwaltet werden; für den Thronerben gebe es in Straubing eine wichtigere Aufgabe. Die Ernennung zum dortigen Statthalter solle in der Jännermitte über die Bühne gehen; er, Ernst, werde selbst an die Donau kommen, um den Sohn in sein neues Amt einzuführen! Und dann hatte noch ein Nachsatz auf dem Pergament gestanden: Daß der Stellvertreter des regierenden Herzogs im Gäu jetzt ein anständigeres Leben als bisher zu führen habe, verstehe sich ja wohl von selbst!

Der Dunkelhaarige, immer weiter den Treidelpfad hinuntertrabend, schien wieder seine damalige Enttäuschung, die Wut, das Aufbegehrenwollen zu spüren. Der Statthalterposten bedeutete ihm nichts, gar nichts, wenn er dafür die Gattin und das Kind aufzugeben hatte! Immer nur dies und nichts anderes hatte er denken können, nachdem er das verfluchte Pergament gelesen hatte. Und allein dies – er wußte es, er fühlte es, und er hätte den Glotzäugigen erwürgen können dafür – war auch die wahre Absicht Ernsts bei der ganzen Sache gewesen! Getrennt werden sollte er von der Blonden und von Sibylla, indem man ihm die zweitwichtigste Herrschaft im Teilherzogtum hinwarf. Macht, Gold, Prunk bot man ihm an, damit er auf die Liebe und die Vaterfreude verzichten sollte! Etwas Lebendiges sollte er fahren lassen, um des toten Protzes willen! In den ersten Tagen war Albrecht versucht gewesen, den Befehl des Vaters einfach zu ignorieren, sich offen und mit allen Konsequenzen gegen den regierenden Herzog zu stellen. Sich zu seiner Ehe, zu seinem Weib und Kind zu bekennen; mochte dabei herauskommen, was wollte. Doch dann hatte er begriffen, daß Ernst ihm letztlich selbst diesen Ausweg nicht gelassen hatte. Schlug er, der Erbe, nämlich die Straubinger Herrschaft aus, dann stempelte er sich selbst als ungeeignet auch für die spätere Thronfolge ab. Dann brauchte sein Oheim Wilhelm (und ohnehin schien in dieser Richtung etwas vorzugehen) bloß noch einmal zu heiraten und endlich selbst Kinder zu zeugen, damit er selbst, der Sohn Ernsts, dynastisch ins Hintertreffen geriet. Der endgültige Bruch mit dem Vater wäre auf diese Weise unabwendbar geworden; nie würde der Glotzäugige es verwinden, daß die Herrschaft über das Teilherzogtum dann irgendwann auf die Nebenlinie übergehen mußte. Und vor diesem Gedanken, daß es zum absoluten Zerstrittensein mit dem Vater kommen könnte, war der Dunkelhaarige letztlich zurückgeschreckt. Er hatte es nicht übers Herz gebracht, sozusagen den Fehdehandschuh aufzunehmen und dann selbst die äußersten Konsequenzen zu tragen. Daß auch Agnes den offenen Krieg nicht gewollt hatte, hatte ihn noch zusätzlich in seinem bitteren Entschluß bestärkt.

»Es ist besser, ich gehe mit Sibylla zurück nach Menzing; vorerst zumindest!« hatte sie zu ihm gesagt. »Und du trittst die Statthalterstelle in Straubing erst einmal an!« Tapfer gelächelt hatte sie dabei und hinzugefügt: »Du erinnerst dich, ich habe früher oft in der Küche gestanden, und von daher weiß ich, daß nichts so heiß gegessen wird, wie es gekocht wird. Vielleicht finden wir ja doch wieder einen Ausweg, so wie ganz am Anfang in Augsburg und dann später, als wir in die Grafschaft kamen. Du darfst deinen Vater bloß nicht jetzt auf der Stelle brüskieren. Und wir dürfen andererseits die Hoffnung nicht aufgeben; müssen auf die Kraft unserer Liebe vertrauen!«

So hatte er es eingesehen und hatte dabeigestanden, als Agnes mit dem Kind auf dem Arm erneut die Kutsche bestiegen hatte. Das Schluchzen hatte er hinuntergerotzt in den Rachen, und dann war er selbst nach Straubing geritten und hatte – wenn auch mörderisch besoffen – die Amtseinführung durchgestanden. Der Alkohol hatte ihm hinweggeholfen über die vergangenen Tage, doch jetzt war er wieder nüchtern, jetzt hatte der beißende Reitwind ihm den Schädel geklärt – und um so unverbrüchlicher wurde ihm jetzt die Gewißheit, daß er zwar vorübergehend, aber nicht ständig ohne seine Gattin, ohne seine Geliebte leben konnte. Und dann, ganz plötzlich, fand er die Lösung. Ein Weidenstrauch zeigte sie ihm, der vom Ostwind krummgepeitscht und dennoch nicht gebrochen war. »Beugen werde ich mich, ja, doch aus dem Beugen heraus wird mir die Kraft zum Widerstand erwachsen!« rief er zwischen die spielenden Ohren des trabenden Hengstes hinein. »Statthalter von Straubing bin ich, und wenn ich mein Amt besser ausfülle als jeder meiner Vorgänger, dann schaffe ich mir damit gegenüber dem Alten die Nische, in der auch das andere gedeihen kann; das, was mir wirklich wichtig ist! Dann habe ich ein Druckmittel gegen den Vater, wenn er sich doch wieder dagegen zu stellen versucht, daß ich mit meiner Familie unter einem Dach lebe! Denn einen Versager kann er ducken – aber einen Erfolgreichen, auf den er angewiesen ist, nicht! Das ist der Weg, den wir gehen werden, Agnes! Du hattest recht: Wir dürfen die Hoffnung nicht aufgeben ...«

Das Roß zügelte er, blickte auf den ziehenden Strom hinaus, fühlte die Kraft der Donau, die weiche und doch so unwiderstehliche, in sein Inwendiges eindringen. Und dann bäumte sich der Hengst, wurde herumgeworfen auf der Hinterhand; erneut im Jagdgalopp preschte der Wittelsbacher zurück zur Stadt. Er konnte es kaum noch erwarten, an Agnes zu schreiben, ebenso – wenn auch aus ganz anderen Gründen – an den Alten.

Der Brief an die Geliebte, in dem er ihr seinen Plan darlegte, ging noch am gleichen Tag per Kurier nach Menzing ab; für die andere Depesche nahm der Dunkelhaarige sich mehr Zeit, bedachte jeden Satz gründlich, dennoch schon kurz nach seiner Rückkehr nach München durfte Herzog Ernst zufrieden zur Kenntnis nehmen, was sein Sohn ihm, zur Räson gekommen ganz offenbar, mitteilte: »Auf das geloben wir, daß wir im Niederland sitzen, und wesentlich dort sein wollen, und seinen Landesteil treulichst regieren bis auf sein Widerrufen; und wenn unserem Vater etwas zustößt, wollen wir ihm mit allen unseren Landen helfen, und dazu mit dem Niederlande.[59]) Wir wollen auch keinen Krieg an-

---

[59]) Mit den Niederlanden ist hier der Straubinger Teil Niederbayerns gemeint; unter seinen anderen Landen verstand Albrecht etwa die Grafschaft Vohburg.

fangen, noch Bündnisse machen, nichts verkaufen, versetzen, keine Diener ein- und absetzen, es sei denn nach seinem Rat und Wissen.«

Damit hatte Albrecht seiner Loyalität Ausdruck gegeben, doch er hatte noch mehr getan, denn in anderen Passagen des Schreibens waren konkrete Vorschläge enthalten, wie die Straubinger Herrschaft zum Nutzen des gesamten wittelsbachischen Territoriums wieder in die Höhe gebracht werden konnte. Der Landwirtschaft im Gäu, dem Fischfang in der Donau sowie dem Holzeinschlag in den wäldlerischen Gebieten wolle er aufhelfen, hatte der Statthalter mitgeteilt; dadurch könne nicht nur die Wohlfahrt in seinem eigenen Land befördert werden, sondern es werde dann auch möglich sein, einen Teil der Überschüsse nach München abzuführen. Gewisse herzogliche Gläubiger könnten auf diese Weise mit der Zeit befriedigt werden; ebenso könne Straubing mehr als bloß ein Scherflein zur Finanzierung der oberländischen Hofhaltung beitragen. Aus all den genannten Gründen solle der Vater ihn, Albrecht, möglichst frei schalten und walten lassen; solle ihm als seinem ersten und eifrigsten Untertanen vertrauen. »Er wird es nicht zu bereuen haben«, lautete der letzte Satz der Depesche, »wir haben uns, was wir dargetan, sehr eifrig überlegt und sind sicher, daß wir das Unterland in eine lichte Zukunft führen können!«

*

Während der folgenden Monate durfte Herzog Ernst feststellen, daß sein Sohn damit nicht nur leere Worte gemacht hatte.

Ein frischer Wind begann in der ersten Jahreshälfte 1433 durch den Straubinger Gäu zu wehen; vieles von dem, was in der Zeit der leidigen Erbstreitereien schiefgelaufen war, richtete der Dunkelhaarige jetzt wieder gerade. In den Jahren, da er seine kleine Grafschaft weiter oben an der Donau regiert hatte, hatte er sich das Rüstzeug dazu erworben; in

Vohburg hatte er gelernt, auf die Fähigen zu setzen und nicht auf die Protzigen, und dies kam ihm nun auch im Rahmen seiner größeren Aufgabe zugute. Mit den jungen Zunftmeistern, mit den ehrgeizigen Patriziersöhnen und mit den erfahrenen Vögten jenseits des Stromes, im ruppigen Waldland, tat er sich zusammen; im Umgang mit ihnen verzichtete er darauf, seinen Stand herauszukehren; er stellte sich auf eine Stufe mit ihnen um des gemeinsamen Zieles willen, und sie dankten es ihm durch Leistungen, die sie sich bislang möglicherweise selbst nicht zugetraut hatten. Handel und Gewerbe blühten allmählich auf in der Nebenresidenz, besser als bisher wurde der natürliche Reichtum der Donau und der Forste genutzt. So manchen zusätzlichen Gewinn konnten die Schreiber im Schloß in ihre Rechnungsbücher eintragen; unter scharfer Bewachung ging im März eine gespickte Geldtruhe nach München, eine weitere im Juni. Dennoch rupfte der frischgebackene Statthalter die Menschen seines Territoriums nicht über Gebühr. Er schöpfte seinen Gewinn ab, ließ ihnen aber auch den ihrigen; oft genügte es zur gemeinsamen Zufriedenheit schon, daß er die Kaufleute, Handwerker, Bauern, Fischer oder Forstmeister vor willkürlichen Übergriffen des Kleinadels schützte. Dies trug ihm, wenn auch vorerst nur unterschwellig, freilich den Haß so manchen Ritters ein.

Praktisch völlig unangefochten und selbstherrlich hatten diese Wappenträger seit 1425, als der Straubinger Erbfolgestreit ausgebrochen war, auf ihren Burgen gesessen. Es hatte keine Macht mehr gegeben, die sie zu zügeln vermocht hätte, und auf nicht immer legale Weise hatten sie mächtig ihren Vorteil daraus zu ziehen gewußt. Jeder war sich selbst der Nächste gewesen, und viele von ihnen hatten das Volk ausgeschunden. Auch nach dem Mai 1429, als Gäu und Wald im wesentlichen an Bayern-München gefallen waren, hatte sich nicht viel an der Willkür der Niederadligen geändert; mit den einfachen herzoglichen Verwaltern, die zwischen

1429 und Januar 1433 im Straubinger Schloß gesessen hatten, waren die Ritter oft wie mit besseren Lakaien umgesprungen. Um so härter kam es sie an, daß dort jetzt wieder ein Wittelsbacher residierte; einer, der das Herrschen ganz offensichtlich verstand, noch dazu. Ruppig wurde deswegen geraunzt und gebelfert gegen Albrecht auf den Festungen entlang des Stromes und drinnen im Nordwald; die Wut auf ihn war noch gewachsen seit damals, da die Kleinadligen ihm zu Jahresbeginn hatten huldigen müssen. Daß er zu neumodisch sei, zu freundlich gegenüber dem Pöbel, so redeten sie über ihn; den Dunkelhaarigen jedoch ließ dies kalt. Er hatte den Erfolg aufzuweisen, den er weniger als Statthalter denn aus ganz privaten Gründen brauchte, und wenn er heimlich nach Menzing ritt, was mindestens einmal im Monat geschah, dann vergaß er die aufmüpfigen Ritter sowieso.

Dann zählten nur noch Agnes und das Kind, dann war die grobklotzige Residenz am Altwasser der Donau auf einmal sehr weit weg; dann durfte er sich in der Nähe seiner heimlichen Familie endlich wieder als Gatte und Vater fühlen – und dann durften die Blonde und er auch die Zukunftspläne schmieden, die gegen den Sommer 1433 hin immer konkreter und handfester wurden. Im August schließlich, als überall im Herzogtum die Ernte eingebracht wurde, hielt Albrecht die Zeit für gekommen, auch seinen persönlichen Weizen wieder zum Blühen zu bringen; im oberländischen Bett, nach einem hitzigen Beischlaf, machte er seinem morganatischen Weib folgende Eröffnung.

»Mein Vater kann zufrieden sein mit mir; es ist alles so gelaufen, wie ich es mir nach meiner Ernennung vorgenommen hatte«, sagte er. »Unentbehrlich habe ich mich gemacht in Straubing; jetzt habe ich gegenüber dem Alten so gute Karten in der Hand wie schon lange nicht mehr. Deswegen sollst du schon morgen mit dem Packen beginnen, mein Herz; ich glaube, es wird nicht gleich einen Aufstand in München geben, wenn ihr jetzt wieder zu mir an die Donau zieht.«

»Du meinst wirklich, daß er's hinnehmen wird?!« Die Stimme der Mooräugigen zitterte zwischen Freude und Furcht.

»Er wird nicht gerade frohlocken, wenn er es erfährt«, erwiderte der Dunkelhaarige, »aber er kann es auch nicht riskieren, sich offen mit mir anzulegen! Verärgert er mich, dann werden die Straubinger Steuern eben nicht mehr so reichlich an die Isar fließen wie bisher! Das weiß er, und weil er das Geld braucht, wird er notgedrungen den Mund halten müssen!«

»Darin magst du ja recht haben«, gab Agnes zu, »doch ich habe vorhin eher an etwas anderes gedacht: daß dein Onkel, der Herzog Wilhelm, sich kürzlich verheiratet hat! Die Herzogin Margarethe von Cleve hat er in der Konzilsstadt Basel zum Altar geführt; man munkelt sogar, daß sie zwischenzeitlich bereits schwanger ist! Damit ginge die Erbfolge an den anderen Zweig deiner Familie über, und wenn Ernst nun erfährt, daß wir wieder zusammen sind und unter einem Dach an der Donau leben . . .«

»Daß die Konzilien den Teufel gesehen haben, habe ich immer gewußt!« brach es aus dem Statthalter heraus. »Einen größeren Tort hätte der johannistriebige Wilhelm uns wirklich nicht antun können, als ausgerechnet jetzt ins Brautbett zu steigen! Warum, verflucht, hat er's nicht mit dem Disputieren bewenden lassen können?! Dennoch mag ich mich von dieser Eheschließung in meinem Beschluß nicht wankend machen lassen! Ich will dich und Sibylla bei mir in Straubing haben, auch wenn der Ernst sich deswegen auf den Kopf stellt! Wir haben es jetzt mehr als ein halbes Jahr ohne einander aushalten müssen; nun verkrafte ich das Alleinsein einfach nicht mehr! Und dir ergeht's doch nicht anders, mein Herz, meine Einzige! Ist's nicht so?! Sag mir, ob's nicht so ist!«

Mit einem Kuß gab ihm Agnes die Antwort; leidenschaftlich schon wieder, und noch einmal wurden sie eins, während sich draußen allmählich die Abenddämmerung über die Menzinger Feldbreiten senkte. Am nächsten Morgen dann ritt Albrecht voraus in den Gäuboden; die Blonde sollte ihm mit dem Kind einen oder zwei Tage später unauffällig folgen.

*

Drei Monate des Friedens, immerhin, waren dem Paar vergönnt.

Taumelnd machte Sibylla ihre ersten Gehversuche in dieser Zeit; in den Gemächern, die sich unmittelbar an die Prunkräume des Statthalters anschlossen, geschah dies. Halb offiziell, halb inoffiziell lebte Albrecht auf diese Weise mit seiner Familie zusammen; manchmal dachte er an Vohburg, wo alles viel einfacher gewesen war, doch dann sagte er sich wieder, daß er und die Blonde mit der Entwicklung der Dinge durchaus zufrieden sein konnten. Jede Nacht durften sie nun einander wieder nahe sein; ihre Haut, ihren Duft, ihr Haar durfte er spüren, wenn er jäh hochschrak in der Dunkelheit, weil er geträumt hatte, sie sei noch immer in Menzing und fern. Auch tagsüber stahl er sich oft eine Stunde, um sie allein mit ihr und dem Kind zu verbringen; sein größtes Glück aber war das Bewußtsein, daß auch die Mooräugige in seiner Gegenwart wieder aufblühte – mager und blaß war sie in Straubing angekommen, doch nun hatten sich ihre Wangen wieder gerötet, waren ihre Bewegungen wieder schwungvoller geworden.

Manchmal dachte der Wittelsbacher beinahe erschrocken, sie sei noch nie so schön gewesen wie jetzt, in ihrer jungen Mutterschaft. Daß er ihr die lange Trennung zugemutet hatte, erschien ihm dann, auch wenn er die Schuld daran nicht wirklich bei sich suchen konnte, fast wie eine Sünde. Um so mehr gab er sich Mühe, sie zu entschädigen, sie auf Händen zu tragen; dies wiederum bewirkte, daß ihre Liebe jetzt noch weiter ausreifte, dem Herbstnebel und dem Regen über der Donau zum Trotz – doch aus dem schlierigen Ziehen und dem Nieseln heraus kam urplötzlich der Schlag, der den so mühsam gewonnenen Frieden erneut störte.

In den letzten Novembertagen geschah es; der Kurier aus München hatte seinen Renner fast zuschanden geritten, um die Botschaft von Herzog Ernst so rasch wie möglich nach Straubing zu bringen. Daß Albrecht unverzüglich in die Hauptstadt kommen müsse, lautete der väterliche Befehl, um Ingolstadt gehe es, um den Gebarteten dort, möglicherweise gar um einen neuen Krieg!

Der Dunkelhaarige fluchte, ließ die Leibwache alarmieren und für jeden Mann ein zweites, lediges Roß aufsatteln; keine halbe Stunde später sprengte er inmitten der Kavalkade davon. Agnes Bernauer – ihr Gatte hatte sie bloß noch mit knappen Worten einweihen können – blickte dem Trupp vom Söller aus nach, bis die einfallende Nacht ihn verschluckte; es war ihr zumute, als hätte der Krieg, von dem die Rede gewesen war, bereits mit dem Eintreffen des Boten begonnen.

Schlammüberkrustet, durchnäßt bis auf die Haut, langte der Thronerbe vierundzwanzig Stunden später in der Neuen Veste an. Noch während er die Kleider wechselte und einen hastigen Imbiß zu sich nahm, fiel der Alte über ihn her; mit den ungeheuerlichen politischen Neuigkeiten zunächst: »Der fehdesüchtige Ingolstädter Teufel hat den Bogen endgültig überspannt! Nicht nur uns, seinen Verwandten, hat er ein Unrecht nach dem anderen zugefügt, hat seine Söldner immer wieder rauben und morden lassen in unseren Grenzterritorien, sondern hat sich in letzter Zeit auch noch mit einem Dutzend anderer Mächtiger angelegt! Den Kurfürsten von Brandenburg hat er ausgerechnet auf dem Basler Konzil bis aufs Blut beleidigt, mehr als einen

Tort hat er dem Pfalzgrafen von Neumarkt und den hochedlen Öttingern angetan; von dem Streit, den er außerdem mit den Bischöfen von Passau, Augsburg und Regensburg gleichzeitig vom Zaun gebrochen hat, gar nicht zu reden! Daß er mit den Reichsstädten Donauwörth, Rothenburg, Nördlingen, Weißenburg, Bopfingen und Dinkelsbühl seit langem schon Händel hat, kommt hinzu; die alle und darüber hinaus mehr als hundert niedrige Edelleute haben den Hundsfott kürzlich gemeinsam beim Kaiser verklagt! Und die Majestät, lange genug hat's gedauert, hat nun endlich einen Urteilsspruch gegen den Ingolstädter gefällt! Abgesetzt ist er als Beherrscher des Teilherzogtums; die Regentschaft soll an Bayern-München fallen: an meinen Bruder Wilhelm – und später an dessen Erben ...«

Albrecht zuckte zusammen; der letzte Halbsatz hatte ihn aufgeschreckt bis ins Innerste.

»Ja!« brüllte der Glotzäugige nun los. »Genau darum geht's! Nicht um den Krieg, den wir vermutlich führen müssen, um den Gebarteten vom Thron zu stoßen; um den Urteilsspruch des Sigismund an ihm zu vollziehen! Der Feldzug ist meine Sorge nicht, da werden uns genügend Verbündete zur Seite stehen! Viel ärgeres Leibgrimmen verursacht mir die Frage der Erbfolge! Allein deswegen, weil Wilhelm in Kürze einen legitimen Nachfolger haben wird, hat ihm der Kaiser das verfallene Teilherzogtum in Aussicht gestellt! Weil die Dynastie über meinen Bruder und seinen Sproß weitergeführt werden kann! Weil die Margarethe von Cleve ihm einen legalen Balg werfen wird, während du bis jetzt nichts anderes vollbracht hast, als deinen fürstlichen Samen im Schoß deiner Zuberhur' zu vergeuden! Deswegen, vor allen Dingen, habe ich dich nach München befohlen! Weil ich jetzt auf der Stelle eine standesgemäße Heirat von dir erwarte und weil ich es, beim Leibhaftigen, nicht länger dulden werde, daß du die Badermetze vögelst! Hast sie dir heimlich nach Straubing geholt und hast geglaubt, ich würde die Augen davor verschließen, weil du bisher nicht schlecht regiert hast an der Donau! Und ich hab' das Maul gehalten, auch wenn ich längst Bescheid gewußt hab'! Geschwiegen habe ich, weil ich immer noch hoffte, du würdest ihrer von selbst überdrüssig werden! Aber jetzt schreie ich dir's ins Gesicht, daß du unseren Familienzweig absterben läßt durch den Umgang mit der Dirne! Keinen Tag länger nehme ich das hin; jetzt nicht mehr! Noch heute schickst du Botschaft nach Straubing und läßt sie hinausjagen aus dem Herzogsschloß dort! Und dann vermählst du dich mit einer, die ich dir aussuchen werde! Machst der so schnell wie möglich die nötigen Kinder, damit wir den Wilhelm und die von Cleve aus dem Feld schlagen können! Nur dann ist die Ingolstädter Herrschaft für uns zu retten – für uns, verstehst du, weil sie uns und niemandem sonst gebührt!«

Der Alte brach ab, keuchend. Fahrig griff er nach einem gefüllten Weinpokal auf der Kredenz, tat einen Sturztrunk, fuhr wieder herum, packte Albrecht am Wams, beutelte ihn. »Hast du das begriffen?! Hast du das endlich gefressen?!«

Der Dunkelhaarige setzte ihm keinen Widerstand entgegen, ließ sich schütteln wie eine Ratte, schien den Angriff kaum wahrzunehmen. Anderswo war er; in Straubing, in Menzing, in Vohburg – und während er verschwommen, vernebelt die Schauplätze sah, war gleichzeitig überall ihr Gesicht da. War da an der Donau, an der Isar, wieder an der Donau; war auch da auf einer Landzunge zwischen Wertach und Lech, wo zwei Flüsse sich einst nur für sie beide allein zu einem Strom vereinigt hatten. Und der Strom, auf dem immer und immer ihr Antlitz zu treiben schien, blieb; wurde zuletzt realer als das Zerren und Reißen des Alten an Albrechts Wams. Und der Statthalter hieb die Hand hoch, packte zu, umklammerte das Gelenk seines Vaters, machte sich frei im doppelten Sinn; schleuderte ihm die Wahrheit entgegen: »Du kannst keine Adelsheirat von mir verlangen, weil ich vor Gott bereits mit der Bernauerin vermählt bin! Weib und Mann sind wir, schon seit einem Jahr! Der Betzwieser, der Priester auf dem Vohburger Schloß, hat uns zusammengegeben im letzten Herbst! Hat das Sakrament vollzogen an uns, und kein Mensch kann's mehr lösen! Die Agnes ist meine Gattin, bis einmal der Tod uns scheidet; deswegen hab' ich sie und das Kind zu mir nach Straubing genommen, deswegen halte ich zu ihr, und wenn du mich von ihr trennen willst, dann gibt's nur einen Ausweg: Dann mußt du mich erschlagen!«

Der Alte taumelte zurück, als hätte ein verheerender Schlag ihn getroffen. Bläulich standen ihm die Lippen im kalkweißen Antlitz. Sein eines Auge wirkte starr, wie gelähmt; das Lid über dem anderen zuckte hektisch. Ein paar haltlose Schritte lang schien es, als würde er zusammenbrechen, aber dann fand er wiederum Halt an der Kredenz. Diesmal jedoch rührte er den Wein nicht an, krampfte bloß die Faust um den Kelch, bis das Silber knirschte; aus dem Knirschen heraus, gleich darauf, schienen seine gepreßten Worte zu dringen: »Du hast mich verraten ... wie kein Sohn je den Vater! Ich könnte dich einkerkern lassen dafür ... die Metze an den Galgen bringen! Den Hundspfaffen dazu ... den Vohburger! Das Balg könnte ich ersäufen lassen ... noch heute in der Donau ...«

»Wenn du meinem Weib, meinem Kind oder dem Priester auch nur ein Haar krümmst, sage ich mich von dir los!« Am Dolchgriff lag Albrechts Faust; weiß, wie Totengebein, wirkten die Knöchel über dem goldenen Heft. »Dann brichst du einen Krieg zwischen mir und dir vom Zaun! Dann schlage ich mich auf die Seite des Ingolstädters, auch wenn's mein Untergang sein sollte! Aber deiner ist's dann auch, Vater! Weil du dann keinen Erben mehr hast, weil dann alles sinnlos war in deinem Leben!«

»Geh!« Das eine Wort bloß noch, sonst nichts, hatte Herzog Ernst von Bayern-München übrig für seinen Sohn.

Der Dunkelhaarige gehorchte, schritt steif aus dem Kabinett, durch die angrenzenden Säle, über die Treppe. In die Nacht hinein stolperte er, draußen auf dem Hof. Einen Moment lang war er versucht, sich in die Alte Veste zu flüchten, die ihm irgendwann einmal Heimat und vertraut gewesen war. Doch dann wandte er sich seitlich, den Ställen zu, und scheuchte brutal die Knechte dort drinnen auf. Einen frischen Renner mußten sie ihm satteln, zudem die Männer der Leibwache wieder heranholen. Die ganze Zeit über, während er auf die Geharnischten wartete, befürchtete Albrecht, daß der Glotzäugige seine eigenen Hellebardiere gegen ihn hetzen könnte. Aber es blieb ruhig im Palas, und schließlich sprengte der Straubinger Trupp davon; die Männer fluchend oder verdattert, der Statthalter an der Spitze wie ein Tobsüchtiger.

Auf dem Menzinger Hof fielen sie ein, um die Mitternacht, doch auch dort fand der Thronerbe, falls er es überhaupt noch war, keine Ruhe. Der Körperduft der Blonden, der noch immer in den Kissen zu hängen schien, ließ ihn kein Auge zutun; mit dem ersten graugrießeligen Morgenlicht jagte Albrecht die Kavalkade weiter. Tief in der folgenden Nacht dann erreichten sie Straubing. Wiederum schlammüberkrustet und durchnäßt bis auf die Haut taumelte der Zweiunddreißigjährige in die Kemenate. Agnes fuhr hoch im Bett. »Es ist etwas Furchtbares geschehen in München, ich spüre es«, so lauteten die gehetzten Worte, mit denen sie ihn begrüßte.

Albrecht berichtete ihr alles. »Wenigstens weiß er nun Bescheid, und ich habe mich endlich auch vor dem Hof zu dir bekannt!« schloß er. »Längst hätte ich es tun müssen; nie hätte ich das zwielichtige Spiel treiben dürfen – es war unser unwürdig!«

»Es war kein Spiel, und es war auch nicht zwielichtig, weil alles allein aus unserer Liebe heraus geschah!« versetzte die Blonde. Mit fester Stimme sagte sie es; gleich darauf jedoch spürte er ihre kreatürliche Furcht, als sie hinzufügte: »Aber was wird nun werden?! Was wird der Alte in seiner Wut tun?!«

»Wir müssen es abwarten«, erwiderte der Dunkelhaarige. »Immerhin bin ich unangefochten zu dir zurückgekommen; das ist schon viel!«

»Nichts anderes zählt!« bekräftigte Agnes tapfer, und dann barg sie ihn tief in ihrer eigenen Angst, bis die gemeinsame verzweifelte Lust ihnen alle Qual und alles Denken auslöschte; für den Augenblick zumindest.

*

Der Dezember 1433 drehte sich in den Januar des Jahres 1434 hinein; zittrig schienen die Dinge in der Schwebe zu hängen. In den ersten Tagen des Hornung[60]) dann freilich gelangte vom Münchner Hof eine weitere Hiobsbotschaft nach Straubing. »Herzog Wilhelm und Margarethe von Cleve sind Eltern eines gesunden Sohnes geworden«, meldete in einem vertraulichen Schreiben der Sedlec. Weiter hieß es in der Depesche: »Herzog Ernst tobt noch ärger als im vorigen Herbst, spricht dem Wein so stark zu, daß es ihm schadet, stößt im Rausch entsetzliche Drohungen gegen Ingolstadt aus – und meint damit möglicherweise Straubing! Seid auf der Hut – das rate ich euch als einer der wenigen Freunde, die euch in der Residenz noch geblieben sind!«

»Wenn mein Vater trinkt, wird er sich zu wirklich gefährlichen Aktionen nicht aufraffen können; ich kenne ihn!« versuchte Albrecht sich selbst und seine verstörte Gattin zu trösten. »Führte er wirklich etwas Schlimmes im Schilde, so hätte er mich längst als Statthalter abgelöst. Doch er kann den offenen Bruch mit mir nicht riskieren; es würde seine eigene Reputation im Herzogtum und im Reich zu sehr ins

---

[60]) Hornung = Februar.

Wanken bringen. Daß er wegen des Neugeborenen belfert, muß man verstehen! Das Wissen darum, daß die Erblinie damit nun anderweitig fortgeführt wird, kommt ihn eben verflucht hart an! Aber letztlich ist der Säugling seines Bruders Kind, ist damit immer noch ein enger Verwandter von ihm. Irgendwann wird er das einsehen und wird sich abfinden. Hauptsache ist doch, daß die Macht in der Sippe bleibt und nicht an ein fremdes Geschlecht fällt! Wenn ihm das erst klar ist, wird man womöglich auch wieder mit ihm reden können. Bis dahin wollen wir uns still verhalten hier in Straubing; an meiner Regentschaft kann er nichts aussetzen, und ich werde zusehen, daß ich das Land noch weiter in die Höhe bringe. – Glaub mir, Agnes, irgendwann wird sich's einrenken zwischen uns und ihm; wir müssen ihm bloß ausreichend Zeit lassen, damit er all das verkraften kann, was jetzt auf ihn eingestürmt ist!«

»Ich hoffe so sehr, daß du recht hast!« erwiderte die Blonde, wirkte dabei jedoch seltsam geistesabwesend. Der Wittelsbacher spürte es; spürte aber auch, daß er jetzt besser nicht weiter in sie drang. So nahm er sie lediglich in die Arme und versuchte ihr die Beklemmung durch seine Zärtlichkeit zu vertreiben, bis zuletzt das Kind schrie und Agnes ihren Mutterpflichten nachkommen mußte. Leise stahl sich der Statthalter aus dem Raum; in der Kanzlei diktierte er einen Brief an den Sedlec, daß der ihn weiterhin auf dem Laufenden halten solle, anschließend inspizierte Albrecht die Wachen auf den Wällen. Scharf tat er es, auf Vordermann brachte er die Landsknechte; jedem einzelnen befahl er, bei der geringsten Unregelmäßigkeit sofort Alarm zu schlagen. Auch gab er dem Vogt Order, in der nächsten Zeit Streifscharen in südwestlicher Richtung auszusenden; München zu. All dies beruhigte ihn immerhin ein wenig in seiner heimlichen Furcht; gegenüber Agnes hatte er die Dinge zu verharmlosen versucht, doch seine eigene Angst hatte er damit kaum einlullen können. Denn er hatte im vergangenen

Herbst den Haß in Ernsts Augen gesehen – und er war erschrocken vor diesem blutunterlaufenen Blick; erschrocken bis ins Mark!

Fast wider Erwarten tauchte jedoch nichts Böses auf unter dem südwestlichen Horizont; ruhig blieb es dort, während die Tage dem Frühjahr zu nun allmählich länger wurden. Das Gefühl, daß es sich um einen trügerischen Frieden handelte, wollte freilich weder aus dem Herzen Albrechts noch aus der Ahnung der Blonden weichen. Jeder trug die Last für sich, um den anderen damit nicht zusätzlich zu quälen; auch Agnes hatte sich im Hornung durch die Worte ihres Gatten nicht wirklich von ihren unterschwelligen Befürchtungen abbringen lassen. Als schließlich der Auswärts[61]) mit Macht einzog, zeigte die Mooräugige auf das Blühen und neue Erwachen des Lebens eine Reaktion, die ihr selbst im Grunde unbegreiflich war.

»Hättest du etwas dagegen, wenn ich im Kreuzgang des hiesigen Karmelitenklosters einen Altar stiften würde?« erkundigte sie sich bei ihrem Gatten.

»Wenn es dir Freude macht ...«, erwiderte der Wittelsbacher erstaunt.

Die Blonde dankte ihm, schon wenige Tage später verhandelte sie mit der Äbtissin; bis zum Maiende dann war der Stein aufgerichtet und konnte vom Pfarrer der Jakobskirche geweiht werden. Die Bernauerin, dreiundzwanzigjährig inzwischen, wohnte der Zeremonie bei; die ganze Zeit über hielt sie dabei Sibylla auf dem Arm.

Sie sieht bedrückt aus, die Morganatische, dachte die Priorin insgeheim. Höher ist sie gestiegen als je irgendein Weib aus dem Volk, dennoch scheint etwas inwendig an ihrer Seele zu nagen. Als Agnes nach dem Tedeum noch um eine Unterredung unter vier Augen bat, wunderte die Äbtissin sich deswegen nicht sonderlich darüber. »Kommt mit in

---

[61]) Auswärts = Frühling.

meine Zelle«, forderte sie die Stifterin auf, »dort können wir ganz ungestört miteinander sprechen.«

Das Sprechen freilich schien der Blonden zunächst sehr schwerzufallen; eine ganze Weile saß sie stumm da, streichelte bloß wie entrückt das Haar ihres Kindes. Endlich aber brach es doch aus ihr heraus: »Wenn ich gestorben bin ... könnte ich dann neben dem Altar in Eurem Kreuzgang beigesetzt werden?«

Der Gedanke an den Tod, der doch nach ihrem Glauben eigentlich Erlösung und Geburt in ein besseres Leben hinein sein sollte, erschreckte die Nonne. Irgendwie empfand sie es sogar als blasphemisch, solche Worte aus dem Mund einer jungen Mutter zu hören. »Bis dahin ist es noch lange hin! Ihr sollt Euch jetzt noch nicht den Kopf darüber zerbrechen!« versetzte sie – und wurde sich gleichzeitig bewußt, daß sie damit wiederum nicht das ausgedrückt hatte, was ihre Kirche lehrte. Der Tod hatte immer gegenwärtig zu sein in der katholischen Theologie; was sie soeben gesagt hatte, war ihr nicht vom Dogma diktiert worden, sondern war aus ihrem Herzen gekommen. Fast trotzig fügte sie hinzu: »Ihr habt Euer Kind, das Ihr aufziehen müßt; vielleicht bekommt Ihr noch weitere, schließlich seid Ihr vor Gott mit dem Herzog verheiratet, es wäre nichts Anstößiges daran! Daran solltet Ihr denken; an das Leben, nicht an den Tod!«

Agnes nickte, wirkte in diesem Moment selbst wie ein unterwürfiges Kind; gleich darauf flüsterte sie: »Dennoch wollte ich das andere mit Euch abklären, heute! Ich möchte für später einmal einen Platz haben, von dem mich niemand mehr vertreiben kann! Bitte, versteht mich! Nehmt das, was ich Euch soeben sagte, als Beichte ...«

Die Äbtissin fühlte sich noch irritierter als zuvor, spürte aber gleichzeitig mehr denn je die Seelennot der anderen Frau und murmelte: »Es ist Euer Altar, und niemand im Kloster kann etwas dagegen haben, wenn irgendwann eine Grabplatte daneben angebracht werden soll.«

»Ich danke Euch!« Fast hastig erhob sich die Morganatische. »Mit dem geweihten Stein ist auch eine Meßstiftung verbunden, das wißt Ihr ja . . .«

Agnes' letzte Worte verklangen unter dem Türsturz; ihr Abgang glich einer Flucht. Draußen, in der Sonne, fragte sie sich einmal mehr, was sie eigentlich dazu getrieben hatte, sich auf die Gruft im Karmelitenkloster zu versteifen. Sie umklammerte die Hand des Mädchens, zerrte das Kind hastig weiter, konnte es kaum mehr erwarten, zu Albrecht zurückzukommen. Als Bedrohung empfand sie den Kreuzgang in ihrem Rücken plötzlich; als leibhaftige Ausgeburt der Angst, unter der sie nun schon so lange litt. Erst in den Armen des Dunkelhaarigen wurde es besser; sie ließ sich hineinfallen in diese Geborgenheit, in diese männliche Kraft und schwor sich, den Nonnenbau nie wieder zu betreten. Denn nur in der Nähe des Gatten war das Leben, hier allein fand sie den wahren Halt. Seine Gegenwart löschte alles andere aus, und sie wünschte sich, daß es für ihn genauso war; daß hoffentlich auch sie ihm Stütze sein konnte.

Daran konnte es keinen Zweifel geben; er hätte die so ungut in der Schwebe hängende Zeit nicht durchgestanden ohne sie, wäre mit Sicherheit einmal mehr abgestürzt in den alkoholischen Abgrund, ins halt- und hirnlose Toben seiner früheren Jahre. Doch weil die Blonde an seiner Seite war, geriet er nicht aus dem Tritt; reifte er sogar in diesen Monaten zwischen Februar und Sommer 1434. Inniger denn je wurde das Familienleben in den Räumen hinter den Staatsgemächern, nach außen hin wiederum zeigte der Statthalter jetzt erstaunlich viel Verständnis für das Volk. Die einfachen Menschen im Straubinger Land, deren ärmliche Schicksale beschäftigten ihn zunehmend, immer öfter hielt er sich in den Donaumarschen oder im Vorwald auf. Den Nöten der Fischer und Kleinbauern dort draußen lieh er sein Ohr; mit Leibeigenen, Witwen und Kriegskrüppeln kam er zusammen und tat ihnen unaufdringlich viel Gutes, auch wenn die

Räte in der Residenz deswegen die Nasen rümpften und hinterfotzig über ihn herzogen. Der Wittelsbacher aber fand gerade durch das Beisammensein mit den Verachteten Kraft. In jedem Augenpaar, das er zum Aufleuchten brachte, schien etwas verborgen zu sein, das ihm neuerlich die seelische Brücke zu Agnes schlug. Auch sie war ja von ganz unten gekommen und hatte ihm dennoch so unendlich mehr als jeder andere Mensch geschenkt, und durch sein Handeln stattete der Herzog ihr nun – ohne daß es ihm vom Verstand her unbedingt bewußt gewesen wäre – einen Teil seines Dankes ab.

Im August dann schien eine höhere Macht den Dunkelhaarigen und die Mooräugige für ihre Standhaftigkeit belohnen zu wollen. Völlig überraschend gelangte die Nachricht nach Straubing, daß der Konflikt zwischen den bayerischen Teilherzogtümern sich wieder entschärft habe. Kaiser Sigismund hatte gegenüber dem Ingolstädter doch noch einmal Gnade vor Recht ergehen lassen. Der Gebartete war wieder eingesetzt worden in seine Fürstenwürde, sollte lediglich eine erträgliche Buße an diejenigen bezahlen, die er in der Vergangenheit geschädigt hatte.

»Damit ist in gewisser Weise auch der Erbfolgestreit zwischen meinem Vater und Onkel Wilhelm vom Tisch!« erklärte Albrecht, aufgeräumt wie schon lange nicht mehr, seinem Weib. »Wenn Ludwig jetzt wieder unangefochten in Ingolstadt herrschen kann, brauchen sich die Münchner Löwen nicht länger um sein Fell zu balgen! Sie müssen sich wieder mit dem bescheiden, was sie selbst ererbt haben, und aus diesem Grund werden sich nun hoffentlich auch die Rivalitäten untereinander abdämpfen. Ich denke, daß damit wieder die Vernunft Einzug halten wird in den Köpfen der oberländischen Sippschaft, und wir, Agnes, dürfen zu guter Letzt auf Frieden und die Duldung unserer Ehe durch Ernst hoffen. Er hat ja doch bloß so gewütet, weil er glaubte, der Ingolstädter Bissen entgehe ihm ohne dynastische Enkel, doch nun liegen die Dinge völlig anders; nun ist's aus mit der Großmachtpolitik, und wir können davon nur profitieren!«

»Dies walte Gott!« erwiderte die Blonde. »Und ich sehe auch ein, daß wir sehr dankbar für diese Entwicklung sein müssen! Trotzdem fürchte ich, daß deinem Vater der Stachel im Fleisch sitzen bleibt. Zwar braucht er für Ingolstadt keine legitimen Enkel mehr, aber für München allemal. Und die kannst du ihm nicht schenken, solange die Ehe zwischen dir und mir besteht ...«

»Wenn sich einmal die Nachfolgefrage stellt, bin zunächst ich der Erbe!« fiel der Statthalter ihr ins Wort. »Und auf alles, was dann geschieht, kann ein Verstorbener keinen Einfluß mehr nehmen! Als regierender Herzog könnte ich dich zum Beispiel zur Gräfin und damit vor den Augen der Welt standesgemäß machen ... – Doch lassen wir das jetzt! Ich wünsche dem Alten den Tod nicht, hoffe vielmehr, daß bis dahin noch viel Wasser die Donau hinunterrinnt. Im Augenblick zählt nur, daß der leidige Streit mit dem Gebarteten ausgestanden ist. – Und jetzt komm, mein Herz, wir wollen uns um Sibylla kümmern; sie soll sich freuen dürfen mit uns!«

»Du hast ihr schon vergangene Woche eine Zillenfahrt auf dem Altwasser versprochen«, sagte Agnes lächelnd, »und dann hast du wieder darauf vergessen! Was glaubst du, wie sie mich deswegen gelöchert hat ...«

»Ach ja, ich weiß schon, daß ich noch viel lernen muß als Vater«, gab der Wittelsbacher mit gespielter Zerknirschung zu.

»Nein, das mußt du nicht! Du bist schon fast perfekt!« versicherte die Blonde mit leuchtenden Augen, dann nahm sie ihn an der Hand und zog ihn aus dem Raum; beide wirkten dabei selbst fast wieder wie Kinder.

*

»Nach Regensburg zum Stechen haben sie dich eingeladen? Ich hoffe, du bleibst mir treu in der Reichsstadt!« Die

Morganatische sagte es scherzend. Im weichen Licht des noch einmal sonnigen Oktobertages stand sie da, ihr Gesichtsausdruck wirkte gelöst; nichts mehr in ihren Zügen erinnerte an den Kummer, den sie bis zum Sommer hatte tragen müssen.

»Wenn du willst, kannst du mitkommen«, erwiderte Albrecht. »Ich hätte nichts dagegen, Tag und Nacht von dir beaufsichtigt zu werden. Bloß beim Turnier selbst müßtest du mich vorübergehend von der Leine lassen ...«

»Nun ja, ich glaube, ich darf dir auch so vertrauen«, setzte Agnes das Spiel fort. »Länger als zwei oder drei Tage wirst du schließlich nicht abwesend sein, was kann da schon groß passieren?«

»Gar nichts!« beteuerte der Herzog. »Außer daß ich etliche Böckler[62]) aus dem Sattel zu räumen gedenke. Sie haben mich geschnitten bei meiner Amtseinführung damals, haben sich auch später immer wieder ruppig gezeigt; jetzt kann ich es ihnen auf ritterliche und anständige Weise heimzahlen und kann ihnen zeigen, wer ihr Herr ist!«

»Nun, das schadet ihnen vermutlich nicht«, nickte die Blonde. Ihre Stimme klang jetzt wieder ernst. »Es ist mehr als einer unter ihnen, der die Bauern in seiner Herrschaft übel drückt. – Wann wirst du denn aufbrechen müssen nach Regensburg?«

»In vier Wochen ungefähr«, antwortete der Dunkelhaarige. »Das Stechen findet am 23. November statt.« Mit frivolem Unterton setzte er hinzu: »Bis dahin können wir beide ja vielleicht noch die eine oder Lanze ganz privatissime brechen ...«

[62]) Böckler: So lautete die volkstümliche Bezeichnung für die »Ritterliche Gesellschaft vom Eingehürn«, die sich 1428 an der Donau und im Bayerischen Wald konstituiert hatte. Abzeichen der Böckler war ein Einhorn an der Ritterkette. Dem Bund gehörte praktisch der gesamte Kleinadel des Straubinger Landes und der heutigen Oberpfalz an. In den folgenden Jahrzehnten rebellierten die Böckler, die dann auch unter der Bezeichnung »Löwler« auftraten, in zwei Kriegen gegen das Wittelsbacher Herzogshaus. Zur Zeit der Romanhandlung stellten sie freilich noch kaum etwas anderes als eine der damals üblichen Turniergesellschaften dar.

Agnes errötete auf sehr entzückende Weise und hielt ihm glücklich vor: »Du bist doch wirklich unersättlich und liederlich, mein Schatz! Andere Ritter, das habe ich jedenfalls läuten hören, achten darauf, vor einem Turnier keusch zu leben. Doch du . . .«

»Andere haben einen Besen daheim, ich jedoch eine Fee«, versetzte Albrecht und machte Anstalten, sie auf seinen Schoß zu ziehen. »Außerdem liebe ich dich! Wenn du freilich darauf bestehst, daß wir bis zu meiner Rückkehr aus der Reichsstadt . . .«

»Untersteh dich!« empörte sich die Blonde mit einem verführerischen Funkeln in den dunklen Augen; gleich darauf bewies sie ihm durch einen heißen Kuß, daß er offene Türen bei ihr eingerannt hatte.

Der Abschiedskuß dann, einen Monat später, fiel züchtiger aus. Der Herzog saß bereits im Sattel bei dieser Gelegenheit, nahebei scharrten und stampften die Rösser der Kavalkade auf dem Pflaster des Burghofes. »Bis in drei Tagen also – und achte darauf, daß du heil wieder nach Hause kommst!« murmelte die Dreiundzwanzigjährige, nachdem sie sich von ihm gelöst hatte. »Das werde ich!« versprach der Dunkelhaarige, streichelte ihr noch einmal zärtlich über die Wange und richtete sich dann endgültig in den Bügeln auf. Der Rappe trabte an, der Statthalter lenkte ihn an die Spitze des Trupps; in geschlossener Formation zogen die Reiter, gefolgt von den Knappen mit den Packtieren, durch das Tor davon. Ein prächtiges Bild gab die Kavalkade ab; dennoch verspürte Agnes plötzlich ein Frösteln: Der Anblick erinnerte sie unvermittelt an einen anderen Aufbruch des Geliebten; an den Tag, da er in den Krieg nach Böhmen gezogen war.

Albrecht hingegen freute sich auf das Turnier. Noch nicht einmal der Nieselregen, der auf halbem Weg einsetzte, vermochte ihm die Laune zu verderben. Fast genau ein Jahr war nun vergangen, seit es zum Streit und fast zum

Bruch mit dem Vater in München gekommen war. Doch seit dem August schienen die Dinge sich tatsächlich wieder eingerenkt zu haben; Ernst schien mittlerweile eine Art Burgfrieden akzeptieren zu wollen. Und auch die Lehensleute aus dem Donaugäu und dem Wald hatten wohl ihre früheren Vorurteile zumindest teilweise begraben; falls nicht, hätten sie den Straubinger Statthalter wohl kaum zu ihrem Stechen gebeten. Dies alles ging dem Wittelsbacher durch den Kopf, während die Kavalkade an den bischöflichen Festungen Wörth und Stauff[63]) vorüberkam, und zuletzt tauchten über dem diesigen Auenland die mächtigen Quaderwälle, Patriziertürme und Kirchengiebel der freien Reichsstadt auf; der Metropole mit der Steinernen Brücke, die in ganz Deutschland als ein Wunderwerk angesehen wurde.[64])

Die Straubinger freilich, die dem rechten Donauufer gefolgt waren, passierten das Ostentor und gelangten von dort nach wenigen hundert Metern zum Herzogshof, der dem doppeltürmigen Dom schräg gegenüberlag. Der Regensburger Rat hatte im Prunksaal bereits ein Mahl auftragen lassen; Albrecht, nachdem er ein heißes Bad genossen hatte, konnte sich sofort an die Tafel setzen, und in Gesellschaft der eigenen Gefolgsleute sowie der weltläufigen Stadtadligen verging der Abend wie im Fluge.

Am folgenden Vormittag trabte der Thronfolger des Teilherzogtums Bayern-München an der Spitze seiner Kavalkade auf die Haid[65]) westlich des Domplatzes; er und diejenigen seiner Begleitung, die ebenfalls turnieren sollten, waren bereits gepanzert. Die Helme, Lanzen und Schilde

---

[63]) Gemeint ist Donaustauf, heute bekannt durch die Walhalla.

[64]) Die Regensburger Steinerne Brücke, 1135 erbaut, stellte auch noch 300 Jahre später eine Einmaligkeit im süddeutschen Raum dar. Man kannte damals im wesentlichen nur Holzbrücken, während die Regensburger Anlage sogar über drei Türme verfügte, die den nördlichen Zugang zur Stadt bewachten.

[65]) Haid = der heutige Haidplatz in Regensburg. Zur Handlungszeit des Romans stellte er eine »Heide« dar, war also begrünt. Ringsum standen prächtige Patrizierpaläste und Nobelherbergen.

allerdings wurden ihnen von den Knappen nachgetragen, und so konnte der Dunkelhaarige unbehindert den Anblick genießen, der sich ihm nun auf der Stechwiese und in ihrem Umkreis bot. Die eigentliche Kampfbahn war zwischen der Kaiserherberge[66]) und dem Kaufherrenhof »Zur Arch« abgesteckt; außerhalb der Schranken, die gesperrten Zugänge ausgenommen, hatten sich die Schaulustigen aus der Stadt und ihrem Umland versammelt. Die breit hingelagerten Paläste schlossen die Szenerie gegen den heute aufgeklarten Himmel hin fast lückenlos ab; als Albrecht nun sein Roß in die Gasse zwischen dem Gasthof »Zur Waag« und dem Turnierfeld lenkte, begann die Menschenmenge zu toben.

Der Rappe fing an zu tänzeln, der Straubinger Statthalter benötigte einige Zeit, um ihn zu bändigen; als er das Tier endlich wieder in der Gewalt hatte, fiel sein Blick auf das »Goldene Kreuz«, an dessen Fassade die Banner derjenigen Adligen angebracht waren, die im Lauf des Tages in die Schranken reiten sollten. Der Wittelsbacher, in einer verständlichen Regung, suchte die eigenen Farben, gleich darauf stachen ihm die weißblauen Wecken ins Auge – mit dem nächsten Herzschlag bäumte sich der Streithengst. Brutal hatte Albrecht von Bayern-München ihm unwillkürlich die Sporen eingesetzt, der Rappe schoß förmlich auf die Stechbahn zu; der Reiter brauchte seine ganze Aufmerksamkeit, um im Sattel zu bleiben. Trotzdem schien der Dunkelhaarige noch immer das Zerrbild vor sich zu sehen: die auf dem Kopf stehenden Löwen und die gekippte Krone seines Wappens.

Die Erniedrigung würgte ihn; sie hatten ihm den schlimmsten Tort angetan, der einem Edelmann widerfahren konnte: Sie hatten sein Banner verkehrt herum aufgesteckt, hatten das Abzeichen seines Ranges in aller Öffent-

---

[66]) Die Kaiserherberge, auch »Goldenes Kreuz« genannt, war der traditionelle Aufenthaltsort der deutschen Kaiser, wenn sie in Regensburg weilten.

lichkeit verschimpfiert! Die Böckler! durchfuhr es ihn. Die verfluchten Hunde! Sie stecken dahinter! Die Einladung zum Turnier war nichts als ein Hohn, ein Bubenstück! Auf den Leim bin ich ihnen gegangen – und jetzt habe ich die ungeheuerliche Schande davon! Erniedrigt und beleidigt haben sie mich vor der gesamten Regensburger Bürgerschaft!

Plötzlich waren die Schranken vor ihm, versperrten ihm den Weg. Er parierte den Hengst durch, so scharf, daß das Tier in die Hanken knickte. Er spornte den Rappen wieder hoch, wollte ihn wenden; den Feind wollte er suchen, der doch überall lauern mußte. Den Kampf ersehnte er blindwütig, das Metzeln; er dachte überhaupt nicht daran, daß er weder Lanze noch Schild führte, noch den Helm trug. Ein paar krampfige, ziellose Roßsprünge weit kam er – dann sah er sich jäh in der Masse der Kleinadligen eingekeilt.

Mit Dreschflegeln und Knüppeln fielen die Böckler über ihn her; mit den hanebüchenen Waffen des Pöbels gingen sie ihn, den Ritter, den Statthalter, den Herzog, an. Der Wittelsbacher krümmte sich zusammen unter den Schlägen, er schrie nach seinem Gefolge, er brüllte verzweifelt nach einer ehrlichen Waffe. Doch seine Knappen und wenigen Gepanzerten waren längst abgedrängt worden, und unter den Regensburgern fand sich keiner, der ihm ein Schwert oder einen Streitkolben zugeworfen hätte. Albrecht mußte die Prügel einstecken, bis die Kleinadligen zuletzt von sich aus eine Gasse für ihn öffneten; bis er mit zerdellter Rüstung und am ganzen Körper blutrünstig zu fliehen vermochte.

Das Hohnkeckern des Pöbels schien ihn von der Haid bis zum Domplatz zu verfolgen, dann weiter in Richtung Ostentor. Erst als er den Steinschlund unter dem Turm passiert hatte, wurde ihm allmählich bewußt, daß er in Sicherheit war und auch nicht mehr allein ritt. Seine Straubinger Leibtruppe war jetzt wieder bei ihm; die Männer und Halbwüchsigen, denen es nicht möglich gewesen war, ihn vor der

Feme[67]) zu schützen. Verschreckt, verdattert sprengten sie nun links und rechts von ihm dahin; nahe waren sie dem Dunkelhaarigen, und doch kam es ihm so vor, als versuchte jeder von ihnen krampfhaft, sich außerhalb seines Gesichtsfeldes zu halten. Er konnte es ihnen noch nicht einmal verdenken; vermutlich hätte er an ihrer Stelle nicht anders gehandelt, hätte sich ebenfalls in Grund und Boden geschämt. Er verstand sie und konnte ihren Anblick zuletzt dennoch nicht mehr ertragen; einen Befehl raunzte er heraus, der sie alle nach hinten teufelte, und dann setzte er viehisch die Sporen ein, so daß der Rappe ihn in gehetzten Sprüngen so weit wie möglich wegtrug von ihnen.

Die nächsten Meilen über ließ er keinen mehr an sich heran; es war ihm, als läge sein geschundenes Fleisch bloß unter dem frostigen Herbsthimmel. Immer noch schienen die Knüttel und Dreschflegel auf ihn herunterzuhageln, nach wie vor glaubte er die Fratzen der Böckler zu sehen; in seiner Wut und Erniedrigung schlachtete er sie mental tausendmal. Irgendwann dann begriff er aber, daß die Kleinadligen nicht die Alleinschuldigen gewesen sein konnten. Ein anderer, ungleich Höhergestellter mußte sie zu ihrer Tat aufgestachelt haben! Nie hätten sie es von sich aus gewagt, so gegen ein Mitglied des Herrscherhauses vorzugehen; vielmehr mußte ein völlig Unangreifbarer sie dazu ermuntert haben! »Ernst!« keuchte der Dreiunddreißigjährige. »Er steckte dahinter! Er allein konnte ein Interesse daran haben; wegen der Bernauerin!«

Der Gedanke schmerzte ihn mehr als seine Wunden. Der eigene Vater hatte es ihm angetan; ein volles Jahr lang hatte er stillgehalten, bloß damit er heute um so tückischer und hinterhältiger hatte zuschlagen können! An einen Burgfrieden zwischen München und Straubing hatte er, Albrecht, in

[67]) Unter Feme verstand man eine Volks- oder auch Adelsjustiz, die sich außerhalb des geschriebenen Rechts bewegte. Man spricht in diesem Zusammenhang noch heute davon, daß jemand »verfemt« wird.

seiner Einfalt geglaubt, und nun hatte der Glotzäugige ihn auf die denkbar schlimmste Weise gedemütigt! Noch nicht einmal die offene Auseinandersetzung, den ritterlichen Streit hatte Ernst ihm zugestanden, sondern er hatte ihn, seinen Sohn, traktieren lassen wie einen Schweinehirten – und hatte ihm damit gleichzeitig zu verstehen gegeben, was er von der morganatischen Ehe hielt! Die Liebe zu Agnes hatten die Böckler ihm aus dem Leib prügeln sollen; das war der tiefste und gemeinste Grund für das Attentat gewesen! Als Albrecht nun auch dies begriff, geschah freilich genau das Gegenteil von dem, was der Münchner hatte erreichen wollen. »Du wirst sie mir nicht rauben; du nicht und keiner!« schnaubte der Blutrünstige, und dann zügelte er den Rappen und zwang ihn in die Volte gegen die Kavalkade. Mühsam brachten die Reiter der Bedeckung auch ihre Rösser zum Stehen, gleichzeitig schleuderte der Wittelsbacher seine Worte ins Hufstampfen und Sichbäumen der Tiere hinein.

»Die Schande hat nicht mich getroffen, sondern den anderen!« schrie er. »Was kann er mir denn vorwerfen?! Doch nur meine Liebe! Die aber ist von Gott geschenkt, und wer sie in den Dreck treten will, der tritt Gott in den Dreck! Mir hatte der Münchner das Kainsmal zugedacht, jetzt trägt er's selbst auf der Stirn! Ich bin das Lamm gewesen, er der Wolf! Er hat mich brechen wollen, aber auf ihn fällt's zurück! – Geht das hinein in eure Schädel?! Seht ihr das ein, daß nicht ich das Gesicht verloren habe; vielmehr er?!«

Ein Glotzen schlug ihm entgegen, da und dort ein verlegenes Nicken, doch in keinem der Augenpaare lag wirkliches Verstehen. Bloß Unterwürfigkeit war da, Verwirrung; vielleicht auch Furcht. Wieder verzerrte sich der Mund des Dunkelhaarigen hektisch, als wollte er noch etwas hinzufügen, doch dann wandte er sich jäh wieder ab und setzte seinen Weg wortlos fort. Es ist zu hoch für sie, dachte er; es sind alles nur Kleinherzige. Sie kuschen vor mir und würden auch vor dem anderen kuschen; etwas anderes kennen sie nicht. Von der Liebe wissen sie nichts in ihren Schranzenherzen; nichts von einer Liebe, wie sie zwischen mir und Agnes lebt, jedenfalls. Die Blonde und ich, wir sind anders als sie; wir sind anders als die Welt. Die Welt kann gar nicht verletzen oder gar zerstören, was zwischen uns besteht. Die Welt hat ein Schwert zwischen mich und sie zu hauen versucht, hat uns dadurch aber bloß noch enger zusammengeschmiedet ...

Den Rest des Weges, die letzten Meilen über schien er nur noch sie zu sehen; sie war da bei ihm im Sattel, sie kühlte seine Wunden, sie linderte seine Schmerzen. Im Schloß dann, als aus dem Sehnen Realität geworden war, brauchte er deswegen auch keine Furcht davor zu haben, ihr alles zu erzählen. Im Grunde hätte allein schon die Blickbrücke genügt; er spürte es ganz genau. Dennoch teilte er das Geschehene auch verbal mit ihr, und dann barg sie seinen zerschlagenen Leib in ihrem Schoß und ließ die Lebenskraft, die ein anderer ihm zu rauben versucht hatte, in der körperlichen und seelischen Auflösung zurückströmen in ihn.

*

Fehlgeschlagen war der hinterfotzige Anschlag des Glotzäugigen damit letztlich. Die Liebe zwischen Albrecht und Agnes war nicht versehrt worden; aus den Narben, die er in Regensburg davongetragen hatte, erwuchs dem Straubinger Statthalter im Gegenteil etwas wie eine Panzerung. Den Alten in München ließ er im Jahreswechsel von 1434 auf 1435 durch gewisse politische Maßnahmen fühlen, daß er keineswegs zu Kreuze kriechen wollte; damit verknüpft war gleichzeitig seine subtile Rache an den Böcklern. Indem er nämlich genau die Ritter duckte, die in der Reichsstadt auf ihn eingeprügelt hatten, tat der Dunkelhaarige wiederum viel für sein Territorium – und Ernst, wollte er sich nicht zum Narren stempeln, konnte nichts dagegen unternehmen.

Schon mehrmals hatte Albrecht ja sein Herz für die Kleinen – die Handwerker, Fischer, Bauern und sogar die Leibeigenen – bewiesen, und nun nahm er sie entschlossener denn je gegen die Burgherren am Strom und drinnen im Wald in Schutz. Wann immer er erfuhr, daß einem Untertanen die bescheidenen Rechte beschnitten wurden von einem Wappenträger, griff er ein. Seine Kanzlei wies er an, überall im Straubinger Gäu die Abgaben der Unfreien an den ritterlichen Adel zu überprüfen; wurden Unregelmäßigkeiten zugunsten der Böckler entdeckt, stellte er sie rigoros ab. Zudem gewährte er Dutzenden von Landwirten und Gewerbetreibenden neue Privilegien und Freiheiten und ermunterte sie auf diese Weise, mehr zu leisten als bisher – freilich nicht zum Nutzen der raffgierigen Hochgeborenen, sondern zu dem der moderateren Staatskasse.

»Ein anderer hätte das Land mit Krieg überzogen, du aber hast etwas sehr Gutes aus deiner vermeintlichen Niederlage auf der Haid gemacht«, sagte Agnes Bernauer im Februar 1435 einmal mit leuchtenden Augen zu ihm. »Und das meine nicht nur ich; auch die Menschen in der Stadt reden so! Sie behaupten, einen besseren Herrscher als dich hätte das nördliche Unterland nie besessen!«

Der Dunkelhaarige nahm es hin; der leidige Tag im November des Vorjahres schien auf einmal sehr weit zurückzuliegen.

Die Ritter jedoch, die sich damals zu Werkzeugen des Glotzäugigen hatten machen lassen, empfanden anders; Albrecht wußte es bloß noch nicht. Er konnte auch nicht ahnen, daß sein Vater neuerlich gegen ihn wühlte; daß Ernst eine Intrige gegen ihn ins Werk zu setzen gedachte, die ihn noch ungleich ärger treffen sollte als der Tort von Regensburg. Wiederum allzu blauäugig saß der jetzt knapp Vierunddreißigjährige im Straubinger Thronsaal, während auf den Burgen des Umlandes die Ränke geschmiedet wurden und die Boten der Böckler immer häufiger von einer Festung zur anderen ritten. Gegen Ende des Hornung versammelten sich fünf der einflußreichsten Wappenträger unter den Turnierbündlern auf der Altnußburg bei Viechtach, und dann kratzte dort eine Gänsefeder harsch übers Pergament.

# STRAUBING/BOGEN

*März–April 1435*

*»An montag umb essenzeit ain absagprief von Peter Kamerawer, Jacoben Gewolf, Hermann und Casparn den Nußpergern und Albrechten Nothaft zu handen komen ist . . .«*
*»Sullen wir und unser lannd und lewt nu von seinen wegn von den seinen bekriegt und beschedigt werden, so versteht ewr lieb aber woll, daz uns darinn gar ungutlichen beschicht.«*
*(Auszüge aus Briefen Albrechts von Bayern-München an seinen Vater Ernst)*

»Ein Fehdebrief, sagst du?!« Schlagartig war der Statthalter erbleicht; sein Speisemesser zitterte plötzlich, schien in der Schwebe über dem Ochsenfleisch und den Brotbrocken hängengeblieben zu sein. Dann drehte sich die Spitze der Klinge, immer noch bebend, ganz langsam, wies zuletzt auf das zusammengerollte Pergament in der Hand des Vogts, und Albrecht setzte hinzu: »Von wem?!«

»Es sind die Siegel des Chamerauers, des Gewolf, der beiden Nußberger Brüder sowie des Nothafft, die an der Schnur hängen«, erwiderte der Kastellan. »Doch der Bewaffnete, der den Wisch brachte und sofort wieder verschwand, rief den Torwachen über die Schulter noch einen höhnischen Gruß vom Böcklerbund allgemein zu.«

»Die Hundsfötter«, brach es aus dem Wittelsbacher heraus, »suchen also schon wieder den Streit! Nun gut, gib den Fetzen her!«

Während der Vogt mit zusammengepreßten Lippen wartete, Agnes mit großen Augen starrte und das Kind in seiner Unschuld weiter an einer eingeweichten Semmel saugte, durchschnitt der Dunkelhaarige die Siegelschnur und überflog sodann hastig die kruden Schriftzeichen. Zuletzt hieb er das Pergament unter der Faust auf den Tisch und erklärte mit belegter Stimme mehr zu seinem Weib als zum Kastellan hin: »Sie schieben die Opfer vor, die sie angeblich beim Kampf gegen die Hussiten gebracht haben. Schreiben von immensen Summen an Gold und Silber, die sie für die Feldzüge aufgewendet hätten. Dadurch seien sie jetzt alle tief verschuldet, und ich – weil ich ein paar Bauern und Handwerker von ungerechten Verpflichtungen befreit habe! – würde sie durch mein adelsfeindliches Regieren noch völlig in den Ruin treiben. Deswegen müßten sie mir die Gefolgschaft aufkündigen, die Fehde ansagen und sich an den herzoglichen Marktflecken und Dörfern schadlos halten!«

»Das ist der Gipfel an Infamie!« schnaubte der Vogt. »Ihr habt das Straubinger Land in die Höhe gebracht, Herzog, und auf die Dauer werden auch die Kleinadligen davon profitieren, auch wenn Ihr sie in ihren Privilegien zunächst einmal ein wenig zurechtstutzen mußtet. Man muß doch immer das Ganze sehen und nicht nur den eigenen flüchtigen Nachteil!«

»So denkst du«, versetzte der Herzog grimmig, »aber die Ritter haben etwas ganz anderes im Sinn. Denen geht es nicht um das Land – und auch um die Steuern höchstens am Rande! Indem sie mir die Gefolgschaft aufkündigen, wollen sie einen weiteren Keil zwischen mich und meinen Vater treiben! Aufzeigen wollen sie ihm, daß ich zur Regentschaft im Straubinger Land nicht fähig bin! Sie legen's darauf an, daß Ernst mich abberuft; schon bei meiner Amtseinführung haben sie sich aufmüpfig gezeigt, und dann später in Regensburg ...« Er brach ab, er brachte es nicht übers Herz, den eigentlichen Grund auszusprechen; nicht in Gegenwart des Kastellans.

Seine Gattin jedoch stellte sich der Wahrheit, sagte leise: »Das ist richtig – und immer geschah es wegen mir. Du hattest einen Tort um den anderen zu ertragen, weil wir die unstandesgemäße Ehe führen. Mich wollen die Böckler im Grunde bekämpfen; nicht dich, Albrecht ...«

»Schweig! Ich will dich so nicht reden hören!« fiel ihr der Wittelsbacher fast rüde ins Wort. »Um die Rebellion der Hinterwäldler geht es, um sonst gar nichts! Mag schon sein, daß sie uns beide treffen wollen, aber ich werde ihnen bald zeigen, wie man mit ihresgleichen umspringt! Mag sogar sein, daß einmal mehr der Alte sie aufgehetzt hat, damit er ihre Felonie[68]) dann hinten herum und hinterfotzig als Druckmittel gegen uns benutzen kann, doch nützen soll's ihm nichts! Ich bin der Statthalter, ich sitze auf dem Straubinger Herrscherstuhl – und ich werde mich und meine Familie schon zu verteidigen wissen!« Er nahm das Pergament wieder auf, las es noch einmal aufmerksam durch und setzte nach einer Weile hinzu: »Einundvierzig Kleinadlige insgesamt haben sich unter Führung derer, die gesiegelt haben, zusammengeschlossen. Mehr als zwei oder drei Gefolgsleute können die meisten von ihnen freilich nicht ins Feld führen; außerdem sind sogar Einschildner darunter. Höchstens hundert bis hundertfünfzig Mann vermögen sie gegen uns aufzubieten, die großmäuligen Schreier! Falls ich die nicht zu Paaren treibe, bin ich tatsächlich fehl am Platze im Straubinger Schloß!«

Albrecht lachte auf, bitter, dann gab er dem Vogt seine Befehle: »Du sendest noch heute Späher aus, gegen die Herr-

[68]) Felonie = Hochverrat.

schaft der Nußberger hin! Das sind die Rädelsführer, haben mich zusammen mit dem Nothafft schon im Januar 1433 geschnitten, gehörten auch in Regensburg zu den Eifrigsten! Wenn die Böckler sich zusammenrotten, dann droben im Viechtacher Land! – Ferner sendest du einen Boten nach Vohburg; die Bürger dort sollen uns ein Aufgebot zur Verstärkung der hiesigen Garnison schicken! Und dann laß die Geschütze im Straubinger Zeughaus überprüfen und laß sie auf die Wälle bringen! Im Absagebrief ist zwar nur die Rede davon, daß die Ritter Dörfer und Marktflecken angreifen wollen, doch das kann eine Finte sein! Sollten sie es in ihrem Wahn gar wagen, gegen die Nebenresidenz selbst vorzugehen, dann werden wir ihnen einen heißen Empfang bereiten!«

Der Kastellan nickte und verschwand. »Und du mach dir nicht mehr Sorgen als nötig!« wandte sich der Dunkelhaarige nunmehr wieder an seine Gattin. »Wir haben schon viel durchgestanden zusammen, werden's auch diesmal schaffen! Du mußt mir nur vertrauen; weder die Rebellen noch der Alte in München können unserer Liebe gefährlich werden! Wir halten zusammen; soll geschehen, was mag!«

»Ich habe dir immer vertraut«, murmelte die Blonde, »das weißt du doch!« Nach seiner Hand tastete sie, grub ihre Finger zwischen die seinen, klammerte sich fest. »Es ist nur . . . ich ängstige mich um dich! Falls es zum Kampf kommt . . . falls du fortziehen mußt, aufs Schlachtfeld . . .«

»Vielleicht wird es ja bei bloßen Drohgebärden der Böckler bleiben«, versuchte Albrecht sie zu beruhigen. »Schon manche Fehde hat sich von selbst totgerannt. Wir müssen jetzt einfach einmal abwarten. Und ich werde noch ein übriges tun«, – der Gedanke war ihm ganz plötzlich gekommen – »ich werde an den Münchner schreiben! Möglicherweise, wenn ich ihm den Unsinn der ganzen Angelegenheit eindringlich darstelle, lenkt mein Vater ein, oder er spricht den Rittern gegenüber ein Machtwort; je nachdem. – Ja, das werde ich auf der Stelle machen!«

Sein versöhnlicher Sinn hatte ihm dies eingegeben, die unausgesprochene Angst um Agnes und Sibylla dazu. Er küßte die Mooräugige zärtlich, streichelte dem Mädchen über den Kopf und verließ den Raum, um die Kanzlei aufzusuchen. Die Bernauerin blieb mit dem zweieinhalbjährigen Kind wie verloren an der Tafel sitzen. Auf den Teller ihres Gatten starrte sie, auf den Teller, der nicht leergegessen worden war; aus dem eigentlich trivialen Anblick wuchs ihr erneut und schlimmer noch als zuvor die Furcht auf.

Es war ihr, als sei etwas abgeschnitten worden und abgetötet liegengeblieben; als sei nicht nur das Fleisch erkaltet, sondern ein unguter Frost über die ganze Welt gefallen. In einer Hütte mit ihm und Sibylla leben, dachte sie, das möchte ich; warum ist es uns nicht vergönnt?! Es war der alte Traum, der heimliche und irrationale; die atavistische Sehnsucht aller Liebenden. Doch die Welt, gerade in ihrem Fall, stand dem so brutal entgegen. Die will unsere Liebe nicht! durchzuckte es Agnes. Die hat sich ihr immer feindlich gezeigt und wird nie davon ablassen! Albrecht weiß es ebensogut wie ich; wir wagen es bloß nicht, ganz offen darüber zu sprechen. Aber das dürfen wir ja auch nicht tun; die Konsequenz wäre der Tod unserer Liebe! Dann wäre alles aus, dann wäre alles vorbei; das wäre dann der Weltuntergang! So hat er schon recht, wenn er sagt, daß wir zusammenhalten müssen – und wenn es auch ein blindes und vernunftwidriges Aneinanderklammern ist. Etwas anderes gibt es nicht; das ist das einzige, was wir haben; was uns niemand nehmen kann! Ich glaube jedenfalls, daß uns das niemand rauben kann; ich hoffe es so sehr, und doch . . .

Sie fuhr hoch aus ihrer Verlorenheit, wirr wischte der allerletzte dunkle Gedanke weg, und dann war wieder das Zupfen an ihrer Brust da; sie wurde sich bewußt, daß Sibylla auf ihren Schoß geklettert war. Agnes schlang die Arme um das Körperchen der Zweieinhalbjährigen; liebkoste sie, preßte sie. »Was hast du, Mama?« fragte das Mädchen ganz nahe an ihrem Gesicht. »Du hast so traurig ausgesehen!«

»Es ist nichts«, erwiderte die Bernauerin. »Ich bin doch nicht traurig; ich habe doch dich!« Noch näher kam die Stupsnase, und dann spürte Agnes den feuchten Kuß; mit einem Aufwallen – halb immer noch Verzweiflung, halb aber Hoffnung – in der Seele dachte sie: Wenn doch nur der Münchner dies spüren könnte! Das ist doch auch sein Fleisch und sein Blut; vielleicht könnte er dann zur Barmherzigkeit finden!

*

Herzog Ernst indessen fand es noch nicht einmal notwendig, auf den Brief seines Sohnes zu reagieren. Nichts als eisiges Schweigen kam aus der oberländischen Residenz, während allmählich der März verstrich. Als Albrechts Späher tatsächlich Truppenbewegungen im Viechtacher Raum meldeten, verlor das Paar im Straubinger Schloß die letzten Illusionen, an die es sich bisher noch geklammert hatte. Das Osterfest stand jetzt unmittelbar bevor; der Statthalter konnte sich nicht daran erinnern, jemals eine derart martialische Karwoche erlebt zu haben. In dem Gemäuer am Donaualtwasser hatten anstelle der Priester die Waibel und Hauptleute das Sagen; sogar am Sonntag des hohen Kirchenfestes dann blieben auf den Wällen die Kanonen ausgerannt. Der Tag jedoch ging noch einmal friedlich vorüber; daß zumindest auch für den Montag nichts Schlimmes zu befürchten sei, versicherte der Dunkelhaarige am Abend seiner Gattin. Die feindlichen Truppen seien mittlerweile zwar näher herangezogen, doch wolle er darauf schwören, daß sie wenigstens den Feiertagsfrieden achten würden.

Darin hatte er sich freilich schwer getäuscht, denn um die Mittagsstunde des Ostermontags preschte plötzlich einer der Späher mit einer Pfeilwunde in der Schulter über die Straubinger Zugbrücke und keuchte, ehe er blutend vom

Roß stürzte, den Hellebardieren am Tor seine Botschaft entgegen: daß die Böckler unversehens aus dem Vorwald herausgebrochen seien und sich ganz offensichtlich anschickten, den herzoglichen Markt Bogen zu berennen und einzunehmen. »Und der Sturm kann ihnen im Handumdrehen gelingen«, schloß der Unglücksbote, »weil sich die Bogener just zur Messe auf ihrem Wallfahrtsberg versammelt haben und kaum ein Hund hinter den Mauern zurückgeblieben ist!«

Als Herzog Albrecht, Minuten später, die schlimme Kunde vernahm, erbleichte er. Der Alarm war zu spät gekommen, der Späher hätte viel früher eintreffen müssen; doch wie, mit der Pfeilwunde, die ihn mittlerweile hatte ohnmächtig werden lassen?! »Jetzt sind die Ritter auch uns gegenüber im Vorteil!« raunzte der Dunkelhaarige. »Wir brauchen mindestens eine Stunde, bis wir den Markt erreichen!« Dann schrie er nach dem leichten Harnisch, dem Helm und dem Schwert; zitternd wich die Bernauerin in eine Fensternische zurück. Wenig später sah sie den Wittelsbacher an der Spitze eines ersten Eingreiftrupps vom Schloßhof jagen, während das Gros der Gewappneten erst eine ganze Weile nachher in die Sättel kam. Er riskiert Kopf und Kragen! dachte sie in ihrer Panik. Er wird fallen, wird nie wieder zurückkommen zu mir und dem Kind! Und dann würgte das Schluchzen sie, dazu fast so etwas wie Wut auf ihn: Wie konnte er nur so leichtsinnig sein, noch nicht einmal den Aufbruch des ganzen Verbandes abzuwarten, sondern sich mit kaum zwei Dutzend Leichtbewaffneten ins Unglück zu stürzen?!

*

Es kann mein Tod sein! dachte Albrecht, während er den Rappen mit der flachen Klinge peitschte und ihm das Äußerste abverlangte. Aber ich nehme es nicht kampflos hin, daß die Hinterwäldler mir Bogen entreißen! Die eine Wurzel meines Geschlechtes stammt von dort[69]); wenn der Ort verlorengeht, verzeiht der Alte in München mir die Schande nie! Dann kommt's unabdingbar zum Bruch zwischen ihm und mir; dann kann ich auch Agnes und das Kind nicht mehr schützen! Ich muß es schaffen, muß alles auf eine Karte setzen; es ist die einzige Chance, die mir noch bleibt!

Wieder und wieder hieb er mit dem Eisen zu, das Roß grohnte und schäumte zum Gotterbarmen, und dann sah der Wittelsbacher endlich die niedrigen Mauern des Marktfleckens vor sich auftauchen – und erkannte gleichzeitig, daß an die hundertfünfzig Böckler bereits durch die Tore eindrangen. Der Ort war damit praktisch schon gefallen; die Aufständischen waren noch nicht einmal auf Widerstand gestoßen, ganz wie der Kurier es befürchtet hatte. Jetzt konnten die Rebellen sich hinter den Mauern festsetzen und konnten aus der sicheren Deckung heraus jeden Angreifer abschießen; von den Bastionen herunter vermochten sie mit der zwei- oder gar dreifachen Übermacht fertig zu werden.

Albrecht von Bayern-München warf sich im Sattel zurück, parierte den Hengst hart durch. Es war sinnlos geworden: Ritte er jetzt kopflos noch weiter, wäre es wirklich nichts anderes mehr als Selbstmord. Dies schoß ihm durch den Schädel, schon wollte er seinen wenigen Männern, die noch ein wenig zurückhingen, den Befehl zurufen, es sein zu lassen und zumindest auf die Hauptmacht zu warten, doch dann funkelte ihm bissig wiederum der Gedanke an den Glotzäugigen hoch – und wie aus einem mörderischen Zwang heraus trieb er den Rappen neuerlich brutal an. Trieb ihn hin gegen den steinkrustigen Wall und hörte die Warn-

[69]) In der ersten Hälfte des 13. Jahrhunderts verheiratete Herzog Ludwig I. von Bayern sich mit der Gräfin Ludmilla von Bogen, welche der letzte Sproß des gleichnamigen Grafengeschlechts war; von ihrem Bruder, einem Regensburger Kleriker, abgesehen. Das Herrscherhaus der Wittelsbacher ging also über diesen weiblichen Zweig auf die Grafen von Bogen zurück und führte seither auch dessen Wappen, die weißblauen Rauten, mit im Schild.

rufe, die ihm nachgellten, nicht mehr. Er sah nur noch die zuckenden Pferdeohren, den Feind und die jetzt wie eine Lanze nach vorne gereckte Schwertspitze – und sah gleichzeitig den Untergang, das Ausgelöschtsein vor sich.

Etwas Teuflisches war jetzt in seinem Blut. Etwas, das aus jahrelanger Qual entstanden war, ballte und knäuelte sich harsch zusammen in ihm. Er wurde nicht mehr vom Verstand gelenkt, sondern bloß noch von der nackten Verzweiflung und dazu der Panik, und dann hob der Rappe ab, streckte sich über einen zertrümmerten Karren hinweg und fegte, ehe die überraschten Einhürnler noch das Tor zuzuwerfen vermochten, in den Markt hinein. Ein wäldlerischer Kriegsknecht schien wie in einem zwanghaften Totentanz gegen das Roß zu prallen; mit dem nächsten Lidschlag knirschten seine Knochen unter den trommelnden Hufen. Ein entsetzlich nackter, kreatürlicher Schrei gellte auf; mit dem viehischen Gurgeln und Kreischen mischte sich zeitgleich ein anderes Geräusch: ein fiederndes Pfeifen und Schwirren. Voll in den Pfeilhagel bäumte sich der Hengst hinein, die Eisenspitzen schnalzten ihm halbdutzendfach ins Fleisch; das Tier schien in den Himmel steigen zu wollen, aber dann kehrte sich die Bewegung um in den furchtbaren Sturz: Eine Fell-, Bein- und Muskelmasse gleich einem Berg begrub den Wittelsbacher unter sich.

Er blutete, er rang nach Luft, er spürte die würgende Lähmung bis in den innersten Kern; dennoch kam er frei und kam taumelnd auf die Beine, und immer noch umkrampfte seine Faust den Schwertgriff. Immer noch besaß er die Möglichkeit, selbst zu töten, und so ging er keuchend den Böckler an, der sich hohnlachend anschickte, ihm den Rest zu geben.

Die Stahlklingen verbissen sich ineinander, das Metall begann zu schrillen und satanisch zu singen. Die ersten Schläge über verlief der Zweikampf scheinbar ausgeglichen; plötzlich aber spürte Albrecht, daß ihm die Kraft schwand.

Wie Wasser aus einem vielfach durchlöcherten Schlauch schien sie aus seinem Leib zu rinnen; der Dunkelhaarige brach in die Knie, sah sich auf einmal rettungslos in der Defensive. Verzweifelt klammerte er sich noch mit beiden Händen am Heft seiner Waffe fest, doch dann wurde ihm das Schwert weggeprellt – und fast aus derselben Bewegung heraus, nur ein kurz aufblitzender Halbkreisschwung lag dazwischen, natterte die Spitze der gegnerischen Klinge auf seine Herzgrube zu.

*

Agnes Bernauer griff sich ans Herz, krallte die Nägel in den Miederstoff, ins Brustfleisch; schrie.

Direkt aus den Mauern der Kemenate heraus schien das grauenhafte Bild zu quellen und auf sie einzudringen. Im Staub, im Dreck, auf dem hartkantigen Pflaster sah sie den Körper des Geliebten, des Gatten sich winden. Blutversudelt war sein Antlitz; der eine Schulterriemen seines leichten Brustharnischs war abgerissen oder zerhauen, die stählerne Halbschale vermochte ihn kaum noch zu schützen. Auch das Koller darunter war zerfetzt; durchs klaffend Ledrige hindurch glaubte die Blonde einen zuckenden Muskel zu erkennen – und dann flirrte stahlscharf etwas heran und zielte direkt auf Albrechts Leben.

»Nein!« schrie Agnes Bernauer; sie schrie es heraus wie eine Agonische, im nächsten Moment brach sie zusammen.

*

»Nein!« hörte Albrecht von Bayern-München eine zwittrige Stimme aus seiner Kehle gellen.

Gleichzeitig versuchte er, die unaufhaltsame Bahn des feindlichen Schwertes mit bloßen Händen dennoch zu hemmen. Mit dem nächsten gehetzten Lidschlag aber sah er, wie die Klinge tief ins Fleisch glitt, wie eine Rippe barst; wie der hellrote, heiße Strom aufsprang, gleich einer Fontäne. Er fiel zurück, er wußte von nichts mehr; trotzdem war eine ungeheuerliche Erlösung jenseits des Bewußten da.

Der andere Gepanzerte riß die Waffe aus der Brust des Toten, dann wandte er sich – über den leblosen Körper des Straubinger Statthalters hinwegsetzend – seinem nächsten Gegner zu. Wieder schrillte der Stahl auf, ein weiterer Mann fiel; sein Helm kollerte weg und traf unsanft den Schädel des Wittelsbachers. Albrecht kam zu sich, begriff zunächst gar nicht, daß er noch lebte – bis sein Blick auf den fiel, der ihn hatte schlachten wollen; der jetzt plötzlich tot in seinem eigenen Blut lag. Und dann sah der Dunkelhaarige das Grüppchen der eigenen Leute, angeführt von dem, der ihn gerettet hatte; sie waren ihm durchs Tor gefolgt, wider alle Vernunft, und hatten sich todesmutig der Übermacht der Rebellen gestellt.

Der Wittelsbacher richtete sich auf, spürte die flache Ritzwunde auf der Brust brennen, tastete nach seinem Schwert und rief – sehr ernüchtert jetzt – seinen Reisigen zu, daß sie sich zurückziehen sollten. Mit beidhändigen Schlägen, als sie nicht gehorchten, brach er sich Bahn zu ihnen und fauchte den Befehl noch einmal heraus. Doch wiederum schienen sie ihn nicht zu hören – oder ihn nicht hören zu wollen; sie scharten sich bloß enger um ihn und fochten mit doppelter Wut. Notgedrungen tat der Statthalter daraufhin auch wieder das Seine; erst als von der anderen Seite her die Steine flogen, die Armbrustbolzen und Pfeile zu zischen und zu zwitschern begannen, verstand er, warum sein Häuflein sich scheinbar so irrsinnig verhalten hatte: Die Bogener Bürger, Hunderte an der Zahl, waren vom Wallfahrtsberg heruntergeeilt, hatten sich blitzschnell bewaffnet und griffen nun auf breiter Front die aufständischen Ritter und deren Knechte an.

Der Kampf flackerte zunächst noch heftiger auf; verflachte aber dann, als sich außerhalb der Mauern jetzt endlich das Gros der Straubinger Truppen zeigte, jäh. Die Böckler, zehn oder zwölf Tote und Schwerverwundete zurücklassend, flohen durchs Nordtor und dann weiter in Richtung auf den Vorwald. Albrecht verzichtete darauf, sie verfolgen zu lassen, sandte ihnen lediglich etliche Späher nach; für eine längere Hetzjagd waren weder seine eigenen Truppen noch die Bogener Bürger ausgerüstet, außerdem hatten die Aufständischen ohnehin einen erklecklichen Blutzoll entrichten müssen.

Auch unter den Herzoglichen waren mehrere Erschlagene zu beklagen. Der Dunkelhaarige ließ die Leichen auf Bahren legen und sie zurück in die Stadt bringen. Den Marktbürgern, unter denen es gottlob nur Blessierte gab, versprach er, sie alsbald für die angerichteten Verheerungen zu entschädigen.

Immer noch den eisigen Schrecken im Blut, trotz des Sieges, ritt der Wittelsbacher in der Abenddämmerung dieses denkwürdigen Ostertages heim. Als er das fremde Roß über die Zugbrücke des Straubinger Schlosses lenkte, eilte ihm inmitten der Schranzen auch eine von Agnes' Zofen entgegen und rief ihm zu, daß seine Gattin am frühen Nachmittag von einem hitzigen Fieber befallen worden sei; phantasierend liege sie in der Kemenate, und der Arzt habe nicht mehr für sie tun können, als sie ohne sichtbaren Erfolg zur Ader zu lassen.

*

Sie kam zu sich, kaum daß er sie berührt hatte. Mit einem Schrei, ganz ähnlich dem, der am Anfang ihrer Ohnmacht gestanden hatte, fuhr die Vierundzwanzigjahrige von ihrem durchschwitzten Lager hoch. Sie klammerte sich an ihn, sie barg sich bei ihm, sie krallte ihm die Nägel ins Fleisch, ohne in diesem Augenblick auf seine Wunden zu achten; sie zerbiß ihm im unerhörten Wiederfinden die Lippen. »Du!« stammelte sie nach dem wilden, hemmungslosen, fast kannibalischen Kuß. »Du lebst! ... Du bist da! ... Du bist nicht tot?!«

»Es war knapp«, zwang er sich zu sagen. »Der Dankesreiter, der Waibel, hat mich herausgehauen, als ich schon dachte, ich sei hin . . .« Er wollte nicht, daß sie dies wußte, doch er konnte sie auch nicht belügen. »Es ist vorbei«, setzte er hinzu. »Wir haben die Hundsfötter verprügelt, ein Dutzend Leute hat die Böckler der feige Überfall gekostet; sie werden so schnell nicht wiederkommen. Genug davon! Wichtiger bist du! Was ist geschehen, mein Herz?! Warum finde ich dich krank vor?! Du warst doch vor wenigen Stunden noch . . .«

»Die Mauer, die Schatten – und dein blutiges Bild . . .«, stöhnte die Bernauerin. »Das Schwert gegen deine Brust . . . – Du und ich, wie im Totenland . . . – Ich wollte sterben mit dir! Dein Tod . . . war meine Schuld, meine furchtbare Schuld ganz allein . . .«

»Du fieberst noch immer; sei ruhig, sei ganz ruhig!« Albrecht bemühte sich, es sehr sanft zu sagen, auch wenn er sie am liebsten angebrüllt hätte; ihre letzten Worte hatten ihn ärger als Klingen getroffen. »Du darfst nicht so reden!« fuhr er fort. »Ich lebe, und was das andere angeht, so hast du nichts zu tun mit der Infamie der Ritter; gar nichts!«

»Doch!« Die Blonde bäumte sich gegen ihn auf. »Der Aufstand, deine Wunden, die Todesgefahr – alles nur wegen mir! Gefallene hat es gegeben, du hast es selbst gesagt! Auch wegen mir! Weil ich mich vermessen habe, von der Badstube ins Herzogsschloß zu ziehen! Weil du in mir eine Dirne auf den Thron gehoben hast! Weil ich nicht die Kraft gefunden habe, zu entsagen; weil ich mich immer fester an dich geklammert habe! In Regensburg hast du leiden müssen durch meine Schuld, und heute hättest du aufgrund meines Frevels um ein Haar dein Leben verloren! Ich bringe dich ins Unglück, Albrecht; ich zerstöre dein Leben, deinen Ruf, deinen Adel! Du darfst mich nicht länger bei dir behalten, sonst gibt es noch mehr Unheil! Zu den Toten von Bogen werden weitere kommen, ich weiß es! Die Leichen werden sich häufen, und dich – mein Fluch, mein Leben! – wird dann auch keiner mehr retten können! Dann wird das Schwert dein Herz doch noch durchbohren . . .«

Sie schluchzte, sie wimmerte, sie keuchte. Albrecht vermochte sie kaum noch zu bändigen; das Fieber schien jetzt auf einmal wie Flammen aus ihr zu schlagen. »Du mußt mich verstoßen!« röchelte sie. »Ich verlange es von dir! Nur so kann mir vergeben werden; es gibt keinen anderen Weg. . .«

Mit dem nächsten würgenden Atemzug erschlaffte sie in seinen Armen. Der Dunkelhaarige, auffahrend, befürchtete schon, eine neue Ohnmacht hätte sie befallen, aber dann wurde ihm bewußt, daß ihre Augen erschreckend klar und intensiv auf seinem Antlitz ruhten. Sie hatte ihm ihr Leben preisgegeben, ihr unendlich nacktes Inneres, und nun verlangte sie von ihm die Antwort. Und er fühlte diese Augen brennen und stürzte sich mit seiner eigenen nackten Seele hinein in sie – und schrie sie an: »Nein! Nicht einmal Gott dürfte dies von mir verlangen! Ich lasse dich nicht! Niemals lasse ich dich; eher gehe ich zusammen mit dir unter! Das Schwert heute war mir sehr nahe, und dennoch hat es mich kaum versehrt! Du aber, wenn du – DU! – mich verstößt, du würdest mich töten! Begreifst du's denn nicht?! Ein Fleisch sind wir, eine Seele; wie sollten wir – WIR! – denn ohne einander existieren können?!«

Weiter, immer weiter schrie er ihr seine Liebe in die Augen hinein, bis sie dann zuletzt all seine Qual, all sein Aufbegehren, all seine Wut selbst auf das Göttliche mit einer einzigen und einfachen Geste zum Verschwinden brachte. Ins schweißige, staub- und blutverkrustete Haar wühlte sie ihm ihre Finger und zog seinen Kopf an ihre Brust. Und er empfand, daß es überstanden war, daß sie ihn nun nicht mehr bedrohte; daß sie neuerlich und mehr denn je zueinandergefunden hatten, über einen mehr als höllischen Abgrund hinweg. Er wollte vergehen in ihr und sich einwühlen bis zur Selbstaufgabe in ihren fieberhitzigen Leib; er wußte, dies würde das Paradies sein.

Dennoch war ihm dieses Paradies nicht vergönnt, denn ehe sein Denken sich völlig in ihr zu verlieren vermochte, fetzte ihm stahlkantig das Widerstreitende ins Gehirn: Die Existenz des Vaters, des Kriegshetzers, des Münchners. Der hatte die Böckler gestachelt und hatte sie und die Straubinger sodann zu Bogen geschlachtet; der war der Feind und der Teufel, und der war es auch, der ihm sein Weib, sein Alles, heute dermaßen in die Verzweiflung getrieben hatte. Das eine Fleisch, in dem er lebte, allein leben konnte, hielt Albrecht in seinen Armen; das andere Fleisch, das verhaßte, das ihn dennoch gezeugt hatte, das er trotz allem also nicht hassen durfte, lauerte in München. Und jetzt zerriß und zerbiß ihn dieser Zwiespalt; ärger, als je ein Schwert es gekonnt hätte. Und obwohl der Wittelsbacher nun äußerlich ruhig blieb, tobten die zerhauenen Hälften in seinem Inwendigen wie wahnsinnig gegeneinander an. Irgendwann dann kam die Erschöpfung und mit der Erschöpfung der vermeintlich erlösende Gedanke: Ich werde ihm noch einmal schreiben; ich werde ihn anflehen und ihm vor Augen führen, wie es um Agnes und mich steht; er muß doch begreifen – er ist doch kein Vieh . . .

*

In der Woche nach Ostern, während die Blonde sich allmählich erholte, quälte der Dunkelhaarige sich schier endlos mit dem Brief an Herzog Ernst ab. Keinen Kanzleischreiber zog er hinzu; mehr als ein Dutzend Fassungen entwarf und zerriß er eigenhändig wieder. Zuletzt ließ er ganz einfach seinem geschundenen Herzen freien Lauf und fetzte die Worte so aufs Pergament, wie sie ihm aus der Seele quollen; ein Hilfeschrei um Verständnis war es, von den Böcklern und dem Scharmützel war bloß noch am Rande die Rede. Und dann jagte der Bote mit der gesiegelten Depesche davon nach München, und Albrecht zwang sich zur Hoffnung, auch wenn eine innere Stimme ihn deswegen immer wieder jäh zu verspotten schien.

Dieses mentale Höhnen wurde lauter, je weiter der April ins Land ging; aus dem Oberland kam keine Antwort, kein Zeichen, nichts. Statt dessen gelangten in der zweiten Monatshälfte neue ungute Nachrichten hinsichtlich der Rebellen nach Straubing. Mehrere wittelsbachische Dörfer, alle ungeschützt, im Chamer Raum waren überfallen und geplündert worden; der Statthalter hätte sich spätestens jetzt zu einer Strafexpedition aufraffen müssen, ließ die Dinge aber dann wie gelähmt treiben. Und in dieses Gelähmtsein hinein, mehr denn je wegen des Vaters, platzte in den letzten Apriltagen schließlich der Kurier aus München, auf den Albrecht fast nicht mehr zu hoffen gewagt hatte.

Mit zittrigen Händen erbrach der Dunkelhaarige das Siegel, mit zuckendem Herzen begann er zu lesen; wenig später schleuderte er das Schriftstück mit einem Fluch zu Boden.

Herzog Ernst von Bayern-München hatte für seinen einzigen Sohn kein einziges gutes Wort gefunden. Er hatte Albrecht lediglich zur Sau gemacht wegen seiner angeblichen Unfähigkeit und hatte ihm die alleinige Schuld an dem Aufruhr gegeben. Mehr noch; er hatte seinen Sermon mit folgendem Satz abgeschlossen: »Die 'Zuberhur' mußt du zum Teufel jagen, ich befehle es dir; wenn du mir darin gehorsam gewesen bist, können wir über alles andere reden!«

Und während er nun auf den Fetzen starrte, der zerknüllt auf den Dielen lag, spürte der Vierunddreißigjährige einen Haß hochquellen, wie er ihn nie zuvor in seinem Leben gekannt hatte.

# STRAUBING
*Mai 1435*

*»Hat sich Herr Heinrich, unser Beichtvater ... sehr bei uns über die Straubinger Juden beklagt; daß sie große Unzucht mit den Christinnen treiben, besonders wie einmal eine in einer Kirche gegen ihren Willen von einem Juden zu solcher Sache genötigt worden sei; und das sei unserem obgenannten Beichtvater auch während der Beichte berichtet worden. Er hat uns darum in der Beichte ernsthaft empfohlen, uns ... gebührend zu verhalten, damit solches Übel ... bestraft wird. (...) Aufgrund der Unterweisung durch unseren Beichtvater ... haben wir die Juden festgenommen und haben sie nach Umfang und Art der Tat bestraft.«*
*(Aus einem offiziellen Schreiben Albrechts vom Mai 1435 an seinen Vater)*

Der fahrige Faustschlag kam aus der Dunkelheit heraus und verfehlte nur knapp ihre Wange.

Im ersten Moment war Agnes Bernauer versucht, um Hilfe zu rufen; in der winzigen zwitterhaften Zeitspanne zwischen dünnem Morgenschlaf und jähem Aufgeschrecktwerden glaubte sie an einen Angriff von Meuchlern, an ein

Attentat. Doch gleich darauf brachten der bittere Schweißgeruch und das Zähneknirschen sie völlig in die Realität zurück. Der Hieb war von ihrem Gatten gekommen; soeben wälzte er sich wieder mit grauenhaft verzerrtem Antlitz in seinem Alptraum, und dann zuckten seine zusammengekrallten Finger erneut gegen sie heran.

Die Blonde, eher instinktiv als bewußt, fing den Schlag diesmal im letzten Augenblick ab. Albrechts Arm schien sich zunächst gegen ihren Griff zu wehren, schien sich jedoch schon einen Herzschlag später darin bergen zu wollen. Unter jetzt verflachendem Zähneknirschen drängte der Dunkle auch seine Schulter und dann den Kopf an die verschreckte Wärme der Frau heran; als Agnes in seinem feuchten Haar zu wühlen begann und ihn ansprach, öffnete er die Augen.

»Du . . .?« murmelte er. »Nicht der Alte . . . die Böckler?! Mein Gott, ich habe gemeint, daß . . .«

»Es ist nichts! Sie sind doch aus Bogen geflohen«, flüsterte die Vierundzwanzigjährige. »Sie können dir nichts mehr anhaben! – Komm her, komm ganz zu mir; laß mich dich ganz fest halten, ich bin doch bei dir!«

Er gehorchte; er nahm die Geborgenheit an und kroch an ihren Leib wie ein Kind. »Er hat uns schlachten wollen . . . durch hundert Henker . . . und hundert Schwerter, die ihm zu Diensten waren . . .«, stammelte er noch, ehe der Schlaf ihn neuerlich übermannte. Ja, das hat er, dachte Agnes, und er hat dich damit ärger getroffen, als er es selbst wahrscheinlich für möglich hielt. Weil du ihm immer noch vertrauen wolltest, so wie eben ein Kind dem Vater vertrauen möchte. Und dann auch noch der Brief neulich; der muß für dich wie tausend eiserne Streiche gewesen sein . . .

Als sie sich an das zerknüllte Pergament erinnerte – sie hatte es gefunden und heimlich gelesen –, hatte sie das Gefühl, als würde sie plötzlich selbst von einem unerträglichen Alpdruck gequält. »Zuberhur'!« stöhnte sie. Mehr hat er über mich nicht zu schreiben gewußt, der Alte; der Wolf! Nur das eine Wort; meinem Gatten so gemein hingerotzt ... – Sie schrak zusammen; sie schalt sich innerlich dafür, daß ihr der Laut entschlüpft war, denn nun begann der Mann in ihren Armen schon wieder unruhig zu werden. Ihr eigenes Verletztsein drängte die Mooräugige also zurück, damit sie einmal mehr ihm beistehen konnte; erneut streichelte sie ihn und schützte sie ihn mit ihren schmalen Händen, bis sie auf seiner Haut die unbewußte Entspannung spürte. Dabei hoffte sie, daß dies anhalten würde, auch über die nun immer greifbarer in den Raum stichelnde Morgendämmerung hinaus; ihr Verstand freilich sagte ihr gleichzeitig, daß ihm und ihr vermutlich doch nur ein kläglicher Aufschub vergönnt sein würde.

Nicht anders geschah es. Beim Frühstück, keine zwei Stunden später, schienen Albrechts Augen jäh zu vereisen, schien er das Mädchen und die Frau von einem Lidschlag auf den anderen überhaupt nicht mehr wahrzunehmen. Wieder war der Ausdruck in seinen Pupillen, den die Blonde zu fürchten gelernt hatte, seit die Depesche aus München angekommen war; nun, da er das Mundtuch hinwarf, duckte sie sich stumm. Ebenfalls wortlos verließ der Statthalter das Erkerzimmer, beinahe wie eine Flucht war es. Draußen im Burghof dann schnauzte er einen der Knappen an, daß er aufsatteln lassen solle; auf die verstörte Frage des Halbwüchsigen hin setzte er unwirsch hinzu: »Keine Begleitung! Geh zum Teufel damit!«

Der Dunkelhaarige hetzte den Hengst zur Donau hinüber, trieb das Tier dann erbarmungslos weiter stromabwärts; Bogen zu. Schon einmal, im Januar 1433, hatte der Wittelsbacher nach einem ähnlichen Ritt geistige Klarheit und wieder Lebensmut gefunden; auch jetzt suchte er verzweifelt etwas Ähnliches, aber es wurde ihm nicht geschenkt – jeder Hufwirbel schien ihn unter der irgendwie verräterischen Maiensonne bloß noch tiefer in einen zähen, blutfarben durchschlierten Nebel hineinzutragen. Aus der Erde, aus den Erlen und vor allem aus dem Strom selbst schien die Beklemmung immer ärger heranzuwuchern gegen den Vierunddreißigjährigen; zuletzt hatte er das Gefühl, als schnüre ihm ein nicht greifbarer Strick die Kehle ab. Er wollte seine Wut herausbrüllen, doch selbst dies war ihm jetzt nicht mehr vergönnt. Nach innen, wie wattige, würgende Hämmer schlug ihm vielmehr der Grimm; schließlich riß der Wittelsbacher das Roß so brutal herum, daß es um ein Haar zu Fall gekommen wäre. Zurück in die Stadt preschte er, wo die Untertanen waren; der Pöbel, den zu ducken ihm vom Gottesgnadentum[70]) unabdingbar zugestanden worden war. Und der Fürst wollte jetzt ducken, treffen und treten, auch wenn er sich dies bewußt nicht einzugestehen wagte; ein finsterer, unausgesprochener Trieb vielmehr peitschte ihn vorwärts, und so langte er in der Stunde zwischen Morgen und Mittag auf dem Straubinger Schrannenplatz[71]) an.

Etliche Bäuerinnen und Küchenmägde, als sie des Stieräugigen auf dem schäumenden Rappen ansichtig wurden, drückten sich kreischend beiseite. Für einen Moment lichtelte ein schmerzliches Staunen über sich selbst durch das Gehirn des Dunklen; sein aggressiver Trieb und seine besseren Anlagen hielten sich ein paar Herzschläge lang die Waage. Unwillkürlich zügelte er den Hengst, ließ ihn die nächsten Meter halb im Schritt, halb im Trab zurücklegen; war in dieser Minute fast schon versucht, das Tier wiederum zu wenden und sich heim in die Burg zu flüchten. Ein Kleriker, der irgendwo im Hintergrund stand und ihn scharf musterte, schien ihn in diesem Vorsatz noch bestärken zu

[70]) Gottesgnadentum: Nach christlichem Glauben waren die mittelalterlichen Herrscher von Gott auf den Thron gesetzt worden, nicht vom Volk. Daraus leiteten die Fürsten ihr vermeintliches Recht auf absolute Autokratie gegenüber ihren Untertanen ab.

[71]) Schrannenplatz = Marktplatz. Als Schrannen bezeichnete man die Verkaufsstände.

wollen – doch gleich darauf erblickte der Wittelsbacher ganz in der Nähe des Priesters den Juden.

Um den Sinay handelte es sich, den Scherbentändler[72]); er pflegte regelmäßig auch aufs Schloß zu kommen. Doch jetzt nahm er den Statthalter noch nicht einmal wahr, schäkerte vielmehr lachend mit einer hübschen Bürgerstochter, hielt ihr dabei einen dunkelrot bemalten Krug zur Begutachtung hin. Schon die ungewollte Mißachtung seiner Anwesenheit kitzelte die dumpfe Wut des Dunkelhaarigen erneut hoch. Als die junge Frau das Gefäß nun auch noch mit anmutiger Gebärde aus den Händen des Israeliten entgegennahm, kulminierte Albrechts Haß. Sich selbst und die Mooräugige sah er plötzlich unter dem seidigen Maienhimmel stehen, nichts als Unbeschwertsein war zwischen ihnen und verband sie miteinander; keiner war da, der sich feindlich in ihre stille Zufriedenheit zu drängen versuchte. Mit dem nächsten Lidzucken des Statthalters jedoch verwich diese Vision wieder. Nur noch das Antlitz des Juden blieb übrig: die gottesmörderische Fratze – das Zerrbild, mit dem man die Seele des Wittelsbachers und jedes anderen Christen dazu von Kindesbeinen an tausend- und abertausendmal vergiftet hatte. Und diese Dämonenlarve, als der Sinay jetzt auf einmal doch den Kopf wandte, schien ihn anzublecken und in seinen Schmerz hineinzukeckern – und dann platzte, nachdem der Rappe erneut angaloppiert war, jäh etwas Blutrotes im Gesicht des Israeliten auf.

Mit der Reitpeitsche hatte Albrecht von Bayern-München zugeschlagen; gleichermaßen in die vermeintliche Fratze und in seine eigene Qual hinein. Und nun, weil die junge Frau schrie, biß die Geißel neuerlich zu – wieder und immer wieder, bis sich der Jude unter seinem Stand wimmernd zusammenkrümmte. Erst da kam der Wittelsbacher so weit zu sich, daß er die Peitsche sinken ließ und den Händ-

---

[72]) Scherbentändler = Geschirrhändler.

ler bloß noch verbal anging: »Saujud', du, dreckiger! Was hast du dich unflätig gegenüber einer Christin aufzuführen?! Jeder Verkehr, über das rein Geschäftliche hinaus, ist dir verboten, das weißt du! Und jetzt kusch, du Hund; zieh Leine, sonst lasse ich dich einkerkern!«

Während die Hübsche verschreckt floh und der Sinay sich zitternd bemühte, dem Befehl nachzukommen, riß der Statthalter sein Roß herum und ritt davon; fast wie selbst auf der Flucht. Nahe kam er dabei an dem Kleriker vorbei, der die ganze Zeit über im Hintergrund gelauert hatte, und nun erkannte der Dunkle ihn auch: Der Heinrich war es, sein eigener Beichtvater. Stechend schien der Blick des Priesters ihn noch einmal zu treffen. Albrecht fluchte; zurück im Schloß dann, rief er nach Wein und verkroch sich – soweit es ihm möglich war – in die Betäubung.

*

Kriecherisch, buckelnd, seinen Triumph vorerst in seinem Herzen verschließend, verließ auch der Heinrich den Platz. Im Prälatenhof, nahe der Jakobskirche, verkroch er sich in seiner Studierstube; schmeckte dort jeden Hieb, den der Sinay – der Saujud' – empfangen hatte, wie einen erlesenen Tropfen nachträglich noch einmal auf der katholischen Zunge ab. Oft schon hatte er im Beichtstuhl den Wittelsbacher gegen das Pack aufzustacheln versucht; nie bislang hatte er einen wirklich greifbaren Erfolg verbuchen können. Doch jetzt schien Gott – sein Götze in Wahrheit! – sich ihm auf einmal gnädig zeigen zu wollen; mit den blutigen Malen im Antlitz des Beschnittenen war dem Beichtiger des Herzogs unversehens der so lange gesuchte Weg gewiesen worden. Hinzu kamen die Anwürfe, die der Statthalter herausgebrüllt hatte; der eine vor allem, in dem von der Unflätigkeit die Rede gewesen war.

Dieses Wort und dann dieses Bild formten sich nun immer greller aus in der verdorbenen und krankhaft judenhasserischen Phantasie des christlichen Priesters. Von dort aus wiederum trieb er in die tiefste Bösartigkeit seiner Religion hinunter – in den Pfuhl, aus dem seit vierzehnhundert Jahren schon das Blasphemische quoll.

Die Evangelienlüge von der Schuld der Israeliten am Kreuzestod des Gottsohnes[73]) war der eine schwarze Quell, aus dem wieder und wieder – mit jedem sogenannten Gottesdienst, mit jeder Schriftlesung seit beinahe eineinhalb Jahrtausenden – der Haß geronnen war. Der zweite schwarze Quell lag noch ungleich verborgener im Miasma; im tiefsten Unterbewußtsein fast eines jeden Christen oder Klerikers war er angesiedelt.

Weil ihr Glaube die Erde zum Jammertal verzerrt hatte, in dem stets nur das Böse triumphierte; weil die Gläubigen das Irdische deswegen niemals wirklich annehmen konnten, sondern es stets ablehnen mußten, verabscheuten sie im geheimsten Inneren auch die entsprechende Lehre. Ihr eigener vermeintlicher Gott war es, der ihnen das Leben verwehren, der ihnen die Leiblichkeit, die unschuldige Lust und die ihnen unabänderlich eingewurzelten Triebe verächtlich machen wollte – und deswegen wehrte das Leben selbst in ihnen sich unbewußt gegen diese Religion. Immer nur unbewußt freilich, weil sie den christlichen Glauben und damit den Christus selbst bei Gefahr der ewigen Verdammnis und Höllenpein nicht ablehnen durften, obwohl sie ihn doch im allerinnersten Kern ihres Da-Seins hassen mußten. Und dies führte nun dazu, daß sie ein Ersatzobjekt für ihren Haß nötig hatten, einen Sündenbock. Anstelle des einen vergöttlichten Juden verfluchten und prügelten, folterten und mordeten sie die Juden – DEN JUDEN! – an sich.

---

[73]) Es ist historisch erwiesen, daß die Jerusalemer Juden keinerlei Anteil am Kreuzestod des Jesus hatten; daß es sich vielmehr bei der Hinrichtung um einen rein römischen Militärprozeß handelte. – Der Autor empfiehlt zu diesem Thema das Buch »Standrechtlich gekreuzigt« von Weddig Fricke (Reinbek, 1988).

Dies war ihr Leiden, ihre ungeheuerliche Menschen- und Gotteslästerung von Säkulum zu Säkulum. Aus diesem schwarzen Quell und dazu dem anderen resultierte ihre unablässige Feindschaft gegenüber einem völlig und zutiefst unschuldigen Volk – und daraus stieg nun auch der bösartige und verächtliche Wahn auf, der den Beichtiger des Wittelsbachers immer mehr umkrallte, bis sich seine Obsessionen zusammenbündelten in einem Bild: Wie der Sinay mit der Bürgerstochter auf dem Markt nicht mehr bloß scherzte, sondern wie er über sie herfiel, wie er sie verschleppte, wie er sie in die Jakobskirche hineinzerrte, wie er sie ekelhaft schändete dort; er, der Saujud', die Christin!

Diese Zwangsvorstellung wurde dem Krankhaften, dem Priester im Verlauf etlicher bewußtseinsgespaltener Tage und vor allem Nächte zur vermeintlichen Wahrheit, zum Glaubensinhalt buchstäblich, und als sein Haß nun weiterwucherte – wieder ins Konkrete, in die reale Umsetzung des Schwarzphantastischen hinein – fand er auch den Weg, wie er durch die Rache an den Juden zur Rache an der eigenen Religion kommen konnte: Er brauchte dem Herzog bloß das Nötige einzuflüstern bei der nächsten Beichte! Vor Augen würde er ihm führen, wie der Sinay und die anderen Baalsdiener es mit den Christinnen trieben, schamlos und noch dazu vor dem Altar, und dann würde der Racheengel unwiderruflich niederfahren auf die belialische Brut, auf das höllenhündische Pack!

*

»Ego te absolvo!« Der Kleriker murmelte die Formel, schlug dabei dreifach das Kreuzzeichen. Albrecht von Bayern-München nahm die Lossprechung von seinen Sünden mit gesenktem Haupt hin. Die Gebetsbuße, die der Heinrich ihm anschließend auferlegte, fiel milde aus. Der Dunkelhaarige hatte nur Läßliches[74]) zu beichten gehabt. Daß er

[74]) Gemeint sind sogenannte läßliche Sünden, also unbedeutende »Vergehen«.

kürzlich mit der Reitpeitsche auf den Sinay losgegangen war, hatte er dem katholischen Kanon zufolge erst gar nicht erwähnen müssen; in den Augen der Kirche hatte er damit eher eine verdienstliche Tat vollbracht.

Dennoch zischelte der Priester nun plötzlich den Namen des Juden: »Der Sinay und die anderen beleidigen Gott! Vergebt, Herr, daß ich Euch im Beichtstuhl belästigen muß damit! Es ist aber so, daß der Teufel überall seine Haufen scheißt, und Christenpflicht ist es, stets wachsam zu sein! Gerade Ihr als der Landesherr und ich als Euer Seelenhirte sind da noch mehr als andere gefordert!«

»Der Scherbentändler? Was soll mit ihm sein?« Die Stimme des Wittelsbachers klang gepreßt desinteressiert. Vielleicht deswegen, weil er tief drinnen, irgendwo im Bereich seiner Herzgrube, schon wieder den Neid, das Klemmende, das Ungute fühlte. Doch noch kämpfte er an dagegen, setzte hinzu: »Und was mit den anderen Juden? Sie kuschen doch! Ich wüßte nicht, daß sie sich etwas Größeres zuschulden hätten kommen lassen in letzter Zeit . . .!«

»Nicht im hellen Tageslicht! Nicht unter Gottes unschuldigem Himmel«, fiel ihm der Kleriker ins Wort. »Aber heimlich, Herr! Nächtens . . .«

»Was geschieht nächtens in meiner Stadt?!« fuhr Albrecht nun doch auf.

»Sie treiben es in den katholischen Kirchen mit den christlichen Weibern!« raunte ihm der Heinrich, den speichelnden Mund ganz nahe am Gitter des Beichtstuhles jetzt, ins Ohr. »Der Joppel, der Hirsch, der Elias, der Mair und der Josepp, der Kopfel, der Markert, ebenso der Mandel und der Michelin, der Grässel auch – und vor allem der Sinay![75]) Einen belialischen Zauber müssen sie über die Mägde und Bürgerstöchter geworfen haben, damit die ihnen willfährig

[75]) Die Namen dieser Straubinger Juden sind historisch; ebenso ist die in diesem Kapitel geschilderte Judenverfolgung so dokumentiert.

sind! Damit die vor dem Altar die Röcke heben und ihn darunter hineinfahren lassen, den abscheulichen Judenschweif! Unbeschreibliche Unzüchtigkeiten passieren da; ich schwör's Euch, Herr! Dinge, die einem christlichen Mann noch nicht einmal im Traum einfallen würden! Sünden, wie sie eben bloß der mosaische Teufel seiner Brut eingeben kann ...«

Das Zähneknirschen des Wittelsbachers ließ den Priester abbrechen. Ein Frohlocken verspürte der Kleriker in der Brust; ein beinahe schon orgiastisches. Er war nicht mehr allein mit seinem Haß, er hatte einen Verbündeten gefunden, er roch es dem Statthalter förmlich an; hatte es schon gleich damals gewußt, als der andere die Peitsche hatte schnalzen lassen. Im Inwendigen Albrechts wiederum hatten die gezischelten Worte des Beichtigers nun die alte Wunde wieder gräßlich zum Bluten gebracht. Das Schwert schien sich neuerlich in seiner Brust zu drehen, und auf der Klinge waren die Worte »verbitterte Liebe«, »Rebellion«, »Unverstandensein«, vor allem aber »HaßLiebeHaß gegenüber dem Vater« eingeätzt. Und das Eisen zerfetzte ihm wieder, was er in der letzten Woche so mühsam als Wall gegen seine Heimsuchung aufgerichtet hatte. Wiederum schien er wie im Blutrausch die Donau hinunterzusprengen, um dann in seiner Verzweiflung den Rappen herumzuwerfen und in die Stadt einzufallen; auf den Marktplatz, wo diejenigen waren, die er ducken, treffen und treten konnte. Und schärfer als damals noch grub sich ihm nun das Bild des Juden ein, des Sinay, wie er der Hübschen den Krug gereicht hatte. Meisterlich hatte der Heinrich den Stachel gesetzt, hatte den Sinay zuerst und zuletzt genannt in seiner gallig herausgespeichelten Predigt, hatte die Obsession dann tückisch bis zur unerhörten Blasphemie getrieben. Ein Szenario hatte er entworfen, das jeden Verklemmten, jeden Christen wie ein abscheuliches Krebsvieh direkt an den Hoden packen mußte, im jahrtausendealten Unterschwelligen dazu, und nun wurde aus dem Zähneknirschen des Wittelsbachers der Aufschrei, der mörderische: »Kannst du das bei deinem Seelenheil beschwören, Heinrich, was du soeben gesagt hast?! Kannst du's, damit die Saujuden ihre verdiente Strafe bekommen?!«

»Gott ist mein Zeuge!« erwiderte der Priester. »Der Sinay und die anderen sind schuldig! Auch etliche meiner Amtsbrüder wissen es, und mir selbst hat ein Weib in der Beichte gestanden, was es im satanisch-verzauberten Zustand mit dem Beschnittenen getrieben hat!«

Der Beschnittene! Der nackte, obszöne Schweif! Und damit verbunden die unausrottbare, neidische Zwangsvorstellung, zwischen verstörtem christlichem Unterleib und verstörtem christlichem Gehirn auflichtelnd. All das andere, das nie Gedachte, dennoch so unsäglich Klemmende, dazu. »Ich werde tun, was meine Pflicht als Katholik ist!« schnaubte Albrecht von Bayern-München.

»Der ewigen Seligkeit kommt Ihr damit ein gutes Stück näher!« versicherte ihm der Kleriker; salbungsvoll jetzt.

*

Die Büttel hatten die Juden aus ihren Häusern geholt, hatten sich den Teufel um das Flehen der Frauen und Wimmern der Kinder geschert, hatten die israelitischen Männer halbnackt durch die Gassen zum Schloß geprügelt. Mit Unflat, mit Fauligem, mit Steinen hatten die Straubinger Bürger die Bedauernswerten beworfen und hatten sie auf diese Weise noch zusätzlich geschändet. Nun kauerten der Sinay, der Joppel, der Hirsch, der Elias und der Mair, der Josepp, der Kopfel, der Markert, der Mandel und der Michelin auch, der Grässel dazu blutrünstig geschlagen und zitternd im großen Kerker unter der herzoglichen Feste; im fauligen Grundwasser und ohne einen Bissen Brot kauerten sie dort, der Willkür ausgeliefert und grausam erniedrigt; eine Anklage erwartend, die jeder vernünftigen Grundlage entbehrte.

Drei Tage ließ die pfäffisch-herzogliche Justiz sich Zeit, ließ sie die Untermenschen der christlichen Gesellschaft im eigenen Schmant schmoren; am vierten Tag befanden die Inquisitoren, unter ihnen der Heinrich, daß die Saujuden jetzt vermutlich ausreichend gebrochen seien, um leichtes Spiel mit ihnen zu haben.

Gleich im Kerker, nach bewährtem Brauch, wurde der mit rotem Tuch verhangene Tisch des Tribunals aufgeschlagen. Drei Priester, drei weltliche Beamte, dazu der Statthalter selbst nahmen hinter der Schranke Platz; um die Israelischen herum hatte sich schon vorher ein Kordon von Hellebardieren aufgestellt, um die Richter vor der vermeintlichen Bösartigkeit der Teufelsbuhlen notfalls mit Waffengewalt zu schützen.

Die Juden freilich erweckten nicht den Eindruck, als seien sie irgendwie gefährlich. Nur mühsam konnten sie sich überhaupt noch auf den Beinen halten; der Elias stand schwankend und mit krank pfeifender Lunge da; der Grässel, den nach der Festnahme ein Stein ins Gesicht getroffen hatte, litt an einer Gehirnerschütterung und hatte tagelang gallig erbrochen. Der Hirsch und der Sinay stützten ihn, so gut sie konnten. Einen unendlich bedauernswerten Anblick bot die Gruppe ganz allgemein; mitleiderregend zum Gotterbarmen – doch die Christen in ihrem abgöttischen Wahn berührte dies nicht. Sie alle, auch der Wittelsbacher, blickten herab auf die Halbnackten und Versudelten wie auf Seelenlose; schauten sie an, als schauten sie durch sie hindurch, und dann gab Albrecht dem Ranghöchsten unter den Klerikern das Zeichen zum Beginn. Lieferte ihm mit einer harschen Handbewegung die Opfer aus, griff selbst zum Pokal und hörte gleich darauf den Priester schnauzen: »Gesteht, am besten gleich alle zusammen, daß ihr mit katholischen Frauen, die ihr euch zuvor durch Zauberkünste gefügig gemacht habt, in den Straubinger Kirchen der Unzucht fröntet!«

Die Juden, die zum erstenmal überhaupt von dieser irrsinnigen Unterstellung hörten – keiner von ihnen war je in einem christlichen Götzentempel gewesen; keiner wäre von den Gläubigen auch nur auf den Stufen eines katholischen Gotteshauses geduldet worden –, schwiegen betroffen. Erst als der Inquisitor neuerlich die Anklage herausraunzte, erwiderte der Kopfel, der vor wenigen Tagen noch ein geschätzter Tuchhändler gewesen war: »Dies trifft nicht zu! Ich spreche für mich und die anderen und erkläre in unser aller Namen, daß man uns da verleumdet hat! Wir alle sind verheiratet und achten die Ehe nicht weniger als die christlichen Gatten . . .«

»Du wagst es also, mich der Lüge zu bezichtigen?!« brüllte ihn der Kleriker an. »Mich, einen Geweihten des dreifaltigen Gottes?! Das allein zeigt schon, daß du vom Teufel besessen bist – und damit schuldig!«[76])

»Ich habe nichts von dem getan, was Ihr mir unterstellt!« entgegnete der Kaufmann mutig.

»Und ebensowenig ich!« fiel sein Nachbar ein; gleich darauf beteuerten sie alle mit dem bißchen Kraft, die ihnen noch geblieben war, ihre Unschuld.

»Das war zu erwarten!« wandte sich der Inquisitor mit bebenden Lippen, mit dem nackten Haß in den Augen an den Wittelsbacher. »Sie sind verstockt; das kennt man ja von den Mosaischen! Es wird uns nichts anderes übrigbleiben, als die peinliche Befragung an ihnen vorzunehmen! Auf der Folter werden sie dann schon reden!«

Etwas in seinem Allerinnersten widerstrebte plötzlich, als der Dunkelhaarige das hörte. Ein Herzzucken lang war er versucht, das Verfahren abzubrechen; es erschien ihm auf einmal wie eine Farce. Doch dann schwemmte der Alkohol,

---

[76]) Diese »Logik« war typisch für derartige Tribunale.

den er reichlich im Blut hatte, ihm die natürliche, die menschliche Regung wieder weg; nichts als der Drang, sich noch mehr zu betäuben, blieb. Erneut griff er nach dem Pokal, gierig trank er; gleich darauf nickte er dem Inquisitor, dem lauernden Heinrich auch, billigend zu.

Der Ranghöchste unter den Klerikern gab den unausgesprochenen Befehl mit einem geilen Funkeln in den Augen an die Büttel weiter. Ohnmächtig, nachdem er begriffen hatte, was geschehen sollte, brach der lungenkranke Elias zusammen. Trotz der eigenen entsetzlichen Furcht kümmerten die anderen Israeliten, so sie dazu noch imstande waren, sich um ihn. Ein Teil der Waffenknechte verspottete sie deswegen, bedrohte und stach sie mit den Hellebarden; die übrigen waren den Henkern behilflich, die Folterinstrumente heranzuschaffen und gebrauchsfertig zu machen. Hinter der roten Balustrade wurden die Humpen derweilen immer hastiger geleert, von seiten des einen oder anderen Beisitzers obszöne Zoten gerissen. Der Wittelsbacher, auch wenn es ihn anekelte, ließ es hingehen; die Dinge waren nun einmal in Gang gekommen, nun mußte er das Verfahren eben durchstehen.

Also trank er weiter, während die Wippgalgen und die Streckbänke aufgebaut wurden, während man vor den Augen der Juden die Daumenschrauben schmierte. Und dann sah er, wie die halbnackten Leiber von den Bütteln gepackt wurden; wie die massenhafte Tortur begann. Die Schultergelenke des Sinay hörte er krachen, als der ins Seil des Wippgalgens stürzte; er hörte den Israeliten brüllen, als man ihn an den gefesselten Armen, die ihm schräg nach hinten über den Kopf standen, wieder hochzerrte, um ihn gleich darauf erneut in die Tiefe fallen zu lassen. Als ihm das Blut aus den Nagelbetten spritzte, kam – wie ein Tier wimmernd – Elias mit der entzündeten Lunge wieder zu sich. Auch den Grässel schützte seine Schwäche nicht; auf der Streckbank wurden ihm die Gelenke aus den Pfannen gezerrt, und wieder übergab er sich gallig; über die eigene Brust hinunter diesmal.

Stundenlang taten die Büttel und Henkersknechte ihr christlich-teuflisches Werk. Unter ihren Klauen verwandelten menschliche Körper sich in kreischende und zuckende Bündel viehischer Qual, aber schlimmer noch war das, was die Inquisitoren – die kirchlichen vor allen Dingen – seelisch mit den wehrlosen Opfern ihres Afterglaubens anstellten. Denn in das Knochenkrachen und Blutspritzen hinein zischelten, raunzten und belferten sie immer wieder die Fragen, auf welche die Israeliten vor ihrem Gewissen keine Antworten geben konnten. Um die geschundenen Leiber herumtanzend, sie rüttelnd, beutelnd und an ihnen zerrend dabei, schleuderten sie den Juden jetzt unablässig ihre eigenen priesterlichen Obsessionen entgegen; immer detaillierter, immer besessener, immer krank- und wahnhafter. Dem absoluten Aberwitz, noch über die körperliche Folter hinaus, sahen die Mosaischen sich damit ausgesetzt; hätten sie nicht den Glauben an DAS ADONAI, an das wahrhaft Göttliche, besessen – sie hätten im Gehirnbersten oder im Herzzerreißen zumindest irdisch untergehen müssen. Doch weil in ihnen, in der Seele ihres wunderbaren Volkes, der Geist selbst in der äußersten Erniedrigung unantastbar war, zerbrachen der Sinay, der Hirsch, der Mandel und die anderen letztlich nicht; die Juden bekannten sich vielmehr zu ihrem Da-Sein, indem sie sich – um nicht etwas Höheres aufgeben zu müssen – der primitiven Gewalt beugten.

Es war wiederum der Kopfel, der die Worte aussprach, und obwohl er die Silben mit zerbissenen Lippen und röchelnd formte, ging eine Würde von ihm aus, wie sie kein christlicher Prälat, kein Bischof und kein Papst je besessen hatten. »Ehe wir ... auf der Folter ... sterben müssen, wollen wir Euch ... zugestehen, was Ihr ... von uns fordert«, stöhnte der Israelit fast schon agonisch. Dabei dachte er an das Göttliche und daran, daß das Leben von dort kam – und deswegen heilig war. Ebenso aber dachte er an die Frauen und Kinder, die allesamt ohne Ernährer sein würden, wenn man das Christenvieh triumphieren ließ; nachdem er sich den Satz abgerungen hatte, durften sie wenigstens noch ein Quentchen Hoffnung hegen.

Von diesen Überlegungen ahnte der Inquisitor freilich nichts; er hatte überhaupt nur drei Silben wirklich aufgenommen: Gestehen . . .

»Ihr habt es gehört!« fuhr er nun mit wahrlich teuflischem Frohlocken in den Augen auf den Wittelsbacher los. »Die Baalsdiener haben ihr ungeheuerliches Verbrechen zugegeben! Sie sind schuldig! Der Dreifaltige selbst hat die Wahrheit ans Tageslicht gebracht! Jetzt müssen sie ihre Strafe bekommen! Den Tod haben sie verdient; siebenfach! Verbrennen muß man sie; den Scheiterhaufen beim nächsten hohen Kirchenfest aufrichten auf dem Straubinger Marktplatz!«

Albrecht, nach Stunden des Grauens und des Saufens, stierte. Nur am Rande seines Bewußtseins nahm er noch wahr, welchen Ausgang das Tribunal genommen hatte; daß die Mosaischen offenbar ihrer Schandtaten überführt worden waren. Mühsam versuchte er den Blick jetzt zu schärfen; es schienen sich ihm jedoch nichts weiter als die grell verwaschenen Konturen eines makabren Totentanzes aus dem Halbdunkel des Kerkerraumes herauszuschälen. Verkrümmt, besudelt, abstoßend in ihrer Erniedrigung pendelten oder wanden sich die Körper der Juden unter der rauchverwaberten Decke, zwischen ihnen rudelten die Hellebardiere, Pfaffen und Schinderknechte herum; die Folterwerkzeuge schienen dem Ganzen die plötzlich zutiefst unwirkliche Krone aufzusetzen. Und dieses Unwirkliche, dieses auf einmal nicht mehr mit dem alkoholdumpfen Verstand Begreifbare sprang den Wittelsbacher nun an wie etwas anderweitig entsetzlich Greifbares. Im eigenen kreatürlichen Da-Sein fühlte er sich jäh bedroht, aber weniger von den Israelischen als vielmehr von den Klerikern ging dies aus, und dann schoß seine Faust vor, als wollte er den Inquisitor, der die Todesstrafe gefordert hatte, von sich wegstoßen. Der fahrige Schlag freilich ging ins Leere, doch gleichzeitig raunzte der Dunkelhaarige heraus: »Haltet sie vorerst ... bloß weiter gefangen! Was später ... mit ihnen geschehen soll, weiß ich ... jetzt noch nicht!«

Taumelnd, der empörten Vorhaltungen der Priester nicht mehr achtend, floh er; ehe er in seinen Gemächern zusammenbrach, fragte er sich mit wummerndem Schädel noch, wie er in dies alles hatte hineingeraten können.

*

»Sie hinrichten?! Sie verbrennen?!« Agnes Bernauer bebte vor Wut; noch nie zuvor hatte der Thronfolger von Bayern-München sie so gesehen. Doch ebenfalls nie zuvor hatte sie sich derart belastet gefühlt; nie hätte die Blonde es für möglich gehalten, daß er andere Menschen schinden und vielleicht sogar hinmorden lassen könnte, weil ihm das eigene Leben – seines und ihres – aus dem Ruder gelaufen war. »Sie sind unschuldig, das weißt du so gut wie ich!« setzte sie hinzu, packte ihn am Wams, schüttelte ihn. »Was haben dir der Sinay und die anderen denn getan?! Gar nichts! Aber zugetragen hat man mir, daß du kürzlich auf den Juden losgegangen bist; auf dem Markt, mit der Reitpeitsche! Damit hat's angefangen, das hat alles ausgelöst! Weil du ein schlechtes Beispiel gegeben hast, als Statthalter, ist das Wühlen und Hetzen losgegangen, und jetzt ...«

Sie sah die Qual aus seinen vom Alkohol verquollenen Augen schlagen; sah das dumpfe Flehen in seinem Blick, brach ab. Beutelte ihn jetzt auch nicht mehr, sondern umschlang ihn; sie hielt ihn, und dann flüsterte sie: »Rede doch! So rede doch endlich ...«

»Der Vater!« stöhnte er, nachdem er trotz ihrer Hilfe noch eine ganze Weile mit sich gerungen hatte. »Der Alte!

Der Münchner! Die Böckler dazu, die Rebellion! Das war es, Agnes! Die Zukunft so finster und gefährlich! Wie eine Klamm, die immer tiefer in den Abgrund führt! Ich hab' durchpreschen wollen; mich befreien! Hab's nicht geschafft; auf einmal dann war der Jude da! Es war, als ob der Alte mir die peitschende Hand führte; nein, als ob er mich geschlagen hätte! So war's; ich wußte gar nicht, daß ich selbst prügelte. Immer nur auf mich wurde eingeprügelt; auf dich dazu, auf dich vor allem! Das hat in mir die Wunde aufbrechen lassen, Agnes! Und in die Wunde hat dann der Pfaffe hineingestochen, der Heinrich! Hat mir den Ausweg gezeigt – wie ich mich wehren konnte gegen das andere ...«

»Zum Unrecht hat er dich gestachelt – und dazu gegen dich selbst!« fuhr die Bernauerin neuerlich auf. »Nichts als seine bösartigen Zwecke hat er verfolgt; mit dir als Werkzeug!«

»Was soll bösartig daran sein, wenn man für den Glauben eintritt?!« wehrte sich der Dunkelhaarige; war schlagartig wieder in die Obsession seiner christlichen Erziehung abgestürzt. »Was liegt schon am Juden?! Der ist doch sowieso verflucht, von Ewigkeit zu Ewigkeit!«

»Doch liegt dir etwas an ihnen!« beharrte Agnes. »Wie sonst hättest du heute nacht, in deinen Alpträumen, ihre Namen herausschreien können; einen um den anderen?! Und warum hast du mich vorhin um Rat gebeten?! Warum hast du wissen wollen von mir, was nun weiter geschehen soll mit ihnen, nachdem sie durch deine Schuld – vor allem aber durch die Schuld der Priester – die Folter erdulden mußten?! Warum läßt du sie denn nicht einfach verbrennen, Albrecht?! Was stünde denn dagegen, wenn dir wirklich nichts an ihnen läge?! Tätest bloß dem Gesetz Genüge; dem weltlichen und dem kirchlichen dazu! Warum aber quälst du dich dann so, wenn's doch rechtens ist?!« Wieder beutelte sie ihn. »Weil du's vor deinem Gewissen nicht verantworten kannst! Weil du nicht so schlecht bist, wie du dich selber gerne machen würdest! Weil du mir nicht mehr in die Augen schauen könntest, wenn du das Mordurteil wirklich unterzeichnen würdest!«

Er klammerte sich fest an ihr; gleichzeitig wollte etwas anderes ihn dazu treiben, vor ihr zu fliehen. Aber auch sie hielt ihn und ließ ihn nicht los, und dann zwang und saugte sie ihn förmlich in ihren Blick hinein; in ihren unergründlichen, in ihren moorbraunen. Ihr gemeinsames Leben schien heraufzusteigen aus dieser warmen Tiefe; sieben Jahre einer einzigartigen Liebe – und damit sieben Ewigkeiten. In einem moorbraunen Spiral fühlte der Wittelsbacher sich aufgefangen, wieder wie beim allerersten Mal sah er ihre Augen – und dann wurde ihm vom Verstand her und zugleich in der Seele bewußt, daß es keinen Unterschied gab zwischen der geheimnisvollen Iris der Geliebten, der Gattin und dem, was gleichfarbig in den Augen der Juden lag. Hier wie dort war dieses Dunkle und Weise, dieses Behütende und zutiefst Menschliche, und auf einmal löste sich Albrechts Verwirrung in einem entsetzten Schrei: Er sah die Augen seines Weibes, doch das zugehörige Antlitz war das des Sinay.

»Vergib mir!« flüsterte er, nachdem der Schrei vergurgelt war; er meinte die Blonde damit – und meinte viel mehr.

»Ich wußte, daß du sie verschonen würdest«, raunte sie. »Jetzt haben der Heinrich und die anderen keine Macht mehr über dich, jetzt bist du wieder frei! Aber du mußt schnell handeln, denn wenn die Angelegenheit in Regensburg bekannt wird und auch noch der Bischof dort sich einschaltet . . .«

»Ich werde tun, was ich kann!« versprach der Wittelsbacher nach einem tiefen Atemzug.

*

Albrecht von Bayern-München vermochte das Leben der Straubinger Juden zu retten, mehr nicht.

Weil das auf der Folter erzwungene Geständnis vorlag, verhinderten die Inquisitoren eine völlige Rehabilitierung der Unschuldigen mit Erfolg. Insgeheim mußte der Statthalter sogar froh sein deswegen; wäre das Justizverbrechen in vollem Umfang öffentlich geworden, hätte er selbst – da er ja am Tribunal teilgenommen hatte – als zutiefst unfähig dagestanden. Es konnte also letztlich nur darum gehen, die Israeliten vor dem Schlimmsten zu bewahren und den Rückzieher sodann so gut wie möglich zu kaschieren. Tagelang, während die Geschändeten noch immer im Kerker schmachteten, zerrten die Priester hin und der Wittelsbacher her. Zuletzt einigte man sich, ohne daß die Gefolterten noch einmal angehört wurden, auf einen Kompromiß. Es wurde den Mosaischen zugestanden, daß sie sich mit einer hohen Geldsumme aus der Gefangenschaft freikaufen und ihre vorgeblichen Verbrechen damit sühnen konnten.

Folgenden Urfehdebrief[77]) hatten die Opfer einer christlichen Rechtsprechung zu unterzeichnen, ehe man sie unter den Schmähhrufen des Pöbels und den haßerfüllten Augen des Klerus aus dem Kerker entließ:

*»Ich Joppel, ich Sinay, ich Hirsch, ich Elias, ich Mair, ich Josepp, ich Kopfel, ich Markert, ich Mandel, ich Michelin und ich Grässel, die Juden zu Straubing, bekennen von solcher Beschuldigung wegen, die auf uns zu Straubing gekommen und an unsern gnädigen Herrn Herzog Albrecht gelangt ist, der uns darum in seine Strafe genommen hat, also daß wir, unser jeglicher, seinen Gnaden das abgetragen hat: auf das geloben wir, alle obgeschriebenen Juden, daß wir dem obgenannten unserm gnädigen Herrn, als den Seinen, auch denen, die in den Sachen verdacht sind von der Fängnis und Sachen wegen, fürbas nimmermehr feind sein sollen und auch alles das, darum wir mit seinen Gnaden übereingekommen sind, getreulich halten wollen.«*

---

[77]) Urfehde = Friedensversprechen, Stillhalteabkommen.

Das, weswegen die Israeliten mit ihm übereingekommen waren, wurde Albrecht alsbald in klingender Münze ausgehändigt. Er nahm den Sündenlohn notgedrungen an, um vor der Welt und auch München gegenüber sein Gesicht wahren zu können. In Straubing blieben das Gold und das Silber, der Preis für die künftige Armut der Juden, freilich nur wenige Tage lang. Dann sandte der Statthalter die Beutel nach Bogen und in die anderen Orte, wo die Böckler gewütet hatten; zum wenigsten dies verlangte sein Gewissen von ihm.

Die Adelspflicht dann erlegte ihm noch etwas anderes auf: Er hatte in die Neue Veste zu berichten und sich dort gegenüber dem Vater zu rechtfertigen, denn zumindest nominell hatten die Juden von der Donau unter dem ausdrücklichen Schutz des oberländischen Herzogshauses gestanden. Der Dunkelhaarige, ohne ein persönliches Wort hinzuzufügen, faßte den Brief so sachlich und nichtssagend wie möglich ab. Er stellte die Verfolgung der Mosaischen, die er in Wahrheit jetzt bitterlich bereute, eher als Routineangelegenheit hin; tat am Ende mit dürren Worten kund, daß die Sache zwischenzeitlich nach Recht und Gesetz abgeschlossen sei. Er hoffte darauf, daß gerade dies auch der Alte so sehen würde, doch einmal mehr hatte er sich darin in Herzog Ernst getäuscht.

Obwohl der Glotzäugige den Beschnittenen selbst alles andere als hold war, benutzte er das Straubinger Pogrom dazu, neuerlich über seinen Sohn herzufallen – und diesmal tat er es auf eine Weise, die alles Bisherige noch in den Schatten stellte.

# VOHBURG/KELHEIM/STRAUBING

*Juni–September 1435*

*»Lieber Herr und Vater, wegen jenes unrechten Schlechtmachens, das man uns täglich bei Euch antut, sollt Ihr wissen, daß uns das ganz gewiß hart kränkt. Und wir müssen vielleicht vor unserer Zeit sterben, so sehr fressen wir es täglich in uns hinein.«*
*(Aus einem Brief Albrechts vom August 1435 an Herzog Ernst)*

*»Item 13 Schilling 10 Pfennig haben wir zalt dem Lysaltz mit unserm gnedigen herrn hertzog Ernsten gen kelhaim zu zerung, do die fursten und hern ein unterred mit einander hetn ... von der Bernawerin wegen.«*
*(Münchner Kammerbuch)*

»Du hast das Straubinger Land in den Ruin getrieben! Einen Dreck ist dein Regieren wert gewesen! Hätte ich meinen Hofnarren schalten und walten lassen im Unterland, er hätte es weniger blödsinnig angestellt als du!«

Unablässig, während Roß und Reiter unterm sommerlichen Himmel schwitzten, räderten dem Dunkelhaarigen diese Sätze durch den Schädel. Zu München hatte der Alte sie herausgebrüllt, erst wenige Tage zuvor. Gleich einem Dienstboten hatte Herzog Ernst seinen Sohn in die Neue Veste bestellt, um ihn dort zur Sau zu machen. Um die Regensburger Schande war es einmal mehr gegangen, um die Rebellion der Ritter dazu; speichelnd hatte ihm der Glotzäugige sodann auch den unglücklichen Prozeß gegen die Juden vorgehalten. Der sei nicht Fisch und nicht Fleisch gewesen, hatte der Vater geschäumt; entweder hätten die Israelischen gefrevelt, dann hätte man sie verbrennen müssen – oder aber sie seien unschuldig gewesen, dann hätte man sie eben überhaupt in Frieden lassen sollen. Sie aber auf der Folter zum Geständnis zu zwingen und sie dann wieder freizugeben, dies sei das Dümmste gewesen, was er – Albrecht, der Trottel – habe anstellen können. Jetzt hätten die Untertanen, sonderlich die heidnischen, keinen Respekt mehr vor dem Herzogshaus, außerdem habe man es sich auf lange Zeit hinaus mit den Pfaffen verdorben; die Straubinger Kleriker hätten sich bereits bitter beschwert über das Schandurteil, doch nicht genug damit: Auch die Bischöfe von Regensburg und Freising hätten mittlerweile zu maunzen begonnen!

Diese Anwürfe – und noch einen Haufen anderer dazu – hatte der Dunkelhaarige hinnehmen müssen in der Münchner Residenz, und dann hatte der Alte ihm jene drei Sätze, die ihm jetzt nicht mehr aus dem Kopf gehen wollten, förmlich um die Ohren gehauen. Wie Maulschellen hatten sie ihn getroffen; zuletzt hatte der Vater noch eins draufgesetzt und hatte ihm wie einem beliebigen Schranzen mitgeteilt, daß er ab sofort seines Amtes enthoben sei. Er tauge nicht zum Statthalter im Niederland; er solle sich zurückscheren in seine Vohburger Grafschaft, wo er hoffentlich weniger Unheil anrichten werde!

Wie ein Betrunkener war Albrecht aus dem Kabinett getaumelt; er hatte instinktiv erkannt, daß jedes sich Aufbäumen gegen die Entscheidung des Herrschers sinnlos sein würde: Der Glotzäugige hatte brutal zugeschlagen, damit Punktum und basta! Erst viel später, auf dem Weg zurück nach Straubing, war ihm zusätzlich bewußt geworden, daß Ernst mit keinem Wort die Bernauerin erwähnt hatte. Und doch mußte es bei der hundsgemeinen Maßnahme vor allem um sie, um seine morganatische Ehe gegangen sein! Seit er von der Liebesbeziehung und später von der heimlichen Hochzeit erfahren hatte, war dem Münchner kein Mittel zu gemein gewesen, um sie beide auseinanderzubringen. Glühende Kohlen hatte er zu diesem Zweck auf Albrechts Haupt angesammelt; selbst seine Erhöhung zum Statthalter im Unterland war offensichtlich nur Mittel zu diesem Zweck gewesen. Der Alte hatte den Jungen mit der Macht zu locken und zu korrumpieren versucht; als er dann eingesehen hatte, daß Albrecht trotzdem nicht von seiner Familie lassen würde, hatte er ihm diese Macht Stück für Stück wieder aus den Händen geschlagen. Regensburg war ein solcher Hieb gewesen, der Aufstand der Böckler dann ein noch ärgerer; mit dem Pogrom zuletzt war Albrecht von sich aus ins längst gezückte Messer gerannt. Aufgespießt hatte er sich damit an seiner eigenen Dummheit und seinen eigenen Obsessionen; der Drahtzieher in der Alten Veste hatte die Klinge bloß noch ein wenig drehen müssen, damit er ihm den Rest hatte geben können. Damit er ihn nun nach Vohburg abschieben konnte; in die Bedeutungslosigkeit. Und ein Ausbrechen aus dieser Bedeutungslosigkeit würde nur dann möglich sein, wenn er, Albrecht, dem Tyrannen doch noch den Gefallen tat, um den es ihm allein ging: wenn er die Blonde, die eigene Erniedrigung nicht mehr ertragend, zuletzt eben doch in die Gosse zurückstieß! Dies, der Dunkelhaarige hatte es unwiderruflich begriffen, war die allerhinterfotzigste Absicht des Vaters gewesen. Meisterlich hatte Ernst die verhängnisvolle Zwickmühle aufgebaut; deswegen hatte er über die Bernauerin kein einziges direktes Wort verloren: weil er es überhaupt nicht nötig gehabt hatte. Und in der Tat hatte der Vierunddreißigjährige sich gefragt, was er um ihretwillen denn noch alles würde ertragen müssen?!

In ihrer Nähe dann freilich hatte er sich geschämt deswegen; die Zweifel waren ihm augenblicklich wieder verwichen, dies um so mehr, als Agnes den Tort mutiger getragen hatte als er selbst. Wie so oft schon hatte sie ihn aufgefangen und seelisch gehalten; sie war es gewesen, die seinem Leben trotz allem wieder Perspektive gegeben hatte. »In Vohburg werden wir es besser haben als in Straubing«, hatte sie ihm gesagt. »Wir werden wieder die Schale um uns spüren, werden in der kleinen Welt wieder geborgen sein!« Und dann hatte sie die Auflösung des Haushalts in die Hand genommen und hatte ihn selbst so gut wie möglich abgeschirmt von den mißgünstigen, den hämischen Schranzen. Weitere Erniedrigungen hatte sie ihm erspart auf diese Weise; so schnell wie möglich hatte sie den Umzug in die Wege geleitet, und nun – nicht viel mehr als eine Woche nach dem entsetzlichen Auftritt in München – befanden die Planwagen mit der wertvollen persönlichen Habe und die Kutsche sich bereits auf dem Weg in die Grafenstadt. Neben der Kalesche, in der sein Weib und Sibylla saßen, trabte der Dunkelhaarige einher; es hätte ein schöner Tag sein können, wenn bloß das Rädern in seinem Schädel nicht gewesen wäre – unablässig aus der gequälten Erinnerung Albrechts heraus dieses verfluchte: »Du hast das Straubinger Land in den Ruin ...! Einen Dreck ist ...! Hätte ich meinen Hofnarren schalten und walten lassen ...«

Verbissen, seine Umgebung kaum wahrnehmend, saß der Wittelsbacher im Sattel, während sich der Wagenzug – an den Flanken von leichtgepanzerten Reitern geschützt – am Ufer der Kleinen Laaber entlangwälzte. Die Blonde hatte vorgeschlagen, den Weg durch das Hügelland und nicht entlang der Donau nach Vohburg zu nehmen; auf diese Weise konnte das Begafftwerden in Regensburg und später Kelheim vermieden werden. Hier hingegen, an dem kleinen Fluß, waren nur unbedeutende Dörfer zu passieren. Perkam und Geiselhöring lagen jetzt bereits hinter dem Zug, Mallersdorf mit seinem Kloster war noch ein paar Meilen entfernt; dort würden die Kutsche und die Wagen das Tal verlassen und stracks nach Westen weiterfahren. Noch eine ganze Weile, ehe es jedoch zu diesem Abschwenken kam, hörte Albrecht plötzlich einen Zuruf der Mooräugigen in sein verbohrtes Bewußtsein dringen; gleich darauf wurden die Fahrzeuge langsamer, Agnes mußte einen entsprechenden Befehl gegeben haben.

Der Wittelsbacher trieb den Rappen ein paar Sprünge zurück; neben der Kalesche beugte er den Oberkörper schräg und erkundigte sich mit belegter Stimme: »Was ist los?«

»Sibylla«, klärte seine Gemahlin ihn auf, »will um keinen Preis länger bei mir im Halbdunkel sitzen! Sie bettelt schon die ganze Zeit nach dir, möchte zu ihrem Vater aufs Pferd. Ich denke, daß du ihr den Gefallen tun solltest . . .«

Zuerst wollte Albrecht ablehnen; er ritt einen Streithengst, und das Tier konnte zuzeiten schrecklich ungebärdig sein. Doch dann erinnerte er sich plötzlich an einen anderen Tag, an dem er zusammen mit der Blonden gereist war; auch damals war ein Flüßchen im Spiel gewesen, die Paar, und Agnes hatte an seiner Seite eine Zille verlassen und hatte lachend einen Zelter bestiegen. »Ihr könntet beide reiten«, schlug er vor, »dein Schimmel läuft doch irgendwo hinten mit. Laß ihn dir herbringen, wir sind so lange nicht mehr Schenkel an Schenkel dahingetrabt. Bitte, wir wollen das tun, und die Kleine hat dann ihre Mutter und ihren Vater bei sich!« Etwas in seiner Kehle schien sich zu lösen bei diesen Worten; etwas Krustiges, das ihn seit München gezwängt hatte, schien von ihm abzufallen.

Die Mooräugige lächelte, ihr Einverständnis war wie ein sehr wertvolles Geschenk für ihn. Plötzlich konnte er es kaum mehr erwarten, bis der Zelter da war und er selbst den schmalen Körper der knapp Dreijährigen vor sich im Sattel spüren durfte. Sibylla krähte übermütig, als er vorsichtig wieder anritt; dann wehte ihr helles Haar, das so sehr an ihre Mutter erinnerte, über der dunklen Pferdemähne, und neben ihnen war Agnes und sah auf einmal selbst wieder aus wie ein junges Mädchen. Bis Mallersdorf ritten sie Seite an Seite und scherzten dabei mit ihrem Kind; der Hengst machte keine Sperenzchen, benahm sich erstaunlicherweise lammfromm. Als dann über dem Steilufer der Laaber das Kloster auftauchte, wurde dem Wittelsbacher auch vom Verstand her bewußt, daß das Rädern in seinem Schädel aufgehört hatte; er schien die mentale Qual auf einmal meilenweit hinter sich gelassen zu haben.

Einen dankbaren, erlösten Blick warf er seinem Weib zu und drängte den Rappen näher an den Schimmel heran. Gleich darauf schlüpfte ihre Hand herüber, streichelte Sibylla über den Kopf und berührte dann seine Zügelfaust. Die Geste löste eine kaum mehr zu bewältigende Sehnsucht in ihm aus; er ließ den Hengst in den Wiegegalopp springen und rief Agnes zu: »Nun kann ich es fast nicht mehr erwarten, bis wir Vohburg erreichen!«

*

Sie hatten sich Polster auf die Turmplattform bringen lassen, die Blonde hatte es sich so gewünscht. Der Abend war lau, seit einigen Tagen lebten sie jetzt schon wieder in der Grafenburg, die ihre Verlobung und später ihre heimliche Eheschließung gesehen hatte; unterm ersten, noch zaghaften Auffunkeln der Sterne kuschelte Agnes sich an ihren Gatten und flüsterte: »Von hier oben aus habe ich dich in den Hussitenkrieg ziehen sehen. Ich hatte solche Angst, daß du nie wieder zu mir zurückkehren könntest; ich verging fast in meinem Leid, aber dann tauchtest du doch wieder auf, unten im Tal. Unsere Liebe war stärker gewesen, sie hatte uns trotz allem von neuem zusammengeführt. Um so leichter, Albrecht, werden wir das tragen können, was dein Vater dir angetan hat. Er trachtet dir ja nicht nach dem Leben, so wie damals die Feinde. Er hat dir immer noch das Grafenschloß gelassen, die kleine Stadt dazu; auch unser Stück

Donau und unsere Alb. Und er hat uns nicht voneinander trennen können; das zählt doch tausendmal mehr als alles andere!«

»Du hast recht«, erwiderte der Wittelsbacher; spürte dabei ihre Brust in der Schale seiner Hand. »Es erschien mir nur am Anfang so schlimm, so ungeheuerlich. Weil er mir die Absetzung hinwarf wie einen Fehdehandschuh! Aber nun, seit wir wieder in Vohburg sind, weiß ich, daß ich es ertragen kann. Mehr noch: Ich freue mich auf die künftigen Jahre! Schön sollen sie werden für dich, Sibylla und mich! Hast du übrigens bemerkt, daß sich die Kleine bereits mit dem Betzwieser angefreundet hat?« Er lachte leise. »Den Heinrich zu Straubing hat sie einmal gegen das Schienbein getreten, weißt du noch? Aber den alten Vohburger Pfarrer liebt sie.« Ins Nicken Agnes' hinein fuhr er, ernster wieder, fort: »Vielleicht steht der Betzwieser irgendwie für unser neues Leben. Für das Bescheidene, für die Nähe zu den Menschen, die wir jetzt wieder finden können ... – Wenn ich's recht bedenke, waren wir in Straubing niemals so glücklich wie zuvor hier. Zu viele Schranzen, zu viele Ränke und Intrigen, zu viele Pflichten – und viel zuwenig Zeit für uns ...«

»Im Unterland warst du mächtig, und wir wissen beide, was es dir letztlich eingebracht hat«, stimmte die Blonde ihm zu. »Hier, im Donauried, haben wir wieder eine Chance für uns selbst!«

»Wir werden sie wahrnehmen!« beteuerte der Wittelsbacher. »Mein Gott, wir hätten überhaupt nie von hier weggehen sollen; ich hätte mich ganz einfach weigern müssen, damals! Kannst du mir meine Dummheit noch einmal verzeichen?«

»So sollst du nicht reden«, murmelte die Vierundzwanzigjährige. Die Zärtlichkeit seiner Hand ging ihr allmählich durch und durch. »Du sollst jetzt überhaupt nicht mehr reden, du sollst nur noch ...«

»Ja...«, flüsterte Albrecht, flüsterte es bereits in den Kuß hinein, und dann wurde ihr neues Zueinanderfinden immer leidenschaftlicher und intensiver. In der lauen Juninacht, direkt unterm Sternenhimmel, vereinigten sie sich, wiegten sie sich und spürten sie zuletzt die alles auslöschende süße Müdigkeit. Viel später, als der Mond längst den Zenit seiner Bahn überschritten hatte, als der Dunkelhaarige in Agnes' Armen wieder erwachte, versprach er ihr: »Morgen werden wir hinüber in die Alb reiten! Wir werden den Platz suchen, wo ich dir damals den Verlobungsring ansteckte; wir wollen das Wildgras dort noch einmal wispern hören.«

*

Bis in die Augustmitte hinein zeigte der wiedergefundene Friede sich tragfähig. Im ausgeglichenen Wechselspiel zwischen dem Familiären und den überschaubaren gräflichen Pflichten schien das Leben verläßlicher als seit Jahren wieder Tritt fassen zu wollen. Das Paar auf der Burg wurde neuerlich einbezogen in das biedere Treiben der Stadt; manchmal, je weiter der Sommer fortschritt, glaubten sie, es wäre ihnen zwischen Dezember 1432 und der Rückkehr nichts als ein wirrer Traum widerfahren.

Regelmäßig in dieser Zeit besuchte die Blonde das Spital, für das sie einst so viel getan hatte; zusammen mit den Alten saß sie im Garten, und Wärme strahlte dann aus den Augen der Weißhaarigen – besonders, wenn auch Sibylla anwesend war. Bei vielen anderen Gelegenheiten dazu kam Agnes unter die Menschen; in Straubing, am Protzhof, hatte sie mehr oder weniger abgekapselt vegetieren müssen, aber in Vohburg durfte sie wieder das Einssein mit dem Volk fühlen und schmecken. Ebenso erging es ihrem Gatten; von der Last der großen Politik befreit, leitete Albrecht viel Positives im kleineren Rahmen in die Wege.

Eine schon lange schwelende Fehde zwischen einem Ritter und einem kirchlichen Stift vermochte er in diesen Monaten zu bereinigen; etliche verfallene Lehen vergab er neu und prüfte die verschiedenen Bewerber dabei nicht nur mit dem Verstand, sondern auch mit dem Herzen. So kehrte einerseits ein Stück Sicherheit zurück ins Donauried, und andererseits kamen auf die Bauerngüter Verläßliche zu sitzen, auf deren Arbeit zukünftige Generationen würden aufbauen können.

Dies alles geschah, während im Stromtal allmählich die Ernte ausreifte; dann jedoch, als die Schnitter sich bereit machten, den Segen einzubringen, wendete sich das Schicksal des morganatischen Paares erneut. Mit einem Brandbrief begann es, der vom Sedlec aus München kam; der Bote jagte in den Burghof, als sei der Teufel hinter ihm her, und unwillkürlich glaubte Albrecht sich in die Jahre seiner Straubinger Heimsuchungen zurückversetzt.

*

»Der Adel im Ober- und Niederland, dazu die Schranzen am Hof, sie alle hetzen gegen euch!« hatte der Böhmische geschrieben. »Eure Ehe, so blasen sie dem Herzog Ernst ununterbrochen ein, müsse der Leibhaftige gestiftet haben! Daß sie beim Regenten damit offene Türen einrennen, ist keine Frage! Hat er doch selbst erst kürzlich beim Bankett mit der Pfalzgräfin Beatrix verlauten lassen, wenn die Erbfolge im Hause Wittelsbach ungeklärt bleibe, stünde dem Land über kurz oder lang ein Bruderkrieg ins Haus! In diesen Gedanken hat er sich verrannt, und die Mißgünstigen zwischen Nordgau und Inn bestärken ihn schamlos noch darin! Verlangen, daß etwas Handfestes geschehen müsse, damit die gottgewollte Ordnung der Dinge wieder hergestellt werden könne! Nichts anderes als eine dynastische Heirat meinen sie damit; daß die Agnes einen vom Priester geweihten Ring trägt, schert sie in ihrer Hartherzigkeit einen Dreck! Nicht seinen niedrigen Gelüsten (verzeiht!), sondern dem Fürstentum gehöre der Thronerbe – mit solchen und noch schlimmeren Worten schreien sie ihre Infamie heraus! Und ich fürchte, daß es ein Unglück gibt, Albrecht, so du nicht so rasch wie möglich etwas gegen die Wühler unternimmst!«

Der Dunkelhaarige ließ das Pergament sinken, seine Hand zitterte dabei. Bloß gut, dachte er, daß die Blonde bei den Siechen ist, daß sie nicht anwesend war, als der Kurier in den Hof preschte. Sie hätte sofort gewittert, daß es einmal mehr und vielleicht schlimmer denn je gegen sie geht! Mein Gott, warum will man uns den Frieden, den wir so mühsam wiedergefunden haben, nicht gönnen?! Ist es denn zuviel verlangt, daß wir unsere Liebe auch leben wollen?! – Er ermannte sich; er durfte sich jetzt auf keinen Fall im Selbstmitleid verlieren. – Ich werde ihr nichts sagen von diesem Brief, überlegte er weiter. Wenn sie doch fragt, lüge ich ihr etwas von einer Staatsangelegenheit vor. Ich muß es tun, sie quält sich sonst zu sehr! Und ich muß an den Alten schreiben, ob es mir nun paßt oder nicht! Ich muß ihm ins Gewissen reden; er kann nicht zulassen, daß sie und ich dermaßen verschimpfiert werden! Und gleich muß ich es tun, ehe sie zurückkommt!

Noch einmal, nachdem der bittere Entschluß einmal gefaßt war, überflog er die Zeilen des Sedlec. Dann zerriß er das Pergament in kleine Fetzen, streute sie in den Kamin, schürte trotz der Spätsommerwärme das Feuer hinter dem steinernen Sims an. Die verräterischen Fragmente flackerten auf und verglimmten im Handumdrehen zu Asche. Im Fenstererker, immer mit dem Blick auf den Burghof, über den Agnes zurückkommen mußte, verfaßte der Wittelsbacher daraufhin hastig die Botschaft an seinen Vater. Schwer fiel es ihm, unsäglich schwer, den Glotzäugigen noch einmal um etwas zu bitten. Aber er überwand sich, er tat es für sein Weib und ihr gemeinsames Kind; er legte dem Alten dar, wie ihm zumute war – schrieb, daß er noch am Leben verzweifeln müsse, wenn man ihn und die Seinen nicht endlich in Frieden lasse!

Noch während Albrecht siegelte, rief er nach dem Kurier. Er drückte dem Abgehetzten die Depesche und reichlich Gold in die Hand; befahl ihm, sich ein frisches Pferd geben zu lassen, sodann augenblicklich nach München zurückzukehren: »In die Neue Veste, direkt zu Herzog Ernst!« Und dann blickte er dem Galoppierenden nach, bis er sicher sein konnte, daß Agnes auch jetzt nicht auf ihn treffen würde. Als die Blonde wenig später mit Sibylla zurückkehrte, fand sie den Dunkelhaarigen beim Wein. »Sorgen?« erkundigte sie sich, fühlte sich dabei ungewiß an Straubing erinnert.

»Nein!« wiegelte er ab. »Es ist nur die Hitze heute; es scheint ein Gewitter in der Luft zu liegen!«

Sie nahm es hin, und auch in den nächsten Tagen drang sie nicht weiter in ihn, obwohl er die ganze Zeit unter der gleichen Unruhe zu leiden schien, die sie schon bei ihrer Rückkehr aus dem Spital an ihm erspürt hatte. Still also trug sie dies mit ihm und sagte sich bloß immer wieder, daß er schon sprechen würde, so er das Reden wirklich nötig haben sollte. Daß er sich ihr freilich um keinen Preis anvertrauen konnte, ahnte sie nicht. Er wiederum bemühte sich, die brennende Ungewißheit und die Angst, die in ihm waren, ihr gegenüber zu verbergen. Als ihm dann klar wurde, daß sein Vorstoß gegenuber dem Münchner ins Leere gegangen war, daß ihn der Alte keiner Antwort würdigen wollte, verwandelte Albrechts Furcht sich in Trotz; in eine Art verzweifelten Lebenshunger dazu. Den Septemberanfang dieses Jahres 1435 schrieb man inzwischen, und der Vohburger Graf ordnete an, daß der dritte Geburtstag seiner Tochter mit einem Fest für die ganze Stadt gefeiert werden solle; die Vorbereitungen dazu müßten sofort beginnen. Auch dies nahm die Blonde hin, obwohl sie es sich familiärer gewünscht hätte, doch mehr als dies zählte für sie, daß ihr Gatte nun wieder ruhiger geworden zu sein schien.

Albrecht, zumindest was Agnes anging, hatte die verhängnisvolle Klippe also umschiffen können. Den nächsten Schlag freilich, der ihn schon wenige Tage später traf, vermochte er nicht mehr vor der Bernauerin zu verbergen.

Aus München, noch in der ersten Woche des Monats, traf nun doch ein Bote des Glotzäugigen ein; freilich wurde schnell klar, daß er keine persönlichen Nachrichten brachte, als er in das Gemach polterte, in dem der Dunkelhaarige und sein Weib soeben beim Abendessen saßen. »Krieg liegt in der Luft, das läßt Euch Herzog Ernst vermelden!« raunzte der Schranze, der ganz offensichtlich dem Niederadel angehörte, gegen den Thronfolger hin; die Blonde würdigte er dabei auf unverschämte Weise keines Blickes. »Aufrüsten sollt Ihr Vohburg und Euch bereithalten mit den Fähnlein und Kanonen, die Ihr hierhabt; gegen Ingolstadt kann es schon in wenigen Wochen gehen!«

»Aber es wurde doch ein Friede geschlossen mit Herzog Ludwig, im vorigen Jahr?!« erwiderte der Wittelsbacher verdattert; eigentlich hatte er den Ritter wegen dessen Mißachtung gegenüber Agnes anfahren wollen, jetzt legte er bloß seine Hand wie schützend auf ihren Unterarm und setzte hinzu: »Der Bärtige hat's beschworen, daß er die Waffen nicht noch einmal gegen München oder Landshut erheben wolle!«

»Und hat sein Wort gebrochen, kaum daß es den Herzog Wilhelm aufs Krankenlager geworfen hat!« versetzte der Schranze mit unterschwelliger Häme. »Ja, der Bruder Eures Vaters, der Mitregent im Teilfürstentum, liegt auf den Tod darnieder! Und jetzt glaubt der Ingolstädter natürlich, daß er dadurch einen leichten Zugriff auf gewisse Münchner Ländereien bekommen könne! Wäre ja auch kein Wunder! Herzog Wilhelm hat als seinen Erben bloß den eineinhalbjährigen Säugling Adolf und ein Ungeborenes im Leib der Margarethe von Cleve dazu, und was meinen eigenen Herrn angeht, Euren Vater Ernst, so . . .«

»Schweigt! Ehe ich Euch hinauswerfen lasse!« Albrecht brüllte die Drohung heraus. Mühsam, mit aller Kraft, beherrschte er sich, setzte gepreßt hinzu: »Sagt mir sachlich, was mein Vater Euch sonst noch an mich aufgetragen hat!«

»Nichts weiter, als daß Ihr hoffentlich selbst wißt, was Eure verdammte Pflicht und Schuldigkeit ist in dieser vermaledeiten Situation!« antwortete der Höfling. »Das, haargenau, waren Ernsts Worte! Und daß er erwartet, daß Ihr Euch umgehend äußert dazu!«

»Geht!« Albrecht wandte sich brüsk ab; wartete, bis die Tür hinter dem Ritter ins Schloß gefallen war. Erst dann drehte er sich langsam wieder um, suchte den Blick seiner Gattin und hörte sie sehr leise sagen: »Falls es wieder Krieg gibt, ist dies allein schon schrecklich genug – aber wenn Herzog Wilhelm tatsächlich im Sterben liegt, dann haben wir das Allerschlimmste zu erwarten! Dann ist die dynastische Frage für deinen Vater brisant wie nie, und dann wird er ...«

»Vielleicht zeigt sich Gott gnädig!« fiel der Dunkelhaarige ihr ins Wort. »Vielleicht steht es in Wahrheit gar nicht so schlimm um den Oheim ...«

»Vielleicht ...«, murmelte Agnes, und dann warf sie sich schluchzend in seine Arme; festzukrallen versuchte sie sich an einem Halt, der ihr dennoch immer wieder zu entgleiten schien.

*

»Er wird es nicht mehr lange machen! Höchstens ein paar Tage noch!« Der Glotzäugige sagte die Worte eiskalt zum Landshuter, zu Herzog Heinrich. »Und wenn wir dann nicht handeln, wenn wir dann den Vohburger nicht endlich zur Räson bringen, geht alles den Bach hinunter; das ganze Münchner Teilherzogtum!«

»Den Adolf, das Wurm, wird der Adel nicht als Erben anerkennen«, bestätigte der Landshuter. »Und der einzige männliche Zweig, den du ausgetrieben hast, kann sich legal auch nicht fortpflanzen! Über den, mit seiner Metze, spottet man jetzt schon im ganzen Reich! Du hast recht: Es muß etwas geschehen, und der einzige Weg dazu ist, daß wir es ihm hineinprügeln, wenn's denn nicht anders geht! Ich, Ernst, habe auch ein fundamentales Interesse daran! Bricht das Teilherzogtum München zusammen, dann kann es sehr leicht auch mich in Landshut treffen! Dann könnte am Ende doch noch der Gebartete triumphieren! Er schien schon geschlagen zu sein, aber jetzt, kreuzkruzitürken!, blüht sein Weizen auf einmal wieder wie nie. Wenn er es jetzt geschickt ausnützt, daß deine Dynastie am Ende ist, wenn er dem Kaiser einen gehörigen Happen von seinem Raub verspricht, dann kann es ihm durchaus gelingen, den Münchner Bissen zu schlucken! Und wie soll ich mich mit meinem Haus dann noch halten gegen seine doppelte Macht?! Jetzt schon, nachdem er wieder neue Verbündete gefunden hat, werden wir es schwer haben gegen ihn, so es wirklich zum Krieg kommt! Was aber im Fall geschehen würde, daß deine Herrschaft vor die Hunde geht – ich darf es mir gar nicht ausmalen . . .«

Herzog Heinrich tat einen Sturztrunk, stand dann mit brüsker Bewegung vom Tisch auf und trat zum Fenster des Kabinetts, das auf Kelheim an der Donau hinausging.

Schlafend, nur da und dort dürftig beleuchtet, lag die alte Wittelsbacher Stadt tief unten. Keiner der Bürger hatte mitbekommen, daß die beiden Regenten sich zur geheimen Besprechung in der Burg getroffen hatten. Inkognito waren sowohl der Landshuter als auch der Münchner in der späten Abenddämmerung dieses Tages durch zwei verschiedene Tore hereingeritten; jeder wie ein einfacher Ritter bloß von ein paar Knechten begleitet. Selbst der Kammerherr Karl Lysaltz, auf den Herzog Ernst nicht hatte verzichten wollen, hatte sich in ein Landsknechtsgewand stecken müssen, und so waren die Trupps in die Festung gelangt, ohne daß jemand groß Notiz von ihnen genommen hätte. Allein der

Vogt war eingeweiht worden; noch vor Tagesanbruch würde er die Wittelsbacher verstohlen wieder aus der Stadt lassen, doch zuvor und unter vier Augen mußten sie nun zu einer Entscheidung kommen.

»Du darfst es dir nicht ausmalen – und ich auch nicht!« zischelte der Glotzäugige, leise war er herangetreten, nun über die Schulter seines Verwandten. Nach einer unguten Pause folgte der Satz, von dem alles abhing: »Würdest du mich also unterstützen, wenn ich der verfluchten Angelegenheit mit der Bernauerin ein für alle Mal ein Ende machte?«

Der Rücken des Landshuters schien sich einzukrümmen. Zwei, drei Atemzüge lang lastete die Stille schwer in dem kleinen Raum, endlich kam die Antwort: »Wir müssen es tun; um unseres Namens, unserer Vorfahren und unserer Macht willen! Doch ich habe eine Bedingung: Triff dich noch einmal mit deinem Sohn, ehe wir zuschlagen! Wenn Albrecht dann immer noch keine Einsicht zeigt, haben wir uns nichts vorzuwerfen!«

»Gut«, preßte Herzog Ernst heraus. »Aber laß uns auf jeden Fall die Einzelheiten schon jetzt besprechen!«

*

Am zehnten Tag des Monats hatte das Kelheimer Geheimtreffen stattgefunden; achtundvierzig Stunden später, in der Nacht vom 12. auf den 13. September 1435, verstarb Herzog Wilhelm in München. Kaum war der Wittelsbacher beigesetzt, tauchte zu Vohburg wiederum ein Bote des nunmehr alleinregierenden Glotzäugigen auf. Der Thronerbe habe sich umgehend zu einer Unterredung in Straubing einzufinden, hieß es in der Depesche; es müßten die leidigen Streitigkeiten jetzt endlich einmal ausgeräumt werden, sonst sei das Fortbestehen des gesamten Teilherzogtums gefährdet!

Der Dunkelhaarige, eigentlich wider besseres Wissen, redete sich und seinem Weib ein, daß der Tod des Bruders den Überlebenden vielleicht doch versöhnlich gestimmt habe.

Gleich am folgenden Morgen ließ Albrecht also aufsatteln, und dann ritt er unter schwacher Bedeckung den Weg zurück, den er im Frühsommer zusammen mit Agnes und Sibylla gekommen war. Die vage Hoffnung war noch immer in ihm, als er die Türme der Gäubodenstadt auftauchen sah; wenig später aber, während er das Roß über die Zugbrücke des Schlosses trieb, befiel ihn ein jähes Frösteln. Etwas Kaltes und Schleimiges schien aus dem stehenden Wasser heraus nach ihm zu greifen; im Audienzsaal dann bestätigte sich seine Vorahnung: Der Vater, der Alte, der Despot war keineswegs einsichtig geworden, sondern ging den Sohn so brutal an, als hätte er einen Feind vor sich.

»Ich verlange von dir, daß du die Bernauerin zum Teufel jagst; in dieser Woche noch!« belferte der Münchner. »Seit Jahren machst du mich, den Hof und das Reich nun schon zum Gespött wegen ihr! Äußerst langmütig habe ich mich angesichts deiner Narretei gezeigt, doch jetzt kann ich den Wahnwitz unmöglich mehr dulden! In den Untergang treibst du unsere Sippe, weil dir der Schweif wie verhext nach der Metze steht! Sie oder Wittelsbach – so stellt sich nach dem Tod meines Bruders die Angelegenheit dar! Und ein Hundsfott bist du, wenn du in den Dreck trittst, was seit einem Vierteljahrtausend[78]) unter unserem Szepter in Bayern aufgeblüht ist!«

Starr stand der Dunkelhaarige da, kaltschweißig fühlte er sich jetzt am ganzen Körper; er brauchte eine ganze Weile, ehe er auf die Anwürfe des Regierenden zu erwidern vermochte: »Verlangen kannst du es, vielleicht, nach dynastischem Recht. Aber gegenüber Gott – und mehr noch gegenüber der Liebe – wäre es eine Sünde, wenn ich Agnes verstieße! Sie und ich wurden einander angetraut von einem Priester! Ich wollte es so! Es geschah, weil mir meine Zuneigung zu ihr mehr bedeutet als alles sonst auf der Welt.

---

[78]) Das Adelsgeschlecht der Wittelsbacher kam in Bayern 1180 zur Herzogsmacht.

Das Band, das auf diese Weise geknüpft wurde, kann auf Erden keiner mehr lösen! Nach göttlichem Recht – und das sollte selbst dir mehr bedeuten als das dynastische – besteht die Verbindung bis zum Tod!«

»Ist dies dein letztes Wort?!« Auch auf der Stirn des Alten stand jetzt der Schweiß. »Albrecht . . . Sohn, ich beschwöre dich! Du weißt ja nicht, was du sagst . . .«

»Ich werde die Ehe mit ihr nicht lösen!« kam, wiederum erst nach einer schwer lastenden Zeitspanne, die Antwort. »Ich werde zu meiner Gattin stehen, was immer auch geschieht! Selbst wenn du mich deswegen aus der Thronfolge jagen, mich enterben solltest . . .«

»Enterben?! Ich kann dich nicht enterben!« Haßerfüllt schrie der Münchner es heraus. Beherrschter, doch sein Zischeln jetzt klang noch gefährlicher als das Brüllen, setzte er hinzu: »Wir haben uns nichts mehr zu sagen! Nicht im Augenblick. Du scherst dich auf der Stelle zurück nach Vohburg! Wenn die Zeit gekommen ist, wenn ich es für richtig halte, wirst du wieder von mir hören!«

Wortlos verließ der Dunkelhaarige den Raum. Er zitterte, war dennoch im reinen mit sich selbst: Er hatte zu seiner Liebe gestanden, hatte sich gegenüber dem Glotzäugigen behauptet; zumindest redete er sich dies ein.

Im Hof dann brüllte Albrecht nach den Reitern seiner Bedeckung. Eben erst hatten sie abgesattelt, nun befahl er ihnen, die Rösser wieder aus dem Marstall zu holen; es sei ihres Bleibens keine Stunde länger in Straubing, bis zum Einbruch der Dunkelheit könne man es noch bis Alburg schaffen und könne dort übernachten. Die Reisigen dachten sich ihren Teil, schwiegen aber klüglich, und gleich darauf preschte die Kavalkade davon; der Glotzäugige, im Fenstererker des Audienzsaales stehend, blickte dem Trupp mit zusammengepreßten Lippen nach.

Kaum war sein Sohn außer Sicht gekommen, rief der Münchner nach einem Kurier und trug ihm auf, sich spornstreichs auf den Weg nach Landshut zu machen. Die Botschaft an Herzog Heinrich dort sei mündlich; der Fürst brauche nur zu wissen, daß Albrecht die ausgestreckte Vaterhand schnöde zurückgestoßen habe!

# VOHBURG/STRAUBING

*11. Oktober 1435*

*»Diese Burg bewohnte 1435 die unglückliche Agnes Bernauer, vermählt mit Herzog Albrecht III. von Bayern. In diesem sog. Hungerturm soll sie in Abwesenheit ihres Gemahls auf Veranlassung ihres Schwiegervaters, des Herzogs Ernst v. Bayern, gefangen . . . und von hier aus nach Straubing verbracht worden sein. (Inschrift an der Vohburger Festungsmauer)*

Die dreizehn Reiter, aus südlicher Richtung kommend, näherten sich dem ruinösen Turm kurz nach Mitternacht. Die nötigen Befehle hatte der Einschildner, der sie führte, bereits vorher ausgegeben. Jetzt sperrten zwei Mann die nordwestlich verlaufende Heerstraße nach Vohburg, zwei andere sicherten südöstlich gegen Landshut hin. Der Rest des Trupps umstellte die Kate, die zu Füßen des halbzerstörten Bergfrieds lag. Ein ruppiger Köter, als er Laut gab, wurde mittels eines raschen Armbrustschusses abgetan. Gleich darauf drangen der Einschildner und der Waibel mit gezückten Schwertern in das Wohnhaus ein. Der Kleinbauer, sein Weib und die beiden halbwüchsigen Söhne fuhren erschrocken von ihren Strohschütten hoch. Im ungewissen Schein der fast erloschenen Herdglut vermochten sie die Gewappneten nur schemenhaft zu erkennen. »Alle guten

Geister loben Gott, den Herrn!« wimmerte die Kätnerin; um eine weitverbreitete ländliche Beschwörungsformel handelte es sich dabei.

»Halt's Maul!« raunzte der Kleinadlige sie an, gleichzeitig stieß der Feldwebel eine Fackel in den Kohlenhaufen und schwenkte sie. Die Bauern, als das Licht nun notdürftig den Raum erhellte, begriffen, daß sie es zumindest nicht mit Gespenstern zu tun hatten. Dennoch wichen sie, ein armseliges und schmutziges Grüppchen, so weit wie möglich zurück. »Verschont uns, ihr Herren!« keuchte der Hausvater aus dem Winkel zwischen Strohdach und Balkenwand heraus.

»Das hängt davon ab, ob ihr pariert!« versetzte mit dünnlippigem Grinsen der Einschildner. »Raus mit der Sprache: Lebt außer euch noch jemand auf dem Hof?«

»Niemand sonst«, beteuerte der Kätner.

Der Ritter musterte ihn scharf, nickte dann. »Du scheinst die Wahrheit zu sagen – aber wenn meine Leute doch noch einen finden, ist es aus mit dir!« drohte er. »Ansonsten seid ihr bis auf weiteres meine Gefangenen! Falls ihr Lärm schlagt oder gar die Flucht versucht, machen wir kurzen Prozeß! Verstanden?!«

Ängstlich nickten die Landleute, kauerten sich einen Augenblick später auf einen Wink des Waibels hin auf den nackten Boden. Die Kätnerin schluckte mehrmals wie im Krampf; als der Einschildner sich bereits zum Gehen wenden wollte, brachte sie heraus: »Aber das Vieh, Herr! Es muß versorgt werden, und wenn wir nicht aus dem Haus dürfen ...«

»In ein paar Stunden, wahrscheinlich schon bald nach Sonnenaufgang, sind wir wieder fort«, warf der Keinadlige ihr hin. Dann spuckte er aus, stiefelte zurück ins Freie und gab den Landsknechten dort seine weiteren Anordnungen.

Die Doppelposten, nachdem niemand von der Hofstelle entsprungen und auch sonst alles ruhig geblieben war, wurden wieder eingezogen. Der Kadaver des Hundes verschwand in der Jauchegrube; zwei einfache Söldner lösten den Feldwebel in der Kate ab. Gleich darauf ritten die zehn verbliebenen Männer unter Führung des Einschildners auf den Turmhügel hinauf; auch die beiden ledigen Rösser wurden mitgeführt. In einer Schlucht, unmittelbar jenseits der Ruine, halfterten die Landsknechte die Gäule an. Drei Bewaffnete blieben als Wache dort, der Rest suchte sich im flackernden Fackelschein seinen Weg ins Innere des Bergfrieds. Große Teile der Zwischendecken dort drinnen waren heruntergestürzt, doch die steinernen Staffeln der Wendeltreppe ragten noch immer aus der Mauer .

So war der Ritter sich sicher, daß es dem Behendesten unter seinen Leuten gelingen würde, mit dem ersten Morgenlicht nach oben auf die Wehrplattform zu klettern. Von dort aus mußte die Heerstraße von Vohburg nach Landshut ausgezeichnet einsehbar sein; gleichzeitig würde vom Tal her niemand die in der Turmruine versteckten Gewappneten ausmachen können – und auch die Kätner würden nicht in der Lage sein, Alarm zu schlagen.

*

Agnes Bernauer schrak aus unruhigem Schlaf hoch; am matten Sternenlicht, das in die Kemenate der Vohburger Grafenresidenz drang, erkannte sie, daß der Alptraum sie irgendwann zwischen Mitternacht und Morgendämmerung geweckt haben mußte. Drei, vier fast schmerzhafte Herzschläge lang wirkte die Beklemmung noch nach, dann verflachte sie allmählich in dem Bewußtsein, daß der Schrecken nicht real gewesen war. Trotzdem blieb ein undefinierbares Angstgefühl zurück; die Blonde konnte nicht anders, sie drängte ihren Leib gegen den von Albrecht, klammerte sich wie ein Kind an ihm fest. Sie hatte ihn nicht wecken wollen dadurch, rein instinktiv war die hilflose Regung über sie gekommen, doch als sie nun inne wurde, daß er die Augen öffnete, ihr sein Antlitz zuwandte, begann sie wie gehetzt zu flüstern: »Ich fürchte mich so! Es war, als stecke ein Dolch in meinem Inneren und werde gedreht, so daß er mir alles zerfleischte! Es war auch, als bekäme ich keine Luft mehr; als müßte ich ersticken in einer furchtbaren Dunkelheit . . .«

»Nein!« murmelte er. »Was redest du denn da, mein Leben?! Es ist doch gar nichts! Du bist bei mir, und ich bin bei dir, niemand kann dir etwas tun; du hast bloß geträumt . . .« Er suchte ihren Mund; mit einem Kuß, der wegen des nachwummernden Schlafbedürfnisses unbeholfen war, versuchte er sie zu trösten. Mehr aus seinem Beschützertrieb heraus auch berührte er ihre Hüfte, ihr Gesäß und flüchtig von hinten ihr Geschlecht; ihr kleiner, unterdrückter Schrei freilich daraufhin machte ihn jäh hellwach. Es war, als wäre ein Damm gebrochen; sie schlang den Schenkel um ihn, sie rieb ihre Brüste an ihm, sie wimmerte und stöhnte und suchte mit fiebrig heißer Hand seine Männlichkeit. Schnell, fast brutal nun auch aus seiner plötzlichen Hitze heraus, kam es zur Vereinigung. Zuerst lag und kauerte sie über ihm, dann aber zwang sie ihm die andere Stellung auf; sie flehte ihn förmlich an, sie unter sich zu bergen. Etwas schien zu glühen in ihrem Schoß; nie zuvor hatte der Dunkelhaarige eine solch verzweifelte Innigkeit gespürt. Es schmerzte ihn im tiefsten mentalen Kern, gleichzeitig jedoch peitschte es ihn bittersüß fast bis zum Wahnsinn; nachdem er sich verströmt hatte und wieder zu denken vermochte, bemerkte er, daß die Blonde trotz der eigenen nachzitternden Lust weinte.

Er fühlte sich ratlos, beinahe weggestoßen; wieder begann er leise auf sie einzureden, erhielt jedoch keine Antwort. Obwohl sie da war, obwohl sie ganz offensichtlich über den Beischlaf hinaus seine Nähe und seine Umarmung brauchte, schien sie dennoch unendlich weit entfernt zu sein. Erst nach einer ganzen Weile versiegten ihre Tränen; sie richtete sich über ihm auf, nahm sein Gesicht in ihre Hände wie etwas sehr Zerbrechliches und fragte: »Mußt du denn wirklich nach Landshut reiten?! Kannst du denn keinen Boten hinsenden und ausrichten lassen, daß dir an der Jagd nichts liegt?! Ist es denn tatsächlich so wichtig, daß du dich auf der Trausnitz[79]) mit Herzog Heinrich triffst?!«

Albrecht brachte es vom Verstand her nicht unter einen Hut: zuerst das wilde Beilager, dann ihre Tränen und nun das Profane. Könnte es sein, daß sie wieder schwanger ist? durchfuhr es ihn. Ist sie deswegen so im Widerspruch mit sich selbst? Sein inwendiges Verprelltsein wich einer tiefen Zärtlichkeit. »Ich würde doch auch lieber bei dir bleiben, mein Herz«, erwiderte er, »das weißt du doch! Aber wenn ich die Einladung zurückweisen würde, hätten wir am Ende beide den Schaden. Daß mein Verwandter mich zum gemeinsamen Waidwerk geladen hat, kann doch nur bedeuten, daß er im Streit mit Ernst auf meiner Seite steht. Ganz offensichtlich will er den Bruch zwischen dem Alten und mir kitten – und wenn einer dies überhaupt noch schaffen kann, dann eben nur der Landshuter! Ich tue es also für uns, für unsere Liebe, wenn ich an die Isar reite. Aber das habe ich dir doch schon mehr als einmal erklärt, seit Anfang des Monats der Kurier kam, und deswegen verstehe ich auch nicht, warum du dich jetzt auf einmal so dagegen sperrst und offenbar sogar Alpträume deswegen hast . . .«

»Es ist . . . nur ein Gefühl gewesen«, murmelte Agnes. »Ich weiß, ich bin nur ein dummes Weib; jetzt schäme ich mich plötzlich . . .«

»Du bist nicht dumm, mußt dich auch nicht schämen«, versetzte der Wittelsbacher. »Du bist bloß durcheinander; nach allem, was wir in letzter Zeit durchgemacht haben, wäre es kein Wunder! Aber ich verspreche dir, ich werde gute Nachrichten mitbringen, wenn ich in einer Woche von der Jagd mit Herzog Heinrich heimkehre.«

---

[79]) Trausnitz = Residenz der Wittelsbacher in Landshut.

»Ja«, flüsterte die Mooräugige. »Du hast es mir versprochen, und ich glaube dir. – Schlaf jetzt noch ein bißchen, aber halte mich bitte weiter in deinen Armen dabei! Ich brauche es; ich brauche es so sehr . . .«

Wenig später ging der Atem des Dunkelhaarigen wieder regelmäßig und tief; Agnes freilich vermochte nicht wieder einzuschlummern. Eingekrümmt lag sie da; sein Körper, seine Hände waren wie eine Schale um sie – doch jenseits der Bettstatt war das Fenster kantig in die Mauer gekerbt, und der Nachthimmel dahinter wirkte trotz der Sterne grausam leer. Je mehr er gegen die Morgendämmerung hin fahl wurde, um so weiter schien seine Substanz zurückzuweichen in ein undefinierbares, totenblasses Nichts. Und wieder fühlte Agnes die Beklemmung aufwuchern, doch diesmal – vom Verstand gelenkt – schaffte sie es, nicht noch einmal zu weinen.

Eine Stunde nach Sonnenaufgang dann trat das Paar hinaus auf den Hof. Die Blonde hatte es sich nicht nehmen lassen wollen, bis zuletzt bei ihrem Gatten zu sein. Noch einmal, ehe Albrecht sich in den Sattel schwang, sank sie in seine Umarmung hinein; danach schien jeder Huftritt der angaloppierenden Rösser sie messernd zu schmerzen. Sie blickte der Kavalkade nach, so lange sie konnte; als die Reiter zuletzt auch vom Turm aus nicht mehr zu sehen waren, floh sie zu Sibylla. Das Leben suchte sie bei der Dreijährigen, das Fleisch und Blut gewordene Unterpfand für ihre Liebe – dennoch, als sie das Kind an der Brust hielt, hatte sie das Empfinden, als wichen das Leben und die Liebe unaufhaltsam von ihr weg.

Davon ahnte der Dunkelhaarige nichts, während er unter zirrenfrostigem Himmel nach Südosten sprengte, und auch dem ruinösen Bergfried, der nach etwa zwei Meilen zur Rechten des Trupps auftauchte, schenkte er keinerlei Beachtung. Vier, fünf Pfeilschußweiten entfernt, preschten die Pferde an dem Hügel vorüber; einige hundert Meter weiter verschluckte sie der Wald.

Der Landsknecht, der in der Morgendämmerung den Aufstieg zum zerwitterten Zinnenkranz tatsächlich geschafft hatte, stieß einen gellenden Pfiff aus und beeilte sich, wieder nach unten zu kommen. »Sie haben die Straße passiert!« meldete er atemlos dem Einschildner.

»Und du hast dich nicht getäuscht? Es ist kein Zweifel möglich?« vergewisserte sich der Ritter.

»Ich habe das herzogliche Banner genau erkannt!« beteuerte der Posten. »Es war Albrecht – und er befand sich mit etwa drei Dutzend Bewaffneten auf dem Weg nach Landshut!«

»Dann in die Sättel und schnurstracks nach Vohburg!« befahl der Kleinadlige grinsend. »Jetzt können wir uns allesamt eine Menge Meriten verdienen!« Er hastete ins Freie, brüllte nach den Roßwachen und schien es kaum mehr erwarten zu können, bis die Tiere herangebracht wurden. Wenig später befanden sich die dreizehn Reiter auf der Heerstraße und jagten mit verhängten Zügeln auf die Grafenstadt zu; die während der Nacht überrumpelten Bauern waren gefesselt in ihrer Kate zurückgelassen worden.

*

»Nicht so fest! Es ziept ganz schlimm!« protestierte Sibylla. »Du tust mir weh!«

»Aber wir müssen dein Haar durchkämmen, wenn du die Zöpfchen haben willst«, erwiderte Agnes. Seit die Dreijährige sie in Beschlag genommen hatte, fühlte sie sich ein wenig besser. »Ein Dutzend Bürstenstriche bloß noch«, setzte sie hinzu. »Komm, wir zählen mit, dann geht es schneller: Einer für Papi . . .«

»Und einer für Mami«, fiel das Mädchen getröstet ein, »und einer für mich . . .«

»Und einer für den Onkel Betzwie . . .«, wollte die Blonde das Spiel fortsetzen, als sie plötzlich unten im Hof den Aufruhr vernahm. Pferdegetrappel, dutzendfach, fing und verstärkte sich in der Mauerschlucht zwischen Tor und Palas, dazu wurden erregte Rufe laut, und jetzt begann hektisch auch noch die Glocke im Portalturm zu läuten.

Die Bürste fiel zu Boden, Agnes sprang auf und eilte, ohne auf die neuerlichen Proteste ihrer Tochter zu achten, zum Fenster. Kann es denn sein, daß Albrecht unvermutet zurückgekehrt ist? dachte sie zunächst noch – doch dann erkannte sie, daß es sich bei den Eindringlingen um Fremde handelte. Zwölf oder dreizehn waren es, ein Ritter befand sich unter ihnen, und der war es auch, welcher jetzt auf einmal den Befehl gab, die Schwerter zu ziehen.

Zitternd, verstört mußte die Vierundzwanzigjährige mitansehen, wie die wenigen Reisigen, die in der Vohburg zurückgeblieben waren, in einen toten Winkel abgedrängt wurden. Trotz ihrer Furcht riß die Bernauerin das Fenster auf, wollte ihre Empörung hinunterrufen in den Hof. Aber ehe sie einen Laut herausbrachte, war unvermittelt der Pfarrer da, und die Blonde hörte, wie er den Kleinadligen anherrschte: »Was soll das bedeuten?! Ihr dringt hier ein, brecht den Burgfrieden! Bitter zur Rechenschaft ziehen wird man Euch!«

Gleich darauf drang die andere Stimme herauf zum Erker; die Antwort des Gepanzerten: »Kusch, Pfaffe! Befehl von Herzog Ernst zu München haben wir!«

Vom Glotzäugigen, vom Feind, vom ewigen Widersacher! Das Begreifen hämmerte Agnes durch den Schädel; gleichzeitig wummerte die furchtbare Angst der Nacht, die Beklemmung ihres Alptraumes in sie zurück. Was in der Dunkelheit aber bloß vage gewesen war, gestaltete sich jetzt in entsetzlicher scharfkantiger Realität aus; sie wußte plötzlich unverbrüchlich: Der Überfall galt ihr; ihr und dem Kind!

Fliehen! schartete es sich ihr ins Gehirn; sie wollte vom Fenster zurückweichen, spürte jedoch mit demselben Herzschlag, daß ihre Knie wie Watte nachgaben, daß ihre Beine sie scheinbar nicht mehr tragen wollten. Und eine unsichtbare Mauer schien zwischen ihr und Sibylla zu sein; ein irgendwie nebliger Wall, den ihre ausgestreckten Hände unmöglich zu durchdringen vermochten. Dennoch krallte sie sich hinein, dennoch kämpfte sie wimmernd dagegen an – erst als sie sich mit der Dreijährigen bereits viel höher im Palas befand, wurde ihr bewußt, daß die Lähmung von ihr gewichen war, daß sie das Entkommen geschafft hatten; vorerst zumindest.

Glasklar arbeitete ihr Verstand wieder; an den Tag erinnerte sie sich, an dem Albrecht ihr den verborgenen Gang gezeigt hatte. Bis jetzt war die Blonde lediglich instinktiv in die Richtung der Kammer mit der schweren Eichentruhe gelaufen, hatte das heulende Mädchen einfach mitgezerrt. Doch nun nahm sie Sibylla auf den Arm, drückte sie, hielt sie fest und flüsterte ihr atemlos zu: »Ganz leise mußt du sein, bitte! Dann kann ich dich in ein Versteck bringen, wo uns keiner entdeckt! Aber es wird nur gelingen, wenn du still wie ein Mäuschen bist!«

Das Schluchzen der Kleinen verebbte, löste sich in krampfartiges, stoßendes Schnaufen auf; Agnes, im Weiterrennen, preßte das Köpfchen an ihre Schulter. Der Treppenschacht wurde enger, die Staffeln steiler, zuletzt tauchte unter einem Spitzbogen die halbhohe Pforte auf. Die Bernauerin rüttelte an der Klinke, fürchtete schon, die Tür sei abgesperrt; ebenso qualte sie der Gedanke, daß jemand den Lärm hören könnte. Plötzlich aber gab das Pförtchen nach, die Vierundzwanzigjährige mit dem Kind drängte sich hindurch; im Halbdunkel erkannte sie verschwommen die Umrisse der Lade. Obwohl die Zeit sie jetzt zu peitschen schien, zog Agnes die Tür sorgfältig wieder ins Schloß, ehe sie Sibylla absetzte und sich mit aller Kraft gegen den Truhendeckel stemmte. Krachend schlug das Eichenholz gegen die steinerne Wand; Agnes hob die Dreijährige in das harzig riechende Geviert, folgte ihr und schrammte sich dabei die Knie wund. Sie versuchte sich zu erinnern, wo genau das lose Brett war, auf das Albrecht sie damals aufmerksam gemacht hatte; endlich entdeckte sie es und drückte es beiseite – in der Vertiefung befand sich der schmiedeeiserne Hebel. Er ließ sich erstaunlich leicht bewegen; der halbe Boden der gewaltigen Truhe glitt weg, und unterhalb der Luke wurden undeutlich schmale Stufen sichtbar.

Die Blonde ertastete die Fackeln in der Mauernische; mit zitternden Händen schlug sie den Stahlkeil gegen den Feuerstein, bis der Zunder aufglühte, das Werg entflammt war. Sibylla kauerte jetzt auf der drittobersten Staffel, Agnes ließ den Ladendeckel zurückfallen, hastete acht, zehn Stufen abwärts, betätigte erneut den Hebel. Von unten diesmal tat sie es, vorher hatte sie das Brett wieder an seinen Platz geschoben; scharrend rastete der Fehlboden über ihrem Kopf ein. Vom Fackelflackern umwabert, den beißenden Rauch in den Kehlen, hasteten die junge Frau und das Kind weiter – durch den Geheimgang, der sich direkt in der Palasmauer befand und gekrümmt hinüber zum Bergfried führte.

Bald veränderte sich die Struktur der Steine, sie wurden wuchtiger und quaderiger; Agnes und Sibylla befanden sich nun bereits in der meterdicken Ummantelung des Burgturmes. Wieder kamen Staffeln, scheinbar endlos führten sie nach oben, dann fauchte die Flamme plötzlich in einem eiskalten Luftzug. Die Flüchtigen hatten den verborgenen Raum unter der nordöstlichen Zinnenecke der Wehrplattform erreicht; durch eine verdeckte und von unten nicht sichtbare Scharte drangen ein dünner Lichtfaden sowie Sauerstoff in die sargähnliche Kammer.

Die Blonde, am Ende ihrer Kräfte jetzt, schob die Fackel in den eisernen Haltering, sank zusammen mit der Dreijährigen auf die Pritsche neben dem gähnenden Einstiegloch. Alles in ihr schrie nach Albrecht, wie nie zuvor sehnte sie sich nach seiner Gegenwart, seinem Schutz, seiner Umarmung; gleichzeitig war sie versucht, sich einfach ins Nichts, ins Nicht-mehr-denken-Müssen abstürzen zu lassen. Zwei, drei Atemzüge später aber trieb die Panik sie wieder hoch. Die offene Schlupfpforte erschien ihr plötzlich wie etwas Molochisches, das sie anzuspringen drohte. Hastig tat Agnes die paar Schritte zur Tür, schob sie zu, ließ den Riegel einrasten, fühlte sich dennoch kaum sicherer. Denn zum ersten Mal, seit sie den Lärm im Schloßhof vernommen hatte, wurde ihr klar, daß Herzog Ernst als Bauherr der Vohburg die Örtlichkeiten hier mit Sicherheit noch besser kannte als sie; daß also auch die Eindringlinge, die in seinem Namen gekommen waren, in die Geheimnisse des Gebäudes eingeweiht sein mußten.

»Das Bett!« keuchte sie. »Komm, Sibylla, hilf mir!« Gemeinsam mit dem Kind zerrte sie das hölzerne Gestell zur Pforte, um es als zusätzlichen Wall zwischen sich und dem Grauen zu nutzen; die dünnen Streben jedoch und der Strohsack wirkten so lächerlich, daß die Bernauerin das Schluchzen auf einmal nicht mehr zurückhalten konnte. Der Weinkrampf beutelte sie zum Gotterbarmen; mit großen Augen schaute die Dreijährige auf die Mutter und begriff nicht, warum die Große vorhin von ihr verlangt hatte, daß sie still wie ein Mäuschen sein müsse – wo sie doch jetzt selbst schrie wie ein verwundetes Tier.

Und ins Schreien, ins Schluchzen, ins Wimmern hinein plötzlich das Poltern und schroffe Stoßen; der Aufruhr draußen! Die Häscher hatten den verborgenen Gang entdeckt, hatten ganz offensichtlich Äxte bei sich, und nun bissen die Stahlschneiden unnachsichtig ins Holz. Wenig später war die Pforte durchbrochen, ein Beilhieb schmetterte den Riegel aus der Krampe, gleich darauf schwang die zersplitterte Tür ganz auf; die Pritsche stellte kein ernstzunehmendes Hindernis dar. Auf der Schwelle, teuflisch grinsend, stand der Einschildner; die blanke Waffe in der Faust. Und dann berührte die Schärfe der Breitaxt Agnes' Brust, und der Ritter raunzte hämisch heraus: »Da ist sie ja, die Zuberhur'!«

Das Primitive an dem Mann, sein so dreckig verzogenes Maul stachelten noch einmal den Widerstandswillen der Blonden an. Sie zwang sich dazu, die Hand auf die blitzende Klinge zu legen, das Beil wegzudrücken und zu entgegnen: »Herzog Albrecht ist mein Gatte und der Vater dieses Kindes, das Ihr zu Tode erschreckt habt! Wenn der Wittelsbacher erfährt, was hier geschehen ist, wird er Euch einkerkern lassen zur Strafe für Eure Untat!«

»Du kommst ins Verlies, Dirne; nicht ich!« brüllte der Kleinadlige. Die Vorhaltungen der Morganatischen hatten ihn kein Quentchen beeindruckt. Während Agnes in die Knie sank und ihre Arme um Sibylla schlang, setzte er hinzu: »Im Auftrag des Münchners handle ich; ich sehe dir's an, daß du weißt, was das bedeutet!«

Die Blonde schwieg; es schien nur noch ihr Kind für sie zu geben, sonst nichts mehr.

»Meine Gefangene bist du!« setzte der Einschildner grob hinzu. »Wenn du noch weitere Sperenzchen machst, kriegst du Prügel! Und jetzt hoch! Raus aus dem Rattenloch hier, Hexe du! Das Blag kannst du vorerst noch bei dir behalten!«

Der Rückweg durchs nackte, zwängende Gestein, die Bewaffneten vor und hinter sich, war die grausame Übersteigerung ihres Alptraumes; nichts anderes konnte die Vierundzwanzigjährige jetzt mehr denken. Erst im Palas dann, als sie wieder Luft bekam und zumindest ein bißchen Abstand zu den Bütteln einzuhalten vermochte, kam sie soweit wieder zu sich, daß sie den Sinn des letzten Satzes, den der Ritter gesagt hatte, begriff. »Was habt Ihr mit meinem Kind vor?!« fuhr sie den Kleinadligen an.

»Mama!« jammerte Sibylla auf; instinktiv hatte sie jäh begriffen, was sie bedrohte.

»Die Göre bleibt auf der Burg, was denn sonst?« schnappte der Einschildner. »Wäre ja noch schöner, wenn wir uns auf dem Strom herumärgern müßten mit ihr!«

»Auf dem Strom ...?!« Die Bernauerin blickte verstört, gehetzt von einem Häscher zum anderen, doch jede der Männerfratzen schien bloß aus stahlkalten Konturen zu bestehen. Bis dann plötzlich doch ein menschliches Antlitz auftauchte; das des Priesters. Einer verzweifelten Eingebung folgend, drängte Agnes sich zu ihm durch, zerrte die Dreijährige mit sich, drückte das Körperchen gegen die Soutane. »Betzwieser, du mußt dich um sie kümmern!« flehte sie. »Sie wollen mich von Sibylla trennen; du mußt dafür sorgen, daß ihr Vater ...«

»Ich werde mich um dein Kind annehmen«, flüsterte der Weißhaarige; Tränen standen dabei in seinen guten Augen. »Aber wer wird dich beschützen, Agnes ...?!«

»Schluß jetzt! Die Sache ist geklärt!« raunzte wiederum der Ritter, riß die Blonde brutal von ihrer Tochter und dem Kleriker weg. »Die Handschellen her!« fuhr er gleich darauf einen seiner Männer an. »Und den Mantel dazu, damit es draußen nicht so auffällt!«

Die Bernauerin, während Sibylla die ganze Zeit nach ihr schrie, mußte es dulden, daß man sie fesselte gleich einer Verbrecherin und sie vermummte wie eine Delinquentin. Dann wurde sie nach unten gestoßen und getrieben; der Priester machte keine Anstalten, ihr zu folgen. Agnes war ihm letztlich sogar dankbar dafür: Sie hätte um keinen Preis gewollt, daß ihr Kind noch mehr gequält wurde. Sie selbst freilich litt wie ein Vieh, als man sie auf dem Hof in die Kalesche zwang; als die Kutsche dann anrollte und davonpolterte.

Durch das Fensterloch im Leder sah die Vierundzwanzigjährige wie zerfetzt die Gassen und Fassaden der Stadt vorbeihuschen; der Stadt, in der sie einmal so glücklich gewesen war. Jetzt jedoch schienen die verzerrten Facetten sie zu verhöhnen und zu verspotten, und dies wurde immer schlimmer, bis das Gefährt zuletzt an der Donauände anlangte, wo bereits der Schnellruderer wartete. Oberhalb

Vohburgs, in Mehring, hatten die Schiffer die Nacht über gelauert, doch davon wußte die Gefangene nichts; sie nahm jetzt auch die lüsternen Blicke und die Anwürfe kaum mehr wahr, als man sie an Deck brachte und ihre Handschellen an der Sitzbank festmachte. Wie versteinert kauerte sie da, bis das Schiff ablegte, stromabwärts; irgendwann dann hörte sie den Einschildner zu den Ruderknechten sagen: »Einen Dukaten extra für jeden von euch vom Münchner Herzog; den Lohn verspreche ich euch, wenn wir bis Einbruch der Nacht Straubing erreichen!«

Straubing? dachte sie dumpf. Was soll ich denn dort? Albrecht ist doch in Landshut; warum bringt man mich dann in den Gäu?

Diese Überlegung, aus irgendwie zwanghaftem und alptraumartigem Gedankenfluten heraus, räderte ihr von da an unablässig durchs Gehirn; den ganzen langen Tag über, und nur manchmal blitzte seltsam fremd die Erinnerung an Sibylla hinein.

In der Abenddämmerung dann, ganz wie der Ritter es verlangt hatte, legte das Schiff nahe der Straubinger Donaubrücke an. Unter sich jetzt beklemmend rasch eindüsterndem Himmel erkannte die Bernauerin vage die Doppeltürme der Peterskirche im Osten und die Silhouette der Stadt selbst etwa eine Meile entfernt im Südwesten; gleich darauf aber jagte man sie wiederum in eine Kutsche, und dann ratterte das Gefährt los, dem Herzogsschloß zu.

Zutiefst erniedrigt schleppte sich Agnes Bernauer zuletzt durch das Portal der Residenz, die sie einst als Gattin des Statthalters bewohnt hatte. Jetzt freilich blieben ihr die Prunkgemächer verschlossen. Ihre Büttel zerrten sie hinunter in den Kerkertrakt; auf dem feuchten und rattenkotversudelten Boden ihrer Zelle brach sie fast besinnungslos zusammen.

# STRAUBING
*12. Oktober 1435*

*»Die Frau ist die Pforte des Teufels, der Weg der Bosheit, der Stachel des Skorpions, mit einem Wort ein gefährlich Ding.«*
*(Hieronymus, katholischer Heiliger und Kirchenlehrer)*

*»Das weyb wardt so in Poshayt verhartet, daz sy den Herzog Ernst nit als iren Richter und Herrn halten wollt, da sy selbst Herzogin zu seyn angab; undt daz erposte Herzog Ernsten wider sy, daz er das weyb nemmen last, undt ersauffen.«*
*(Genealogie der bayerischen Fürsten)*

Der Riegel draußen kreischte in den Krampen, knarrend schwang die Tür zum Verlies auf; das hereindringende Fackellicht traf die Vierundzwanzigjährige wie ein Hieb in die Augen, ins verstörte Gehirn.

Gleich einem Tier in der Falle wich Agnes zurück, so weit sie konnte. Ihr Rücken schrammte gegen den grob behauenen Stein, doch den jähen Schmerz nahm sie gar nicht wahr; der Anblick der Männer mit den roten Kapuzenmasken, die jetzt hinter dem Rauch und dem Grellen sichtbar wurden, war ungleich schlimmer. Langsam, tückisch die

Schritte setzend, näherten der Henker und seine beiden Gehilfen sich der Blonden. Unvermittelt dann packten sie zu und zerrten die Wimmernde, die Flehende, die vor Angst am Rande des Wahnsinns Stehende aus der Kerkerhöhle.

In den versinterten Stollen, auf den schlüpfrigen Staffeln brach der hilflose Widerstand der Delinquentin gleich darauf in einer Art von neuer Agonie zusammen. Willenlos ließ Agnes sich nun führen; als sie zuletzt in den großen unterirdischen Raum taumelte, nahm sie die Konturen dort bloß mehr wie durch einen Schleier wahr. Sie ahnte auch nicht, daß ihr Leidensweg sich hier mit dem der Straubinger Juden kreuzte, die im vergangenen Frühjahr an ebendiesem Ort gefoltert worden waren. Erst als die Kapuzen von ihr abließen und ihr damit zumindest ein Quentchen Würde zurückgaben, vermochte die Vierundzwanzigjährige ihre Umgebung allmählich bewußter zu erkennen; der Anblick freilich, der sich ihr bot, vertiefte ihre Verzweiflung eher noch.

Sie sah die Streckbänke, die Wippgalgen und die anderen Schinderwerkzeuge; sie sah die Fackeln ringsum und sah unter einem riesigen Kruzifix ein Kohlebecken glühen; vor allem aber sah sie die Balustrade, die rotverschlagene, die seitlich des Kreuzes und des Glutofens aufgebaut war – und dann sah sie die Haßerfüllten hereinschreiten: die Kleriker und die Adligen.

Der Nothafft zu Wernberg, Vitztum des Straubinger Landes, nahm am Richtertisch Platz; neben ihm Konrad Nußberger und Hans von Degenberg, die Böckler. Dazu der Heinrich, Albrechts ehemaliger Beichtvater, der die Israeliten ins Unglück getrieben hatte; zwei Dominikaner in fahlen Kutten, den Ausdruck fanatischen Glaubenswahns in den Augen, belegten die Scherenstühle links und rechts von ihm. Ein Sessel allerdings, der in der Mitte zwischen weltlicher und pfäffischer Dreifaltigkeit, blieb vorerst noch frei – und gerade dieser siebente Stuhl schien Agnes Bernauer nun auf beinahe schwarzmagische Art in seinen Bann zu schlagen. Sie konnte den eben noch gehetzten Blick nicht mehr von ihm lösen; ihre ganze Angst, ihre ganze Erniedrigung ballte sich scheinbar dort zusammen und fand dort ihren vom Verstand her nicht faßbaren Widerpart. Eine aus der fast obszönen Leere herausschwerternde Ahnung war es, welche die Mooräugige mental lähmte, welche sie die feindlichen Adligen, Kleriker und selbst die Henker vergessen ließ – und dann wurde diese grauenhafte Ahnung wahr: Die Kerkerpforte spie den aus, den sie wie den Teufel zu fürchten gelernt hatte; Herzog Ernst von Bayern-München!

Der Glotzäugige bestieg den erhöhten Sessel, den blasphemischen Thron; in seiner Gestalt vollendete sich die Siebenzahl der Verneiner, der Widersacher, der Todfeinde all dessen, wofür Agnes Bernauer gelebt hatte.

Der gekreuzigte Jude schien sich plötzlich zu winden an seinen Balken, während gleichzeitig die Glut im Kohlebecken aufsprotzelte. Der Wittelsbacher, als er den blanken Stahl aus der Scheide zog und ihn quer vor sich auf die Balustrade legte, wirkte dabei wie ein Metzler, wie ein Schlächter. Unabdingbar begriff die Delinquentin im selben Moment, was geschehen würde; mit dem gleichen Herzschlag aber schoß ihr ein anderer Gedanke durchs Gehirn: Er kann es nicht tun! Er ist der Vater meines Gatten und der Großvater unseres Kindes! Er würde in mir sein eigenes Fleisch meucheln, denn e i n Fleisch war ich mit Albrecht, und e i n Fleisch sind wir mit Sibylla!

»Der Prozeß gegen die Metze, Zauberin und Hexe ist eröffnet!« zischelte im nämlichen Augenblick der Herzog; er starrte dabei an der Angeklagten vorbei, starrte auf das Kruzifix. Setzte sodann hinzu: »Die Vertreter von Adel und Kirche mögen vorbringen, welcher Verbrechen sich das Kebsweib schuldig gemacht hat!«

Die Blonde wankte, jedes einzelne Wort hatte sie getroffen wie ein Hieb. Etwas in ihr schrie danach, die ungeheuerlichen Gemeinheiten nicht hinzunehmen; sich zu verteidigen, auf der Stelle, mit aller Kraft und mit aller Wut, die ihr noch verblieben waren. Doch sie brachte keinen artikulierten Ton heraus, nur ein Keuchen, und dann spürte sie wiederum den Griff des Henkers. Der Scharfrichter fing sie auf, ehe sie hinschlagen konnte; in der Klammer seiner Fäuste zusammengekrümmt, mußte sie sich hilflos anhören, was nunmehr der Nothafft, der grobschlächtige Graf, ihr vorwarf.

»Eine Ehrlose warst und bist du«, raunzte er sie an, »hast die Tücke und Boshaftigkeit des Hurenstandes schon mit der Muttermilch in dich eingesogen! In einem Saustall bist du aufgewachsen zu Augsburg, in einem Sündenbabel sondergleichen! Nichts anderes hast du dort gelernt, als unschuldige Christenmenschen in deine Falle zu locken! Wie eine Spinne hast du sie in deinem Netz gefangen; dein verworfenes Meisterstück aber hast du geliefert, als es dir vor sieben Jahren gelang, den Münchner Thronfolger gänzlich willenlos und pflichtvergessen zu machen, so daß er dir mit Haut und Haaren verfiel! Durch teuflische Zauberkünste, daran kann es überhaupt keinen Zweifel geben, hast du ihn blind gegenüber deinen Ränken gemacht! Als Succuba oder Incuba[80]) hast du ihm beigewohnt, bis er dir völlig und vollständig hörig geworden war und du die abscheuliche Krönung deines satanischen Anschlages ins Werk zu setzen vermochtest!«

An dieser Stelle überschlug sich die Stimme des Wernbergers; erst nachdem er einen Sturztrunk getan hatte, konnte er fortfahren: »In den Erbgang des erlauchten Hauses Wittelsbach hast du dich eingeschlichen und hast versucht, die Dynastie abzuwürgen, indem du den jungen Herzog daran gehindert hast, mit einer Gattin von hohem Stand in recht-

[80]) Succuba, Incuba: Weibliche Dämonen, die einen Mann angeblich mit ihren Sexkünsten um sein Seelenheil bringen konnten.

mäßiger Ehe legale Nachfahren zu zeugen! Seinen Samen hat er vielmehr in deinem Hurenschoß verschwendet, weil du es so wolltest und ihn durch weibliche Bösartigkeit dazu brachtest; ja, du hast dich sogar dazu verstiegen, ihm eine Tochter zu werfen, um ihn durch die Geburt dieses Wechselbalges noch enger und verderblicher an dich zu ketten! Damit noch immer nicht zufrieden, hast du ihn offensichtlich durch Zauberkünste, die sich jeglichem christlichen Begreifen entziehen, schließlich sogar dazu getrieben, eine widernatürliche Ehe mit dir einzugehen! Da eine solche Kopulation jedoch niemals gottgewollt sein kann, muß der Leibhaftige bei ihrem Zustandekommen seine Klaue im Spiel gehabt haben! Dies bringe ich als Beweis dafür vor, daß du in seinem höllenschwarzen Auftrag und aus allervermaledeitestem Antrieb heraus gehandelt hast, und die Strafe dafür kann dich nirgendwo anders als an deinem malefizischen Leben treffen!«

Seine Faust hieb der Graf nach dem letzten Wort auf den Richtertisch, sodann wandte er seinen Blick beifallheischend gegen den Wittelsbacher hin; nachdem Herzog Ernst ihm scharf zugenickt hatte, starkte der Wernberger sich erneut unmäßig aus seinem Pokal.

Ein zweites kurzes Kopfsenken des Münchners bewirkte, daß nunmehr der Heinrich das Wort nahm; was der judenhasserische Pfaffe vorbrachte, sollte Agnes in ihrer stummen, ohnmächtigen Qual noch ärger treffen als das Vorangegangene.

»Eine Lamie bist du«, fauchte der Kleriker die Blonde an, »eine Stryge, eine Sortiaria, eine Hexe, eine Alraune, eine Fee, eine Drutte, eine Säge, ein böses Weib, eine Zäubersche, eine Nachtfrau, eine Nebelhexe, ein Galsterweib, eine Feldfrau, eine Menschendiebin, eine Milchdiebin, eine Gabelreiterin, ein Schnürvogel, eine Besenreiterin, ein Schmalzflügel, eine Bockreiterin, eine Teufelsbuhlin, eine Teufelsbraut und allgemein eine Unholde, denn du bist niemandem hold, sondern Gottes, der Menschen und aller Geschöpfe Gottes abhold und ihre geschworene Feindin![81]) – Mit Hilfe aller nur denkbaren satanischen und hexerischen Künste hast du die Gottesgnadenschaft des hohen herzoglichen Hauses besudelt! Hast dazu, was fast noch schlimmer ist, unablässig ins Antlitz der Heiligen Mutter Kirche gespuckt durch deine offensichtlich gewordenen und mehr noch durch deine verborgenen Taten! Wenn es je eine Hexe und Satansbuhlin gegeben hat, so bist du ihre siebenfach abscheuliche Ausgeburt; dich hat der Leibhaftige gefickt von deinem ersten Säuglingskrächzen an, und besessen wirst du von ihm bleiben bis zu deinem allerletzten Röcheln! Jegliche kirchliche Gnade, Milde und Barmherzigkeit ist verschwendet an dich; selbst Christus, so er es versuchen wollte, könnte eine wie dich in Ewigkeit nicht erlösen! Dies beschwöre ich bei meiner eigenen Seligkeit und dazu als Theologe und Priester! Denn wäre deine belialische Verworfenheit nicht so höllentief, wie ich gesagt habe, dann müßtest du dich reuig im Staub winden vor dieser Richterschranke, du aber verharrst verstockt im Erzbösen, wovon sich jedermann hier mit eigenen Augen überzeugen kann, und dies wiederum ist der unumstößliche Beweis für deinen Bund mit dem Teufel! Verbrannt oder ersäuft werden mußt du deswegen, so schreibt die Heilige Mutter Kirche es in ihrer unendlichen Weisheit vor, und ich fordere im Namen Gottes, daß das Urteil unnachsichtig an dir vollstreckt werden soll!«

»Du hast die Anklagen gehört! Ich bin dein Richter! Du wirst meinen Spruch noch in dieser Stunde vernehmen!« Zum ersten Mal, seit er den Kerkerraum betreten hatte, blickte Herzog Ernst seine Schwiegertochter direkt an.

Agnes Bernauer, immer noch im brutalen Griff des Henkers hängend, warf den Kopf zurück. Sie hätte nicht sagen

---

[81]) Dieser ganze Anwurf ist wörtlich einem einschlägigen katholischen Kanon entnommen.

können, woher ihr die Kraft dazu gekommen war, aber sie wußte, daß sie sich nicht beugen wollte; weniger um ihrer selbst willen als wegen ihres Kindes und ihres Gatten. So trafen ihre Augen und die des Wittelsbachers sich; ein stummer Zweikampf war es, in dem eine nackte und geschändete Seele gegen eine verstockte und mörderische stand. Sehr lange – eine Ewigkeit, wie es der Blonden schien – währte das mentale Duell; der Herzog war es zuletzt, der die Lider wie unter einem Zwang senkte. Doch die Vierundzwanzigjährige fühlte deswegen keinen Triumph, erspürte vielmehr so etwas wie das Heranwehen einer höheren Gerechtigkeit trotz allem, und auch der Glotzäugige schien irgendwo davon berührt zu werden, denn als er sie nun erneut ansprach, schwang in seinem Grollen kaum merklich ein bittender Unterton mit.

»Ich kann dich zum Tod verurteilen – aber es gibt einen Ausweg«, sagte er. »Wenn du vor den hier anwesenden Zeugen erklärst, daß es nie zu einer Eheschließung mit meinem Sohn gekommen ist; wenn du außerdem schwörst, daß du von heute an nie wieder mit ihm sprechen und ihn nie wiedersehen wirst, will ich dich begnadigen!«

Diesmal war es die Blonde, die den Blick abwandte. Sie tat es nicht aus Trotz gegenüber dem Wittelsbacher und auch nicht deswegen, weil die Todesangst und gleichzeitig die Verheißung des Lebens sie über jedes Menschenmaß hinaus lähmen wollten. Es geschah, weil sie es nicht ertragen konnte, daß der Vater ihres Gatten ihr zumutete, die Liebe zu seinem Sohn zu verraten. Es geschah aber auch, weil sie – aus ihrem Selbsterhaltungstrieb heraus – versucht war, genau das zu tun; der innere Kampf, den sie infolgedessen auszufechten hatte, war unbeschreiblich grauenhaft.

Irgendwann dann – und die Welt schien jetzt bloß noch schemenhaft und sehr brüchig existent zu sein – hörte Agnes Bernauer ihre eigene gepreßte Antwort: »Ich bin das Weib des jungen Herzogs! Ihr könnt nicht über das richten, was

Albrecht und mich verbindet; seid in dieser Sache auch nicht mein Herr! Als Gattin des Thronfolgers sage ich Euch: Albrechts und meine Ehe wurde vor Gott geschlossen, und der Bund entstand – was noch mehr bedeutet – aus unserer unabdingbaren Liebe zueinander! Ich kann diese Liebe und meinen Trauring nicht wegwerfen wie etwas Wertloses! Ich muß und will dazu stehen – wenn es denn sein soll, bis in den Tod!«

»Weib des jungen Herzogs?! Herzogin wohl gar selbst, ja?!« Haßerfüllt, kreischend fast, kam der Schrei. Jäh um den Schwertgriff hatte der Münchner die Faust gekrampft; einen Augenblick fürchtete die Blonde, er würde sich mit blanker Waffe auf sie stürzen. Doch dann fand Ernst zähneknirschend seine Beherrschung wieder; was er jetzt noch zu sagen hatte, kam erneut zischelnd: »Wenn du der Vernunft nicht gehorchen kannst, Metze; wenn du auf die gottgewollte Weltordnung spucken willst in deiner Vermessenheit, dann mußt du die Folgen tragen! Dann müssen ich und die übrigen Richter dir das einzig mögliche Urteil sprechen!«

Kraftlos wieder hing die Vierundzwanzigjährige im Griff des Henkers; seltsam verzerrt, wie durch ein Rauschen hindurch, hörte sie die Stimmen von der Balustrade her – dennoch schien ihr die Bedeutung der Worte stahlscharf ins Gehirn zu dringen.

»Ihr, Nothafft, und Ihr, Heinrich, habt Eure Anklagen vorgebracht; habt für die Hinrichtung plädiert!« stellte der Wittelsbacher fest. »Nun habe ich Euch zu fragen, Konrad Nußberger . . .«

»Die Hure hat den Tod verdient!« erwiderte der Böckler.

»Seid auch Ihr dieser Meinung, Hans von Degenberg?«

»Sie soll dem Scharfrichter gehören!« bestätigte der Ritter.

Im gleichen Sinn äußerten sich auch die beiden Dominikaner. »Sie hat Leben und Seelenheil verwirkt!« raunzte der eine. »Zur Hölle soll sie fahren, so schnell wie möglich!« fauchte der andere.

»Damit ist der Stab über dich gebrochen, Agnes Bernauer!« Herzog Ernst von Bayern-München drehte das Schwert, richtete die Spitze gegen die Delinquentin. »Deiner Verbrechen gegen Staat und Kirche bist du siebenfach überführt! Da du dich so unerhört verstockt zeigtest, kann auch unmöglich mehr Gnade vor Recht ergehen! Das Urteil gegen dich soll noch heute bei Sonnenuntergang vollstreckt werden! Als Hexe, Dirne und Teufelsbuhlin sollst du in der Donau ersäuft werden!«

*

Sie wußte nicht, wie sie zurück in die Zelle gelangt war; wie lange sie ohnmächtig auf den kalten, modderglitschigen Steinen gelegen hatte. Sie begriff, als sie wieder zu sich kam, letztlich nur, daß sie immer noch lebte; daß ihr noch ein letztes Quentchen geschändeten Da-Seins vergönnt oder auch zugemutet worden war.

Ihre Nägel krallten sich in die riffeligen Quader, sie richtete sich auf, kauerte in der Dunkelheit eine Weile auf Händen und Knien da. Das Rattenhuschen drang zurück in ihre Wahrnehmung und peitschte sie schließlich zwei, drei Meter weiter. An der Kerkerwand, wo sie sich am Morgen blutrünstig gestoßen hatte, fand sie nunmehr sitzend Halt. Und dieser Halt vermittelte ihr auf einmal wieder so etwas wie völlig irrationale Hoffnung.

Albrecht! dachte sie. Er kann es nicht zulassen! Sie haben ihn tückisch weggelockt von mir, aber er wird noch rechtzeitig erfahren, was geschehen ist! Die Menschen in Vohburg haben mich doch gemocht! Wenigstens einer von ihnen muß nach Landshut geritten sein, um unserer Liebe willen! Wegen unserer Liebe – weil sie doch gar nicht sterben kann . . . – Ihr Gedankenfluten, ein paar Herzschläge lang logisch, verwirrte sich erneut. In ihrer gepeitschten

Phantasie glaubte sie den Dunkelhaarigen an der Spitze eines starken Trupps heranhetzen zu sehen, von der Isar her, doch dann wurde das Hufwirbeln der galoppierenden Rösser immer zäher. Die Gepanzerten schienen steckenzubleiben in einem pelzig durchwuselten Schlammfeld, und auch die Gestalt des Einzigen wollte jäh versinken darin. Als Agnes jedoch nach ihm schrie, befreite Albrecht sich wieder; der Himmel schien aufzubrüllen in einer Kaskade von warmem Licht, und direkt aus dem Firmament heraus formte sich jetzt scheinbar das vertraute Antlitz neu. Mit einem Ausdruck unendlicher Zärtlichkeit in den Augen neigte es sich über sie, und dann war auch seine Stimme ganz nahe.

Der Turniertag in Augsburg, raunte er ihr zu, weißt du noch? Als wir uns zum ersten Mal begegneten, und du warst so ängstlich, so verstört! Dabei hatten wir einander doch schon eine Ewigkeit lang gesucht, und weil es so war, wurden wir ein Leib und eine Seele, gleich zu Anfang, und später dann ... – In Bilder verwandelten sich seine Worte; zwei Flüsse sah die Mooräugige ineinanderströmen jenseits einer binsenbestandenen Landzunge im Schwäbischen; das Fachwerk eines kleinen Hauses fügte sich zusammen zum Nest unter einer Stadtmauer. Eine Zille glitt auf mäandrischem Weg durch eine sommerliche Landschaft, im Vohburger Schloß überglühte die Leidenschaft zwei schamlose Körper; die Gesichter der Alten im Spital schienen ihren Segen dazu zu geben. Aus raschelndem Wildgras wuchs ein Ring auf und heilte eine vom Hussenkrieg geschlagene inwendige Wunde; kurz danach schon begann sich unter den streichelnden Händen des Mannes der Leib der Braut aufzuwölben. Sein Sein und ihr Sein verschmolzen im ersten atemlosen Schrei Sibyllas; dann aber gellten andere Schreie auf zu Regensburg, Straubing und Bogen. Ein Wagenzug verließ wie auf der Flucht die Residenz an der Donau; Vohburg noch einmal erreichten der Wittelsbacher und Agnes, Schenkel an Schenkel reitend und das Mädchen bei sich, der Strom jedoch wallte ihnen hinterher – und jetzt schlug etwas peitschend über der Erniedrigten im Kerker zusammen.

Eine tödliche Kälte wischte das Antlitz weg und mit dem Antlitz die scheinbar rettenden und bergenden Erinnerungen; nichts blieb als undurchdringliche und steinschroff umgrenzte Leere. Innerhalb dieser Leere dehnte die Furcht der Verurteilten sich nun grenzenlos aus – und dann drang, bedrohlicher als am Morgen noch, das Riegelkreischen in die abgrundtiefe Verzweiflung der Vierundzwanzigjährigen hinein. Erneut, aber völlig hoffnungslos jetzt, wimmerte sie den Namen des Dunkelhaarigen; mit demselben reißenden Herzschlag waren die Henker bei ihr.

*

Gittrig standen die ruppigen Stäbe des Karrens zwischen ihrer Panik und der Außenwelt. Das Roßstampfen, das Rumpeln und das rüde Geschrei trafen Agnes Bernauer wie eine ununterbrochen heranhagelnde Abfolge von Schlägen. Ihr Leib hatte sich eingekrümmt über den grob gehobelten Brettern und unter den lastenden Ketten; gleich einem Tier kauerte sie da, nichts anderes mehr war sie als eine rettungslos in die Enge getriebene Kreatur.

Eine unschuldige Kreatur, die durch ein Meer von menschlichen Bestien gejagt wurde! Tausendfach auf ihrem letzten Weg sah die Mooräugige die Fratzen. Die geil geblähten Nüstern, die glotzenden, gierigen Augen, die gebleckten Gebisse. Die Hände, die sich wie Krallen nach ihr ausstreckten; die Werkzeuge, die Prügel, die Waffen, welche in ihr Fleisch zu beißen versuchten. Dazu das Brüllen, das Fluchen, die Verwünschungen, das Spotten und Keckern. Heraus aus einer einzigen gottverlassenen Lefze schien dies zu fauchen; stinkend, faulig, verdorben. Immer wieder gegen das ruppig Gittrige und die Kreatur dahinter brandeten der kollektive Haß, die wahnwitzige Unmenschlichkeit heran, während der Schinderkarren am Altwasser vorbei und dann durch die Donauauen rumpelte.

Etwa auf halbem Weg dann zwischen dem Herzogsschloß und der Strombrücke setzte ein fröstеliger Nieselregen, vermischt mit dünnen Graupeln, ein. Schlagartig hatte der Himmel sich damit noch mehr als ohnehin schon verfinstert. Schlagartig auch drängten die Bestien sich näher zusammen und noch bedrohlicher an ihr Opfer heran; der Henker auf dem Wagenbock ließ die Peitsche knallen, die Maultiere beschleunigten ihren Trott. Schneller als eben noch rückte auf diese Weise auch der Tod an die Delinquentin heran; das Wissen darum ließ Agnes Bernauer jäh zurück an den Rand der Agonie gleiten.

Zumindest vorübergehend wurde ihr diese Gnade geschenkt, aber irgendwann bemerkte sie, wieder aufschreckend, daß der Karren zum Stehen gekommen war. Der Ort, wo ihr grausames Schicksal sich erfüllen sollte, war erreicht; er lag ganz nahe der Lände, an der die Blonde vierundzwanzig Stunden vorher als Gefangene von Deck des Schiffes gegangen war.

Ein Rudel von Landsknechten sperrte mit gefällten Hellebarden den bohlenbelegten Steig ab. Die Henkersknechte lösten die Ketten ihres Opfers von den Gitterstäben des Wagens, zerrten Agnes Bernauer auf die Brücke; der Scharfrichter selbst hielt sie dabei mit brutalem Griff wieder am Arm fest. Anfangs wehrte sich die Blonde noch, dann gab sie es auf; sie hatte jetzt keinerlei Kraft mehr. Das letzte Stück mußten die unter den Kapuzen sie schleifen; endlich war die Stelle erreicht, wo bereits der Priester wartete. Der Heinrich war es; ein übermannshohes Kruzifix hatte er bei sich, wie blutlose Krallen klammerten seine Hände sich um den Schaft. Zu Füßen des Gekreuzigten lag der große grobleinene Sack auf den Balken, daneben stand ein durchlöcherter Holzkasten, aus dem heraus es tobte und kratzte.

Diese Bilder nahm Agnes Bernauer vage noch auf, gleich darauf kam der hinterhältige Hieb gegen ihren Schädel, der sie auf die Planken niederschmetterte. Sie verlor nicht das Bewußtsein, doch sie war ein paar Augenblicke lang gelähmt – genau die Zeit, welche die drei Nachrichter benötigten, um den Sack über sie zu ziehen.

In ihrer Panik, in der plötzlichen stickigen Schwärze schrillte es ihr durchs Gehirn, daß sie trotz allem noch einmal kämpfen müsse, und sie versuchte es auch, doch von draußen war nicht mehr als ein krampfhaftes Zucken unter dem Grobleinen wahrzunehmen. Erst als der Henker den durchlöcherten Kasten öffnete und die beiden räudigen Köter zu der Frau in den Sack stieß, bäumte der geschundene Leib sich deutlich und wie im Sprung auf. Und dies hielt an, während der Scharfrichter die Öffnung über dem Kopf der Agnes Bernauer verschnürte, während die drei Männer sodann das unsägliche Bündel auf die Brückenbrüstung hievten und es noch einmal dem kreischenden Volk zeigten.

Der Heinrich, der mit dem Kruzifix, gab schließlich das Zeichen, die Hinrichtung zu vollenden. Seinen Gott rief er an, gleichzeitig löste sich der Sack vom Balkengeländer, stürzte hinunter und wurde von der Donau verschlungen.

Es geschah im gleichen Moment, in dem das letzte Licht des Tages verwich; die Natur selbst schien schamvoll einen Schleier über das Nachstrudeln im Strom breiten zu wollen.

# EPILOG

Der Sack mit dem Leichnam der Agnes Bernauer wurde der Überlieferung nach einige hundert Meter unterhalb der Mordstätte am rechten Donauufer angeschwemmt. Auf dem Friedhof der nahegelegenen Peterskirche erfolgte dann vermutlich eine rasche, unspektakuläre Beisetzung. Die Stelle, wo dies genau geschah, ist heute nicht mehr bekannt; es kann sich jedoch durchaus um den Platz gehandelt haben, an dem später die Sühnekapelle errichtet wurde.

Albrecht von Bayern-München muß sehr schnell vom Tod seiner Gattin erfahren haben, denn schon zwei Tage nach der bestialischen Hinrichtung, am 14. Oktober 1435, traf er wutentbrannt bei Herzog Ludwig dem Gebarteten in Ingolstadt ein. Er verbündete sich mit dem ehemaligen Feind und zog auch etliche eigene Truppen an sich, um auf diese Weise Rache am eigenen Vater sowie Heinrich von Landshut zu nehmen. Doch zum Krieg kam es nicht, denn schon in den folgenden Wochen schaltete sich Kaiser Sigismund in den Konflikt ein und vermittelte aus Gründen der Staatsräson zwischen den Wittelsbachern. Im Dezember 1435 erfolgte bereits wieder eine erste Annäherung zwischen Herzog Ernst und dem Thronfolger.

Im gleichen Monat tätigte Albrecht im Straubinger Karmelitenkloster, wo Agnes Bernauer schon im Frühjahr 1434 einen Altar hatte errichten lassen, eine sogenannte Seelgerätstiftung. Zum Gedenken an seine Gattin sollten im Kreuzgang regelmäßig Messen gelesen werden. Daß damals zugleich der Leichnam der Ermordeten vom Petersfriedhof ins Kloster überführt wurde, ist als wahrscheinlich anzunehmen. Bestimmte Quellen weisen darauf hin, ebenso die Tatsache, daß man in den dreißiger Jahren unseres Jahrhunderts an der Stelle des mittlerweile abgebrochenen Altars ein Frauengrab aus der fraglichen Zeit entdeckte. Der Fund soll jedoch von den Nationalsozialisten aus ideologischen Gründen vertuscht worden sein.

In der ersten Hälfte des Jahres 1436 söhnten Ernst von Bayern-München und sein Sohn sich offiziell aus, gleichzeitig aber führte Albrecht im Mai einen Feldzug gegen Herzog Heinrich von Landshut durch.

Am 16. Juli 1436 wurde auf dem Straubinger Petersfriedhof die bereits weiter oben erwähnte Kapelle eingeweiht. Herzog Ernst hatte sie zur Sühne für seine Tat errichten lassen; neben dem Altar wurde ein Gedenkstein aus Rotmarmor in den Boden eingelassen, auf dem die Ermordete bis heute überlebensgroß zu sehen ist. Im 18. Jahrhundert wurde die Platte, um sie vor der Zerstörung durch darüberschreitende Gottesdienstbesucher zu bewahren, senkrecht in die Wand eingemauert.

Das Epitaph befand sich noch kein halbes Jahr an seinem Platz, als Albrecht von Bayern-München zum zweiten Mal und nunmehr standesgemäß heiratete. Am 6. November 1436 vermählte er sich mit Anna, der Tochter des Herzogs Erich von Braunschweig. Der Ehe entsprossen zahlreiche Kinder, so daß Herzog Albrecht III. – ab 1438 dann Landesherr von Bayern-München – sich um den Fortbestand der Dynastie keine Sorgen zu machen brauchte.

Sibylla, die Tochter des Wittelsbachers und der Agnes Bernauer, wuchs vermutlich in Menzing auf und heiratete später in erster Ehe den Münchner Bürger Martin Neufahrer. Nach dessen Tod vermählte sie sich mit dem Arzt Dr. Johannes Hartlieb, welcher seit 1450 persönlicher Medicus des regierenden Herzogs war. Drei Kinder Sibyllas sind dokumentiert. Ein Sohn wurde Abt des Klosters Rufach, ein anderer wirkte als herzoglicher Pfleger von Tölz, eine Tochter verehelichte sich mit dem Münchner Patrizier Wilhelm Tichtl.

Das Wissen um diese Lebensläufe kann vielleicht etwas versöhnen: Über den Tod Albrechts III. im Jahr 1460 hinaus scheint das Haus Wittelsbach seine Hand über die Enkel der Augsburgerin gehalten zu haben.

# Bisher von Manfred Böckl erschienen bei

# Passauer Neue Presse

**Die Leibeigenen**
**Eine Bayerwald-Saga**

Miriann und Konrad, ein junges Leibeigenenpaar im 14. Jahrhundert, ringen für ihre Freiheit mit Naturgewalten im Bayerischen Urwald, dem sie einen neuen Lebensraum abtrotzen.

**Ganzleinen, Format 13,5x20,5 cm,**
**292 Seiten, ISBN 3-924484-02-3**

**DM 28,–**

**Das Regenbogenschüsselchen**
**Geschichten aus der bayerischen Geschichte.**

Eine keltische Münze – das Regenbogenschüsselchen – bildet den roten Faden für zwanzig spannende Erzählungen aus unserer bayerischen Heimat.

**Ganzleinen, Format 13,5x20,5 cm,**
**270 Seiten, ISBN 3-924484-24-4**

**DM 29,80**

**Räuber Heigl**
**Der Höhlenmensch vom Kaitersberg**

Ein Roman über das Leben des Michael Heigl, den „Räuber vom Kaitersberg“, einen der ungewöhnlichsten Menschen der Geschichte des Bayerischen Waldes.

**Ganzleinen, 260 Seiten, 13x20,5 cm,**
**ISBN 3-924484-33-3**

**DM 29,80** **2. Auflage**

**Mühlhiasl –**
**„Der Seher vom Rabenstein“**

Der Mühlhiasl von Apoig, kein Scharlatan, sondern ein echter Seher, sagte den Ausgang der beiden Weltkriege und herausragende Ereignisse unserer Zeit voraus. Mit Originalprophezeiungen.

**Ganzleinen, Format 13x19,8 cm,**
**268 Seiten, ISBN 3-924484-36-8**

**DM 29,80** **5. Auflage**

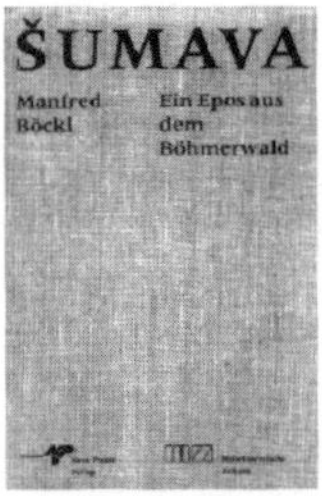


**Šumava**
**Ein Epos aus dem Böhmerwald**

Die „verschollene“ gemeinsame Geschichte Böhmens und Bayerns seit der Besiedlung um das Jahr 1000 bis zum Dreißigjährigen Krieg, steht in diesem Romanepos im Mittelpunkt.

**Ganzleinen, 384 Seiten, Format**
**13,5x20,5 cm, ISBN 3-924484-48-1**

**DM 39,80**

**Der blinde Hirte von Prag**

– der im 14. Jahrhundert lebte, war ein Hellseher von abendländischer Bedeutung. Die Prophezeiungen, die auch das 20. Jahrhundert sowie die ferne Zukunft betreffen, sind im Original abgedruckt.

**Ganzleinen, 268 Seiten, Format**
**13,5x20,5 cm, ISBN 9-924484-49-x**

**DM 29,80**